대산세계문학총서 025

서유기 제5권

西遊記

吳承恩

서유기 제5권

오승은 지음
임홍빈 옮김

문학과지성사

2003

지은이 오승은(吳承恩, 1500?~1582?)
중국 명나라 효종-세종 때 문학가로서, 자는 여충(汝忠), 호는 사양산인(射陽山人), 지금의 장쑤성(江蘇省) 화이안(淮安) 지역에 해당하는 산양현(山陽縣) 출신이다. 1550년 성시(省試)에 급제, 공생(貢生)이 되고, 1566년 절강(浙江)의 장흥현승(長興縣丞)으로 재임하였으며, 만년에는 형왕부(荊王府) 기선(紀善) 직을 맡았으나, 평생을 청빈한 선비로 지냈다. 전통적인 유학 교육을 받았고, 고전 양식의 시와 산문에 뛰어났다. 평생 동안 구전된 기록과 민간설화 등의 괴담에 각별한 흥미를 가졌는데, 이것들은 『서유기』의 바탕이 되었다. 『서유기』는 그가 죽은 지 10년 뒤인 1592년에 처음 발표되었다. 저술에는 『서유기』 이외에, 장편 서사시 『이랑수산도가(二郎搜山圖歌)』와 지괴 소설(志怪小說) 『우정지서(禹鼎志序)』가 있다.

옮긴이 임홍빈(任弘彬)
1940년 인천 출신으로, 한국외국어대학교 중국어과를 졸업하고 민족문화추진회 국역연구부 전문위원을 거쳐 국방부 전사편찬위원회 민족군사실 책임편찬위원과 국방 군사연구소 지역연구부 선임연구원을 역임하고, 1992년부터 현재까지 개인 연구실 '함영서재(含英書齋)'에서 중국 군사사 연구와 중국 고전 및 현대문학을 번역하고 있다. 역저서로는 『중국역대명화가선』(Ⅰ·Ⅱ) 『수호별전』(전6권) 『백록원(白鹿原)』(전5권, 공역) 등 여러 종과 『현대중국어교본』(상·하), 그리고 한국 군사문헌으로 『문종진법·병장설』 『무경칠서』 『역대병요』 『백전기법(百戰奇法)』 『조선시대군사관계법』(경국대전·대명률직해) 등, 10여 종의 국역본이 있다.

대산세계문학총서 025
서유기 제5권

지은이 오승은
옮긴이 임홍빈
펴낸이 이광호
펴낸곳 ㈜문학과지성사
등록번호 제1993-000098호
주소 04034 서울 마포구 잔다리로7길 18(서교동 377-20)
전화 02) 338-7224
팩스 02) 323-4180(편집) 02) 338-7221(영업)
전자우편 moonji@moonji.com
홈페이지 www.moonji.com

제1판 1쇄 2003년 6월 10일
제1판 8쇄 2024년 3월 27일

ISBN 89-320-1420-5
ISBN 89-320-1246-6(세트)

한국어판 ⓒ 임홍빈, 2003

이 책의 판권은 옮긴이와 ㈜문학과지성사에 있습니다.
양측의 서면 동의 없는 무단 전재 및 복제를 금합니다.

이 책은 대산문화재단의 외국문학 번역지원사업을 통해 발간되었습니다.
대산문화재단은 大山 愼鏞虎 선생의 뜻에 따라 교보생명의 출연으로 창립되어 우리 문학의 창달과 세계화를 위해 다양한 공익문화사업을 펼치고 있습니다.

서유기 제5권
| 차례

제41회 손행자는 삼매진화(三昧眞火)에 참패를 당하고, 저팔계는 구원을 청하려다 마왕에게 사로잡히다 · 17

제42회 제천대성은 정성을 다하여 남해 관음을 찾아뵙고, 관세음보살은 자비를 베풀어 홍해아를 잡아 묶다 · 52

제43회 흑수하(黑水河)의 요얼(妖孼)이 당나라 스님을 잡아가고, 서해 용왕의 마앙 태자는 타룡(鼉龍)을 사로잡아 돌아가다 · 88

제44회 삼장 일행이 강제 노역을 하는 승려들과 마주치고, 심성 바른 손행자, 요망한 도사의 정체를 간파하다 · 124

제45회 손대성은 삼청관 도사들에게 이름을 남겨두고, 원숭이 임금은 차지국 왕 앞에서 법력을 과시하다 · 159

제46회 외도(外道)가 강한 술법으로 농간 부려 정법(正法)을 업신여기니, 심원(心猿)은 성스러운 법력으로 사악한 도사들을 파멸시키다 · 193

제47회 성승(聖僧)의 밤길이 통천하(通天河) 강물에 가로막히고, 손행자와 저팔계는 자비심을 베풀어 동남동녀를 구하다 · 229

제48회 마귀가 찬 바람으로 농간 부리니 폭설이 나부끼는데, 스님은 서방 부처 뵈올 마음에 층층 얼음길 내딛다 · 263

제49회 삼장 법사 재난을 만나 통천하 수택(水宅)에 잠기고, 구고구난(救苦救難) 관음보살 어람(魚籃)을 드러내다 · 296

제50회 성정(性情)이 흐트러짐은 탐욕(貪慾)에서 비롯되며, 심신(心神)이 동요를 일으키니 마두(魔頭)와 만나다 · 331

서유기—총 목차 · 361
기획의 말 · 369

제42회 제천대성은 정성을 다하여 남해 관음을 찾아뵙고,
관세음보살은 자비를 베풀어 홍해아를 잡아 묶다

제43회 흑수하(黑水河)의 요얼(妖孽)이 당나라 스님을 잡아가고,
서해 용왕의 마앙 태자는 타룡(鼉龍)을 사로잡아 돌아가다

제44회 삼장 일행이 강제 노역을 하는 승려들과 마주치고,
심성 바른 손행자, 요망한 도사의 정체를 간파하다

제46회 외도(外道)가 강한 술법으로 농간 부려 정법(正法)을 업신여기니,
심원(心猿)은 성스러운 법력으로 사악한 도사들을 파멸시키다

제48회 마귀가 찬 바람으로 농간 부리니 폭설이 나부끼는데,
스님은 서방 부처 뵈올 마음에 층층 얼음길 내딛다

일러두기

1. 이 책의 번역 대본은 중국 베이징 인민출판사(北京人民出版社)가 펴낸 『서유기』이다. 이 판본은 명나라 만력(萬曆) 20년(1592)에 간행된 금릉 세덕당(金陵世德堂) 『신각출상 관판대자 서유기(新刻出像官板大字西遊記)』의 촬영 필름과 청나라 때에 간행된 여섯 종류의 판각본을 참고하여 수정 정리한 것으로 1955년 초판을 발행한 이래 교정을 거듭하였으며, 특히 1977년 제4판부터는 1970년대에 발견된 명나라 숭정(崇禎) 때(1628~1644)의 『이탁오(李卓吾) 평본 서유기』를 대조 검토하여 이전 판을 크게 보완하였다.

2. 대조 보완 작업을 위해 그밖에 수집, 참고한 대본은 다음과 같다.
(1) 명나라 판본: 『서유기』 단권, 악록서사(岳麓書肆), 1997. 1, 제23판.
　　　　　　 『이탁오 평본 서유기』, 상하이 고적출판사(上海古籍出版社), 1997. 4, 제2판.
(2) 청나라 판본: 장서신(張書紳) 편 『신설 서유기 도상(新說西遊記圖像)』, 건륭(乾隆) 14년(1749), 영인본.
　　　　　　 황주성(黃周星) 주해본 『서유증도서(西遊證道書)』, 강희(康熙) 3년(1664).
　　　　　　 『진장본 서유기(珍藏本西遊記)』, 지린문사출판사(吉林文史出版社), 1995.
　　　　　　 『서유기(西遊記)』, 상무인서관(商務印書館)(H.K.), 1997, 전6권.

3. 『금릉 세덕당 본』이 비록 여러 면에서 장점을 많이 지녔다고는 해도 그 역시 결함이 없지 않아, 나머지 다른 판본의 우수한 점을 채택하여 고쳐 썼는데, 특히 현장 법사의 출신 내력을 다룬 대목은 주정신(朱鼎臣) 판본의 내용을 추가하는 과정에서 궁

색하게 '부록(附錄)'이란 형식을 썼으므로, 이를 청나라 때 장서신의 영인본 『신설 서유기 도상』의 편차(編次)에 따라 다음과 같이 재구성하고 번역하였다.

『세덕당 본』의 편차

부 록	진광예는 부임 도중에 횡액을 당하고, 강류승은 아비의 원수를 갚고 근본을 되찾다	附 錄	陳光蕊赴任逢災 江流僧復仇報本
제9회	원수성의 신묘한 점술에 사사로이 굽힘이 없고, 어리석은 용왕은 치졸한 계략으로 천조를 어기다	第九回	袁守誠妙算無私曲 老龍王拙計犯天條
제10회	두 장군은 궁궐 문에서 귀신을 진압하고, 당 태종의 혼백은 저승에서 돌아오다	第十回	二將軍宮門鎭鬼 唐太宗地府還魂
제11회	목숨을 돌려받은 당나라 임금이 선과를 지키고, 외로운 넋 건져주려 소우가 부처의 교리를 바로 세우다	第十一回	還受生唐王遵善果 度孤魂蕭瑀正空門
제12회	현장 법사가 정성으로 수륙 대회를 베푸니, 관음보살이 현성하여 금선장로를 깨우치다	第十二回	玄奘秉誠建大會 觀音顯聖化金蟬

재구성한 편차

제9회	진광예는 부임 도중에 횡액을 당하고, 강류승은 아비의 원수를 갚고 근본을 되찾다	第九回	陳光蕊赴任逢災 江流僧復仇報本

제10회 어리석은 용왕 치졸한 계략으로 천조를 어기고,   第十回 老龍王拙計犯天條
       승상 위징은 서찰을 보내어 저승의 관리에게 청탁하다   魏丞相遺書託冥吏

제11회 저승을 두루 유람하던 태종의 혼백이 돌아오고,   第十一回 遊地府太宗還魂
       호박을 바치러 죽어간 유전은 새로운 배필을 얻다   進瓜果劉全續配

제12회 당 태종이 정성으로 수륙 대회를 베푸니,   第十二回 唐王秉誠建大會
       관음보살이 현성하여 금선 장로를 깨우치다   觀音顯聖化金蟬

4. 번역에 있어서, 광범위한 독자를 대상으로 원문의 뜻을 충분히 살려 의역(意譯)하고, 될 수 있는 대로 한자(漢字) 용어를 배제하고 우리말로 쉽게 풀어 썼으며, 당시의 제도상 관용어는 그대로 사용하였다.

5. 역주는 중국의 역사적 인물, 사회 제도상 우리나라와 다른 관습, 종교적 용어, 내용과 관계가 깊은 배경 사실, 그리고 관용어와 인용문에 대한 설명을 주로 하였으며, 특히 본문 가운데 우리에게 생소한 중국 속담이나 사투리, 뜻 깊은 경구(警句)는 번역문 다음에 이어 원문(原文)을 부록하였다.

【예】 "다섯 가지 형벌을 받아야 할 죄목이 3천 가지가 있으되, 그중에서 불효보다 더 큰 죄는 없다(五刑之屬三千, 而罪莫大於不孝)."

"집안의 살림살이를 맡아봐야 땔나무 값 쌀값 비싼 줄 알게 되고, 자식을 길러봐야 부모님의 은혜를 알아본다(當家才知柴米價, 養子方曉父娘恩)."

"아무리 술맛이 좋다마다 해도 고향 우물 맛이 최고요, 친하니 어쩌니 해도 고향 사람이 최고(美不美, 鄕中水, 親不親, 故鄕人)."

서유기 西遊記

제41회 손행자는 삼매진화에 참패를 당하고, 저팔계는 구원을 청하려다 마왕에게 사로잡히다

선악은 일시에 판별력을 잊어버리고, 영고성쇠 또한 관심을 두지 않는다.
어둡거나 밝거나, 숨거나 드러냄을 부침(浮沈)하는 대로 떠맡겨두니, 분수에 따라서 배고프면 음식 먹고 목마르면 물 마시네.
신기(神氣)가 고요하니 언제나 깊디깊은 정적에 잠겨 있고, 어둡고 컴컴하면 이내 요마가 생겨 침범하는 법.
오행(五行)을 어기면 선림(禪林)이 깨어지고, 바람이 움직이면 반드시 추위가 심해진다.

한편 사화상과 헤어진 제천대성 손오공은 저팔계를 데리고 단숨에 고송간을 건너뛰어 마침내 기암괴석이 즐비하게 늘어선 절벽 앞에 이르렀다. 과연 그곳에는 요괴가 도사려 있을 만한 동부(洞府) 한군데가 자리잡았는데, 실로 경치가 예사롭지 않게 뛰어난 곳이었다.

오랜 세월 해묵은 오솔길을 감돌아 드니 그윽하고도 고요하며, 달빛과 바람결 속에 검정 두루미 재롱 떠는 소리 또한 들려온다.
흰 구름이 뭉게뭉게 솟아나니 시냇물에 온갖 빛이 가득 차고, 흐르는 냇물이 다리 밑을 지나니 신선의 뜻 절로 일어난다.
원숭이떼 우짖고 산새 지저귀는 곳에 꽃나무 숲 기이하고, 등

나무 덩굴이 바윗돌에 휘감겨 오르는데 지초 난초 향기가 오히려 새롭다.

　　푸른 잔디 덮인 낭떠러지 골짜기에 연하(煙霞)가 흩어지고, 짙푸르게 물든 소나무와 대나무 숲에 채색 봉황은 우짖어 부른다.

　　멀리 늘어선 산등성이 봉우리가 병풍을 두른 듯하고, 산등성이 골짜기를 굽이굽이 감돌아 참된 신선의 동부를 이루었다.

　　곤륜(崑崙)의 산줄기 뻗어내려 용맥(龍脈)을 드러내니, 연분 있는 이만이 쓰임새 있게 받아 누릴 곳이라네.

동굴 문 앞에 가까이 다가가서 보니, 돌을 깎아 세운 비석 하나가 있는데, 거기에는 여덟 글자가 큼지막하게 새겨져 있다.

　　호산 고송간 화운동(號山 枯松澗 火雲洞)

건너편에서는 부하 요괴들이 떼를 지어 창칼을 춤추듯이 마구잡이로 휘둘러가며 뛰놀고 있다.

　　이윽고 손대성이 무서운 목소리로 고함을 쳤다.

　　"네 이놈들! 냉큼 달려가서 동굴 주인에게 알려라. 우리 사부 당나라 스님을 속히 돌려보내드리면 이 동굴 안팎 정령들의 목숨만은 살려주겠다고 일러라! 만약에 이빨 틈서리로 '싫다'는 말의 반 마디라도 나오는 날에는 내 당장 네놈들의 산판을 뒤집어엎고 동굴을 짓밟아 평지로 만들어놓고야 말 것이다!"

　　난데없는 호통 소리에 졸개 요괴들은 기절초풍하다시피 놀라 황급히 몸을 돌이키더니 앞다투어 동굴 속으로 뛰어들어가 돌 문짝을 걸어 닫고 마왕에게 급보를 아뢰었다.

"대왕님, 큰일났습니다!"

한편, 삼장을 납치한 요괴는 포로를 동굴 안에 끌어다가 옷을 모조리 벗겨낸 다음, 사지를 꽁꽁 묶어 뒤뜰에 결박지어놓고 부하 요괴들을 시켜 맑은 물로 깨끗이 씻어 가지고 바야흐로 찜통에 올려서 쪄 먹으려던 참이었다.

이때 느닷없이 '큰일났다'는 보고가 들어오자, 그는 씻기를 멈추게 하고 급히 앞뜰로 돌아나와 부하들에게 물었다.

"무슨 큰일이 났다고 이리 호들갑을 떠는 게냐?"

부하 요괴들이 아뢰었다.

"털북숭이 얼굴에 뇌공 같은 주둥이를 가진 화상이, 또 한 사람 주둥아리가 기다랗고 귀가 커다란 중을 데리고 대문 밖에 나타났사온데, 당나라 스님인지 무슨 사부님인지 하는 것을 내어놓으라고 호통을 치고 있습니다. 만약에 반 마디라도 '싫다'라는 말을 입 밖에 낼 때에는 이 산을 뒤엎어버리고 동굴을 짓밟아 평지로 만들어놓겠다고 합니다."

마왕은 빙그레하니 차가운 미소를 띠었다.

"호흠, 그렇다면 손행자와 저팔계가 찾아왔다는 얘기로군. 내가 그놈의 스승을 낚아챈 곳이 여기서 백오십 리나 떨어져 있는데, 어떻게 알고 벌써 여기까지 찾아왔을꼬?"

혼잣말로 중얼거리던 그는 이내 부하들에게 명령을 내렸다.

"얘들아, 출전할 준비를 해야겠다. 수레를 맡은 아이들은 우선 수레를 몰고 나가거라!"

분부가 떨어지자, 부하 요괴 몇몇이서 수레 다섯 대를 몰고 나가더니 앞문 두 짝을 활짝 열었다.

그 광경을 바라보던 저팔계가 손행자에게 이런 말을 한다.

"형님, 저 요괴들이 우리를 무서워하는가 보오. 그러니까 수레를 밀고 나와서 딴 데로 이사를 가려는 게 아니겠소?"

"아닐세, 우선 어디다 배치하나 두고 보기로 하세."

손행자는 심각한 기색으로 대답했다.

짐작은 영락없이 들어맞았다. 졸개 요괴들은 수레 다섯 대를 수(水)·화(火)·금(金)·목(木)·토(土)의 다섯 방위로 자리잡아 벌려놓더니, 다섯 놈이 그것을 한 대씩 맡아 지키고 서 있는 동안 또 다른 다섯 놈은 급히 동굴 속으로 들어가 대왕에게 보고했다.

마왕이 물었다.

"준비가 다 되었느냐?"

"예, 다 됐습니다."

"그럼 내 창을 꺼내오너라."

마왕의 분부가 떨어지기 무섭게 병기를 맡고 있는 부하 요괴 중에서 두 놈이 대왕의 애용 병기 화첨창(火尖槍)을 떠메고 나왔다. 길이가 1장(丈) 8척, 창 끝에 불꽃이 활활 타오르는 신병 이기였다.

부하 요괴가 떠받쳐 올리는 창대를 받아든 마왕이 한 두어 번 휘둘러보면서 서두르는 기색 하나 없이 어슬렁어슬렁 걸어나가는데, 갑옷이나 투구조차 몸에 걸치지 않고 비단폭에 수를 놓은 전투용 치마 한 벌을 허리춤에 둘렀을 뿐, 맨발 벗은 채로 싸움터에 나서는 품이 보통 여유만만한 것이 아니다.

이윽고 마왕이 동굴 문 밖에 모습을 드러냈다. 손행자와 저팔계는 고개를 바짝 쳐들고 그 모습을 지켜보았다.

얼굴에는 분을 바른 듯 허여멀쑥하고, 입술은 연지 바른 듯 날씬한 풍채의 재사(才士)와 같다.

수염은 청운(靑雲)을 휘감은 듯 쪽빛 물감을 능가하고, 초승달처럼 갈라놓은 두 눈썹이 칼로 베어낸 듯 날카롭다.

전투용 치맛자락에는 교묘하게 수놓은 용봉(龍鳳)이 휘감겼으며, 그 모습은 나타태자보다 더 둥글둥글 복스러운 귀골이다.

두 손에 창대를 움켜잡은 품이 위풍당당하고 늠름하니, 상광(祥光)으로 전신을 감싼 채 동굴 문 밖으로 걸어나온다.

우락부락한 목소리는 이른 봄날 마른천둥 치듯 우렁차고, 사나운 눈초리가 번갯불처럼 날카롭게 두리번거린다.

이 마왕의 참된 성씨를 알아보겠는가? 그 이름 천고에 떨치니 홍해아(紅孩兒)라고 부른다네.

"웬 놈이 내 집 문전에서 시끄럽게 구느냐?"

요괴 홍해아가 동굴 문 앞에 우뚝 서서 무섭게 호통쳐 묻는다. 손행자는 앞으로 썩 나서면서 싱글싱글 웃어가며 수작을 걸었다.

"이보게, 조카! 날세, 나야. 나를 못 알아보겠는가? 공연히 시침 떼지 말게! 자네, 오늘 아침 산길 곁 소나무 가장귀에 높다랗게 매달려 있을 때에는 다 죽어가는 시늉을 하면서 누르퉁퉁하게 병든 아이 꼬락서니를 하고 우리 사부님을 감쪽같이 속여넘기지 않았던가? 나는 좋은 뜻으로 자네를 업어주었는데, 자네는 돌개바람을 일으켜서 우리 사부님을 낚아채 가지고 이리로 잡아왔네. 지금 와서 그런 몰골을 하고 있으면 내가 못 알아볼 줄 알았나? 어서 빨리 우리 사부님이나 내보내드리게. 일가친척 간에 서로 얼굴 붉혀가며 의리를 다쳐서야 어디 쓰겠나? 자네 어르신께서 나중에라도 이 사실을 알고, 이 손선생이 어른 입장에서 어린것을 괴롭혔다고 꾸짖기라도 한다면 내 꼴이 뭐가 되겠나?"

요괴는 손행자가 제 집안 어른까지 들먹이는 것을 보고 속에서 부아가 치밀어 고함을 질렀다.

"닥쳐라, 이 못된 원숭이 놈아! 여기가 어디라고 허튼수작을 늘어놓는 거냐? 내가 너하고 무슨 일가친척이 된단 말이냐? 조카라니! 누가 네 따위 놈의 조카라는 게냐?"

"자네는 아마도 모를 걸세. 내가 자네 어르신과 의형제를 맺었을 때만 하더라도, 자네는 이 세상에 태어나지 않았을 테니 말일세."

"이놈의 원숭이가 그래도 허풍을 떠는구나! 네가 어디서 굴러먹다 온 놈이고, 나는 또 누구인데, 네놈이 내 아버님과 형제지간이 된단 말이냐?"

"자네는 모른다니까. 나로 말하자면 오백 년 전에 천궁을 뒤엎고 일대 소동을 부렸던 제천대성 손오공일세. 그 일이 있기 전에 나는 바다 끝 하늘가에 이르기까지 두루 떠돌아다니면서 사대 부주 온갖 내륙 구석구석 안 가본 데가 없었네. 그때만 하더라도 천하의 호걸들을 흠모하여 찾아다녔지. 그래서 사귄 분이 자네 어르신을 비롯하여 일곱 호걸이었다네. 자네 어르신은 우마왕(牛魔王)이라 부르고 평천대성(平天大聖)이란 별호를 쓰시면서 이 손선생과 의형제를 맺어 맏형님이 되셨던 걸세. 그 다음에 둘째 형님이 교마왕(蛟魔王) 복해대성(覆海大聖)이요, 또 셋째 형님은 대붕마왕(大鵬魔王) 혼천대성(混天大聖), 넷째 형님은 사타왕(獅駝王) 이산대성(移山大聖), 다섯째 형님은 미후왕(獼猴王) 통풍대성(通風大聖), 여섯째 형님이 우융왕(猧狨王) 구신대성(驅神大聖), 그리고 마지막으로 이 손선생은 몸집이 제일 작아 일곱째 막내가 되었는데, 제천대성 손오공이 바로 나란 말일세. 그러니까 우리 일곱 형제가 서로 사귀고 있을 무렵에는, 자네는 이 세상에 아직 태어나지도 않았을 거야."

요괴가 이 말을 곧이들어줄 턱이 없다. 그는 상대방의 말끝이 떨어지기가 무섭게 화첨창을 번뜩 내뻗으면서 손행자의 가슴을 찌르려고 덤벼들었다. 그러나 손행자 역시 만만하게 당할 위인이 아니다. 불꽃이 활활 타오르는 창 끝이 천둥 벼락 치듯 찔러들자, 그는 당황하는 기색 하나 없이 날쌘 동작으로 창 끝을 맵시 좋게 피하면서 호통쳐 꾸짖었다.

"요런 발칙한 놈 봤나! 천지간에 태어나서 위아래도 몰라보고 날뛰다니! 이 숙부 어르신의 철봉이나 한 대 먹어라!"

요괴 역시 날렵한 몸놀림으로 철봉의 공격을 피해내면서 마주 고함을 쳤다.

"이 못된 원숭이 놈아, 시도 때도 모르고 어디서 까부는 거냐! 이 창이나 받아봐라!"

이리하여 두 적수는 더 이상 삼촌 조카 간의 친분을 따질 것도 없이 안면 몰수하고 제각기 신통력을 발휘하여 구름 속으로 뛰어올라가 무섭게 맞붙어 싸우기 시작했다.

손행자는 명성 높고, 마왕은 수단이 강하다.

한쪽이 금고봉을 수평으로 뉘어 치켜들면, 저쪽은 화첨창을 수직으로 뻗쳐댄다.

안개를 토해내니 삼계(三界)가 가리어지고, 구름을 내뿜으니 사면팔방이 환하게 비친다.

하늘에는 온통 살기 찬 노후(怒吼), 흉악한 기합 소리로 가득 차고, 일월성신은 그 빛을 잃어 보이지 않는다.

연상 연하 간의 겸손하거나 양보하는 말투 하나 없고, 숙부와 조카 간의 정리 따위는 어긋난 지 이미 오래다.

저편은 양심을 속여 예의를 저버리고, 이편은 얼굴빛 바꾸어 윤리 강상을 몰라본다.

철봉이 가로막으니 위풍과 기세 사납고, 화첨창이 찔러드니 미치광이의 야성을 한껏 드러낸다.
　　하나는 혼원(混元)에 태어난 진대성(眞大聖)이요, 또 하나는 정과(正果)에 귀의할 선재랑(善財郞)이다.
　　둘이 애써 승부를 다툼은, 오로지 당나라 스님이 법왕께 참배를 드리게 하기 위해서라네.

　　요마는 손대성과 20합을 싸웠으나 승패가 나지 않았다. 그러나 곁에서 지켜보고 있던 저팔계는 상황이 어떻게 돌아가는지 똑똑히 알 수 있었다. 요괴는 비록 패하여 달아나지는 않는다 해도 1합 1합을 간신히 막아내고 있을 뿐, 상대방을 공격하거나 죽일 만한 능력이 전혀 없는 게 분명했다. 반면에 손행자는 상대방을 보기 좋게 이기지는 못한다 하더라도 철봉을 쓰는 품이 야무지고 또한 요괴의 정수리 위에서 오락가락 넘나들며 기회가 오기만 하면 단매에 때려누일 듯이 좀처럼 좌우 주변에서 떨어질 기미를 보이지 않고 있는 것이다. 저팔계는 곰곰이 생각해 본다.
　　'이거 재미 적게 돌아가는군. 이래서는 안 되겠어. 손행자가 짐짓 달아나는 척하고 빈틈을 드러내어 저놈의 요괴를 유인해 가지고 철봉으로 내리치기만 하면 끝장날 게 아닌가? 그럼 나는 언제 어디서 공을 세워본단 말이냐……?'
　　생각이 여기에 미치자, 저팔계란 놈은 정신을 바싹 차리고 아홉 이빨 달린 쇠스랑을 번쩍 쳐들더니 허공으로부터 곤두박질치면서 요괴의 머리통을 겨누고 있는 힘껏 내리찍었다.
　　허공으로부터 느닷없이 공격을 받게 된 요괴는 가슴이 철렁 내려앉아 황급히 창 끝을 거둬들이고 일패도지하여 달아나기 시작했다.

손행자가 저팔계에게 고함을 질렀다.

"뒤를 쫓게! 쫓아가!"

두 사람이 적의 소굴 앞까지 뒤쫓아갔을 때, 요괴는 한 손으로 화첨창을 높이 치켜든 자세로 중간에 배치된 수레 위에 우뚝 서 있었다. 그들이 나타나자, 요괴는 나머지 한 손을 주먹으로 움켜쥐더니 제 콧등을 두어 차례 두들겼다.

그것을 보고 저팔계가 껄껄껄 웃음보를 터뜨렸다.

"저놈, 정말 엉뚱한 녀석이네! 제 콧등을 제 손으로 쳐서 코피를 내다니 말이오. 얼굴을 온통 시뻘겋게 피투성이로 만들어놓고 어디 관가에라도 가서 우리를 상해죄로 고소할 모양이지?"

그러나 웃을 일이 아니었다. 제 주먹질로 코피를 터뜨린 요괴는 중얼중얼 몇 마디 주문을 외우더니, 입에서 불길을 확 뿜어내고 콧구멍으로도 짙은 연기를 뭉클뭉클 쏟아내는 것이 아닌가! 요괴의 주변에는 눈깜짝할 사이에 온통 화염이 솟구쳐 불바다를 이루고 말았다. 그와 때를 같이하여 다섯 대의 수레에서도 일제히 화광이 용솟음치기 시작했다. 확확 내뿜는 불길 몇 모금에 시뻘건 불꽃이 허공을 태워버릴 듯 길길이 솟구치고, 화운동 전역이 불꽃과 연기로 휩싸여 그야말로 하늘과 대지가 온통 불구덩이 속에 빠져들고 말았다.

당황한 저팔계가 먼저 행동을 취했다.

"형님, 안 되겠소! 저 불구덩이 속에 빠져들었다가는 살아나올 생각을 말아야겠소. 저놈이 아무래도 이 저팔계를 통돼지구이로 만들어서 기름 간장에 양념 소금 쳐서 잡아먹어야 직성이 풀릴 모양이오. 어이쿠, 뜨겁다! 어서 도망칩시다, 도망쳐요!"

말끝이 미처 다 떨어지기도 전에 두 다리는 벌써 삼십육계 줄행랑을 놓고 있다. 동료 손행자는 거들떠보지도 않고 어느새 골짜기를 가로

지른 냇물 위로 훌쩍 뛰어넘는 저팔계 녀석…….

그러나 손행자는 신통력이 워낙 크고 높은 터라, 도망치기는커녕 오히려 대담하게도 '피화결(避火訣)'을 맺고 불구덩이 속으로 훌쩍 뛰어들어 요괴를 찾아 헤매기 시작했다. 손행자가 화염 속으로 뛰어드는 것을 본 요괴가 또다시 몇 모금의 불길을 더 뿜어내자, 불기운은 더욱 사납고 치열해졌다. 과연 이 세상을 다 태워버릴 듯 무시무시한 대화재였다.

뜨거운 불꽃 맹렬한 기세가 온 하늘을 불사르고, 걷잡을 수 없는 불길의 위세에 대지가 온통 붉게 물들었다.

불붙은 수레바퀴(火輪, 태양) 허공에 위아래로 오르락내리락 날아다니는 듯하고, 번져나가는 품이 흡사 숯가루가 동서로 춤추는 듯하다.

이 불은 수인씨(燧人氏)[1]가 나무 송곳을 비벼 일으킨 불씨도 아니요, 태상노군이 금단을 터뜨려 만든 불도 아니며,

하늘에서 내리친 벼락불도 아니고, 벌판에 번져나가는 들불 또한 아니라, 바로 요사스런 마왕이 도를 닦아 단련해낸 삼매진화(三昧眞火)라네.

수레 다섯 대를 오행(五行)에 맞춰 배열하니, 오행이 상생의 변화 일으켜서 불(火)을 일으켜놓았다.

간목(肝木, 나무)은 심화(心火, 불)를 왕성하게 일으킬 수 있으니, 심화는 비토(脾土, 흙)를 고르게 만든다.

비토에서 금(金)이 생기고 금은 수(水, 물)로 바뀌니, 물에서

---

1 수인씨: 중국 고대 신화에서 불 만드는 방법을 인류에게 처음 가르쳐주었다는 신령. 태호 복희씨. 제16회 주 **4** 참조.

나무가 생겨나고 지령(地靈)에 통철(通徹)한다.
생겨나고 바뀜이 모두 불로 말미암아 일어나니, 불은 장천(長天)에 두루 번져 만물을 번영하게 만든다.
요사스런 마귀가 오랜 세월 터득한 술법 있어 '삼매진화'라 일컬으니, 영원히 서방 세계 으뜸가는 명성을 떨치는구나.

손행자는 치열한 불꽃 연기에 휩싸인 채 도무지 요괴를 찾아낼 길이 없었다. 그는 동굴 문을 찾아 헤매면서 무작정 돌진했으나 요괴를 찾는 대신 도리어 불길에 쫓겨 도망쳐 나오는 신세가 되고 말았다. 동굴 문턱에서 지켜보던 요괴는 그가 쫓겨 달아나자 곧바로 화구(火具)를 거두어들인 다음, 부하 요괴들을 이끌고 동굴 안으로 돌아가 돌 문짝을 닫아걸었다. 그리고 술자리를 벌여놓고 풍악을 울려가며 승리를 자축한 것은 더 말하지 않기로 한다.

한편 불구덩이에서 빠져나온 손행자는 고송간 계곡을 건너뛰어 안전 지대로 피신한 다음 구름을 낮추고 내려섰다. 그리고 가만히 귀를 기울여보니 소나무 숲 속에서 저팔계란 놈과 사화상이 두런두런 얘기를 주고받는 소리가 들려왔다. 손행자는 그리로 달려가서 저팔계를 보고 냅다 호통쳐 꾸짖었다.

"이 미련하고 인정머리 없는 놈아! 네놈이 그런 배짱을 지닌 녀석인 줄은 내 진작부터 알고 있었다만, 요괴의 불이 아무리 지독하기로서니 이 손선생을 불구덩이 속에 내버려둔 채 저 혼자만 살아보겠다고 도망을 쳐? 이런 비겁한 놈아!"

저팔계가 염치도 좋게 히죽벌죽 웃음으로 눙친다.

"형님, 그 요괴란 놈이 한 말처럼 형님은 때와 장소도 분간치 못하고 설쳐대기만 하시는구려. 옛사람 말에도, '때와 장소를 아는 자만이 준걸이라 일컬을 수 있다(識得時務者, 呼爲俊傑)'² 하지 않았소? 그놈이 형님과의 친분을 알아주지도 않는데, 형님은 억지로 친분을 따지고 들었으니 싸움이 일어날밖에 더 있겠소. 또 그처럼 무서운 불을 지르는 판국에도 물러설 생각은 않고 미련하게 뛰어들다니, 그게 어디 똑똑한 사람이 할 짓이오?"

미련퉁이에게 한바탕 핀잔을 받고 나서야 손행자의 기세가 수그러들었다.

"그 괴물의 솜씨가 나하고 비교해서 어떻던가?"

"대단치는 않습디다."

"창 쓰는 법이 내 철봉 쓰기보다 나아 보이던가?"

"그것도 별것 아닙디다. 이 저팔계가 가만 지켜보니 그놈은 더 이상 버틸 여유가 없는 듯싶기에 한 팔 거들어드릴 셈 치고 쇠스랑으로 내리찍었던 거였소. 그랬더니 생각지도 않게 도망칠 줄 누가 알았으며, 또 그토록 무지막지한 불까지 지를 줄이야 어떻게 알았겠소."

"그때는 자네가 뛰어들 판국이 아니었네. 내가 몇 합만 더 싸웠더라면 꼼수를 부려서 바짝 끌어다 놓고 철봉으로 한 대 먹일 참이었는데, 물정 모르는 자네가 거들어준답시고 뛰어드는 바람에 산통이 깨지고 말았던 걸세."

둘이서 요괴의 솜씨를 놓고 이러쿵저러쿵 서로 따지고 불길이 얼마나 지독스러운 것인지 얘기를 하고 있는데, 사화상은 솔뿌리에 기대어 선 채 무엇이 그리 우스운지 빙글빙글 웃고만 있다. 손행자가 그것을 보고 물었다.

---

2 '때와 장소를 아는 자……': 이 속어는 진수(陳壽)가 편찬한 『삼국지(三國志)』 「촉지(蜀志)」 제갈량전(諸葛亮傳)의 주, 「양양기(襄陽記)」에 처음 나오고, 풍몽룡(馮夢龍)이 지은 『동주 열국지(東周列國志)』 제69회에서도 인용되었다.

"자넨 또 왜 웃고 있나? 자네한테 그놈의 요마를 거꾸러뜨리고 화진(火陣)을 때려부술 만한 무슨 좋은 방법이라도 있단 말인가? 만약에 그럴 수만 있다면 우리 모두를 위해서 오죽이나 좋겠는가. 어디 말해보게. 속담에 이르기를, '솜털이라도 많으면 뭉쳐서 공을 만들 수 있다' 하지 않았나? 자네가 요사스런 마귀를 잡고 사부님을 구출한다면 그야말로 자네한테는 으뜸가는 공적이 될 걸세."

사화상이 대답한다.

"내게는 아무런 수단도 없고 또 요마를 항복시킬 능력도 없소. 하지만 형님들이 적절한 방법은 궁리해내지 못하고 그저 허둥거리고만 있는 꼴이 우스워서 그런 거요."

"허둥거리다니, 내가 뭘?"

"방금 둘째 형님 말씀대로 그 요괴는 수단이 큰형님만 못 하오. 창 쓰는 솜씨도 형님만 못 한데 단지 화력이 좀더 세기 때문에 이기지 못했던 것뿐이오. 제 생각을 말씀드리지요. 상생상극(相生相剋), 그 가운데 서로 상충되는 방법을 써서 그놈의 화력을 제압한다면 어려울 게 뭐 있겠소?"

손행자가 그 말을 듣고 속이 확 트이는지 시원스레 껄껄껄 웃었다.

"자네 말에 일리가 있네! 그러고 보니 우리가 그 일은 까맣게 잊어버리고 공연히 덤벙대고만 있었네그려. 아무렴! 상생상극의 이치로 따지자면 물로써 불을 제압할 수가 있지. 어디든 가서 물을 얻어다가 그 지독스런 요괴의 불을 끄기만 하면 사부님을 구해낼 수 있다, 그 말 아닌가?"

"바로 그거요. 망설이고 있을 때가 아니오."

"알았네. 그럼 자네 두 사람은 여기서 기다리고 있게. 그놈한테는 절대로 싸움을 걸지 말아야 하네. 이 손선생이 동양대해에 가서 용왕의 병력을 청해오고 물을 빌려다가 그 요사스런 불을 꺼버린 뒤 못된 괴물을 잡아 꿇리도록 하겠네."

손행자가 나설 채비를 차리자, 저팔계도 한마디 거들었다.

"형님, 여기 일은 우리가 다 알아서 할 테니까, 마음 푹 놓고 어서 다녀오기나 하시오."

용감한 손대성은 구름을 일으켜 타고 그곳을 떠나 순식간에 동양대해까지 날아갔다. 망망대해에 이르러서도 그는 구경하고 싶은 생각도 없어 곧바로 핍수법(逼水法)을 써서 파도와 물결을 헤치고 바다 속 깊숙이 들어갔다.

한참을 가고 있으려니, 때마침 바다 속을 순찰하던 야차(夜叉)와 딱 마주쳤다. 순해(巡海) 야차는 손행자를 발견하기가 무섭게 수정궁으로 되돌아가 늙은 용왕에게 급보를 전했다. 동해 용왕 오광은 즉시 용자, 용손과 새우 군사, 바닷게 졸병들을 거느리고 용궁 문 바깥으로 달려나와 손행자를 융숭하게 맞아들였다.

이윽고 손님을 안으로 모셔들여 자리에 앉히고 인사치레를 마치자 향기로운 차 대접이 나왔다.

그러나 마음 급한 손행자는 차 대접을 받기보다 먼저 용건부터 꺼냈다.

"폐를 끼칠 일이 한 가지 있어 찾아왔으니까, 번거롭게 차 대접을 하실 것은 없소이다. 우리 사부 당나라 스님이 서천으로 부처님을 찾아뵙고 경을 얻으러 가는 도중에 호산 고송간 화운동을 지나치게 되었는데, 그곳에 이름이 홍해아, 스스로 성영대왕이라 부르는 요괴가 도사려 있다가 그만 우리 사부님을 납치해가고 말았소. 그래서 이 손선생이 그놈의 동굴 근처까지 찾아가서 한바탕 접전을 벌였더니, 그놈은 불을 질러 대항했는데 그놈의 불길이 얼마나 지독스럽고 거세던지, 우리는 그만 견디지 못하고 쫓겨나오고 말았지 뭐요. 가만히 생각해보니 물과 불은 상극이라, 물만 있으면 불을 끌 수 있을 듯하기에, 물을 좀 얻어 쓸까 해서 이렇게 일부러 찾아온 거요. 모처럼의 부탁이니 이 손선생 낯을 보아서라도 한바탕 큰비를 쏟아내려 그놈의 요사스런 불을 꺼주고 당나라 스님을 재난에서 구해주시기 바라오."

이 말을 듣더니, 동해 용왕 오광이 사뭇 난처한 기색을 짓는다.

"대성은 잘못 생각하셨소이다. 빗물을 얻어 쓰고 싶으면 나를 찾아오지 말아야 했소."

손행자는 이게 무슨 소린가 싶어 두 눈을 휘둥그렇게 뜨며 물었다.

"아니, 그대는 사해 용왕으로, 우택(雨澤)을 주관하고 있지 않소? 그런 당신에게 부탁하지 않는다면, 누구를 찾아가서 부탁해야 한단 말이오?"

"내가 비를 관장하고는 있다 하더라도, 나 혼자서 함부로 비를 내리게 할 수는 없소이다. 비를 내려야 할 때에는 모름지기 옥황상제의 칙명이 떨어져서, 어느 지방에 몇 자 몇 치의 비를 내릴 것이며 또 어느 때 시작해서 어느 때에 그치라는 분부를 받아야 한단 말이오. 여기에 또 삼관(三官)이 문서를 작성하고 태을(太乙)이 문서를 이첩해서 뇌공(雷公, 천둥)과 전모(電母, 벼락)과 풍백(風伯, 바람)과 추운동자(追雲童子, 구름), 이렇게 여러 신령들이 회동하여 결정을 내려야만 하는 거요. 속담에도 '용은 구름이 없으면 아무 일도 못 한다(龍無雲而不行)' 하지 않았소?"

"나도 바람이나 구름, 천둥 벼락 따위는 소용없소. 그저 불을 끌 수 있는 빗물이나 좀 얻어 쓰자는 얘기요."

"손대성은 바람이나 구름, 천둥 벼락이 소용없다 해도, 나 혼자 힘으로는 도와드릴 수가 없구려. 내 아우들을 불러다가 손대성께서 공을 세울 수 있도록 함께 도와드리면 어떻겠소?"

"아우 분들은 어디 계시오?"

"남해 용왕 오흠, 북해 용왕 오윤, 서해 용왕 오순이 그들이오."

손행자는 기가 막혀 웃음이 절로 나왔다.

"허허허! 그것참…… 내가 또다시 그 세 바다를 돌아다니면서 일일이 부탁하느니, 차라리 상계에 올라가 옥황상제의 칙명을 받아오는 것이 더 빠르겠소."

"손대성께서 번거롭게 가실 것까지는 없습니다. 내가 여기서 쇠북과 금종을 울리기만 하면 순식간에 아우들이 다 몰려오니까요."

이 말을 듣고 손행자가 재촉한다.

"노룡왕, 그럼 어서 북과 종을 울려주시오."

그야말로 눈 깜짝할 사이에, 세 바다 용왕이 한꺼번에 몰려왔다.

"큰형님, 무슨 일로 저희들을 부르셨소?"

세 아우가 묻자 동해 용왕 오광이 사태를 간단하게 설명했다.

"손대성께서 여기 와 계신데, 요괴를 제압하는 데 쓰시겠다고 빗물을 좀 빌려서 도와달라고 하시네. 그래서 아우님들을 불러모은 것일세."

그는 아우들을 데려다가 손행자에게 인사를 시켰다. 손행자는 빗물을 빌려 써야 하는 형편을 낱낱이 얘기하고 다시 한번 간곡히 부탁했다. 여러 용왕들도 기꺼운 마음으로 그 부탁을 흔쾌히 받아들이고 즉시 네 바다 군사들을 점검하여 거느리고 일제히 출동했다.

상어〔鯊魚〕는 용맹하여 선두 부대가 되고, 큰 메기〔鱯鮧〕는 입이 커서 선봉장이 되었으며,

잉어 원수〔鯉元帥〕가 파도를 뒤집어엎는가 하면, 방어 제독〔魴提督〕은 안개를 토해내고 바람을 뿜는다.

고등어 태위〔鯖太尉〕는 동쪽 방향으로 경계 순찰을 나가고, 우럭 도사〔鮬都司〕는 서쪽 방면으로 정벌군을 휘몰아 나간다.

눈알 붉은 마랑(馬郎)이 남쪽에서 춤을 추니, 흑갑 장군(黑甲將軍)은 북쪽으로 돌진하여 내려간다.

황어 파총(鱑魚把總)이 중군 영채에서 군령을 장악하니, 다섯 방향의 부대 장병들이 도처에서 영웅 본색을 떨친다.

종횡무진으로 약삭빠른 큰 자라 추밀〔鼉樞密〕에, 절묘하게 머리 쓰는 거북 상공〔龜相公〕이 있다.

모략이 뛰어나고 지혜 많은 악어 승상〔鼉丞相〕에, 임기응변 술수 많은 자라 총융〔鱉總戎〕도 끼여 있다.

모로 걷는 게 병사〔蟹士〕는 장검을 휘두르며, 팔팔 뛰는 새우 할멈〔鰕婆〕 강한 활시위를 잡아당긴다.

메기 외랑〔鮎外郎〕이 문서와 장부를 자세히 조사하니, 용왕의 군사 점검하여 거센 파도 속으로 출동시킨다.

이런 광경을 증명하는 다음과 같은 시가 있다.

사해 용왕이 공 세우려는 손행자 돕기를 즐겨하니, 제천대성은 그 힘을 빌려 서로 따른다.

이 모두가 삼장이 서천길 도중에 봉변을 당한 탓으로, 빗물을 빌려다가 홍해아의 불길을 끄기 위해서라네.

손행자가 용왕의 군사들을 거느리고 수정궁을 떠난 지 얼마 안 되어서, 어느덧 호산 고송간 계곡 상공에 이르렀다.

그는 사해 용왕들을 돌아보고 이렇게 당부했다.

"오씨 형제 여러분, 수고스럽게 이렇듯 멀리 오시게 하여 미안하오. 여기가 바로 요마가 사는 곳이오. 이 손선생이 먼저 그놈과 싸워볼 테니, 여러분은 공중에 그대로 머물러 계시고 모습을 드러내지 말아주시오. 만약 내가 이기면 여러분께서 붙잡을 일도 없겠고, 또 혹시 지더라도 싸움판을 거들어줄 필요가 없소. 여러분은 그저 그놈이 불을 질렀을 때, 내가 고함을 지르거든 일제히 빗물을 퍼부어주시기만 하면 되는 거요."

"알겠소이다, 손대성. 분부대로 하오리다."

용왕들은 입을 모아 응낙했다.

이윽고 손행자는 구름을 낮추어 소나무 숲에 내려서더니 저팔계와 사화상을 불러냈다.

"여보게, 아우님들! 어디 있나?"

저팔세가 앞서 나오며 사형을 반겨 맞았다.

"형님, 빨리도 다녀오셨구려! 그래, 용왕은 청해 오셨소?"

"모두들 왔네. 자네 두 사람은 정신 똑바로 차리고 있게. 비가 너무 많이 내리더라도 짐보따리가 젖지 않도록 잘 간수해야 하네. 이 손선생은 그놈과 한바탕 싸우고 올 테니까, 여기서들 기다리고 있게."

사화상이 그 말을 받는다.

"큰형님, 안심하고 가보시오. 여기 일은 우리 둘이 알아서 하리다."

이윽고 손행자는 고송간 계곡을 훌쩍 뛰어넘어 동굴 문턱에 들이닥치더니 버럭 고함을 질렀다.

"문 열어라!"

문을 지키고 있던 부하 요괴들이 안으로 달려가서 보고한다.

"대왕님, 손행자가 또 쳐들어왔습니다."

홍해아는 고개를 젖혀가며 껄껄대고 웃었다.

"그놈의 원숭이가 삼매진화에 타 죽지 못해 안달이 나서 또 기어온 모양이로구나. 오냐, 좋다! 내 이번만큼은 절대로 그냥 놓아보내지 않으마. 아예 살가죽까지 깡그리 태워서 짓뭉개버릴 테니 두고 봐라!"

장창을 뽑아들고 급히 몸을 뛰쳐나오며 그는 부하들에게 명령을 내렸다.

"얘들아! 불수레를 밀고 나서거라!"

기세등등하게 동굴 문 바깥으로 달려나온 홍해아가 손행자를 마주 바라보고 호통쳐 물었다.

"뭣 하러 또다시 기어들어왔느냐?"

느긋이 기다리고 있던 손행자가 대꾸했다.

"우리 사부님을 돌려보내라!"

"요런 못된 원숭이 녀석, 아주 벽창호로구나! 그놈의 당나라 화상이 너한테는 스승이 될지 모른다만, 내게는 술안주감밖에 안 된다는 걸 모르느냐? 맛좋은 술안주를 돌려보내라니, 그걸 나한테 말이라고 하는 게냐? 그따위 생각일랑 꿈도 꾸지 말아라!"

스승더러 술안주감이라는 말을 듣자 손행자는 약이 바싹 올라 견딜 수가 없다. 그는 여의금고봉을 번쩍 치켜들고 정면으로 후려 때렸다. 요괴가 화첨창으로 급히 맞받아쳤다.

이 한판 싸움은 앞서보다 더 볼 만한 대결이었다.

못된 요마는 노발대발, 성미 급한 미후왕은 약 올라 죽을 지경.

이편이 오로지 경을 얻으러 가는 스님을 구하려 한다면, 저편은 당나라 삼장 법사를 잡아먹으려 한다.

마음이 변했으니 친분도 저버리고, 정이 뜸해지니 양보할 의리도 없다.

이쪽은 산 채로 잡아 껍질 벗기지 못하는 게 한스럽고, 저쪽은 붙잡아 날것으로 양념 쳐서 먹어치우지 못하는 게 한이 된다.

참으로 대단한 영웅이라, 그 얼마나 용맹스럽고 힘이 세랴! 철봉이 날아들면 장창이 가로막아 승부를 겨루고, 장창이 들이치면 철봉이 맞아 쳐서 우열을 다툰다.

쌍수를 높이 들고 서로 휘둘러 치기 벌써 스무 차례, 쌍방의 솜씨와 재간이 어느 쪽으로도 기울지 않고 똑같구나.

요사스런 마왕은 손행자를 상대로 벌써 20합을 싸웠으나 좀처럼 이겨낼 수 없는 것을 깨닫자, 화첨창을 허세로 한번 휘둘러 보이면서 급히 몸을 뽑아내더니, 주먹을 움켜쥐고 또다시 제 콧잔등을 두어 차례 두들겨서 불길을 확 뿜어냈다. 그와 동시에 동굴 문 앞에 오행으로 자리잡은 불수레 다섯 대도 일제히 연기와 불꽃을 토해내기 시작했다. 어느덧 요괴의 입과 두 눈에서도 시뻘건 불길이 활활 타올라 허공으로 솟구치고 있었다.

손대성은 이때다 싶어 고개를 돌리면서 큰 소리로 외쳤다.

"용왕들은 어디에 있는가!"

수족(水族)을 거느린 용왕 형제들은 요괴의 불길이 치솟는 것을 발견하자 그 즉시 빗물을 쏟아내기 시작했다. 이내 정말 기막힐 정도로 멋있는 폭우가 한바탕 퍼부어 내렸다.

후드득, 후드득, 떨어지던 빗방울이 쐬아아, 쐬아아! 장대 같은 빗줄기로 바뀌어 눈앞을 빽빽하게 가린다.

후드득, 후드득 흩날리는 빗방울은 마치 하늘가에서 별똥별이 떨어지는 듯하고, 쐬아아, 쐬아아! 장대 같은 빗줄기는 흡사 해구(海口)에서 파도가 거꾸로 곤두박질쳐 내리지르는 듯하다.

처음에는 주먹만한 빗방울이 떨어지는가 싶었으나, 그 다음에는 물독과 세숫대야를 통째로 쏟아 붓듯 억센 폭우로 바뀌었다.

대지를 온통 휩쓸고 흘러내려 초록빛 물오리 이마처럼 푸르며, 높은 산은 맑게 씻겨 부처님의 머리처럼 파랗게 솟아나왔다.

구렁텅이 골짜기마다 천 길 옥수(玉水)가 흩날리고, 계곡의 샘에는 만 갈래 은파(銀波)가 불어난다.

세 갈래 길목도 보는 눈앞에서 물이 꽉 들어차고, 아홉 굽이 진 시냇물도 어느덧 평평하게 직선으로 흐른다.

이는 재난에 빠진 당나라 스님을 위하여 신룡이 도우심이니, 천하(天河, 은하수)를 뒤엎어 하계로 쏟아내리는구나.

빗물은 콸콸콸콸, 요란한 소리를 내면서 그야말로 억수같이 퍼부었으나, 요괴의 불길을 꺼버리지는 못하였다. 그도 그럴밖에, 사해 용왕이 마음대로 내릴 수 있는 빗물이란 것은 고작 보통 불이나 끌 수 있는 것이었으니, 요괴의 삼매진화를 무슨 수로 끈단 말인가? 불을 끄기는커녕 오히려 타는 불에 기름을 끼얹기라도 한 것처럼 빗물이 거세게 쏟아지면 쏟아질수록 불길은 점점 더 맹렬하게 타오를 뿐이었다.

사세가 험악해지자, 손행자는 버럭 소리쳤다.

"안 되겠구나. 피화결을 써가지고 불 속으로 뚫고 들어가야겠다!"

불구덩이 속으로 뚫고 들어간 손행자, 닥치는 대로 철봉을 휘둘러가며 요괴를 찾아 헤매기 시작했다. 홍해아는 그가 불 속으로 뛰어드는 것을 보자, 연기 한 모금을 그의 면상에다 대고 냅다 뿜어냈다. 손행자는 엉겁결에 고개를 돌려 피했으나, 때는 이미 늦었다. 정통으로 연기를 쐰 두 눈알이 시큰시큰 저려오고 머릿속은 어찔어찔 현기증을 일으키는가 하면, 눈물이 억수같이 쏟아져 나와 도무지 견딜 수가 없었다.

제천대성 손오공은 본디 불길 따위는 겁내지 않았으나, 연기만큼은 무서워했다. 그 까닭은 5백여 년 전에 그가 천궁을 뒤엎고 일대 소동을 벌이다가 사로잡혔을 때, 태상노군의 팔괘로 속에 처박혀서 49일 동안이나 톡톡히 단련을 받았는데, 천만다행히도 바람이 부는 손괘(巽卦, 동남방) 위치에 자리잡은 덕분으로 불길에 타 죽지는 않았으나, 바람결에 휘몰아치는 연기만큼은 어떻게 피할 도리가 없어 두 눈자위가 불덩어리처럼 시뻘겋게 핏발이 서고 눈동자 역시 샛노랗게 변하여 '화안금정(火眼金睛)'이 되고 말았다. 그래서 오늘날까지도 이 세상의 무엇보다 연기를 두려워하게 되었던 것이다.

손행자의 기세가 주춤하자, 홍해아는 또 한차례 연기를 확 뿜어보냈다. 손행자는 견디다 못해 구름 위로 뛰어올라 허공으로 솟구치고서야 겨우 불바다 바깥으로 빠져나올 수 있었다. 그제야 요마는 화구를 거두어들여 가지고 유유히 동굴로 돌아갔다.

온 몸뚱이에 매캐한 연기와 불꽃을 뒤집어쓴 손행자는 숨이 막히고 뜨거워 견딜 수가 없는 터라, 답답한 가슴을 식혀볼 생각에 골짜기 냇물 속으로 풍덩 뛰어들었다. 그러나 이 노릇을 어쩌랴, 뜨겁게 달아오른 몸이 차가운 물에 닿기 무섭게 화기(火氣)가 삽시간에 심장부로 파고 들어가 숨통을 끊어놓을 줄이야……! 손행자는 가련하게도 가슴이 꽉 막히고 혀끝까지 굳어 삼혼칠백(三魂七魄)[3]이 육신을 빠져나가고 그나마

---

3 삼혼칠백: 통상 '혼백(魂魄)'이라 일컫는 넋. 도교에서는 '삼혼(三魂)'과 '칠백(七魄)'으로 구분짓고, 이를 내단 수련법의 제2단계인 존사(存思) 과정에서 반드시 통제해야 할 목표로 삼았다. 『포박자(抱朴子)』「지진(地眞)」과 『운급칠첨(雲笈七籤)』제54, 「혼신(魂神)」에 따르면, 삼혼은 ①'탈광(脫光)'이라 부르는 태청양화기(太淸陽和氣), ②'상령(爽靈)'이라는 음기(陰氣)의 변화체, ③'유정(幽情)'이라는 음기의 잡체(雜體). 그리고 칠백은 ①시구(尸狗), ②복시(伏矢), ③작음(雀陰), ④탄적(吞賊), ⑤비독(非毒), ⑥제예(除穢), ⑦취폐(臭肺). 이들 일곱 가지는 인체 안의 탁귀(濁鬼)로서, '삼혼'과 더불어 내단 공법 수련자가 그 탁한 기운의 통제를 받지 않고 반드시

붙어 있던 잔명(殘命)조차 잃고 말았다.

반공중에서 이 광경을 지켜보고 있던 사해 용왕들이 깜짝 놀라 황급히 비를 거두어들이고 큰 소리로 외쳐 불렀다.

"천봉원수! 권렴장군! 숲속에만 숨어 있지 말고, 빨리 나와서 그대들의 사형을 찾아보시오!"

저팔계와 사화상은 천궁에 있을 때의 자기네 직함을 부르는 소리가 들리자, 황급히 말고삐를 풀어 끌고 짐보따리를 짊어진 채 숲속에서 뛰쳐나왔다. 발목까지 푹푹 빠져드는 진 수렁에 흙탕물을 마다 않고 냇물가를 따라 허겁지겁 찾아 내려가다 보니, 물거품이 희뿌옇게 소용돌이치는 급류를 타고 사람 하나가 둥실둥실 떠내려오고 있다. 그것을 본 사화상이 옷을 입은 채 물속으로 뛰어들더니 단숨에 끌어안고 냇가로 올라왔다. 건져놓고 보았더니 과연 맏형인 손대성의 몸뚱이가 아닌가! 기가 막힐 노릇이다. 양팔 두 다리는 빳빳하게 굳은 채 오그라들어 펴질 줄 모르고, 온 몸뚱어리는 얼음장처럼 싸늘하게 식었을 뿐 아니라 숨통도 막히고 맥도 끊겨 있는 것이다.

사화상은 기가 막혀 눈물을 펑펑 쏟아냈다.

"형님! 이게 웬일이시오? 억만 년을 두고두고 불로장생하신다더니 이렇게 중도에서 명 짧은 분이 되실 줄이야 누가 알았겠소!"

곁에서 저팔계가 피식 웃으면서 하는 말이 더 기가 막히다.

"여보게, 울 것 없네. 이 원숭이 녀석은 지금 일부러 죽은 척해서 우리를 놀라게 하려는 걸세. 징징거리지 말고 가슴팍이나 좀 문질러보게. 온기가 아직 남아 있나 없나……."

그 말을 듣고 사화상이 발끈 역정을 냈다.

제어하여, 몸 안에 맑은 양기가 오래 머물도록 해야 한다고 하였다.

"전신이 싸늘하게 식었는데, 온기가 조금 남아 있기로서니 그걸 가지고 어떻게 살아날 수 있겠소?"

"그건 자네가 모르고 하는 말일세. 이 친구는 일흔두 가지 변화 술법을 지니고 있으니까 목숨도 일흔두 개는 가지고 있을 걸세. 자네 그 다리를 펴서 꼭 붙잡고 있게. 어디 내가 한번 손을 써볼 테니까."

둘째 사형이 호언장담을 하고 나서는데야 사화상도 어쩔 도리가 없다. 그는 맏형의 두 다리를 꼿꼿이 잡아당겨 움직이지 못하도록 단단히 부여잡았다. 그동안에 저팔계는 머리통을 부축한 채 등줄기를 쭉 펴서 사화상으로부터 두 다리를 건네받아 포개놓고 가부좌를 틀어 앉혀놓더니, 두 손바닥으로 몸뚱이를 골고루 문질러 따뜻하게 데워주기 시작했다. 그리하여 냉기가 좀 가시자 이번에는 두 눈과 양쪽 귀, 두 코, 입을 차례차례 더듬어가며 안마선법(按摩禪法)을 썼다.

손행자는 목숨이 끊어진 것이 아니었다. 뜨겁고 답답한 김에 갑작스레 차가운 냇물 속에 몸을 던져넣다 보니, 화기가 체내로 침투하여 심장부에 충격을 가한데다, 그 기운이 불두덩의 단전혈(丹田穴)을 꽉 틀어막아 소리를 내지 못하였던 것인데, 다행히도 저팔계가 안마선법을 써서 풀어준 덕분에 이내 기운(氣運)이 삼관(三關)[4]을 관통하고 명당(明堂)으로 돌아나와, 막혔던 구공 칠규(九孔七竅)를 말끔히 뚫어놓았던 것이다.

"아악……! 사부님……!"

목청이 트인 손행자가 외마디 소리로 스승부터 찾았다. 사화상은

---

4 삼관: 도교에서 말하는 이 세 가지 관문이란, 인체의 앞뒤로 각각 세 부위가 있는데, 앞쪽의 인당(印堂)이 곧 **상관**(上關), 목구멍의 기관지에 해당하는 중루(重樓)가 **중관**(中關), 심장부에 해당하는 강궁(絳宮)이 **하관**(下關)이다. 그리고 등 뒤쪽 콩팥과 염통 사이의 미려궁(尾閭宮)을 **태현관**(太玄關), 등뼈에 해당하는 협척(夾脊)을 **녹로관**(轆轤關), 두뇌 뒤쪽에 있는 옥침혈(玉枕穴)을 **천곡관**(天穀關)이라 일컬었다.

기쁜 가운데서도 야속한 생각이 들어 핀잔을 주었다.

"허허, 형님은 살아서나 죽어서나 스승님 타령만 하시는구려. 정신 좀 차리시오. 우리가 이렇게 여기 있지 않소?"

손행자는 두 눈을 번쩍 떴다.

"이런! 자네들, 여기 있었네그려. 이 손오공이 이번만큼은 정말 혼이 났었네."

모처럼 공을 세운 저팔계가 싱글벙글 웃는다.

"형님, 혼이 난 정도가 아니라, 진짜 돌아가실 뻔했소. 만약 이 저팔계가 구해드리지 않았던들, 형님의 목숨은 그대로 끝장났을 거요. 이래도 나한테 고맙다는 인사 한마디 안 하실 거요?"

손행자는 그 말을 무시하고 벌떡 일어나더니, 하늘 쪽으로 고개를 쳐들고 소리쳐 물었다.

"오씨 형제 여러분! 어디들 계시오?"

허공 구름 속에서 용왕들의 응답하는 목소리가 들려왔다.

"소룡들은 여기 대령하고 있소이다!"

"먼 길에 오시느라 수고하셨는데, 공을 이루지 못하여 미안하게 되었소. 우선 돌아들 가시오. 내가 훗날 다시 찾아뵙고 사례하리다."

손행자의 분부가 떨어지자 사해 용왕들은 모처럼 출동한 보람도 얻지 못한 채 방대한 수족들을 거느리고 맥없이 수정궁으로 돌아갔다.

사화상은 맏형을 부축해서 함께 소나무 숲으로 돌아가 자리잡고 앉았다. 얼마 후 손행자는 제정신을 차리고 숨을 고르더니 그 다음부터는 쉴새없이 눈물을 철철 흘리면서 하염없는 넋두리를 늘어놓기 시작했다.

"사부님……!"

지난날을 돌이켜 생각하니, 인연 맺던 그해에 사부님은 대 당나라 도성을 떠나 양계산에 이르셔서, 바위 더미에 짓눌린 이 제자를 구하고 재난에서 벗어나게 해주셨습니다.

삼산 육수(三山六水) 멀고 험난한 길, 수많은 요괴 마귀의 장애에 부닥쳐서 천신만고 겪어가며 애간장이 마디마디 끊어질 듯하였습니다.

바리때를 떠받쳐들고 동냥하여 많으면 많은 대로, 적으면 적은 대로 아침 한 끼 올렸고, 참선하는 절간이나 산촌 마을 못 찾으면 숲속에서 이슬 맞으며 한밤을 지새웠습니다.

한마음 한뜻으로 공과(功果)를 이룩하기 바랐더니만, 오늘날에 이렇듯 가슴 아픈 상처 입을 줄이야 어찌 알았으리까!"

슬피 흐느껴 우는 손행자를 사화상이 달래준다.

"형님, 너무 슬퍼하지 마시오. 우리 한시 바삐 대책을 세워놓고 어디 가서 구원병을 모셔다 사부님을 구해내기로 합시다."

"어딜 가서 구원병을 청해 온단 말인가?"

맏형의 물음에, 사화상은 이렇게 대답했다.

"애당초 보살님이 우리더러 당나라 스님을 보호하라 분부하셨을 때, 하늘을 부르면 천신(天神)이 응하고 땅을 부르면 지살(地煞)이 응하도록 해주겠노라고 약속하셨소. 이 두 군데 중 어느 곳에 구원을 청하면 좋겠소?"

그러자 손행자는 맥없이 도리질을 해 보였다.

"안 될 말일세. 생각해보게. 이 손오공이 천궁을 어지럽혔을 때, 그 숱한 신병들이 출동하고서도 나를 어쩌지는 못했네. 이 요괴란 놈은 신통력이 너무나 크고 세다네. 그러니까 이 손오공보다 수단이 더 좋은 사람이라야만 항복시킬 수 있을 걸세. 천신을 불러와도 어렵고 지살을 가지고도 안 되네. 이 요마를 잡으려면 반드시 관세음보살님께 가서 구원을 청해야만 되겠네. 하지만 나는 몸뚱어리가 쑤시고 저리고 허리 무릎이 아파서 근두운을 일으켜 탈 수 없으니 어떻게 그분을 청하러 갈 수 있겠나?"

이 말을 듣고 곁에서 저팔계가 불쑥 나섰다.

"분부만 내리시구려. 이 저팔계가 냉큼 가서 청해보리다."

그제야 손행자의 얼굴에 미소가 피어났다.

"그것도 좋겠지. 자네가 가도 될 걸세. 하지만 보살님을 만나뵙더라도 절대로 떡 버티고 서서 고개를 쳐들고 정면으로 바라보아서는 안 되네. 머리를 공손히 수그린 채 인사를 드리란 말일세. 그분께서 물으시거든, 그때에는 이곳 지명과 요괴의 이름을 말씀드리고 나서 사부님을 구해달라고 청하게. 만약 그분께서 직접 와주시기만 한다면, 그 요괴를 잡는 것쯤은 문제가 없을 걸세."

이 말을 듣고 저팔계는 그 즉시 안개구름을 일으켜 타고 의기양양하게 남쪽을 향해 떠나갔다.

한편 요괴 마왕은 동굴 속에서 잇따른 승리의 기쁨에 한껏 도취해 있었다.

"얘들아, 손행자가 혼이 나서 달아났다. 이번에 그놈을 죽여버리지는 못했다만, 아마 그놈도 혼쭐이 다 빠졌을 게다. 하하하……! 한데, 가만있거라! 그놈이 또 어딜 가서 구원병을 청해 올지 모르겠구나. 어서 빨리 문을 열어라. 누구를 청하러 가는지 내가 나가서 살펴봐야겠다."

졸개 요괴들이 동굴 문을 열자, 홍해아는 곧바로 허공에 뛰어올라 사방을 두루 살펴보기 시작했다. 아니나 다를까, 예상은 들어맞았다. 저팔계가 남쪽으로 달려가는 모습이 눈길에 잡힌 것이다. 요괴는 생각했다. 남쪽으로 간다면 달리 갈 만한 곳이 없을 테고, 반드시 관세음보살에게 구원을 청하러 가는 것이 분명하다. 그는 황급히 구름을 낮추고 내려서서 부하들에게 소리쳤다.

"얘들아! 내 그 가죽 자루를 찾아오너라. 오랫동안 써본 적이 없어서 주둥이 끈이 삭아빠졌을지도 모를 테니까, 아주 튼튼한 새것으로 갈아 끼워 둘째 문 아래 놓아두어라. 내 이 길로 가서 저팔계란 놈을 꾀어가지고 돌아오거든, 가죽 자루에 잡아넣기로 하자꾸나. 그놈을 잡아 가지고 흐물흐물해지도록 푸욱 찜을 쪄서 너희들에게도 한턱 잘 먹게 해주마."

홍해아에게는 원래 마음대로 늘어났다 줄어들었다 하는 여의대(如意袋)란 가죽 자루가 하나 있었다. 부하들이 명령대로 그것을 꺼내다가 주둥이 끈을 갈아 끼우고 동굴 겹문 안에 얌전히 놓아둔 것은 두말할 나위가 없다.

더구나 이 마왕은 오래전부터 이곳에 살아온 터라, 어느 쪽 길이 남해로 가는 데 제일 가깝고 또 어느 쪽 길이 멀리 돌아가는 길인지 훤히 알고 있었다. 그래서 가까운 지름길로 구름을 날려 순식간에 저팔계를 앞질러 갔다. 그리고 절벽 끄트머리 바위 위에 단정히 앉아서 '가짜 관세음보살'의 모습으로 둔갑한 채 저팔계가 당도할 때까지 느긋하게 기다렸다.

저팔계가 구름을 휘몰아 정신없이 달려가다 보니, 불현듯 절벽 위에 관세음보살이 앉아 있다. 그것이 진짜인지 가짜인지 알아볼 턱이 없는 미련퉁이 저팔계, 구름을 멈추고 손행자가 일러준 대로 넙죽 엎드려 절을 올렸다.

"보살님, 제자 저오능이 문안 인사 드립니다."

요괴가 능청스레 큰절을 받고 묻는다.

"너는 당나라 스님을 보호하고 경을 얻으러 가는 길이 아니더냐? 그런데 무슨 일로 나를 보러 왔느냐?"

"저희들이 사부님을 모시고 가는 도중, 호산 고송간 화운동이라는 곳에 이르러서 홍해아라는 요정과 맞닥뜨렸사온데, 그놈이 저희 사부님을 낚아채갔습니다. 저와 사형은 그놈을 찾아가서 한바탕 싸웠으나, 그놈이 불을 놓는 바람에 첫판에서 이기지 못하고 물러났습니다. 두번째 싸움에서는 사해 용왕들을 청해다가 빗물로 도움을 받았으나, 그 역시 불을 끄지 못하고 말았습니다. 더구나 사형은 불길에 데어서 꼼짝도 못하는 신세가 되었기에, 절더러 보살님을 모셔오라고 해서 이렇게 찾아 나선 것입니다. 보살님, 부디 자비심을 베푸셔서 저희 사부님을 재난에서 구하여주소서!"

저팔계의 말을 들은 요괴는 시침 뚝 떼고 그럴 리 없다는 듯이 고개를 절레절레 내둘렀다.

"그 화운동 주인은 결코 사람을 해치지 않는데, 어째서 그런 일이 벌어졌는지 모르겠다. 혹시 너희들이 그 사람의 성미를 건드린 모양이로구나."

"아니올시다. 저는 그자를 건드리지 않았습니다. 사형인 손오공이 건드린 것입니다. 그놈은 어린아이로 둔갑해 가지고 나무 가장귀에 매달려서 저희 사부님의 속을 떠보았습니다. 사부님은 워낙 착하신 분이라 절더러 그놈의 결박을 풀어주게 하시고 사형을 시켜 한동안 업고 가게 하셨습니다. 그런데 사형이 심통맞게 그놈을 태질쳐서 죽여버리려고 했습니다. 그랬더니 그놈이 돌개바람을 일으켜서 사부님을 낚아채가고 말았던 것입니다."

"일어나거라. 나하고 같이 그 동굴 주인을 만나러 가자. 내가 말을 잘해줄 테니, 너는 잘못했다고 사과해서 너희 스승을 돌려받도록 하자꾸나."

"어이구, 보살님 고맙습니다! 사부님을 돌려주기만 한다면 큰절 한 번쯤 하는 거야 어렵지 않습니다."

"오냐, 그럼 됐다. 날 따라오너라."

앙큼한 요괴 마왕이 능청스럽게 천천히 일어섰다. 미련한 바보 천치는 뭐가 옳고 그른지 까맣게 모른 채, 요괴가 가는 대로 따라나섰다. 결국 '사람의 겉모습만 보면 모두가 부처'라는 속담 그대로 꼼짝없이 속아넘어가, 남양대해로 가지 않고 왔던 길로 되돌아간 것이다.

그들은 잠깐 사이에 화운문(火雲門) 경내에 들어섰다. 문 앞에 다다른 요괴가 한발 앞서 동굴 안으로 들어가면서 다시 한번 저팔계를 안심시켰다.

"이 동굴 주인은 내가 잘 아는 친구이니까, 조금도 꺼림칙하게 여기지 말고 어서 들어오너라."

미련한 저팔계는 영문도 모른 채 어슬렁어슬렁 안으로 들어섰다. 동굴 안에 막 들어섰을 때였다. 미리 잠복해 있던 홍해아의 부하 요괴들이 한꺼번에 아우성을 치면서 달려들더니 앗, 소리질러볼 틈도 없이 저팔계를 붙잡아 거꾸러뜨려놓고 가죽 자루 속에 처넣은 다음, 주둥이 끈을 바싹 졸라매어 끌어다가 대들보 위에 높이 매달아놓았다.

그제야 요괴의 본색을 드러낸 홍해아는 동굴 한복판에 자리잡고 앉아 껄껄대며 비웃었다.

"이놈, 저팔계야! 너같이 아둔한 녀석이 무슨 재간이 있다고 감히 당나라 화상을 보호해서 경을 가지러 간다느니, 보살을 모셔다가 나를 항복시킨다느니 하고 설쳐대는 거냐? 이 미련한 놈아! 두 눈 멀뚱멀뚱 뜨고도 내가 성영대왕이란 것을 알아보지 못했단 말이냐? 여하튼 잘됐다. 이제 네놈을 붙잡았으니, 한 사나흘 동안 매달아두었다가 푹 삶아서 내 부하 녀석들에게나 술안주 삼아 한턱 잘 먹여야겠다."

저팔계는 교활한 요괴에게 감쪽같이 속아넘어간 것이 분하고 원통해서 가죽 자루 속에서 몸부림을 쳐가며 마구 욕설을 퍼붓기 시작했다.

"이 못된 괴물아! 아주 괘씸하기 짝이 없는 놈이로구나! 오냐, 좋다! 설령 네놈이 온갖 계책을 다 써서 나를 속여넘기고 잡아먹는다 치자! 그래도, 내 살점을 먹는 놈들은 깡그리 대갈통이 퉁퉁 붓는 염병을 앓다가 뒈지고야 말 것이다!"

이때부터 저팔계가 목이 쉬도록 욕설을 퍼붓고 난리법석을 떤 것은 더 말할 나위도 없다.

한편, 제천대성 손오공은 사화상과 함께 앉아서 저팔계가 돌아오기만을 목이 빠지게 기다리고 있었는데, 난데없이 바람결에 비릿한 냄새가 풍겨와 얼굴을 스치고 지나갔다. 재채기가 나올 정도로 역겨운 비린내였다.

"엣취……! 이거 아닌데! 아니야! 뭔가 잘못된 모양이다. 방금 지나간 바람은 아무래도 불길한 바람인걸. 혹시 저팔계란 녀석이 길을 잘못 들었는지도 모르겠어."

"길을 잘못 들었으면 지나가는 사람에게라도 물어볼 수 있지 않습니까?"

사화상은 심드렁하게 말을 받아넘겼으나, 손오공은 사뭇 심각한 기색을 지었다.

"아닐세. 분명 요괴와 맞닥뜨린 모양이네."

"요괴와 마주쳤다면 돌아서서 도망쳐오지도 못하겠소?"

"이것 안 되겠네. 자네는 여기 앉아서 잘 지키고 있게. 내가 고송간 계곡으로 달려가 형편을 좀 알아보고 와야겠네."

"형님은 허리가 시큰거리고 아프다면서 그런 몸으로 갔다가 또 그놈의 손에 걸려들면 어쩌시려 그러오. 내가 다녀오리다."

"자넨 가서 아무 일도 못 하네. 역시 내가 가보아야 되겠네."

막내의 호의를 무시한 손행자가 어금니를 악물어 불길에 덴 아픔을 참아가며 철봉을 거머쥐고 계곡을 훌쩍 건너뛰더니, 화운동 앞에 이르자 큰 소리로 호통을 쳤다.

"발칙한 요괴 놈아!"

문을 지키던 졸개 녀석이 또 안으로 달려가서 보고를 한다.

"대왕님! 손행자가 또다시 문턱에 와서 고함을 지르고 있습니다."

홍해아가 손행자를 잡아들이라는 명령을 내렸다. 부하 요괴들이 창칼을 휘두르며 한꺼번에 함성을 지르면서 문짝을 열어젖히고 와르르 몰려나왔다.

"저놈 잡아라! 때려잡아라!"

손행자는 과연 지칠 대로 지친데다 화상까지 겹친 몸이라, 비록 조무래기 요괴들이라 하더라도 섣불리 맞아 싸울 엄두가 나지 않았다. 그는 길 한켠으로 몸을 피하여 숨은 다음, 주어를 외우고 외마디 호통을 쳤다.

"변해라!"

그의 몸뚱이는 눈 깜짝할 사이에 금빛이 번쩍번쩍하는 보따리로 둔갑하여 길바닥에 나뒹굴었다. 졸개 요괴들이 그것을 보고 서로 다투어가며 주워서 동굴 안으로 가지고 들어갔다.

"대왕님, 손행자는 저희들이 '때려잡아라!'고 고함을 질렀더니 그 소리에 겁을 집어먹고 뺑소니를 치고 말았습니다. 얼마나 다급했는지, 보따리마저 내던지고 달아났습니다."

요사스런 마왕이 피식 웃는다.

"그까짓 보따리에 무슨 값어치 나갈 물건이 들었겠느냐. 기껏해야

중 녀석들이 입던 누더기 승복이나 낡아빠진 모자 나부랭이 아니면 잡동사니가 들어 있을 게 뻔하다. 기왕에 주워왔으니, 안으로 들여다가 잘 빨아서 너희들 속옷이나 기워 입는 데 쓰도록 하려무나."

부하 요괴들은 보따리를 떠메고 안으로 깊숙이 들여갔다. 그것이 손행자가 탈바꿈한 것인 줄은 꿈에도 알 턱이 없다.

손행자는 속으로 중얼거렸다.

'하하! 이것 봐라. 일이 척척 잘되느라고 안으로까지 모셔 들여가는구나……'

부하 요괴는 대수롭지 않다는 듯 금빛 보따리를 한구석에 툭 던져놓았다.

앙큼스런 손행자는 즉시 솜털 한 가닥을 뽑아 선기 어린 숨결 한 모금을 불어넣었다. 솜털은 즉시 보따리와 똑같은 모양으로 변하고 그 진신(眞身)은 한 마리의 파리로 둔갑하여 휙 날아오르더니, 문 지도리에 찰싹 달라붙었다. 절묘하기 짝이 없는 솜씨, 이야말로 '가짜 속에 또 가짜가 있고, 허(虛) 가운데 또 다른 허가 있다(假中又假, 虛裏還虛)'라는 말 그대로였다.

정신을 바짝 차리고 이리저리 둘러보고 있으려니, 어디선가 저팔계의 꿍꿍대는 목소리가 들려오는데 음성이 똑똑하지 못하고 마치 염병을 앓는 돼지의 신음 소리 같았다. 파리로 둔갑한 손행자가 '앵!' 하고 날아가 찾아보았더니, 웬걸! 가죽 자루 속에 갇힌 채 들보에 대롱대롱 매달려 있는 것이 아닌가? 파리란 놈은 가죽 자루 겉면에 달라붙어 귀를 기울였다. 저팔계는 여전히 입심 사납게 요괴더러 '죽일 놈, 살릴 놈'자를 섞어가며 악담 저주를 퍼붓고 있었다.

"……이 못된 요괴 놈아! 네가 감히 관세음보살로 둔갑해서 나를 속이고 이리로 잡아왔겠다? 게다가 이 어르신을 대들보에 매달아놓고 푸욱 삶아서 부하 녀석들의 술안주감으로 먹이겠다고? 어디 두고 봐라! 우리 형님이 아시는 날에는 네놈들은 끝장이란 말이다! 우리 형님께서……."

푸념 끝에 장타령이 섞여 나온다.

제천대성이 무량 술법(無量術法)을 한바탕 펼치는 날이면, 이 산중의 못된 괴물을 몽땅 때려잡고 말 것이요,
가죽 자루를 열어서 나를 내놓는 날이면, 아홉 이빨 달린 쇠스랑으로 네놈을 천번 만번 찍어서 내 분풀이를 하고야 말 테다!

손행자는 이 소리를 듣고서 속으로 웃음이 터져나왔다.
"이 미련한 것이 자루 속에서 숨이 막혀 죽을 정도로 경을 치고 있으면서도 아직껏 항복하지는 않았구나. 오냐, 좋다! 내 이놈의 괴물을 반드시 잡아 없애고야 말리라. 그렇지 않고서는 어떻게 이 분풀이를 할 수 있으랴?"

어떻게 하면 저팔계를 구해낼 수 있을까, 이 궁리 저 궁리를 하고 있으려니, 요괴 홍해아가 호통치는 소리가 들려왔다.
"육건장(六健將)은 어디 있느냐?"

손행자는 모르고 있었으나, 홍해아의 측근에는 여섯 마리의 심복 부하가 있었다. 그들은 모두가 자신이 믿을 만한 정령들이었기 때문에 여섯 건장으로 임명했던 것이다. 이름도 별뚝스러워, 한 놈은 '구름 속의 안개' 운리무(雲裏霧), 또 하나는 '안개 속의 구름' 무리운(霧裏雲), 한 놈은 '성미 급하기가 불 같다'고 해서 급여화(急如火), 다른 한 놈은 '빠르기가 바람 같다'고 해서 쾌여풍(快如風), 또 한 녀석은 '신바람이 나면 펄쩍펄쩍 뛴다' 해서 흥흥흔(興烘掀), 그리고 마지막 한 녀석은 그

이름의 앞뒤 글자만 바꾸어서 흔흥흥(掀烘興)이라고 불렀다.

이윽고 육건장이 앞으로 나와 무릎을 꿇으니, 요괴 마왕은 그들에게 물었다.

"너희들, 노대왕님이 계신 곳을 알고 있느냐?"

"예, 알고 있습니다."

육건장이 이구동성으로 대답했다.

"지금부터 밤낮을 가리지 말고 속히 달려가서 노대왕님을 모시고 오너라. 내가 이곳에 당나라 화상을 잡아두었는데, 그것을 찜으로 쪄서 천년만년 장수하시도록 잡수시게 해드리려 한다고 여쭈어라."

여섯 명의 부하 요괴들이 명령을 받들고 꺼떡대며 동굴 문 밖으로 나가자, 가죽 자루에 달라붙어 있던 손행자도 '앵!' 하니 날아올라 그들의 뒤를 따라 동굴 바깥으로 빠져나갔다.

과연 그들이 어떻게 노대왕을 모셔올 것인지, 다음 회에서 풀어보기로 하자.

제42회 제천대성은 정성을 다하여 남해 관음을 찾아뵙고, 관세음보살은 자비를 베풀어 홍해아를 잡아 묶다

동굴 문을 나선 육건장이 서남쪽으로 방향을 잡고 길 따라 걷기 시작했다.

손행자는 남몰래 속셈을 굴려본다.

"홍해아, 그놈이 노대왕을 모셔다가 우리 사부님을 잡아먹겠다고 했으렷다? 노대왕이라면 보나마나 우마왕이리라. 이 손선생께서 당년에 그 작자와 아주 배짱이 맞아떨어지고 정분이 두터워서 친하게 사귄 적이 있었지. 오늘날에 와서 나는 올바른 길로 들어섰으나, 그 친구는 아직도 옛 버릇을 못 고치고 여전히 요사스런 마귀 노릇이나 하고 있을 게다. 서로 헤어진 지 오래되어 만난 적이 없어도, 그놈의 생김새는 기억하고 있으니까, 어디 한번 이 손선생께서 우마왕으로 둔갑해 가지고 놈들을 속여보기로 하자꾸나. 그래서 어떻게 나오는지 그놈의 꼬락서니를 보는 것도 괜찮을 듯싶겠다."

앙큼스런 손행자는 육건장으로부터 멀찌감치 떨어져 나오더니 날개를 떨치고 10여 리나 앞질러 날아간 다음, 몸을 한 번 꿈틀하고 흔들어 우마왕으로 변신했다. 그리고 다시 솜털 몇 가닥을 뽑아 숨결을 불어넣으면서 외마디 소리를 질렀다.

"변해라!"

솜털은 삽시간에 몇 마리의 부하 요괴들로 둔갑했다. 그는 부하들을 이끌고 산골짜기 깊숙한 곳으로 들어가 송골매를 날리고 사냥개를 풀어놓으며 활시위에 화살을 메겨 겨누고 사냥하는 체하면서 육건장 일행이 오기만을 느긋이 기다렸다.

이윽고 여섯 마리의 부하 요괴들이 떼지어 모습을 드러냈다. 그들은 우마왕이 난데없이 길바닥 한복판에 떡 버티고 앉아 있는 모습을 발견하고 깜짝 놀랐다. 여섯 가운데서도 눈썰미가 빠른 흥흥흔과 흔흥흥이 부랴부랴 그 앞으로 달려나가더니, 길바닥에 털썩 무릎 꿇고 엎드려 송구스럽게 이마를 조아렸다.

"노대왕 어르신! 여기 계셨나이까?"

뒤미처 운리무, 무리운과 급여화, 쾌여풍도 달려와 일제히 무릎 꿇어 엎드려 머리를 조아렸다. 하나같이 범태 육안을 지닌 요괴들이니, 진짜인지 가짜인지 알아볼 턱이 어디 있겠는가.

"노대왕님, 저희들은 성영대왕이 계신 화운동에서 파견된 사자들이옵니다. 노대왕님께 당나라 화상의 고기를 잡수시고 천년만년 장수하시도록 모셔가려고 오는 길이었습니다."

손행자가 시침을 뚝 떼고 그럴듯한 말투로 대답한다.

"얘들아, 일어나거라. 나하고 같이 집으로 가서 옷이나 갈아입고 가자꾸나."

졸개 요괴들이 황공하여 다시 이마를 조아렸다.

"그대로 가셔도 좋을 듯하옵니다. 댁까지 다녀오려면 길이 무척 멀 터인데, 시간을 너무 지체하였다가는 소신들이 대왕께 꾸지람을 듣게 될 것이오니, 이대로 모시고 갈까 하나이다."

손행자는 껄껄대고 웃었다.

"그것참 귀여운 녀석들이로군! 좋다, 좋아! 그럼 앞길이나 틔워라. 내 이대로 너희들을 따라가마."

'노대왕'의 허락이 떨어지자, 여섯 괴물은 신바람이 나서 기세 좋게 호통까지 쳐가며 앞길을 트고 나아갔다. 손대성은 어슬렁어슬렁 그 뒤를 따라나섰다.

얼마 안 있어 일행은 화운동에 당도했다. 이번에는 바람처럼 빠른 쾌여풍과 성미 급하기 불 같은 급여화가 재빨리 동굴 안으로 들어가 보고했다.

"대왕님! 노대왕께서 오셨습니다."

홍해아는 반색하면서 칭찬을 아끼지 않았다.

"벌써 돌아왔느냐? 너희들, 과연 쓸 만한 녀석들이로구나! 이렇게나 빨리 다녀오다니……."

그는 여러 방면의 우두머리들을 불러들여 환영 대열을 편성하고 깃발을 올리고 북을 치면서 노대왕을 맞으러 나갔다.

이윽고 화운동 전체 요괴늘이 마왕의 명령을 받들어 동굴 안팎에 질서정연하게 늘어섰다. 감쪽같이 '노대왕'으로 변신한 손행자는 기고만장하여 앞가슴을 썩 내밀고 으쓱대며 동굴 안으로 들어섰다. 둔갑시켰던 부하들과 송골매, 사냥개들은 진작에 몸 한번 슬쩍 흔들어 다시 솜털로 걸어들인 것은 말할 나위도 없다.

뚜벅뚜벅 큰 걸음걸이로 동굴 안에 들어선 그는 남쪽을 향하여 한복판 자리를 차지하고 위세 좋게 앉았다.

요괴 홍해아가 면전에 꿇어 엎드리더니 위를 보고 큰절을 올렸다.

"아버님, 소자 홍해아가 문안 인사 드리옵니다."

손행자는 능청스레 절을 받으면서 말했다.

"얘야, 그렇게 인사 차릴 것은 없다. 그만 일어나려무나."

홍해아는 그래도 네 번 큰절을 올리고 나서야 일어나 아랫자리에 내려섰다.

"그래, 무슨 일로 날 불렀느냐?"

손행자의 물음에, 홍해아는 송구스럽게 다시 한번 허리를 구부리면서 아뢰었다.

"불초 소자가 어제 사람을 하나 잡았사온데, 바로 동녘 땅 대 당나라에서 파견되어 오는 승려였습니다. 전부터 남이 하는 말을 들으니, 이 자는 십세 수행을 쌓은 사람으로, 누구든지 그 고기를 한 덩어리만 먹으면 봉래산이나 영주의 불로장생하는 신선들처럼 늙지 않고 오래도록 살게 된다고 하옵니다. 그래서 소자는 감히 혼자 입에 댈 엄두가 나지 않기에, 아버님을 모셔다가 당나라 승려의 고기를 함께 맛보고 천년만년 수명을 누릴까 하여 이렇게 초청한 것입니다."

이 말을 듣고 손행자는 일부러 깜짝 놀라는 시늉을 해 보였다.

"얘야, 당나라 승려라니! 누구 말이냐?"

"서천으로 경을 가지러 가는 사람입니다."

"그렇다면 손행자의 스승 아니냐?"

"바로 그자입니다."

홍해아는 대수롭지 않게 말했으나, 가짜 '노대왕'은 두 손을 홰홰 내저으며 도리질을 했다.

"안 된다, 안 돼! 다른 사람은 건드려도 괜찮겠지만, 손행자가 어떤 사람인데 건드린단 말이냐. 얘야, 너는 그 친구를 만나본 적이 없겠지? 그 친구는 신통력이 굉장하고 변화 술법을 자유자재로 부릴 줄 아는 원숭이다. 그가 천궁을 한바탕 뒤엎어놓았을 때, 옥황상제는 십만 천병을 출동시키고 천라지망을 펼쳐놓고서도 그를 잡아 꿇리지 못했단 말이다. 그토록 무서운 녀석의 스승을 네가 어찌 감히 잡아먹겠다는 거냐? 어서 빨리 돌려보내고 그 원숭이 녀석의 성미를 건드리지 말거라. 네가 제 스승을 잡아먹었다는 소식을 그놈이 들어봐라. 굳이 너하고 싸울 것도 없이, 저 무시무시한 여의금고봉으로 이 산허리를 들쑤셔 구멍을 뻥뻥 뚫어놓고, 하다못해 산더미를 송두리째 뒤엎고 말 것이다. 그렇게 되는 날이면 너는 어느 곳에 편히 몸 붙여 살 것이며, 또 나는 장차 누구한테 의지하여 노년을 보낼 수 있겠느냐?"

"아버님, 그게 무슨 말씀이십니까? 어떻게 남의 기세는 돋우어주시고 이 아들의 기를 죽이는 말씀을 하실 수 있습니까? 그 손행자란 놈이 형제 셋이서 당나라 화상을 데리고 우리 산중에 들어섰기에, 제가 변화 술법을 써서 그놈의 사부를 낚아채왔습니다. 그랬더니 그놈은 저팔계와 함께 내 집 문전까지 찾아와서 무슨 일가친척이니 뭐니 따져가며 수작을 걸었습니다. 저는 노기가 치밀어 그놈과 몇 합 싸워봤습니다만, 별로 대단한 솜씨를 지닌 것도 아니었습니다. 처음에는 손행자와 단둘이서 겨루었는데, 나중에 가서 저팔계란 놈이 슬그머니 끼어들어 협공을 하는 것이 아니겠습니까. 그래서 저는 삼매진화를 토해내어 그놈들을 태워 죽이려고 했습니다. 불길이 무서운 것을 보자, 그놈들은 패배하고 도망치더니, 이번에는 사해 용왕을 데려와 빗물로 불을 끄려 했습니다. 하지만 제 삼매진화가 어디 보통 빗물에 꺼지는 불입니까? 손행자는 불길에 휩싸여 거의 타 죽을 뻔하다가 혼비백산을 해가지고 겨우 빠져나가 도망쳤습니다.

이래도 안 되고 저래도 안 되니까, 그놈은 저팔계를 시켜 남해로 관세음보살에게 구원을 청하러 떠나보냈습니다. 그러나 저팔계란 놈은 도중에 가짜 관음보살로 둔갑한 제 속임수에 넘어가서 저희 손에 붙잡혔고, 지금은 여의대 자루 속에 갇힌 채 들보에 매달려 있습니다. 그놈은 나중에 천천히 쪄서 부하 녀석들에게나 한턱 먹일 생각입니다.

손행자는 오늘 아침에 또 쳐들어와서 아우성을 쳐가며 소란을 부리기에, 제가 부하들을 시켜 잡아들이려고 했더니 보따리마저 내동댕이치고 허겁지겁 달아나버렸습니다.

경위는 대충 이렇습니다만, 이제는 아버님을 모시고 한갓지게 당나라 화상의 살아 있는 모습을 구경시켜드린 다음, 찜통에 얹어놓고 푸욱 쪄서 불로장생하시도록 아버님께 올릴까 합니다."

손행자가 이 말을 듣고 껄껄껄 너털웃음을 터뜨렸다.

"얘야, 너는 삼매진화로 그 친구를 이길 수 있다는 것만 알지, 그에게도 일흔두 가지 변화 술법이 있다는 걸 모르는구나!"

"그놈이 아무리 변화 술법을 잘 부린다 해도, 소자는 한눈에 알아볼 수 있으니까 제 집 문턱에는 절대로 들어서지 못할 것입니다."

"네가 비록 그 친구의 변신술을 꿰뚫어볼 줄 안다 치자. 그러나 그 녀석은 항상 몸집이 커다란 물건으로만 둔갑하는 게 아니다. 덩치 크고 사나운 낭강(狼犺)으로 둔갑하면 네 집 문 안으로 들어오지 못하겠지만, 작은 물건으로 변한다면 네가 알아보지 못할 것이다."

"아버님, 걱정 마십쇼. 그놈이 제아무리 작은 물건으로 둔갑한다 하더라도, 저는 날마다 대문 안팎에 네댓 명이나 되는 부하 녀석들을 세워놓고 파수를 보게 하고 있습니다. 그런데 어찌 숨어들어올 수 있겠습니까?"

"그건 네가 모르고 하는 말이다. 그 친구는 파리나 모기, 하루살이 또는 꿀벌, 나비, 각다귀 같은 벌레로 둔갑할 줄도 안다. 더구나 그 녀석이 내 모습으로 둔갑해서 나타날 때에는 네가 어떻게 알아볼 수 있겠느냐?"

그래도 홍해아는 자신만만하게 대답했다.

"걱정 없습니다. 그놈이 제아무리 무쇠 담보에 구리 심장을 지녔다 한들, 저희 집 문전에는 얼씬도 못 할 테니까요."

"그렇다면 너한테는 그 녀석을 이길 만한 놀라운 수단이 있단 말이로구나. 그러니까 나를 모셔다가 당나라 화상의 고기를 먹으라는 모양인데, 이걸 어쩌면 좋을지 모르겠다. 오늘은 먹지 못하겠으니 말이다."

"어째서 드시지 못합니까?"

아들이 뜨악하게 여쭈었더니, 가짜 '노대왕'은 짐짓 심각한 표정을 지어 보였다.

"내가 요즈음 나이가 많이 들어 늙었다. 네 어미가 날더러 착한 일을 좀 하라고 권유하지만, 별로 선행을 베풀 만한 것도 없고 해서, 재계(齋戒)나 지켜보는 중이다."

"아버님께서 재계를 하신다면, 월재(月齋)를 지키십니까, 아니면 장재(長齋)¹를 지키고 계십니까?"

"장재도 아니고 월재도 아니다. '뇌재(雷齋)'라고 해서 한 달에 나흘 동안만 지키면 되는 것이다."

'뇌재'라니, 그런 재계가 있는지 없는지 알 턱이 없는 홍해아가 다시 여쭈었다.

"나흘 동안이라면, 어느 날 어느 날입니까?"

"간지(干支)로 따져서 신(辛)자가 들어가는 날 셋이 초엿새가 되는

---

1 **월재 · 장재**: 도교에서 '재(齋)'란 심신을 단정하게 가다듬는 재계(齋戒)를 말한다. 『운급칠첨(雲笈七籤)』제37권에 "재에는 세 가지 업(業)이 있는데, 몸 밖으로는 더러운 속세의 먼지와 때에 물들지 않고, 몸 안으로는 오장 육부를 맑게 비우며, 진(眞)을 내려받아 신(神)에 이르러 도(道)와 함께 진에 합쳐지는 것"이라고 했다. '재법(齋法)'에는 종류가 많으나 일반적으로 마음과 몸을 깨끗이 하는 재, 오시(午時)가 넘도록 식사하지 않는 재, 고기를 먹지 않고 소식(素食)하는 재가 있다. 또 특별한 날이나 기일을 두고 재를 하는 경우가 있는데, 여기서 말하는 **월재**란 '월십재(月十齋)'의 준말로, 매달 초하루, 초파일, 열나흘, 보름, 열여드레, 스무사흘날, 스무나흘날, 스무여드레, 스무아흐렛날, 삼십일, 이렇게 10일은 천지(天地)와 수부(水府)의 모든 신령들이 날짜에 따라서 강림하여 천하를 돌아다니며 인간의 선악을 살펴본다 하여 재계를 지키는 것이며, **장재(長齋)**란 1년 내내 육식을 금하고 소식(素食)만 지키는 재계로서, 『포박자(抱朴子)』 「잡응(雜應)」에 의하면, "장재를 할 때에는 반드시 냄새나는 채소(葷菜)와 혈식(血食)을 끊어야 한다"고 하였다. 이 밖에도 중요한 재계로 **'경신재(庚申齋)'**가 있으나, 뒤에 설명하기로 한다.

날이다. 오늘은 신유일(辛酉日)이니까, 내가 재계를 지키는 날이 되고 또 유일(酉日)에는 손님을 만나지 않기로 했다. 내일은 내 손으로 직접 그 화상을 깨끗이 씻어서 푹 쪄가지고 너희들과 함께 먹도록 하마."

홍해아는 그 말을 듣더니 속으로 곰곰이 생각했다.

'이상한 일이다. 아버님은 평생토록 사람을 잡아잡숫고 살아오신 분이 아니던가? 연세도 벌써 일천여 년을 사셨는데, 이제 와서 무슨 착한 일을 하시겠다고 새삼스럽게 재계를 지키신단 말인가? 애당초 온갖 나쁜 일만 골라서 해오신 분이 지금에 와서 날짜를 정해놓고 정진 소식(精進素食)을 하신들, 과연 그 죄업(罪業)을 모두 씻고 공덕을 쌓으실 수 있단 말인가? 아무래도 이건 거짓말 같다. 수상한 일이다. 정말 수상해……!'

그는 벌떡 일어나더니 중문 바깥으로 나와서 육건장을 불러세우고 물었다.

"너희들, 노대왕님을 어디서 모셔왔느냐?"

부하 요괴들은 영문을 모른 채 사실대로 대답했다.

"가는 도중에 우연히 만나뵙고 모셔왔습니다."

그제야 홍해아는 퍼뜩 짚이는 바가 있었다.

"내 어쩐지 그 먼 데를 빨리도 다녀왔다 했더니, 결국 노대왕 어르신의 댁에까지 갔다 온 것이 아니었구나!"

"예, 댁에까지는 가지 않았습니다."

"아뿔싸! 이거 큰일났구나! 저것은 가짜다, 가짜야! 노대왕님이 아니시란 말이다!"

이 말을 듣자, 여섯 마리 부하 요괴는 일제히 꿇어앉으면서 물었다.

"그렇다면 대왕님께서 친아버님의 모습도 알아보지 못하셨단 말씀입니까?"

"생긴 모습이나 행동거지는 똑같다만, 말하는 얘기가 영 다르다. 아무래도 가짜가 나타나서 골탕을 먹이려 드는 모양이니, 너희들도 정신 똑바로 차리고 대비해야겠다. 칼을 쓰는 녀석들은 칼을 뽑아들고, 창을 쓰는 녀석은 창날을 숫돌에 번쩍번쩍하게 갈아놓고, 몽둥이를 쓰는 녀석은 몽둥이를, 밧줄을 쓸 줄 아는 녀석들은 밧줄을 준비해 가지고 기다려라. 내가 다시 들어가서 몇 가지 물어보고 뭐라고 하는지 말투를 들어볼 것이다. 만약 진짜 노대왕님이라면 당나라 화상의 고기를 오늘도 안 잡숫고 내일도 안 잡숫고, 한 달 뒤에 잡수신들 어떻겠느냐만, 혹시라도 말투가 수상쩍게 나오면 가짜가 틀림없으니, 내가 '에헴!' 하고 헛기침해서 신호를 보내거든 일제히 달려나와서 손을 쓰도록 해라. 알겠느냐?"

"예에, 분부대로 하오리다!"

화운동의 요마들이 제각기 명령을 받고 준비를 서두른 것은 말할 나위가 없다.

홍해아는 안으로 들어가 손행자 앞에 새삼스럽게 또 한번 큰절을 드렸다. 손행자는 면구스러워 얼른 만류했다.

"얘야, 한집안 식구끼리 무슨 예의범절을 그토록 차리느냐? 절을 할 것은 없으니까, 할 말이 있거든 어서 해보려무나."

홍해아가 땅바닥에 엎드린 채 입을 열었다.

"변변치 못한 소자가 아버님을 모신 것은 물론 당나라 화상의 고기를 올리고자 하는 뜻도 있사옵니다만, 두번째는 여쭈어보고 싶은 것이 하나 있어서였습니다. 제가 일전에 한가로운 틈을 타서 상광을 일으켜 타고 하늘에 올라갔다가 우연히도 천사도(天師道)의 조종(祖宗)이신 장도릉(張道陵) 선생을 만나뵈었습니다."

"옳아, 천사 직분을 맡은 장도령(張道齡) 선생 말이냐?"

"그렇습니다."

"그래, 무슨 말을 하시더냐?"

"선생께서는 저를 보시더니 오관(五官)이 골고루 반듯하게 생겼으며, 삼정(三停)²이 모두 고르다 하시면서, 제가 어느 해, 어느 달, 어느 날, 어느 시에 태어났는지 물으셨습니다. 저는 아직 나이가 어린 탓으로 잘 기억하지 못하는데, 선생께서는 서자평(徐子平)³의 점성술에 능통하다고 하시면서 제 생년, 생월, 생일, 생시를 따져 오성(五星)⁴을 보아주시겠노라고 하셨습니다. 그래서 이제 아버님께 이것을 여쭈어보고, 다음번에 그분을 다시 만나뵙게 되었을 때 점을 한번 쳐줍시사고 부탁드릴까 합니다."

윗자리에 천연덕스레 앉아 있던 손행자는 은근히 놀라면서 속으로 혀를 내두르지 않을 수 없었다.

---

2 삼정: 관상술의 용어. 인체를 크게 셋으로 나누어 목에서 배꼽까지를 **상정**(上停), 배꼽에서 무릎까지를 **중정**(中停), 무릎에서 발끝까지를 **하정**(下停)이라 하며, 이를 다시 부위별로 나누어 머리의 이마 부분을 **천상정**(天上停), 코 부분을 **인중정**(人中停), 아래턱 부분을 **지하정**(地下停)이라 부르는데, 이 세 부위가 서로 균형을 이룬 사람은 부귀와 장수를 누린다고 한다.

3 서자평: 송나라 때의 점성술에 정통한 술사. 이후 중국에서는 점성학(占星學)을 그의 이름을 따서 '자평술(子平術)'이라 부른다.

4 오성: 곧 금(金)·목(木)·수(水)·화(火)·토(土)의 다섯 행성. 도교에서 '오휘(五諱)'라고도 부르며, 『춘추곡량전(春秋穀梁傳)』「소(疏)」에는 '동방의 세성(歲星), 남방의 형혹성(熒惑星), 서방의 태백성(太白星), 북방의 신성(辰星), 중앙의 진성(鎭星)'이라 하였는데, 이 다섯 별은 그 빛깔과 위치에 따라 국가와 사회, 인간의 운명을 점칠 수 있다고 했다. 이 '오성점(五星占)'은 문헌상 이름만 전해 내렸을 뿐 그 내용이 밝혀지지 않았으나, 1970년대 중국 장사(長沙) 마왕퇴(馬王堆)에서 발굴된 한나라 때의 무덤에서 출토되었다. 목간(木簡)으로 이루어진 이 책은 대략 기원전 170년에 지은 것으로 추정되는데, 글자 수는 8천 자로, 고대 『감덕석신성경(甘德石申星經)』의 내용 일부가 보존되어 있으며, 진시황 원년(기원전 246)부터 한문제(漢文帝) 3년(기원전 177)까지 무려 70년 동안 목성과 토성, 금성의 위치와 세 별의 회합 주기(周期) 및 성상(星象)과 인간의 관계를 연계시켜 예언하는 가장 오래된 천문학·점성술 서적으로 알려졌다.

'이 얼마나 대단하고 약아빠진 요괴 녀석이냐? 이 손선생이 불과(佛果)에 귀의하여 당나라 스님을 보호하고 서천 땅으로 가는 도중에 숱한 요괴를 잡아보았으나 이처럼 지독스럽고 각박한 놈은 본 적이 없었다. 집안 살림살이나 예의범절 같은 것을 물어왔다면 얼렁뚱땅 그럴 듯하게 얼버무려 대답할 수 있겠지만, 제가 태어난 해, 태어난 달, 태어난 날짜에 태어난 시각을 묻는데야 내가 무슨 수로 알아맞힐 수 있단 말인가? 그것참 난처한 노릇이다……'

그러나 손행자 역시 꾀가 말짱한 원숭이였다. 그는 속내를 드러내보이지 않고 능청스레 떡 버티고 앉아서, 조금도 겁내는 기색 없이 오히려 만면에 싱글벙글 웃음기마저 띠었다.

"하하! 얘야, 그만 일어나려무나. 나도 나이를 많이 먹은 탓인지, 마음속에 간직하고 있던 것을 곧잘 잊어먹곤 하는 일이 많아졌다. 네 생년, 생월, 생일, 생시를 알고 싶다고? 오냐, 일러주마. 한데 지금은 깜빡 잊고 기억나지 않으니, 내일 집에 돌아가서 네 어미한테 물어보고 다시 일러주마."

그 말을 듣는 동안 홍해아의 의혹은 마침내 확신으로 바뀌었다.

"아버님께서는 언제나 제 사주팔자와 생년월일을 입에 담고 계시고, 또 저는 하늘과 더불어 늙지 않는 수명을 타고났다 하지 않으셨습니까? 그런데 어떻게 오늘은 잊어버렸다고 하시는 겁니까? 그럴 리가 없습니다……! 당신은 내 아버님이 아니라 가짜가 틀림없소!"

단번에 쏘아붙인 홍해아가, '에헴!' 하고 헛기침 신호를 보내자, 기다리고 있던 부하 요괴들이 창칼을 휘두르면서 한꺼번에 우르르 몰려나오더니, 손행자의 머리통이고 얼굴이고 가릴 것 없이 닥치는 대로 후려때리면서 덤벼들었다.

정체가 발각되자, 손행자는 부랴부랴 여의금고봉을 꺼내 잡고 뭇매

질을 가로막으면서 마침내 본상을 드러내고 말았다.

"이런 불효막심한 아들놈 봤나! 아비를 때리는 자식놈이 어디 있단 말이냐?"

요괴 홍해아는 부끄러움을 감추지 못하여 얼굴이 온통 시뻘게진 채, 고개를 돌려 외면하고 손행자를 똑바로 쳐다보지도 못하였다.

그 통에 손행자는 한줄기 금빛 광채로 변하여 동굴 바깥으로 빠져 나갔다.

"대왕님, 손행자란 놈이 달아났습니다!"

부하 요괴의 보고에, 홍해아는 시무룩한 기색으로 대꾸했다.

"됐다, 됐어…… 도망치게 내버려두어라. 내가 이번에는 골탕을 먹은 셈 치자꾸나. 문짝이나 닫아걸고 단단히 잠가두어라. 더 이상 그놈과 승강이를 벌일 것 없이, 당나라 화상을 깨끗이 씻어서 찜이나 쪄 먹기로 하자."

요괴의 소굴에서 빠져나온 손행자는 그동안 쌓이고 쌓였던 울분을 한꺼번에 풀어버린 뒤끝이라, 너무나도 통쾌해서 철봉을 높이 치켜든 채 깔깔깔 웃어가며 계곡을 단숨에 건너뛰어 사화상이 기다리는 곳으로 돌아왔다.

사화상이 맏형의 웃음소리를 알아듣고 부랴부랴 소나무 숲 바깥으로 마중을 나오면서 물었다.

"아니, 형님! 반나절 만에 돌아오시면서 뭐가 그리도 좋아 깔깔대는 거요? 그래, 사부님은 구출하셨소?"

"사부님을 구해내지는 못했네만, 이번에는 요괴란 놈을 멋들어지게 골탕 먹이고 왔네."

"멋들어지게 골탕을 먹이다니, 그건 또 무슨 말씀이오?"

"가서 봤더니, 저팔계는 가짜 보살님으로 둔갑한 그 요괴 녀석한테 속아넘어가 동굴 속으로 끌려들어갔더군. 지금은 가죽 자루 속에 갇혀서 들보에 매달려 있네. 내가 무슨 방법을 생각해서 뽑아내려 하는 판에, 생각지도 않게 그 요괴란 놈이 무슨 육건장인가 뭔가 하는 부하 녀석들을 불러내더니 '노대왕을 모셔다가 당나라 스님의 고기를 잡수시도록 하라'고 떠나보내지 않겠나? 가만 생각해보니, 노대왕이란 작자는 필시 우마왕인 듯싶어 나도 살그머니 빠져나와 그놈들을 뒤쫓아갔네. 그리고 요괴 녀석들을 앞질러 나가서 우마왕으로 둔갑하고 어물어물 그놈들과 만난 다음, 길 안내를 받아 가지고 소굴로 들어갔네. 동굴 한복판에 떡 버티고 앉아 있으니까 그 홍해아란 놈이 '아버님! 아버님!' 해가며 넙죽넙죽 큰절을 올리기에, 나도 시침 뚝 떼고 큰절을 네 번씩이나 받았지 뭔가. 정말 울적하던 속이 확 풀어지더군! 이러니 그놈을 멋들어지게 골탕 먹인 것이 아니고 뭐난 말일세."

이 말을 듣고 사화상은 불만스러웠는지 혀를 끌끌 찼다.

"형님은 그런 시시껄렁한 덕을 보셨는지 모르겠지만, 아마도 사부님의 목숨은 부지하기 어려울 듯싶소."

"걱정하지 말게. 내가 이 길로 가서 관음보살님을 청해 옴세."

"허리가 저리고 아프시다면서?"

"이제는 아프지 않네. 옛말에, '사람이 기분 좋은 일을 만나면 정신도 상큼해진다(人逢喜事精神爽)' 하지 않았나? 자네는 짐보따리와 말이나 잘 보고 있게. 내 얼른 다녀오겠네."

"형님이 그놈을 골탕 먹여서 원수를 맺고 왔으니, 그놈이 분풀이로 사부님을 죽이지나 않을까 겁나오. 빨리 다녀오셔야 하오."

"냉큼 다녀옴세. 밥 한 끼 먹을 정도의 시간이면 돌아올 수 있을 걸세."

말도 미처 다 끝내기도 전에, 용감한 손행자는 벌써 사화상 곁을 떠나 근두운을 일으켜 타고 남해로 달려가고 있었다. 중천에서 겨우 한 시간 남짓 날아갔을 때는 어느새 보타산의 경관이 내려다보였다.

눈 깜짝할 사이에 구름을 낮추고 낙가애(落伽崖) 절벽 위에 내려선 그는 옷매무새를 단정하게 가다듬고 엄숙한 자세로 천천히 걸어나갔다. 어느 결에 이십사로(二十四路)의 제천(諸天) 신령들이 영접을 나오더니 손행자에게 물었다.

"대성께서는 어디를 가십니까?"

손행자도 답례를 건네면서 말했다.

"보살님을 뵈러 가는 길이오."

"그러시다면 잠깐 여기 계시지요. 저희가 통보를 해드리겠습니다."

귀자모(鬼子母)⁵를 비롯한 여러 천신들이 조음동(潮音洞) 밖에 가서 조용히 아뢰었다.

"보살님께 아뢰오. 손오공이 뵙고자 찾아왔나이다."

전갈을 받은 관세음보살이 그 즉시 안으로 들여보내라는 분부를 내렸다.

손행자는 옷매무새를 바로잡고 조심스레 조음동 안으로 들어가 관음보살 앞에 꿇어 엎드렸다.

"오공아, 너는 금선자(金蟬子)를 모시고 서천으로 경을 구하러 가지

---

5 귀자모: 불교의 귀자모신(鬼子母神). 하리저(訶利底)Hariti의 음역을 따라 하리제모(訶梨帝母)라고도 쓴다. 청색·청의(靑衣)라는 뜻으로, 천성이 포악하여 남의 아이를 잡아먹는 야차녀(夜叉女)인데, 부처의 교화를 받아 불법(佛法)과 유아 양육의 수호신이 된 여인. 전설에 따르면, 전세(前世)에 5백 명의 아이를 낳았는데 사악한 성품으로 다섯 사성(舍城)에 와서 어린아이들을 잡아먹고 살았으나, 부처님이 그 자식들 중 한 명을 몰래 숨기자 이 마녀는 창자가 끊어지듯 애통에 빠졌다고 한다. 이때 부처님이 설법하기를 "너는 5백 명의 자식 가운데 겨우 한 명을 잃고도 이렇듯 슬퍼하는구나. 그렇다면 네게 자식을 잡아먹힌 그 숱한 부모들의 가슴은 어떠하겠느냐?" 하고 잘 타일렀더니, 그녀는 과오를 깊이 뉘우치고 서원(誓願)을 세워 모든 여인들의 순산(順産)과 갓난아기를 수호하는 신이 되었다고 한다.

않고, 이곳에는 무슨 일로 왔느냐?"

"보살님께 아룁니다. 불초 제자가 당나라 스님을 보호하여 어떤 곳에 이르렀는데, 호산 고송간 화운동이란 곳이었습니다. 그 동굴에 사는 홍해아, 성영대왕이란 요괴가 저희 사부님을 납치해갔습니다. 제자와 저오능이 함께 그 소굴 문턱까지 찾아가 그놈과 싸웠으나, 삼매진화를 뿜어대는 바람에 이기지 못하고 사부님도 구해드리지 못하였습니다. 제자는 급히 동양대해로 달려가서 사해 용왕을 데려다가 빗물로 불을 끄려 했습니다만, 그 물로도 삼매진화를 이겨내지 못하였을 뿐 아니라, 제자는 불길과 연기에 그슬려서 화상을 입고 하마터면 잔명조차 보전하기 어려울 뻔했습니다."

손행자의 말이 끝나기를 기다려서 관음보살은 이렇게 물었다.

"그 요정이 삼매진화를 토해낼 줄 안다면 신통력이 굉장한 놈일 덴데, 그렇다면 어찌하여 사해 용왕에게만 구원을 청하러 가고 나한테는 오지 않았더냐?"

"애당초 보살님을 찾아뵈려 했사오나, 제자가 불꽃 연기에 몸을 다쳐 구름을 탈 수 없으므로, 저팔계를 시켜 보살님께 구원을 간청드리려고 떠나보냈습니다."

"오능은 여기 오지 않았다."

"그렇습니다. 이곳까지 오지 못하였을 것입니다. 저팔계는 그 요괴란 놈이 가짜 보살님의 모습으로 둔갑해서 유인하는 바람에 속아넘어가 지금 동굴 속 가죽 자루에 갇혀 있습니다. 아마 요괴란 놈은 그 녀석마저 찜을 쪄 먹겠다는 모양입니다."

이 말을 듣자, 관세음보살은 크게 노하였다.

"발칙한 놈이로다! 감히 내 모습으로 둔갑하다니……."

관세음보살은 어지간히 노여웠는지, 손에 들고 있던 보주 정병(寶

珠淨甁)을 바다 한복판에 풍덩! 내던져버렸다.

그것을 본 손행자는 깜짝 놀라다 못해 모골(毛骨)이 송연해졌다. 그는 황급히 몸을 일으켜 아래쪽으로 물러나 시립하면서 혼잣말로 중얼거렸다.

"이 보살님은 불 같은 성미가 여전하시구나. 아무리 이 손선생이 말을 잘못하여 기분이 상하셨기로서니, 그 소중한 정병마저 집어던져버리실 게 뭐람! 정말 아깝다, 아까워……! 그걸 진작 이 손선생한테나 주셨으면 오죽이나 좋았으랴……."

말을 채 마치기도 전이었다. 느닷없이 바다 한복판에서 물결이 훌떡 뒤집히더니 방금 내던져버린 정병이 파도를 헤치고 불쑥 솟아나오는 것이 아닌가? 자세히 바라보았더니, 저절로 솟구쳐 오르는 것이 아니라, 괴물 한 마리가 등에 떠메고 나오는 것이었다. 손행자는 두 눈을 휘둥그레 뜨고 정병을 떠멘 괴물의 모습이 어떻게 생겼는지 조심스럽게 살펴보기 시작했다.

근본 태생은 방니(幫泥)[6]의 후신이요, 물 밑에서 빛을 더 늘려 홀로 위엄을 드러낸다.
세상에서 숨어 있으나 천지의 성정을 알 수 있고, 편안히 몸을 감추고 있으면서도 귀신의 기미를 꿰뚫어 안다.
몸을 한번 움츠리면 머리도 꼬리도 없고, 네 다리를 펼치면 날듯이 빠르게 달려갈 수 있다.

---

6 방니: 거북의 별칭. 고대 중국 신화 전설에 따르면, 우(禹)임금이 대홍수를 다스릴 때, 황룡(黃龍)은 앞장서서 꼬리를 끌어 물길을 트고, 검정 거북〔玄龜〕은 등딱지에 푸른 진흙〔靑泥〕 더미를 지고 뒤따르면서 우임금의 치수 사업을 도와주었다 하여, '진흙으로 돕는다'는 뜻으로 '방니(幫泥)'라고 부른다.

주나라 문왕이 그 껍질에 괘를 그어 중원의 운명을 점쳤고, 언제나 정대(庭臺)에 받아들여 복희씨(伏羲氏)의 반려가 되었다.

운룡(雲龍)이 뚫고 나오듯 그 자태가 천만 가지로 미끈하고 탐스러우며, 바닷물을 호령하고 파도를 밀어붙이며 물살을 불어낸다.

가닥가닥 금실을 꿰어 갑옷을 이루고, 점점이 장식 꾸며 채색 대모(玳瑁)를 이루었다.

구궁 팔괘로 겉옷을 마름질하고, 흐트러지고 부스러진 바탕이 초록빛 찬란한 옷처럼 제 한 몸뚱어리를 가리었다.

생전에는 용맹이 뛰어나 용왕의 총애를 받았으며, 죽어서 또한 부처님의 비석을 등에 짊어지는 영예를 차지했다.

이 괴물의 이름과 성씨를 알려 하는가, 거센 풍파 일으키는 심술 사나운 바다 속의 검정 거북, 바로 그놈이라네.

괴물은 정병을 떠메고 낙가애 벼랑 위로 기어오르더니, 관세음보살을 바라고 머리를 위아래로 스물네 번이나 끄덕끄덕했다. 이십사배(二十四拜)를 올린 것이다.

손행자가 그 꼴을 보고 혼자 웃으면서 중얼거렸다.

"이제 봤더니 정병을 지키는 놈이었구나. 정병을 잃어버릴 때마다 저놈한테 물어보면 되는 모양이지?"

관음보살이 그를 돌아본다.

"오공아, 그 아래서 뭘 구시렁대고 있는 게냐?"

"아무 소리도 안 했습니다."

원숭이가 잡아떼니, 그는 이렇게 분부했다.

"가서 정병을 이리 가져오너라."

손행자는 정병을 가지러 거북에게 다가갔다. 그러나 이게 어찌 된 노릇인가, 정병은 요지부동, 들어올리기는커녕 꼼짝달싹도 하지 않았다. 마치 잠자리가 돌기둥에 달라붙은 듯 아무리 용을 써도 움직이지 않는 것이다. 맥이 풀린 그는 다시 관음보살 앞으로 나아가 무릎을 꿇고 말았다.

"보살님, 제자는 저 병을 들어올릴 수가 없습니다."

관음보살이 꾸지람을 내린다.

"이 원숭이 녀석아, 주둥아리만 까졌지 물병 하나 들어올리지도 못하면서 어떻게 요마를 항복시키겠다는 거냐?"

"보살님, 솔직히 말씀드리겠습니다. 여느 때 같으면 저런 물병쯤이야 거뜬하게 들어올릴 수 있겠습니다만, 오늘만큼은 안 되는 걸 어쩝니까? 그 요괴란 놈의 삼매진화에 불기운을 먹은 탓인지, 근력이 약해진 모양입니다."

그가 둘러대는 말을 듣고 관음보살은 빙그레하니 미소를 짓는다.

"보통 때는 빈 병이었다만, 지금 바다 속에 던져넣었을 때는 경우가 다르다. 정병이 물속에 잠겨 있는 동안, 삼강 오호(三江五湖), 팔해 사독(八海四瀆), 계원 담동(溪源潭洞), 그러니까 이 세상의 모든 하천과 호수, 망망대해 온갖 바다, 산골짜기의 시내와 샘의 근원, 연못과 동굴을 두루 돌면서 바닷물과 대해로 흘러드는 물이란 물은 모조리 저 병 안에 빌려 넣었던 것이다. 그러니 네가 아무리 근력이 뛰어나다 해도 한 바닷물을 떠받칠 힘이 어디 있겠느냐? 그래서 저 물병을 들어올리지 못한 것이다."

손행자는 두 손 모아 경건하게 합장했다.

"예에, 제자가 모르고 있었습니다."

이윽고 관세음보살이 앞으로 나서더니, 오른손으로 가볍게 정병을 집어 왼 손바닥에 올려놓았다. 검정 거북은 고개를 두어 번 끄덕끄덕하고 나서 물속으로 사라져버렸다.

"이제 봤더니 병이나 지키고 있는 못생긴 녀석이로군!"

또 구시렁대는 손행자, 이어서 관세음보살이 자리잡고 앉았다.

"오공아, 내 이 물병 속에 들어 있는 감로수는 저 용왕들이 사사롭게 뿜어내는 빗물 따위와 전혀 달라서, 요괴의 삼매진화를 끌 수 있는 물이다. 이것을 네게 주어 보내고 싶다만, 너는 들어올리지도 못하니 어쩔 수가 없구나. 그래서 선재용녀(善財龍女)[7]를 딸려보냈으면 한다만, 너는 평소에도 앙큼스러운 심보로 사람을 곧잘 속이려 드는 놈이 아니냐? 선재용녀는 용모와 자태가 아리따운데다 정병 또한 보물이다. 그런데 네가 만약 사기 쳐서 모두 빼앗아가버린다면, 내 어느 세월에 어디서 너를 찾아낼 수 있겠느냐? 그러니 너도 그 대신에 무엇인가 담보물로 남겨두고 가야만 할 것이다."

믿지 못하니 저당을 잡혀두라는 말씀이다. 손행자는 기가 막혀 웃음이 나올 지경이다.

"원 보살님도! 섭섭하게 그다지도 의심이 많으십니까. 이 제자는 일단 사문(沙門)에 발을 들여놓은 이래 그따위 속임수나 사기를 쳐본 적이 한 번도 없었습니다. 그런데 무슨 담보물을 맡겨두고 가란 말씀입니까? 제 몸에 걸친 이 무명 직철은 보살님께서 주신 것이요, 아랫도리

---

7 선재용녀: 불교 화엄종(華嚴宗)에서 보장엄동자(普莊嚴童子)·두솔천자(兜率天子)와 더불어 '사승신성불(四勝身成佛)'이라 일컫는 선재동자(善財童子)와 용녀(龍女)를 말하는데, 이 책에서 관음보살은 이 두 사람을 하나로 묶어 말했으나, 역자의 생각으로는 '선재(善財)'라기보다 '선재(善哉)', 곧 '정말로 좋은, 훌륭한'이라는 말을 용녀의 이름 앞에 붙인 것이거나, 아니면, 원저자의 착각 탓으로 무심결에 함께 쓴 것이 아닌가 한다. 왜냐하면 '선재동자'는 다음 회에서 비로소 관음보살에게 제압당하고 불문에 귀의하는 것으로 나와 있기 때문이다(제43회 본문 앞부분과 주 **7** 참조). 용녀는 『법화경(法華經)』「제파달다품(提婆達多品)」의 고사에 따르면, 범어로 sāgara-nāga-rāja-duhiṭr, 곧 용왕의 딸로 부처가 되었다는 여인이다.

를 가리고 있는 이 호랑이 가죽 치마래야 동전 몇 푼어치나 되겠습니까? 이 철봉은 호신용으로 아침부터 저녁까지 늘 지니고 다녀야 합니다. 그 대신 이 머리에 씌운 테두리는 금으로 만든 것이니까 값어치가 나갈 것입니다. 보살님께서 꼼수를 부려 제 머리뼈 속까지 뿌리를 박았기 때문에 제 손으로는 벗길 도리가 없습니다. 이제 보살님은 담보물을 맡기라 하셨으니, 차라리 이 금테두리를 맡겼으면 좋겠습니다. '송고주(鬆箍咒)'를 외우셔서 당장 벗겨가십쇼. 그렇지 않고서야 달리 잡혀둘 만한 물건이 뭐 있겠습니까?"

"약아빠진 녀석, 네 멋대로 하겠다는 수작이로구나! 나는 네 옷가지도 철봉도 금테두리도 다 소용없다. 단지 네 뒤통수에 박아놓은 구명의 터럭을 한 가닥 뽑아서 내게 담보로 잡혀라."

"이 구명의 터럭 역시 보살님께서 저한테 주신 것이 아닙니까? 이걸 한 가닥 뽑아내면 다른 털까지 우수수 흐트러져서, 위급할 때 제 목숨을 구하기 어려울까 겁이 납니다."

손행자가 끝까지 뻗대니, 관음보살은 엄하게 꾸짖었다.

"이 못된 원숭이 녀석! 네놈은 털 한 가닥도 뽑기 싫다는 게냐? 그렇다면 나도 선재용녀를 보내지 못하겠다!"

"보살님, 의심이 너무나 많으십니다. 속담에 뭐라고 했습니까? '절간에 스님 얼굴 보러 가나? 부처님 뵈러 가지!(不看僧面看佛面)' 그랬습니다. 그러니까 보살님, 제발 부탁이니 저를 생각하지 마시고 부처님의 체면을 보셔서라도 저희 스승님을 재난에서 한 번만 구해주십쇼!"

싱글싱글 웃어가며 애걸하는데야 관세음보살도 어쩔 수 없는 모양이다. 그는 아무 말 없이 연화대에서 내려섰다.

한가로운 자태로 기꺼이 연화대를 내려서서, 향기로운 걸음걸이 구름을 사뿐 밟고 낙가애 벼랑 위로 오른다.

　　성승이 장해(障害)에 부닥친 탓으로, 요괴를 항복시켜 겁난(劫難)에서 구하여 돌아오기 위함이다.

관음보살이 직접 나서는 것을 보자, 손행자는 기뻐서 어쩔 바를 몰랐다. 보살님을 모시고 조음동 바깥으로 나오니, 제천 대신(諸天大神)들이 벌써 보타암 위에 줄지어 늘어섰다.

"오공아, 바다를 건너가자."

보살의 말씀에, 손행자는 몸을 굽히고 여쭈었다.

"보살님께서 앞서 가시지요."

"아니다, 네가 먼저 가거라."

손행자는 송구스러워 이마를 조아렸다.

"제자가 어찌 감히 보살님 앞에서 재간을 부려 앞서 가겠습니까. 근두운을 타고 싶어도 바람결에 옷자락이 휘날려 알몸뚱이가 드러날 것이오니, 보살님께 불경스러운 놈이라 꾸중이나 들을까 두렵습니다."

관음보살은 이 말을 듣고 선재용녀를 시켜 연화지(蓮花池)에서 연꽃 잎사귀를 하나 따오게 하더니, 그것을 바위 밑 물 위에 띄워놓고 손행자에게 일렀다.

"저 연꽃 잎사귀에 올라타거라. 내가 바다를 건너가게 해주마."

손바닥만큼씩이나 작은 연꽃 잎사귀에 올라타라니, 손행자는 기가 막혀 말도 제대로 나오지 않는다.

"보살님, 저 연꽃 이파리는 가벼울 뿐만 아니라 얇디얇은데, 제 몸뚱이를 어떻게 실을 수 있겠습니까? 한 발 내딛기만 해도 훌러덩 뒤집혀 물속으로 빠져들고 말 겁니다. 그랬다가는 이 범가죽 치마가 젖을 게 아닙니까? 날씨도 찬데 젖은 옷을 어떻게 입고 다니란 말입니까?"

원숭이가 꽁무니를 도사리자, 관음보살이 호통을 쳤다.

"올라타지 못하겠느냐? 타보기나 하라니까!"

손행자는 보살의 엄한 분부를 거역할 수 없어, 목숨을 내건 셈 치고 그 위로 훌쩍 뛰어올랐다. 그런데 꽃잎 위에 올라타고 보니, 처음에는 그토록 가볍고 작게만 보이던 것이 지금은 바다에 뜬 배보다도 훨씬 더 크고 튼튼해 보이는 것이 아닌가?

"보살님, 탔습니다!"

손행자가 기쁨에 겨워 큰 소리로 고함쳐 알렸다.

"탔으면 어째서 건너가지 않느냐?"

"상앗대도 없고, 노도 없고, 돛폭이나 돛대도 없는데, 어찌 건너가란 말씀입니까?"

"그런 것은 모두 소용없다."

이렇게 말한 관세음보살은, 숨 한 모금을 들이마시더니 다시 '훅!' 하고 내뿜었다. 그러자 연꽃 이파리는 그 숨결에 불려 삽시간에 남양 고해(南洋苦海)를 건너 피안(彼岸)에 올랐다.

두 발이 물 한 방울 묻히지 않고 착실하게 땅을 딛고 올라서자, 손행자는 껄껄대고 웃으면서 중얼거렸다.

"저 보살님께서 신통력 자랑이 대단하신걸! 전혀 힘들이시지 않고 이 손선생을 오너라, 가거라 막 부려먹다니. 하하하!"

그동안 관세음보살은 제천 대신들에게 분부를 내려 제각기 맡은 선경(仙境)을 잘 지키도록 단속하고, 다시 선재용녀를 시켜 조음동 문을 활짝 열게 했다. 그리고 상운을 일으켜 타고 보타암을 떠나 건너편에 이르러 큰 소리로 외쳐 불렀다.

"혜안은 어디 있느냐?"

혜안(惠岸)이란 바로 탁탑 이천왕의 둘째 태자로서 속명이 목차(木

叉)다. 그는 관세음보살이 손수 가르침을 내린 측근 제자로서 보살의 곁을 잠시도 떠나지 않았기 때문에, 호법 혜안 행자라 일컫는 사람이다. 스승이 부르는 소리를 듣자, 그는 즉시 대답하고 나와 보살 앞에 합장하여 인사를 드리고 분부가 내리기만을 기다렸다.

"너는 어서 상계로 올라가 네 부왕을 만나뵙고, 그분이 쓰시는 천강도(天罡刀)를 빌려오너라. 내가 써야 할 데가 있다."

분부가 떨어지자, 혜안이 여쭙는다.

"사부님, 몇 자루나 쓰시렵니까?"

"전부 다 필요하다."

보살의 명령을 받든 혜안 행자는 그 즉시 구름을 일으켜 타고 남천문으로 올라가더니, 운루 궁전(雲樓宮殿)에 이르러 부왕을 뵙고 문안 인사를 드렸다. 탁탑 이천왕은 둘째 아들을 보고 반갑게 물었다.

"애야, 어디서 오는 길이냐?"

목차가 아뢰었다.

"사부님께서 손오공의 간청을 받고 요사스런 마왕을 항복시키러 떠나시면서, 절더러 부왕님을 찾아뵙고 천강도를 잠시 빌려주십사 부탁드리라고 하셨습니다."

이천왕은 즉시 나타태자를 불러들이더니, 천강도 서른여섯 자루를 모조리 가져오게 하여 둘째 아들에게 내어주었다.

오랜만에 형제들끼리 만나게 되자, 혜안은 나타를 보고 이렇게 당부했다.

"여보게, 아우. 자네가 내 대신 어머님께 가서 문안 인사를 전해 올리게. 나는 일이 급해서 이 칼을 사부님께 전해드리고 다시 찾아뵙겠노라고 여쭙게."

총총히 작별 인사를 나눈 그는 상광을 타고 남해로 돌아와 관음보살에게 천강도 한 벌을 바쳤다.

관음보살은 칼을 손에 넘겨받더니, 그것을 모조리 허공에 내던지면서 주문을 외웠다. 그러자 서른여섯 자루의 천강도는 삽시간에 천엽 보련대(千葉寶蓮臺)로 화하였다. 이어서 보살은 몸을 솟구쳐 그 한복판에 단정히 올라앉았다.

그것을 본 손행자는 속으로 웃음이 나왔다.

"이 보살님은 정말 당신 것을 어지간히도 아끼시는군. 보타암 연화지에도 오색 보련대가 있는데, 그것을 가져다가 앉기가 아까워 남의 것을 빌려다 쓰시니 말씀이야."

관음보살이 기미를 챘는지 엄한 분부를 내렸다.

"오공아, 잔소리 말고 나를 따라오너라."

말을 마치자 일행은 구름을 타고 바다 위를 떠났다. 흰 앵무새 형님이 앞장서서 날아가고, 손대성은 혜안 행자와 함께 그 뒤를 따랐다.

잠깐 사이에 벌써 한군데 산머리가 나타났다. 손행자는 그 산을 가리키면서 아뢰었다.

"저 산이 바로 호산(號山)입니다. 저기서부터 그 요괴의 문턱까지는 어림잡아 한 사백여 리쯤 됩니다."

보살은 그 말을 듣고 상운을 멈추라 명하더니, 산머리 상공에서 '옴(唵)'자 주문을 한마디 외웠다. 그러자 산머리 앞뒤 좌우에서 수많은 신귀(神鬼)들이 쏟아져 나오는데, 모두 이 산의 토지신과 산신령들이었다. 그들은 일제히 관음보살이 앉아 계신 보련대 아래 무릎 꿇고 이마를 조아렸다.

보살이 분부를 내린다.

"너희들은 놀라거나 당황하지 말거라. 내가 오늘 이곳 마왕을 잡으러 왔다. 지금부터 너희들은 이 부근 일대를 말끔히 청소하되, 삼백 리면적 안에 아무리 작은 생령이라 할지라도 땅 위에나 땅속에나 한 마리도 남아 있지 않게 하여라. 둥지 속에 있는 어린 날짐승과 길짐승 새끼들이나 굴속에서 알을 깨고 나온 새끼 벌레에 이르기까지, 모두 산봉우리 위로 보내어 안전하게 살아 있도록 해야 할 것이다."

여러 신령들은 보살의 명령을 받고 물러가더니, 눈 깜짝할 사이에 돌아와서 결과를 아뢰었다.

보살이 재차 분부를 내렸다.

"말끔히 청소를 다 했으면, 너희들도 각자 사당으로 돌아가 있거라!"

이윽고 관음보살이 정병을 거꾸로 기울여 물을 쏟아내기 시작했다. 콸콸콸콸, 정병 속에 담겨 있던 오호사해(五湖四海)의 물이 한꺼번에 쏟아져 나오는데, 그 기세가 마치 천둥 벼락이 때리듯 요란한 굉음을 냈다.

산머리를 온통 휩쓸고, 바위 절벽을 들이부수다 못해 솟구쳐 오르는 물살.

산머리를 휩쓰는 그 기세 바다와 같으며, 바위 절벽을 들이부수다 못해 용솟음치는 물살이 끝 닿는 데를 모르는 망망대해와도 같다.

검은 안개 봇물 터지듯 하늘로 치솟으니 온통 물기운(水氣) 투성이요, 만경창파에 빛나던 햇빛조차 싸늘하게 식어 차가운 광채만 눈부시다.

낭떠러지 바위 절벽은 온통 옥같이 하얀 물결에 부딪혀 시달림을 받고, 망망한 바다에는 어디를 돌아보나 금련화가 돋아나왔다.

관세음보살이 놀라운 항마대법(降魔大法) 크게 펼치시고자, 소매춤에서 정신선(定身禪)을 꺼내들었다.

낙가산의 신선 경계로 변화시키니, 진실로 남해바다와 다를 바 없다.

빼어나게 아름다운 창포(菖蒲)가 불쑥 돋아나오니, 하늘하늘 여린 담화(曇花)가 수줍게 피어난다.

향기로운 풀이 얌전하게 잎새 펼치니 패다라수(貝多羅樹) 잎사귀가 선명하구나.

자줏빛 대나무 몇 줄기에 앵무새떼가 깃들여 쉬고, 짙푸른 소나무 가장귀 몇 가닥에는 자고새떼가 시끄럽게 지저귄다.

만 겹으로 첩첩 쌓인 파도는 사야(四野)에 잇닿아 끝이 없으며, 그저 들리는 소리라곤 으르렁대는 바람 소리, 하늘가에 치솟는 물결 소리뿐.

손대성이 그 엄청난 광경을 바라보며 남몰래 찬탄을 금치 못한다.

"과연 대자대비하신 관세음보살이로구나! 만약 이 손오공에게 저런 법력이 있었던들, 병 속의 물을 깡그리 산에다 쏟아 부어, 무슨 날짐승 길짐승이고 애벌레 새끼들이고 독사 구렁이 할 것 없이 몰살해버렸을 것을……"

이때 관음보살이 부르는 소리가 들려왔다.

"오공아, 손바닥을 이리 내밀어라."

손행자는 당장 소맷자락을 걷어올리고 왼 손바닥을 내밀었다. 보살은 수양버들 가지를 하나 뽑아들더니 감로수를 찍어 그 손바닥에 '미혹할 미(迷)'자를 써주고 이렇게 분부했다.

"주먹을 꼭 쥐고 어서 가서 그 요괴한테 싸움을 걸어라. 그러나 이길 생각은 말고 반드시 지는 척하면서 이리로 쫓겨와야 한다. 내 앞으로 유인해오기만 하면, 내가 법력으로 그놈을 거두어들일 것이다."

보살의 명령을 받든 손행자는 운광을 돌려 화운동 어귀까지 단숨에 들이닥쳤다. 그리고 한 손은 주먹을 쥐고 다른 한 손으로 철봉을 휘둘러 가며 큰 목소리로 고함을 쳤다.

"요괴야, 문 열어라!"

문을 지키던 졸개들이 또다시 안으로 뛰어들어가 보고했다.

"대왕님, 손행자란 놈이 또 쳐들어왔습니다!"

홍해아는 대수롭지 않게 받아들였다.

"대문이나 단단히 잠가놓고 거들떠보지도 말아라!"

대문을 걸어 잠그는 기척에, 손행자가 고래고래 악을 쓴다.

"이 못난 아들놈아! 늙은 아비를 문밖에서 쫓아낼 작정이냐? 어서 문을 열지 못할까!"

졸개 녀석이 또 들어가 아뢰었다.

"손행자가 대왕님더러 '못난 아들놈'이니 뭐니 하고 마구 욕설을 퍼붓습니다!"

그래도 홍해아는 똑같은 지시만 내렸다.

"내버려둬라! 아는 척할 것 없다."

두 차례나 악을 써도 문은 열리지 않으니, 약이 오를 수밖에. 손행자는 철봉을 번쩍 들더니 돌 문짝을 내리쳐서 큼지막하게 구멍 하나 뻥 뚫어놓고 말았다.

문짝을 때려부수는 기세에 질색한 졸개 녀석이 고꾸라지고 자빠져가며 안으로 달려들어가 급보를 알렸다.

"대왕님! 손행자란 놈이 대문짝을 때려부쉈습니다!"

홍해아는 벌써 몇 차례나 보고를 듣고 슬그머니 울화통이 치밀던 차에 이제 대문까지 때려부쉈다는 소리를 듣자, 더는 참을 수가 없어 자리를 박차고 일어섰다. 화첨창을 찾아들기가 무섭게 동굴 바깥으로 뛰쳐나간 홍해아, 창 끝으로 손행자를 삿대질해가며 무섭게 꾸짖었다.

"이 원숭이 놈아! 언제까지 이렇듯 분수도 모르고 까부는 거냐? 그만큼 사정을 봐주었으면 알아들을 듯도 하겠다만, 뭐가 또 모자라서 날 찾아와 못 살게 구느냐? 게다가 남의 집 대문을 때려부수다니, 그게 무슨 죄목에 걸리는지 알기나 하느냐?"

손행자도 지지 않고 대거리를 했다.

"요 아들 녀석아! 늙은 아비를 문밖으로 내쫓으면 무슨 죄목에 걸리는지 알고 하는 소리냐?"

요사스런 마왕은 앞서 자기가 손행자더러 '아버님'이라고 부른 적이 있는 터라, 수치심과 분노가 한꺼번에 치밀어 올라 견딜 수가 없다. 그는 기다란 창자루를 고쳐 잡고 손행자의 앙가슴을 겨냥하여 냅다 찌르고 들어갔다. 하지만 그렇다고 고분고분 창 끝에 찔려 죽을 손행자가 아니다. 그 역시 철봉을 선뜻 들어 가로막으면서 그 기세를 휘몰아 한차례 반격으로 답례를 보냈다.

한번 맞붙은 싸움은 연거푸 4, 5합을 순식간에 끝냈다. 싸움이 무르익자, 손행자는 차츰 힘겨운 척하면서 패색을 보이더니, 나중에는 주먹을 불끈 쥔 채 철봉 자루를 질질 끌면서 달아나기 시작했다. 그러나 요사스런 마왕은 산머리 앞에 우뚝 선 채로 뒤쫓지 않았다.

"갈 테면 가려무나! 나는 당나라 화상이나 씻어서 찜통에 얹으러 가야겠다."

손행자도 걸음을 멈추고 돌아서서 약을 올렸다.

"아들놈아! 하늘이 내려다보고 계시다. 이 아비 앞으로 썩 오지 못하겠느냐!"

또 그놈의 부끄러운 소리…… 홍해아는 화가 머리끝까지 치밀어 올라 도무지 견딜 수가 없다.

"예끼, 이 못된 원숭이 녀석!"

외마디 호통을 지른 홍해아가 또다시 앞으로 달려들면서 창 끝을 와락 내질렀다. 손행자는 철봉을 휘둘러 몇 합쯤 더 싸우다가 패한 척하고 또 달아나기 시작했다. 등 뒤에서 홍해아가 욕설을 퍼붓는다.

"이 원숭이 놈아! 지난번에 이삼십 합씩이나 버티던 솜씨는 어디다 내버리고, 지금은 싸움이 붙자마자 도망치느라 바쁘냐? 무슨 꼼수라도 부릴 작정 아니냐?"

"아들놈아, 이 아비는 네가 불을 지를까 봐 겁나서 그런다!"

"오냐, 좋다! 불지르지 않으마! 그러니 어서 힘껏 덤벼봐라!"

"불을 지르지 않겠다면 좋다! 우리 멀찌감치 물러나서 싸우기로 하자. 사내대장부가 어디 남의 집 문전에서 주인을 때릴 수야 있나?"

홍해아는 그게 속임수인 줄 까맣게 모르고 진짜로 창을 들고 다시 쫓아오기 시작했다. 이때 손행자는 철봉 자루를 질질 끌면서 여태껏 움켜쥐고 있던 왼 주먹을 활짝 펼쳤다. 그랬더니 요괴는 그 '미(迷)'자에 홀려 정신없이 뒤쫓아왔다. 쫓고 쫓기는 추격전, 그야말로 앞에서 달아나는 놈은 별똥별 흐르듯 빠르고, 뒤쫓는 놈은 활시위를 벗어난 화살 같았다.

얼마 안 되어 앞쪽 산머리에 관음보살의 모습이 보였다. 손행자는 멀찌감치 간격을 두고 요괴에게 수작을 걸었다.

"요괴야, 나는 네가 두렵다. 하지만 너도 지금은 남해 관세음보살이 계신 곳까지 쫓아왔는데, 이쯤에서 돌아갈 생각은 없느냐?"

그러나 술법에 홀린 요괴는 그 말을 곧이듣지 않고 어금니를 악문 채 계속 뒤쫓아왔다. 목적을 달성한 손행자는 몸을 한 번 꿈틀하더니 관음보살의 신광(神光) 그림자 속으로 숨어버렸다.

홍해아는 손행자의 모습이 갑작스레 사라지자, 어찌 된 노릇인가 싶어 앞으로 달려들다가 마침내 관음보살을 발견했다. 그는 두 눈을 딱 부릅뜨고 물었다.

"네가 손행자의 요청을 받고 온 구원병이냐?"

관음보살이 잠자코 대답하지 않는다. 요괴가 장창을 휘둘러 위협하면서 다시 호통쳐 물었다.

"너 이놈! 손행자가 청해서 온 구원병이지?"

그래도 보살은 대답이 없다.

"에잇, 괘씸하구나!"

요괴는 보살의 앞가슴을 겨누고 찔러들어갔다. 창 끝이 가슴에 닿기 직전, 보살은 한줄기 금빛 광채로 화하여 까마득히 높은 하늘로 올라갔다. 뜻밖의 사태에 기절초풍을 하도록 놀란 손행자가 허겁지겁 그 뒤를 따라붙으면서 고함을 쳤다.

"아이고 맙소사, 보살님! 이 손선생을 잘도 속이셨습니다그려! 저 요괴란 놈이 두 번 세 번 묻는데도 귀머거리 벙어리가 되셔서 대꾸를 안 하시고, 창을 한 대 찔렀다고 그냥 피해버리지 않나, 저 아까운 보련대마저 버리시지를 않나, 도대체 왜 이러시는 겁니까?"

관음보살이 그제야 입을 열었다.

"아무 소리 말고, 저놈이 어떻게 되나 좀더 지켜보기나 해라."

일이 이쯤 되니, 손행자도 더는 어쩔 수 없어 목차 행자와 함께 공중에서 어깨를 나란히하고 내려다보기 시작했다.

요괴 홍해아는 깔깔대고 비웃으면서 허공을 향해 소리쳤다.

"못된 원숭이 놈아! 나를 잘못 봐도 한참 잘못 봤다. 이 성영대왕이 누군 줄 알고 싸움을 거는 게냐? 벌써 몇 번씩이나 싸워도 당해낼 재간이 없으니까 어디서 시시껄렁한 보살인가 뭔가 하는 것을 구원병이라고 불러왔어? 그것도 내가 창으로 한 번 찔렀더니 그림자도 없이 뺑소니를 치면서 보련대마저 팽개치고 달아나다니……! 오냐, 잘됐다. 어디 내가 그 위에 한번 올라가 앉아보기로 할까?"

요괴 홍해아는 대담하게도 관음보살의 흉내를 내어 팔짱 낀 자세로 보련대 한복판에 가부좌를 틀고 앉았다. 그것을 본 손행자는 분하고 원통해서 펄펄 뛰었다.

"참 잘도 하셨습니다그려! 정말 잘도 하셨군요, 보살님! 연화대까지 남에게 내어주셨으니 말입니다!"

관음보살이 꾸짖는다.

"오공아, 무슨 말을 그렇게 하느냐?"

"무슨 말이라니요! 연화대를 남에게 내어주셨단 말입니다! 저걸 보십쇼. 요괴란 놈이 벌써 자리잡고 앉았는데, 보살님께서 도로 내놓으라고 해서 내놓을 듯싶습니까? 그런 말씀조차 못 하시면서……."

"나는 저놈을 저 자리에 앉히려고 했다."

그 말에 손행자는 기가 막혀 보살을 비웃기까지 했다.

"저놈은 몸집이 자그마해서 보살님보다 앉은 품이 더 의젓하고 편안해 보입니다그려."

"아무 소리 말고 내 법력을 보아라."

관음보살은 버들가지로 아래를 가리키면서 외마디 소리를 쳤다.

"물러나거라!"

그 말이 끝나기도 전에, 연화대를 둘러싸고 있던 오색찬란한 연꽃 잎사귀들이 눈 깜짝할 사이에 어디론가 사라지고 휘황찬란하던 상광(祥光)이 모조리 흩어졌다. 눈을 뜨고 다시 내려다보았을 때, 요사스런 마왕은 어느덧 날카로운 칼끝 위에 앉아 있었다.

관음보살의 두번째 명령이 목차에게 떨어졌다.

"항요저(降妖杵) 절굿공이로 저 칼자루를 낱낱이 한바탕 두들기고 오너라."

"예에!"

스승의 분부를 받든 목차 행자가 구름을 낮추고 내려서더니, 요마를 항복시키는 절굿공이로 마치 담벼락을 두들기듯 한 바퀴 한 바퀴씩 돌아가며 수천 수백 차례나 연거푸 천강도 칼자루를 두들겨 나갔다. 서른여섯 자루의 예리한 칼끝이 요괴의 두 넓적다리를 인정사정 없이 꿰뚫고 반대편으로 빠져나갔다. 홍해아의 두 다리는 삽시간에 선지피가 강물처럼 콸콸콸 쏟아져 나오고 살갗이 찢겨나간 속에서 시뻘건 살점이 뭉텅뭉텅 갈라져 나갔다.

그러나 홍해아 역시 악착같은 괴물이었다. 그는 어금니를 갈아붙여 아픔을 참아가면서 긴 창대를 내던진 채 두 손으로 넓적다리에 박힌 칼날을 움켜잡고 닥치는 대로 뽑아내기 시작했다.

손행자가 그 지독스러운 꼴을 보고 깜짝 놀라 소리쳤다.

"보살님! 저 요괴란 놈이 아픈 것도 겁내지 않고 칼날을 뽑아내기까지 합니다."

관음보살이 흘끗 내려다보더니 다시 목차를 불렀다.

"그놈의 목숨일랑 해치지 말아라!"

그리고 수양버들 가지를 아래쪽으로 드리우면서 '옴'자 주문을 외웠다. 요괴의 손에 뽑혀 나올 듯 말 듯하던 서른여섯 자루의 천강도 칼날이 눈 깜짝할 사이에 낚싯바늘처럼 구부러지더니 흡사 먹이를 물고 늘어진 늑대 어금니가 되어, 아무리 비틀고 흔들어붙여도 넓적다리를 꿰뚫고 오므라든 채 빠져나올 줄 모른다.

요괴 홍해아는 그제야 당황하기 시작했다. 그는 낚싯바늘처럼 구부러진 칼끝을 부여잡고서 고통스러운 목소리로 애걸복걸 빌었다.

"보살님! 이 제자가 눈은 달렸으나 눈동자가 없어 보살님의 너르고 크신 법력을 알아보지 못하였사옵니다. 제발 덕분에 자비를 베푸시어 제 한목숨을 용서해주소서! 두 번 다시 악한 짓을 저지르지 않고 법문에 들어가 계행(戒行)하기를 바라나이다!"

관음보살이 그 말을 듣더니, 두 행자와 흰 앵무새를 데리고 상광을 낮추어 요괴 앞에 가까이 다가서서 이렇게 물었다.

"네가 내 계행을 받겠느냐?"

요괴는 고개를 끄덕이면서 눈물을 뚝뚝 흘렸다.

"목숨만 살려주신다 하오면, 계행을 받겠나이다."

"우리 불문에 들어올 수 있겠느냐?"

"목숨만 살려주신다면, 불문에 들어가겠나이다."

"그렇다면 내가 너한테 마정수계를 베풀어주마."

관음보살은 소매춤에서 승려의 머리를 깎는 금체도(金剃刀) 한 자루를 꺼내들고 앞으로 다가서더니 홍해아의 머리터럭을 이리저리 갈라서 몇 군데 깎아 내린 다음, 이른바 '태산압정(泰山壓頂)'이라는 모양으로 만들어 세 가닥 상투를 틀어올려주었다.

곁에서 지켜보던 손행자는 그 괴상한 꼬락서니가 재미있는지 깔깔대고 웃음보를 터뜨렸다.

"이 요괴 녀석, 꼴좋게 됐구나! 사내 녀석인지 계집아이인지 도통 알아볼 수가 없는걸. 도대체 그 꼬락서니가 뭐냐?"

보살이 그 말은 못 들은 척 무시하고 홍해아에게 물었다.

"너는 이미 내 계행을 받았으니, 이제부터 너를 아무나 함부로 대하지 못하도록 선재동자(善財童子)라 부르겠다. 네 생각은 어떠냐?"

요괴 홍해아는 머리를 조아려 보살의 뜻을 받아들였다. 지금의 마음으로는 그저 목숨만 살아나기를 바라고 또 바랄 따름이었다.

이윽고 보살이 손가락으로 천강도를 가리키며 외마디 호통을 쳤다.

"물러나거라!"

외마디 소리가 울리자마자, 서른여섯 자루의 천강도는 모조리 땅에 떨어지고, 선재동자의 몸에는 어느새 다친 곳이 한군데도 없이 말짱해졌다.

보살은 목차 행자를 돌아보고 분부를 내렸다.

"혜안아, 너는 이 천강도를 가지고 가서 네 부친께 돌려드려라. 그리고 나를 영접하러 돌아올 것이 아니라 한발 앞서 보타암으로 가서 제천 대신들과 함께 기다리도록 하거라."

한편 선재동자가 된 요괴 홍해아는 아직도 야성이 가라앉은 것이 아니었다. 그는 너무나 손쉽게 굴복당한 것이 분하여 기회를 엿보고 있던 차에, 날카로운 천강도에 꿰뚫린 엉덩이와 넓적다리의 고통이 스러지고 다친 상처 또한 감쪽같이 아물자, 또다시 생각이 바뀌었다. 달라진 것이 있다면 머리 모양이 세 갈래 진 상투로 틀어올려졌을 뿐. 그는 시침 뚝 떼고 뚜벅뚜벅 걸어가더니 땅에 던져버렸던 화첨창을 집어들고 관음보살에게 호통을 쳤다.

"네 따위가 무슨 법력이 있다고 나를 진짜로 항복시키겠다는 거냐? 이제 봤더니 시시껄렁한 '옴'자 술법 따위밖에 아무것도 없지 않나! 날더러 계행을 받으라고? 흥! 이 창 끝이나 받아라!"

홍해아는 무엄하게도 관음보살의 얼굴을 겨냥하고 찔러들어갔다.

안심하고 있던 손행자가 그것을 보고 잔뜩 약이 올라 그 즉시 철봉을 휘둘러 때려잡으려 했으나, 관음보살이 급히 호통쳐 제지했다.

"그냥 두어라! 내가 혼을 내줄 것이다."

그리고 소매춤에서 꺼내든 것은 금테두리 한 개, 바로 금고아(金箍兒)였다.

"이것은 애당초 우리 여래부처님께서 내게 하사하신 세 가지 보배

중 하나다. 동녘 땅으로 가서 경을 구하러 오는 사람을 찾을 때, 그 사람을 위해 쓰라고 내려주신 '금고아(金箍兒)' '긴고아(緊箍兒)', 그리고 또 다른 '금고아(禁箍兒)'가 바로 그것이다. 그중에서 '긴고아'는 먼저 너한테 씌워주었고, '금고아(禁箍兒)'는 수산 대신(守山大神)을 거두어들였을 때 씌워주었다만, 이 '금고아' 하나만큼은 아무에게도 씌워주지 않았더니, 오늘에 와서 이 요괴가 무엄하게 구는구나. 그래서 나머지 한 개를 이놈에게 씌워주기로 작정했다."

자비하신 보살이 금빛 테두리를 손에 들고 맞바람결에 흔들면서 호통을 쳤다.

"변해라!"

말끝이 떨어지기 무섭게 그것은 삽시간에 다섯 개로 늘어나더니, 선재동자의 몸뚱이를 향해 날아갔다.

"들씌워라!"

관음보살이 다시 한번 호통을 치자, 그중 한 개는 선재동자의 머리통에 꽉 끼워지고 두 개는 좌우 양 손목에, 나머지 두 개는 양다리에 각각 하나씩 끼워졌다.

이어서 보살은 손행자를 돌아보고 분부했다.

"오공아, 자리를 피해라. 내가 지금부터 '금고아주(金箍兒咒)'를 외울 것이다."

손행자는 깜짝 놀라 몸을 떨었다.

"아니, 보살님! 요괴를 굴복시켜달라고 여기까지 모셔왔는데, 어째서 제가 끔찍스럽게 두려워하는 주문을 외우신단 말씀입니까?"

"이것은 너를 상대로 외우는 '긴고아주'가 아니라, 저 동자 녀석을 상대로 외우는 '금고아주'다."⁸

손행자는 그제야 마음을 놓고 관음보살 곁에 바짝 따라붙은 채, 잔뜩 긴장한 표정으로 그가 외우는 주문을 들으려고 귀를 곤두세웠다.

이윽고 관음보살이 인결을 맺더니, 묵묵히 '금고아주'를 외우기 시작했다. 주어가 한 차례, 두 차례, 세 차례, 연거푸 몇 차례나 거듭되는 동안, 요괴 홍해아는 팔다리가 오그라들면서 고통을 참느라고 두 귀를 잡아당기고 볼때기를 마구 긁어대더니, 나중에는 흙바닥에 나자빠져 몸부림을 쳐가면서 떼굴떼굴 구르기 시작했다.

이야말로, '한마디 말이 사문(沙門)의 세계에 두루 통하고, 광대무변한 법력이 한없이 깊고깊다'는 격이다.

과연 선재동자로 삭발한 홍해아가 어떻게 귀의할 것인지, 다음 회에서 풀어보기로 하자.

---

8 '긴고아주'와 '금고아주': 긴고아주의 첫 글자 '긴(緊)'과 금고아주의 첫 글자 '금(金)' 자는 중국어로 같은 '진 jin' 발음의 해음쌍관어(諧音雙關語)가 되기 때문에, 손오공은 보살이 자기를 대상으로 주어를 외운 것이 아닌가 오해하여 놀라고 두려워했던 것이다.

제43회 흑수하의 요얼(妖孽)이 당나라 스님을 잡아가고, 서해 용왕의 마앙 태자는 타룡을 사로잡아 돌아가다

관음보살은 몇 차례나 주문을 외우고 나서야 겨우 입을 다물었다. 주문이 그치자, 흙바닥에 몸부림치던 요괴 홍해아도 고통이 멎어 이내 정신을 차리고 일어나 앉았다. 제 몸뚱이를 살펴보니, 목덜미와 양 손목, 두 발목에 금빛 테두리가 씌워진 채 바싹 조여 보통 아픈 것이 아니다. 그것들을 벗겨내려고 두 손으로 잡아당겨보았으나 움쭉달싹도 하지 않는다. 보배는 벌써 살 속에 뿌리를 박아 건드리면 건드릴수록 아프게 조여들고 있었던 것이다.

손행자는 그 호된 맛을 벌써 몇 차례나 경험해본 선배 격이라, 얼마나 고소한지 낄낄대며 웃었다.

"요 귀여운 녀석아, 보살님께서는 네놈이 무럭무럭 잘 자라지 않을까 보아 목걸이하고 팔찌[1]를 끼워주셨단 말이다. 알겠느냐?"

가뜩이나 아파서 약이 오르는데 빈정대는 소리까지 들으니 홍해아는 분통이 터져 또다시 창자루를 집어들고 손행자를 겨누어 마구잡이로 찔러댔다.

손행자는 잽싸게 몸을 피해 관음보살 뒤쪽으로 돌아가며 소리쳤다.

"보살님, 주문을 외우십쇼! 외우시라니까요!"

---

1 목걸이와 팔찌: 원문은 '경권탁두(頸圈鐲頭)'. 중국인들은 귀여운 자식들이 무럭무럭 잘 자라고 백 살까지 오래 살기를 바라는 뜻에서, '장명백세(長命百歲)'라고 새긴 목걸이나 팔찌를 걸어주는 풍습이 있다.

그러나 보살은 주문을 외우는 대신에 수양버들 가지로 감로수를 찍어, 그 물을 홍해아에게 흩뿌리면서 외마디 호통을 쳤다.

"합쳐라!"

말끝이 떨어지는 순간, 홍해아는 창자루를 내던지고 두 손을 합장하여 가슴팍에 얹더니 두 번 다시 움직이지 못하였다. 오늘날까지 이른바 '보살뉴(菩薩扭)'라는 자세가 남아 있게 된 것이 바로 이로부터 연유된 것이다.

두 손바닥을 떼어낼 수도 없고, 창자루를 움켜잡을 수도 없고……선재동자는 이때서야 법력의 심오하고도 미묘함을 비로소 깨달았다. 그는 어쩔 수 없이 고개를 툭 떨군 채 관세음보살 앞에 꿇어 엎드려 큰절을 드렸다.

보살이 또다시 진언을 외우면서 정병을 기울였다. 호산 3백여 리 일대에 출렁거리던 바닷물은 삽시간에 정병 속으로 빨려들어가고 지상에는 한 방울도 남아 있지 않았다.

물을 거두어들인 그는 다시 손행자를 돌아보고 이렇게 분부했다.

"오공아, 이 요괴는 이미 내게 항복했다만, 아직도 야성이 가라앉지 않았다. 그러므로 나는 이놈에게 '일보일배(一步一拜)'를 가르쳐, 낙가산에 당도할 때까지 한 걸음에 한 차례씩 큰절을 올리면서 가도록 만든 다음에야 법력을 거두어들이겠다. 이제 너는 속히 화운동으로 달려가서 너희 스승을 구해내도록 하여라."

손행자는 돌아서서 머리를 조아렸다.

"먼 데까지 걸음하시게 했으니, 제자가 한 마장쯤 전송해드리겠습니다."

"아니, 그럴 것 없다. 네 스승의 목숨이 경각에 달렸으니 어서 가서 구해드리려무나."

우악(優渥)하신 말씀에 손행자는 기뻐 어쩔 줄을 몰라, 그저 굽실굽실 머리를 조아려 사례하고 마침내 작별을 고하였다.

요괴 홍해아는 이미 정과로 돌아갔다. '오십삼참(五十三參)'[2]의 입법계품(入法界品) 과정을 거쳐 관세음보살의 문하 제자, 저 유명한 선재동자[3]가 된 것이다.

관음보살이 동자를 거두어 낙가산으로 돌아간 이야기는 그만 하기로 하겠다.

한편 사화상은 숲속에 앉아서 한참 동안이나 기다렸으나, 손행자가 좀처럼 돌아올 기미를 보이지 않자, 더는 참지 못하고 짐보따리를 말 위에 얹어놓고 한 손으로 항요보장을, 다른 한 손으로는 말고삐를 끌어가며 일단 소나무 숲을 벗어났다. 그리고 손행자가 떠나간 남쪽을 바라고 발걸음을 옮겨 떼려는데, 때마침 손행자가 싱글벙글 웃으면서 달려오는 모습을 발견했다.

사화상은 맏형을 반겨 맞으면서도 원망이 앞섰다.

---

2 오십삼참: 불교 용어로 정식 명칭은 '오십삼 선지식(五十三善知識)'. 『화엄경(華嚴經)』 「입법계품(入法界品)」에서, 선재동자가 복성(福城)의 동쪽 장엄당 사라림(莊嚴堂娑羅林)에서 문수보살의 법문을 듣고 남방으로 53처의 선지식을 두루 찾아다니면서 도를 구한 끝에 법계(法界)의 이치를 깨달아 부처의 경지에 든 것을 말한다. 선지식(善知識)이란, 좋은 벗, 높은 덕행을 갖춘 사람, 가르침을 설명하고 불도에 들어가게 이끄는 사람, 곧 현자(賢者)를 일컫는 불교 용어이다.

3 선재동자: Sudhana. 『화엄경』 「입법계품」에 나오는 구도자(求道者). 53선지식을 두루 찾아뵙고 마지막으로 보현보살을 만나 열 가지 큰 서원(誓願)을 듣고 아미타불의 국토에 왕생하여 법계(法界)에 들려는 뜻을 채웠다 한다. 그의 이러한 구도 행각은 『화엄경』의 가장 큰 마지막 부분, 「입법계품」에 자세히 기록되어 있는데, 그중에서도 「진역(晉譯)」 제34품, 「당역(唐譯)」 제39품은 『화엄경』 전체의 4분의 1을 차지하는데, 후스(胡適) 박사의 고증에 따르면, 선재동자가 경건한 신앙심으로 구도행에 나서서 용약 110개 성지(城池)를 두루 편력하며 현자들을 방문한 끝에 정과(正果)를 얻을 수 있었던 그 여행담이 곧 이 『서유기』에 전개되는 당나라 스님 일행의 여든한 가지 재난에 주요한 소스를 제공하였다고 보았다.

"형님, 보살님을 청하러 간 일은 어찌 되셨기에 이제야 오시는 거요? 정말 속이 타서 죽을 뻔했소."

손행자가 받아넘긴다.

"자네, 아직도 꿈을 꾸고 있네그려. 이 손선생은 벌써 보살님을 모셔다가 요괴를 항복시키고 오는 길일세."

그리고 관음보살의 놀라운 법력으로 요괴를 제압하던 경위를 한바탕 설명해주었다. 이야기를 다 듣고 난 사화상은 크게 기뻐하면서 맏형을 재촉했다.

"어서 사부님을 구해드리러 갑시다!"

이들 두 형제는 다시 한번 고송간 계곡 시냇물을 건너뛰어 동굴 앞까지 단숨에 들이닥쳤다. 그리고 말고삐를 비끄러매놓고 일제히 병기를 휘둘러가며 무서운 기세로 동굴 안으로 뛰어들더니, 우글거리는 요괴의 무리를 눈에 닥치는 대로 모조리 때려죽이고 우선 가죽 자루를 풀어서 저팔계부터 구해놓았다.

미련한 저팔계는 사형에게 고맙다는 인사와 함께 이렇게 물었다.

"형님, 그 요괴란 놈은 어디 있소? 내 가서 그놈을 쇠스랑으로 몇 번 찍어서 분풀이 좀 해야겠소."

"그럴 게 아니라 사부님부터 찾아야겠네."

세 형제가 뒤꼍으로 돌아갔을 때, 그들의 스승은 벌거벗긴 알몸뚱이로 마당 한복판에 묶인 채 꺼이꺼이 소리내어 울고만 있었다. 사화상이 부리나케 달려들어 결박을 풀어드리는 동안, 손행자는 옷가지를 꺼내다가 스승에게 입혔다. 그리고 세 형제는 나란히 그 앞에 무릎 꿇고 앉았다.

"사부님, 얼마나 고생하셨습니까!"

삼장은 고마움을 이기지 못하여 목소리가 떨려나왔다.

"제자들아, 너희들에게 너무나 수고를 끼쳤구나. 그래, 그 요사스런 마귀는 어떻게 항복시켰느냐?"

스승의 물음에, 손행자는 보살이 선재동자를 수습해가던 경위를 또 한바탕 늘어놓아야 했다. 얘기를 다 듣고 난 삼장 법사는 황급히 무릎 꿇고 엎드려 남쪽을 향해 예배를 드렸다.

"고마워하실 것 없습니다, 사부님. 오히려 그분은 우리 때문에 복덩어리가 덩굴째 굴러들어온 셈이니까요. 동자 한 녀석을 얻어가시지 않았습니까."

"동자를 얻다니?"

스승이 뜨악한 기색으로 다시 묻자, 그는 요괴 홍해아가 관음보살의 제자로 받아들여져 선재동자가 되고 '오십삼참'의 과정을 거친 다음, 부처님께 '삼참회(三懺悔)'를 드리기 위해 떠났다는 얘기를 해주었다.

이어서 그는 사화상에게 분부했다.

"자네, 이 동굴 안의 보물들을 거둬들이고, 쌀 같은 먹을거리가 있거든 찾아내어 밥을 지어 사부님께서 잡수시도록 해드리게."

결국 삼장 법사가 번번이 목숨을 건지게 된 것은 오로지 손행자의 힘이었고 보니, 진경(眞經)을 구하러 가는 일도 전적으로 미후왕의 힘에 의존하지 않을 수 없게 된 것이다.

이리하여 스승과 제자들은 화운동을 나섰다. 삼장이 마상에 올라 큰 길로 접어들자, 일행은 새삼 경건한 마음으로 서쪽을 바라고 떠나갔다.

그들이 서쪽으로 한 달 남짓하게 나아가던 어느 날이었다. 난데없는 물소리가 귀청을 때리는 바람에, 삼장 법사는 깜짝 놀라 제자들을 불러세웠다.

"애들아, 저게 어디서 들려오는 물소리냐?"

손행자가 웃으면서 대꾸했다.

"노사부님, 왜 또 쓸데없는 의심을 하십니까? 그렇게 의심이 많으셔서야 어디 중 노릇을 제대로 하시겠습니까? 우리 일행이 네 사람인데, 하필이면 사부님 귀에만 물소리 따위가 들릴 턱이 없지요. 사부님은 '다심경'을 또 잊으셨군요?"

만제자에게 핀잔을 듣고서 삼장은 그것이 못마땅한지 투덜거린다.

"쓸데없는 소리 말거라. '다심경'이라면 부도산 오소 선사가 입으로 외워 내게 가르쳐주신 것으로, 도합 쉰네 마디에 이백일흔 자가 아니냐? 당시 내 두 귀로 똑똑히 전해 듣고 지금까지 틈만 나면 외우곤 해왔는데, 내가 어느 구절을 잊어먹었다고 그러느냐?"

"사부님께서는 '눈으로 보고, 코로 냄새 맡으며, 귀로 듣고, 혀로 맛보는 일도 없으며, 몸으로 느끼는 것도 생각하는 것도 없다(無眼耳鼻舌身意)'란 대목을 잊으셨습니다. 우리처럼 출가한 사람들은 눈으로 빛깔을 보지 않고, 귀로 소리를 듣지 않으며, 코로 냄새를 맡지 않고, 혀로 맛을 보지 않으며, 육신으로 추위와 더위를 느끼지 않고, 마음에 헛된 망념을 품지 않아야 합니다. 이것이 곧 '육적(六賊)을 물리치는 길'이라 하였습니다. 그런데 사부님께서는 경을 구하는 일에만 전념하셔야 할 분인데, 요괴 마귀를 두려워하셔서 몸을 사리시고, 진지를 잡수시느라 혀를 놀리시며, 향기롭고 달콤한 것을 즐겨 코로 냄새를 맡으시고, 소리를 듣느라 귀를 놀라게 만드시며, 사물을 보느라 의심스러운 눈초리로 응시하셔서, 이 '육적'을 계속 불러들이고 계시니, 이래 가지고서야 어떻게 서천까지 가셔서 부처님을 만나뵐 수 있겠습니까?"

이 말을 듣고 삼장 법사는 묵묵히 깊은 생각에 잠겨 있다가, 나중에 이렇게 대답했다.

"얘야, 나는 말이다……."

서천으로 첫발을 내딛던 그해에 거룩한 군주와 작별한 뒤로, 불철주야 동분서주하며 게으름 없이 길 재촉을 해온 몸이다.

미투리 신은 두 발로 안개 낀 산머리를 답파했으며, 대나무 삿갓 쓰고 구름이 감도는 영마루 고개턱을 수없이 넘어섰다.

고요한 밤에는 원숭이 울음소리에 더욱 애처로웠고, 달 밝은 밤하늘에 산새 우는 소리에 가슴이 쓰라렸다.

어느 때에야 '삼삼매(三三昧)'⁴의 수행을 다 채워서, 여래부처님의 오묘한 법문(法文)을 얻을 수 있으랴?

이 말을 듣자, 손행자는 손뼉 쳐가며 깔깔대고 웃었다.

"하하하! 이제 봤더니 사부님께서 고향 생각을 도통 버리지 못하셨습니다그려! 사부님 말씀대로 그 '삼삼매'의 수행을 다 채우시겠다면, 그리 어려울 것이 뭐 있겠습니까? 속담에도, '공덕을 들이면 저절로 다 이루어진다(功到自然成)'⁵ 하지 않았습니까?"

---

4 삼삼매: 불교에서 '삼매(三昧)samādhi'란, 마음이 고요하게 통일되어 심신부동(心身不動)의 안락한 황홀경에 들어간 상태, 또는 어떤 것에 마음을 집중시켜 마음이 안정된 상태에 들어가는 것을 말하며, '선정(禪定)'과 같은 뜻이다. 이 삼매의 세 가지 단계가 곧 **삼삼매**로서, ① 나[我]와 내 소유가 모두 공(空)이라는 것을 보는 공삼매(空三昧), ② 공(空)이므로 차별의 상(相)이 없음을 보는 무상삼매(無相三昧), ③ 상(相)이 없으므로 원하고 구해야 할 것은 아무것도 없음을 보는 무원(無願)·무작(無作)·무기(無起)의 삼매, 이 세 가지를 말한다. 또는 대상을 인지하는 심리 작용인 심(尋, 거칠게 사고함)과 사(伺, 자세히 고찰함)의 유무에 따라 삼매를 세 가지 단계로 나눈 것, 즉 **유심유사**(有尋有伺)의 삼매, **무심유사**(無尋有伺)의 삼매, **무심무사**(無尋無伺)의 삼매를 말하기도 한다.

5 공덕을 들이면 다 이루어진다: 이 속어는 원나라 우소(虞韶)가 지은 『일기고사(日記故事)』에서 인용한 것이며, 당나라 시인 이백(李白)이 청년 시절 영락(零落)했을 때 그 앞에 나타난 노파가 무쇠 절굿공이를 갈아 수놓는 바늘을 만들면서, 이런 말로 격려해주었다는 여산 노모의 고사에서 인용되었다. 제16회 주 **1** '여산 노모' 참조.

곁에서 가만 듣고 있던 저팔계란 놈이 고개를 돌리고 불쑥 한마디 던진다.

"형님, 말씀 마시오! 이렇게 요괴 마귀들의 장애가 흉악하고 지독스럽다면, 아마 일천 년을 가도 공덕을 이룰 수 없을 거요!"

이때 사화상이 큰일나겠다 싶어 냉큼 그 말을 받았다.

"둘째 형님, 나나 형님이나 섣부른 소리를 해가지고 큰형님의 성미를 건드리지 않는 게 신상에 이로울 거요. 어깨뼈가 닳아빠지도록 부지런히 짐을 짊어지고 가기만 하면 언젠가는 공덕을 이루는 날이 반드시 오지 않겠소?"

스승과 제자들은 이런저런 얘기를 주고받는 가운데에서도 걸음걸이를 멈추지 않았다. 백마가 질풍같이 치닫고 있으려니, 느닷없이 앞길에 시커먼 강물 한줄기가 도도하게 흘러내려, 말이 더 이상 나아갈 수 없게 되었다. 일행 네 사람은 강기슭 둔덕에 걸음을 멈추고 자세히 살펴보기 시작했다.

층층이 짙은 물결, 첩첩이 흐린 파도.

층층이 짙은 물결은 시커먼 빗물을 뒤엎어놓은 듯하고, 첩첩이 흐린 파도는 검정 기름을 휘말아놓은 듯하다.

가까이 보아도 사람의 그림자 비치지 않고, 멀리 떨어져 바라보아도 나무숲의 형체를 찾아보기 어렵다.

대지는 온통 세차게 굽이쳐 흐르는 먹물로 뒤덮여, 천리 너비에 도도히 흘러 잿빛투성이로 만들었다.

수면에 떠오른 물거품이 숯더미처럼 쌓이고, 흩날려 오른 물보라가 석탄 더미를 뒤엎어놓은 듯하다.

소나 양도 마시지 않고, 갈가마귀 까치 떼도 날기 어렵다.

소나 양은 너무 깊고 검어서 마시기를 꺼리고, 갈가마귀 까치 떼는 너르디너른 강물 폭이 두려워 날지 못한다.

강기슭 둔덕 위에 갈대와 네가래 수초만이 무성하게 푸르러 제철을 알리고, 여울목에 들꽃 나무숲만이 푸르름과 기이한 자태를 뽐낸다.

호수와 늪, 장강 대하는 하늘 아래 어디에나 있으며, 골짜기 시내와 샘의 원천과 연못, 동굴은 인간 세상에 많고도 많다.

사람이 한세상 태어나 어디인들 서로 만날 곳이 없으랴만, 서방 세계 흑수하(黑水河)를 어느 누가 보았으랴!

삼장 법사는 말에서 내려섰다.
"애들아, 이 강물빛이 어째 이리도 시커멓냐?"
미련퉁이 저팔계가 먼저 대답했다.
"어떤 놈이 쪽빛 물감을 항아리째로 쏟아 부은 모양입니다."
그 뒤를 이어 사화상이 제 의견을 말했다.
"그게 아니라면 뉘 집에서 글씨 쓰던 붓을 빨고 벼루를 씻은 모양이지요?"
마침내 손행자가 나섰다.
"실없는 친구들, 바보 같은 소리 좀 작작 하고, 어떻게 사부님을 모시고 건너갈 방도나 생각해보게!"
"이런 강물쯤이야 저팔계더러 건너가라면 어렵지 않소. 구름을 타든지 강물 속에 풍덩 뛰어들어 헤엄을 치든지, 밥 한 끼 먹을 동안이면 건너갈 수 있소."
사화상도 물놀이에 둘째가라면 서러워할 위인이다.
"이 사화상이 건너가기로 마음만 먹는다면, 구름을 타거나 헤엄을 치거나, 밥 한 끼 먹을 시간도 필요 없이 그저 눈 깜짝할 사이에 건너갈 수 있소."

그러나 손행자는 입맛을 쩝쩝 다셨다.

"우리야 손쉽게 건너갈 수 있지만, 사부님이 어렵단 말일세."

"얘들아, 이 강물 폭이 얼마나 너를 것 같으냐?"

스승이 묻자, 저팔계가 선뜻 대답해 올린다.

"어림잡아 십 리쯤 되어 보입니다."

"너희들 셋이 잘 상의해서, 누가 날 업고 건너가면 되겠구나."

스승이 의견을 냈더니, 손행자가 대뜸 저팔계를 지목했다.

"자네가 업어드리게."

지목을 당한 저팔계가 펄쩍 뛰었다.

"난 안 되오! 사부님을 업고 구름을 탔다가는 땅에서 석 자도 떨어지지 못할 거요. 속담에 뭐랬소? '범태 육골을 지닌 사람을 업으면 산더미보다 더 무겁다(背凡人重若丘山)' 했소. 또 사부님을 업고 헤엄을 쳤다가는 나까지 물속에 빠져 가라앉고 말 거요."

스승과 제자들이 강변에서 밀고 당기며 승강이를 벌이고 있으려니, 불현듯 상류 쪽으로부터 한 사람이 작은 배 한 척을 저어 내려오고 있다. 삼장은 배를 보고 반색하면서 제자들을 불렀다.

"얘들아, 배가 온다! 저 사람더러 우리를 좀 태워서 건네달라고 부탁해보자."

사화상이 큰 목소리로 외쳐 부른다.

"여보시오, 뱃사공! 사람 좀 태워서 건네주시오!"

배 위에서 목소리가 응답한다.

"나는 뱃사공이 아니오! 또 이 배는 나룻배도 아닌데, 손님을 어떻게 건네드리겠소?"

"천지간에 사는 사람끼리 서로 편의를 도모하는 것이 가장 소중하다 하지 않았소? 당신은 뱃사공이 아니라지만, 우리 역시 날이면 날마다 당신네 신세를 질 사람도 아니오. 우리 일행은 동녘 땅에서 칙명을 받고 파견되어 서천으로 경을 가지러 가는 부처님의 제자들이오. 제발 편의 좀 봐주셔서 이 강을 건너가게 해주시면 정말 고맙겠소."

이 말을 듣자, 그 사람은 배를 강변 기슭 가까이 대놓더니 삿대로 버틴 채 이렇게 말했다.

"스님들, 자 보시오. 내 배는 이토록 작고 스님들 인원 수는 많은데 어떻게 전부 건네드릴 수 있겠소?"

삼장이 가까이 가서 보았더니, 배란 것이 통나무를 파서 만든 것이라 한가운데 앉을 자리가 겨우 두 사람 몫밖에 안 되었다.

"이걸 어쩌면 좋지?"

스승이 난처한 기색으로 제자들을 돌아보니, 사화상은 고개를 끄덕끄덕하며 말씀드렸다.

"이런 배라면 두 차례 왕복을 해서 건너가야겠군요."

말끝이 떨어지기가 무섭게 곁에서 저팔계가 얼른 나섰다.

"여보게, 오정. 자네는 형님하고 여기서 짐보따리와 말을 보고 있게. 내가 사부님을 모시고 먼저 건너간 뒤에 다시 건너와서 말을 태우고 건너갈 테니까, 자네와 형님은 껑충 뛰어서 건너오시도록 하게."

미련통이 녀석이 저 혼자 힘 안 들이고 손쉽게 건너갈 욕심에서 꾀를 낸 것이다. 그러나 손행자는 무심코 그 의견을 받아들여, 고개를 주억거렸다.

"자네 말이 옳으이. 그렇게 함세!"

이리하여 미련한 놈은 스승을 부축해서 배에 올라탔다. 뱃사공은 삿대질로 배를 부려 물결을 헤치면서 곧바로 강 건너편을 바라고 미끄러져 나가기 시작했다. 그러나 배가 강물 한복판에 이르렀을 때였다. 갑자기 '쏴아아!' 하고 요란한 물소리가 들려오더니, 돌개바람이 급작스레 휘몰아치고 물결이 사납게 뒤집히면서 하늘을 가리고 햇빛마저 막아버리는 것이 아닌가! 그것은 실로 무시무시한 광풍이었다.

중천에 한 조각 사나운 먹구름 일며, 한복판에 들어서니 일천 겹 시커먼 물결 높다.
양편 기슭에는 모래먼지 날려 햇빛이 어둡고, 네 귀퉁이 나무가 쓰러져 하늘이 진동하도록 아우성친다.
강물 뒤집고 바다를 휘저으니 용신이 두려워 떨고, 흙을 뿌리고 먼지를 날리니 꽃나무가 시든다.
휘리릭, 휘리릭! 울리는 소리 이른 봄날 마른천둥 울부짖는 듯하고, 으르렁대는 흉흉한 소리 굶주린 호랑이가 포효하는 듯하다.
게와 자라, 물고기와 새우들이 하늘을 우러러 절하고, 날짐승 길짐승은 소굴과 둥지를 잃고 헤맨다.
오호(五湖)의 선척(船隻)들이 모조리 조난당하고, 사해(四海)에 떠도는 뱃군들 목숨이 위태롭다.
시냇가의 고기잡이 낚싯대를 잡기 어려우니, 강물 위의 뱃사공인들 어찌 노를 잡고 버텨내랴?
기왓장 들춰내고 벽돌장 뒤엎어 집채를 쓰러뜨리니, 천지가 경동(驚動)하고 태산이 흔들린다.

느닷없이 불어닥친 회오리바람은 알고 보면 뱃사공이 부린 농간이었다. 그는 애당초 이 흑수하 강물 속에 살고 있는 괴물이었다. 삼장 법사와 저팔계는 돌풍에 휘말린 통나무배와 함께 모조리 길길이 날뛰는 검정 파도에 휩쓸려 물속으로 빠져든 채, 형체도 그림자도 없이 어느 쪽으로 잡혀갔는지조차 알 길이 없었다.

이편 강기슭에 외떨어져 남은 사화상은 손행자와 함께 당황해서 어쩔 바를 모르고 있었다.

"이 노릇을 어쩌면 좋으냐? 사부님은 한 걸음 한 걸음 내디디실 때마다 봉변을 당하시니…… 화운동에서 간신히 요괴의 손아귀를 벗어나 달포 남짓한 길을 편안히 와서 다행으로 여겼더니, 또 여기서 흑수하 강물에 가로막혀 재난을 당하실 줄이야……!"

손행자의 넋두리에 사화상도 맞장구를 쳤다.

"혹시 배가 뒤집힌 게 아니오? 우리 저 여울목으로 내려가서 찾아봅시다."

그러나 손행자는 생각이 달랐다.

"아닐세. 배가 뒤집혔다면 팔계가 자맥질에는 익숙한 사람이니까, 반드시 사부님을 모시고 물 밖으로 헤어나올 수 있었을 걸세. 내가 보기에는 아무래도 그 뱃사공이란 친구가 수상쩍네. 필경 그놈이 돌개바람으로 풍파를 일으켜서 우리 사부님을 물속으로 끌고 들어간 것이 분명하네."

이 말을 듣고 사화상이 펄쩍 뛰었다.

"형님, 그런 줄 알았으면 왜 진작 말씀하지 않으셨소? 됐소! 내가 물속으로 들어가서 찾아보고 올 테니까, 형님은 여기서 마필하고 짐보따리나 보고 계시오."

"이 강물빛이 심상치 않네. 아무래도 자넨 들어가지 않는 게 좋을 듯싶으이."

손행자가 만류했으나, 고지식한 사화상은 들어먹지 않는다.

"설마 이 강물이 내가 살고 있던 유사하보다 더 험악하단 말씀이오? 들어갈 수 있소! 아무렴, 들어갈 수 있고말고!"

용감한 사화상이 몸에 걸치고 있던 편삼을 훌훌 벗어던지고 손발을 한두 차례 주무르더니, 항요보장을 휘둘러가며 물속으로 풍덩! 뛰어들었다. 그리고는 물살을 가르면서 거친 파도를 뚫고 강물 밑바닥으로 자맥질해 들어갔다. 이윽고 두 발이 강바닥에 닿자, 그는 걸음걸이를 크게 떼어 휘적휘적 걷기 시작했다.

얼마쯤 나아갔을까, 앞쪽에서 두런두런하는 사람의 말소리가 들려왔다. 사화상은 슬쩍 한곁으로 몸을 피하고 곁눈질로 주변을 살펴보았다. 과연 그 건너편에는 정자 모양의 건물이 늘어섰는데, 정문 밖 누대에 편액이 가로걸려 있고 그 편액에는 여덟 글자가 큼지막하게 씌어 있었다.

형양욕 흑수하 신부(衡陽峪 黑水河 神府)

건물 안쪽에서 괴물의 목소리가 들려왔다.

"오랫동안 고생했더니, 오늘에야 물건을 손에 넣었구나. 이 화상이 십세 수행으로 공덕을 쌓은 굉장한 사람이렷다? 그래, 누구든지 이 녀석의 고기를 한 덩어리만 먹으면 불로장생할 수 있다고 했다. 내가 이놈을 손에 넣느라고 기다릴 만큼 기다렸더니, 역시 오늘에야 내 기대를 저버리지 않았구나!"

그리고는 이어서 분부가 떨어졌다.

"얘들아! 어서 철롱(鐵籠)을 떠메어 오너라. 저 화상 두 놈을 통째로 넣어서 푹 쪄놓고, 둘째 외숙님께 청첩장을 써 보내 모셔다가 생신 축하 잔치를 해드려야겠다."

문밖에서 이 말을 들은 사화상이 화가 머리끝까지 치밀어, 항요보장을 두 손으로 움켜잡고 대문짝을 마구잡이로 두들겨 패기 시작했다.

"이 못된 놈아! 빨리 우리 사부 당나라 스님하고 팔계 형님을 돌려보내지 못하겠느냐!"

느닷없이 문짝을 두드리는 요란한 소리에, 파수 보던 요괴들이 기절초풍을 하도록 놀라 황급히 안으로 들어가서 보고했다.

"큰일났습니다!"

"큰일이라니, 무슨 일이냐?"

앞서 분부를 내리던 목소리가 묻는다. 우두머리쯤 되는 노괴물이 분명했다.

"문 바깥에 얼굴이 거무튀튀하게 생긴 중 하나가 나타나서 앞문을 두들기며 욕설을 퍼붓고 사람을 내놓으라며 야단치고 있습니다."

괴물이 이 말을 듣자, 갑옷 투구를 꺼내오라고 명령했다. 부하 요괴들이 갑옷 투구를 떠메고 나오니, 그는 무장을 단단히 갖추고 손에 대나무처럼 마디가 진 강철 채찍, 죽절강편(竹節鋼鞭)을 한 자루 들고 문밖으로 나섰다.

사화상이 얼른 보니 참으로 흉악스럽기 짝이 없는 생김새였다.

네모난 얼굴에 휘둥그레 부릅뜬 고리눈이 노을빛 광채를 번쩍거리고,

말아올린 입술과 커다란 아가리는 핏물을 담은 항아리처럼 시뻘겋다.

강철같이 빳빳한 수염 몇 가닥이 듬성듬성 꽂히고, 양편 붉은 귀밑머리는 주사(朱砂)를 먹인 듯 봉두난발로 헝클어졌다.

겉모습은 진짜 태세신(太歲神)이 나타난 듯 사납기 이를 데 없고, 생김새는 노발대발한 뇌공처럼 무시무시하다.

몸에 걸친 철갑에 얼룩덜룩 꽃무늬가 찬란하고, 머리에 쓴 황금 투구에는 보배를 촘촘히 아로새겼다.

대나무 마디 강철 채찍을 손아귀에 잡고 걸음을 옮겨 떼니, 움직일 때마다 미치광이 돌개바람이 휘리릭휘리릭 인다.

태생은 본디 바다 물결 속의 생물이었으나, 원류(原流)를 벗어난 뒤부터 흉악스럽게 변화했다.

요사스런 이 괴물의 참된 성명을 알고자 하는가, 그 전신(前身)을 '소타룡(小鼉龍)'이라 부른다네.

괴물이 호통을 친다.

"어떤 놈이 내 집 문짝을 두드리고 소란을 부리느냐?"

사화상이 대꾸했다.

"이 무지막지하고 못된 괴물아! 네놈이 뱃사공으로 변장하여 배를 젓는 체하다가 우리 사부님을 납치해갔으렷다? 어째서 그따위 고약한 농간을 부렸는지 모르겠다만, 그 두 사람을 빨리 돌려보내라! 그래야만 네 목숨을 용서받을 수 있을 게다!"

괴물이 껄껄대고 웃는다.

"허허허! 이 중 녀석이 제 목숨 위태로운 줄도 모르고 설쳐대는구나. 그래, 네 사부는 내가 잡아왔다! 지금 철롱에 넣고 푹 쪄가지고 손님을 초청해다 한턱 잘 먹이려던 참이다. 어디 한번 덤벼봐라! 나하고 자웅을 가려보자! 내 공격에 세 합만 견뎌낸다면 네놈의 사부를 돌려주겠으나, 버텨내지 못할 때에는 네놈마저 잡아서 한꺼번에 찜 쪄 먹을 테니까, 서천으로 갈 생각은 일찌감치 접어두고 꿈도 꾸지 않는 게 좋을 게다!"

그 말을 들은 사화상이 노발대발, 항요보장을 바람개비 돌리듯 무서운 기세로 휘둘러가며 다짜고짜 괴물의 정수리를 내리 쪼갰다. 괴물도 죽절강편을 들어 재빨리 가로막더니 그 기세를 휘몰아 맞받아치기 시작했다.

이리하여 강물 밑바닥에서는 괴물과 사화상 둘 사이에 일대 격전이 벌어졌다.

항요보장과 죽절강편, 격노한 두 사람이 기선을 잡느라 서로 다툰다.

하나는 흑수하 강물 속의 천년 묵은 괴물이요, 또 하나는 영소보전에서 옥황상제 모시던 옛 신선이다.

저편은 삼장 법사 고기를 탐내어 잡아먹으려 기를 쓰고, 이편은 당나라 스님의 가련한 목숨을 보호하려 힘써 싸운다.

쌍방이 물속에서 맞붙어 싸우지만, 이기려고 하는 목적은 제각기 다르다.

살기 찬 싸움판에 새우들과 물고기떼는 쌍쌍이 고개를 절레절레 내두르며 달아나고, 게와 자라들은 목을 움츠리고 짝을 이뤄 숨는다.

들리는 것은 오로지 수부(水府)의 요괴들이 일제히 두드리는 북소리뿐이요, 문전에서 무수한 괴물들이 제멋대로 아우성치는 소리뿐이다.

사문(沙門)의 참된 제자 용감한 사오정, 혈혈단신 혼자 힘으로 권세와 위엄 떨치는구나!

물결을 뛰어넘고 파도를 뒤엎어도 승부가 나지 않으니, 강철 채찍으로 맞받아치고 항요보장으로 가로막으며 서로 옥신각신.

싸우는 까닭을 따져보자면 오로지 당나라 스님 하나 때문이니,

진경을 구하고 부처님을 뵙고자 하는 일을 위해서라네.

둘이서는 무려 30여 합을 싸웠으나 좀처럼 승부가 나지 않았다. 싸움이 길어지자, 사화상은 속으로 이런 궁리를 했다.

'이 괴물의 실력은 나하고 맞먹는다. 섣불리 해가지고는 이길 도리가 없으니, 이 녀석을 강물 밖으로 유인해서 끌어내놓고 큰형님더러 때려잡게 해야겠다.'

이래서 사화상은 짐짓 힘겨운 시늉을 하면서 뒷걸음질치다가 항요보장을 질질 끌어가며 패하는 체하고 달아나기 시작했다. 그러나 괴물은 뒤쫓아올 생각이 없는지 걸음을 멈추고 달아나는 사화상의 등 쪽을 향해 냅다 고함만 쳤다.

"갈 테면 가거라! 나도 너 따위와 더는 싸울 시간이 없다. 돌아가서 초청장을 써 보내 손님을 모셔와야 하니까 말이다."

모처럼의 계략이 실패로 돌아가자, 사화상은 분통이 터져 씨근벌떡거리면서 물 밖으로 뛰쳐나가더니 손행자를 보기가 무섭게 한마디 내던졌다.

"형님, 그놈의 괴물이 아주 고약한 놈이오!"

"자네, 왜 이제야 나오는가? 그래, 어떤 요괴던가? 사부님은 찾아봤나?"

손행자의 물음에, 그는 방금 전까지 보고 겪었던 일들을 낱낱이 털어놓았다.

"그놈의 물 속에는 정자와 같은 건물이 한 채 있는데, 문밖에 가로글씨로 큼지막하게 여덟 자가 씌어 있습디다. '형양욕 흑수하 신부'라고 말이오. 내가 한곁에 숨어서 그놈 하는 말을 엿들었더니, 졸개 녀석들을 시켜 철롱을 꺼내다가 씻어놓고 사부님과 팔계 형님을 찜 쪄놓고 무슨 외숙님인가 뭔가 하는 놈을 모셔다 생일 축하를 해드리겠다고 하지 않겠소? 그래서 나도 분노가 치밀기에 그놈의 문짝을 두들기며 사람을 돌려보내라고 악을 썼지 뭐요. 그랬더니 괴물이 대나무 마디진 강철 채찍 한 자루를 들고 나와서 나하고 반나절 동안 싸웠는데, 삼십여 합을 겨루고도 승부가 나지 않았소. 나는 일부러 지는 척 '양수법(佯輸法)'을 써서 그놈을 물 밖으로 끌어내놓고 형님더러 거들어달라고 하려 했더니, 그놈은 얼마나 눈치가 빠른지 내 술수에 걸려들지 않고 그대로 발길을 돌리는 게 아니겠소? 돌아가서 청첩장이나 써 보내 손님을 모셔와야 한다든가, 뭐라든가…… 그러니 어쩌겠소, 나도 이렇게 빈손으로 그냥 돌아올밖에."

"수고했네. 그런데 그놈이 어떤 요괴 같던가?"

"꼬락서니가 큰 자라 아니면 타룡(鼉龍)[6]같이 생겼습디다."

"그놈의 외숙이라는 자가 누군지 모르겠나?"

말끝이 미처 다 떨어지기도 전이었다. 하류 쪽 후미진 물굽이 안에서 나이 지긋해 보이는 늙은이 하나가 걸어나오더니, 두 사람 앞에 멀찌감치 떨어져 무릎 꿇고 엎드렸다.

"제천대성께 흑수하의 하신(河神)이 문안 인사 올리나이다!"

손행자가 바라보니, 앞서 괴물이 둔갑했던 뱃사공 늙은이와 똑같은 모습이다.

"네놈은 배를 젓던 요괴가 아니더냐? 이번에는 또 우리까지 속여먹으려고 나타난 거냐?"

---

[6] 타룡: 악어와 비슷한 동물. 등딱지에 갑옷과 같은 비늘이 달리고 길이가 10척이나 된다고 하는 가상의 동물. 『산해경(山海經)』「중차구경(中次九經)」곽박(郭璞)의 주에, "타(鼉)는 도마뱀 비슷한데 큰 놈은 길이가 2장(丈)이며, 비늘 무늬가 있고 그 껍질로는 북을 씌워 만들 수 있다" 하였다.

그러자 늙은이는 이마를 조아리고 눈물까지 흘려가며 하소연했다.

"대성! 저는 요괴가 아닙니다. 저는 이 강물 속에 살던 진짜 수신(水神)입니다. 그 요괴로 말씀드리자면, 지난해 오월 어느 날 사리 때 서양대해로부터 큰 밀물에 휩쓸려 이곳 흑수하까지 들어온 놈입니다. 저희는 그놈을 몰아내려고 싸웠습니다만, 제 나이가 많고 몸이 쇠약하니 어쩌겠습니까. 그놈을 대적하지 못하고 제가 지키고 있던 형양욱 흑수하 신부를 그놈에게 빼앗기고 쫓겨났을 뿐만 아니라, 수족(水族)들도 숱하게 죽임을 당하고 말았습니다. 그래서 할 수 없이 바다로 나가서 서해 용왕에게 고소했습니다만, 나중에 알고 보니 서해 용왕은 그놈의 외숙이라, 제 고소를 받아들여주기는커녕 오히려 흑수하 신부를 그놈에게 양보해주라고 강요했습니다. 저는 하늘나라에 올라가 아뢰고 싶었으나, 신분이 미관말직이라 옥황상제를 만나뵐 자격이 없었습니다. 이제 대성께서 이곳 흑수하에 당도하셨다는 사실을 뒤늦게 알게 되어, 오늘 모처럼 찾아뵙고 문안 인사도 드릴 겸해서 대성님의 도우심으로 살길을 찾아볼까 하오니, 대성께서는 부디 힘을 내시어 그 괴물을 잡아 없애시고 저의 원수를 갚아주십시오!"

흑수하신의 하소연을 듣고, 손행자는 귀가 번쩍 트였다.

"옳거니, 그랬었구나! 그렇다면 서해 용왕도 의당 같은 죄를 받아야겠는걸. 그 괴물은 지금 우리 사부님과 내 사제를 잡아다 찜을 쪄놓고 외숙부를 초청해서 생일 잔치를 차려드리겠노라고 떠들어대고 있다. 내가 이제 막 그놈을 잡으려고 하는 판국에, 천만다행히도 그대가 귀중한 소식을 전해주어 고맙기 짝이 없구나. 그렇다면 흑수하신, 그대는 사화상과 함께 이곳을 지키고 있거라. 나는 이 길로 바다 속에 들어가 그놈의 외숙부가 되는 서해 용왕부터 잡아 꿇려 죄를 물은 다음, 그자를 다시 이리 끌고 와서 조카 녀석을 잡도록 하겠다."

"대성의 크신 은혜에 깊이 감사하나이다!"

흑수하신은 쉴새없이 머리 조아려 사례했다.

손행자는 그 즉시 구름을 일으켜 타고 곧장 서양대해로 날아갔다. 근두운을 멈춰 세우고 피수결(避水訣)을 써서 파도를 가르며 바다 물 속으로 한참 동안 들어가다 보니, 때마침 흑어(黑魚) 요정 한 마리가 순금으로 만든 문갑을 떠받든 채 하류 쪽으로부터 쏜살같이 달려오고 있다. 문갑 속에는 보나마나 괴물이 외숙부 서해 용왕을 초빙하는 청첩장이 들어 있을 것이 분명했다. 요정과 딱 마주친 손행자는 저 무시무시한 철봉을 뽑아들기가 무섭게 머리통을 후려갈겨 단숨에 고기 떡을 만들어버렸다. 불쌍하게도 흑어 요정은 뇌장(腦漿)이 한꺼번에 터져나가고 광대뼈가 퉁그러진 채 물 위로 둥실둥실 떠오르고 말았다. 문갑을 열고 보니, 그 안에는 짐작했던 대로 청첩장이 얌전히 들어앉아 있었다. 서찰의 내용은 이러했다.

불초 생질(甥姪) 타결(鼉潔)은 돈수백배하옵고, 둘째 외숙 되시는 오씨(敖氏) 어른 좌하에 여쭙나이다.

지난번에 좋은 선물을 내려주시와 감사하여 마지않사온즉, 오늘 두 가지 물건을 획득했사온데 바로 동녘 땅의 승려로서 실로 이 세상에 보기 드문 진귀한 것이라, 불초 생질은 감히 그 맛을 혼자 누리기 어렵다 생각하였나이다.

아울러 외숙 어르신의 생신이 머지않아 다가오는 줄 알기에, 특별히 약소하나마 연회를 베풀어 천수(千壽)를 미리 축하드리고자 하오니, 천만다행으로 속히 왕림하여주신다면 더없는 영광이라 생각하나이다.

손행자는 피식 웃으면서 편지를 소매춤에 거두어 넣었다.
"이 못된 녀석이 제 죄를 자백한 진술서를 제일 먼저 이 손선생한테 바친 셈이로구나!"
증거품을 손에 넣고 의기양양하게 달려가는 손행자, 얼마쯤 나아가다 보니 바다를 순찰하던 순해 야차가 먼저 그를 발견하고 급히 발길을 돌려 수정궁으로 달려가 용왕에게 알렸다.
"대왕님! 제천대성 나으리께서 이리로 오고 계십니다."
서해 용왕 오순은 즉시 수족들을 거느리고 부지런히 수정궁 바깥으로 영접하러 나왔다.
"대성, 어서 오십시오! 자, 어서 궁 안으로 드시지요. 차를 한잔 올리겠습니다."
남의 호의를 손행자는 심술맞게 받아넘긴다.
"난 아직 당신의 차를 마셔본 적이 없으나, 당신은 내 술부터 먼저 마시게 되었구려."
말투에 조롱기가 서렸는데도, 용왕은 그게 무슨 뜻인지 모르고 싱글벙글 웃어넘겼다.
"아니, 대성께선 불문에 귀의하신 이래로 술이나 육식을 하지 않으시는 줄 아는데, 언제 소룡에게 술을 먹여주신다는 말씀입니까?"
"당신은 술을 마시러 가지는 않더라도, 술을 마셨다는 죄목 하나만큼은 면치 못할 거요!"
그제야 오순은 상대방의 말투가 농담이 아니라는 것을 비로소 깨닫고 깜짝 놀라 물었다.
"소룡이 무슨 죄를 지었다는 말씀입니까?"
손행자는 아무 대꾸도 않고 소매춤에서 편지 한 통을 꺼내 용왕의 손에 건네주었다.

영문도 모른 채 편지를 읽어내리던 용왕은 그만 혼비백산하여 황급히 무릎 꿇고 엎드려 이마를 조아렸다.

"대성, 저희 죄를 용서해주시오! 그놈은 내 누이동생의 아홉째 아들입니다. 매부가 풍우를 관리하는 일에 잘못을 저지르고 강우량과 비 내리는 시각을 그르친 죄로, 천조(天曹)의 명령을 받은 인조관 위징 승상의 손에 꿈속에서 참수형을 당하고 말았소이다. 누이동생은 남편을 잃고 몸 붙일 곳이 없어, 소룡이 그 가족들을 이리로 데려다가 돌보아주고 자식들이 장성할 때까지 길러주었습니다만, 누이동생은 재작년에 불행히도 병을 얻어 세상을 떠나고 자식들도 뿔뿔이 일감을 얻어 저 갈 데로 흩어졌으나, 그놈 하나만은 갈 곳이 없기에 내가 양성수진(養性修眞)하라고 흑수하로 보냈던 것입니다. 그런데 뜻하지 않게 그놈이 이런 못된 짓을 저지를 줄이야 누가 알았겠습니까? 히오니 소룡이 즉시 사람을 보내 그놈을 잡아올 테니, 대성께서는 너무 심려 마십시오."

"그대의 누이동생께선 모두 몇 아들을 두었으며, 또 어디서들 괴물 노릇을 하고 있소?"

손행자의 물음에, 서해 용왕 오순은 조카의 족보를 줄줄이 엮어 읊어대기 시작한다.

"제 누이동생에게는 아홉 아들이 있습니다. 그중 여덟 녀석은 다 착합니다. 첫째는 소황룡(小黃龍)인데 회독(淮瀆, 회하)에 살고 있으며, 둘째는 소여룡(小驪龍)으로 제독(濟瀆, 제수)에 살고, 셋째는 등이 푸른 청배룡(靑背龍)으로 강독(江瀆, 장강)을 차지하고, 넷째는 수염이 붉은 적염룡(赤髥龍)으로 하독(河瀆, 황하)을 지키고 있습니다. 다섯째는 힘이 센 도로룡(徒勞龍)으로 부처님의 종지기 노릇을 하고 있으며, 여섯째 은묵룡(隱默龍)은 천성이 과묵하고 침착해서 신궁(神宮)에 보내어 용마루 노릇을 하고 있습니다. 그리고 일곱째 경중룡(敬仲龍)은 예절 바르고 공경심이 높아 옥황상제께 보내어 경천화표주(擎天華表柱, 하늘을 떠받친 기둥)를 지키게 하였고, 여덟째 신룡(蜃龍)은 맏형에게 가서 태악(太岳)을 떠받들고 있습니다. 그놈은 아홉째 아들 타룡(鼉龍)인데, 나이가 어린데다 별로 시킬 만한 일도 없고 해서 몇 해 전부터 흑수하로 보내 성정을 닦게 하여, 제 이름이라도 알려지거든 다른 곳에 옮겨주고 써볼 생각을 했던 것입니다. 그런데 이놈이 내 뜻을 어기고 대성님 일행을 건드릴 줄이야 누가 알았겠습니까?"

손행자가 그 말을 듣고 기가 막혀 웃음을 터뜨렸다.

"도대체 그 누이동생에게는 남편이 몇 명이나 되오?"

"제 매부는 한 사람뿐입니다. 바로 경하 용왕이지요. 몇 해 전에 그런 일로 참수형을 당한 후, 누이동생은 과부의 몸으로 이곳에 살고 있다가 재작년에 병으로 세상을 떠난 겁니다."

"일부일처에 어떻게 그리도 많은 잡종들을 낳았는지 모르겠소."

"이게 바로 '용이 새끼 아홉 마리를 낳으면, 그 아홉이 제각기 다른 종류가 된다'는 겁니다."

오순의 설명을 듣고서야 손행자는 비로소 내막을 알게 되어 마음이 놓였다.

"솔직히 말해서, 내 이제 겨우 고민이 풀렸소. 애당초 나는 그 편지를 증거물로 삼아 천궁으로 올라가서 옥황상제께 고소하고, 그대가 괴물과 작당해 사람을 납치해간 죄를 따지려 했었소. 그러나 방금 그대가 한 말을 듣고 그 못된 조카 놈이 그대의 가르침을 어기고 악행을 저질렀다는 것을 알았소. 그러니 이번만큼은 그대를 용서해드리겠소. 오씨 남매지간의 정리를 생각해서, 그리고 그 못된 놈이 아직 나이 어린 철부지라는 점을 생각해서, 또 그대 역시 자세한 사정을 모르고 있었다는 점을 감안해서 용서해드리겠다는 거요. 우선은 빨리 사람을 보내 그놈부터 잡아오게 하시고, 우리 사부님을 무사히 구출해드린 다음에, 그놈을 어떻게 조처할 것인지 의논하기로 합시다."

"고맙소이다, 대성!"

오순은 즉시 태자 마앙(摩昻)을 불러들여 분부를 내렸다.

"어서 속히 건장한 하어(鰕魚) 장병 오백 명을 뽑아 거느리고 출동해서 타룡이란 놈을 잡아다가 죄를 묻도록 해라. 그리고 저편 곁방에 술자리를 마련하여 대성님을 모시고 사죄의 술잔을 올리도록 하라."

이 말을 듣고 손행자는 자리에서 일어났다.

"용왕, 더 이상 마음 쓰실 것 없소이다. 내가 그대를 용서하겠노라고 말씀드린 바에야, 무슨 사죄의 술자리 따위가 필요하단 말이오? 나도 이 길로 아드님과 같이 가보아야겠소. 늙으신 사부님이 고생하고 계시기도 하려니와 막내 사제가 목이 빠지게 기다리고 있으니 말이오."

그래도 용왕은 섭섭한 마음을 이기지 못하여 굳이 손행자를 붙잡아 놓고 용녀를 시켜 차 한 잔이나마 따라 올리게 했다. 손행자는 선 채로 향기로운 차 한 잔을 마신 뒤, 용왕과 작별했다. 그리고 태자 마앙과 함께 해병(海兵)을 거느리고 서해바다를 떠나 급히 흑수하로 달려갔다.

흑수하 지경에 다다르자, 그는 마앙 태자에게 신신당부했다.

"여보게, 태자! 그놈의 괴물을 잘 부탁하네. 나는 이 둔덕에 올라가 좋은 결과를 기다리고 있겠네."

마앙 태자도 자신 있게 다짐을 두었다.

"대성 어르신, 안심하십쇼. 소룡이 그놈을 잡아올려 대성님을 먼저 뵙도록 하고, 그 죄를 따져 처벌한 다음, 사부님을 무사히 모셔 내오도록 하오리다. 그 일이 다 끝나거든 바다로 데리고 가서 아버님께 복명하기로 하겠사옵니다."

손행자는 흔쾌한 마음으로 태자와 작별하고 '피수결'을 써서 파도를 헤치고 물 위로 솟구쳐 나오더니 동쪽 기슭 둔덕에 올라섰다.

 손행자가 돌아오기만을 목이 빠지게 기다리고 있던 사화상과 흑수하신은 반색하며 맞아들였다.

 "아니, 형님! 떠나실 때는 공중으로 날아가시더니, 돌아올 때는 어떻게 강물 속에서 나오시는 거요?"

 막내의 물음에, 손행자는 서양대해로 가던 도중 흑어 요정을 때려죽이고 청첩장을 손에 넣은 일이며, 그것을 증거물로 삼아 용왕을 문책하고 태자와 함께 군사를 거느리고 물길로 돌아온 경위를 한바탕 늘어놓았다.

 사화상이 기뻐 어쩔 줄을 모른 채, 다 같이 강기슭 둔덕 위에 늘어서서 스승이 무사히 돌아오기를 기다린 것은 말할 나위도 없다.

 한편 마앙 태자는 우선 무장한 병사를 흑수하부 문전으로 달려보내, 요괴에게 '서해 노룡왕의 태자 마앙께서 오셨다'는 사실을 통보하게 했다.

 괴물 타룡은 한가롭게 자리에 앉아 있다가, 느닷없이 마앙 태자가 왔다는 소리를 듣고 속으로 이상한 생각이 들었다.

 "그것참 괴이한 일이로군. 나는 흑어 요정을 시켜 편지를 전하고 둘째 외숙부님을 모셔오라고 했는데 여태까지 아무런 회답도 없다가, 어째서 외숙부님은 오시지 않고 사촌 형님이 오셨을까?"

 혼잣말로 중얼거리고 있는데, 때마침 강물 속을 순찰하던 졸개 요괴가 또 들어와서 보고를 했다.

 "대왕님, 흑수하 일대에 어디서 왔는지 군사들 한 떼가 들이닥쳐 수부(水府) 서쪽에 진을 치고 있사온데, 그 깃발에 '서해 용궁의 왕세자 마앙 소원수(小元帥)'라고 씌어 있나이다."

요괴의 놀라움은 더욱 커졌다.

"원, 사촌 형님도 망령이 나신 모양이로군! 외숙부님께서 못 오시게 되니까 형님더러 잔치 자리에 참석하라고 해서 보내신 모양인데, 잔치에 오셨으면 그만이지 무엇 하러 수고롭게 군사들까지 거느리고 오셨단 말인가……? 흐흠, 아무래도 무슨 야로가 있는 모양이로군!"

생각이 여기에 미치자, 그는 당장 부하들에게 명령을 내렸다.

"애들아! 내 갑옷 투구와 강철 채찍을 대령해라. 어쩌면 무슨 변고가 날지도 모르니까, 미리 준비해두어야겠다. 내가 이 길로 나가서 그를 맞아들이고 무슨 일인지 알아보마."

우두머리가 경계령을 내리니, 부하 요괴들은 싸움판이라도 벌어질 것처럼 팔뚝을 걷어붙이고 주먹을 쓰다듬으면서 준비 태세를 갖추기 시작했다.

타룡이 문밖으로 나서서 보니, 과연 서해 용왕의 해병 한 부대가 오른편에 영채를 세우고 포진해 있는데, 그 기세가 당당하기 짝이 없다.

정벌군의 깃발이 수놓은 띠를 나부끼고, 줄지어 늘어선 방천화극(方天畵戟)에 밝은 노을 감돈다.

보검에는 오색 광채가 엉겼으며, 자루 긴 창에는 꽃술이 휘감겼다.

활시위는 보름달처럼 구부러졌으며, 시위에 얹힌 살촉은 늑대의 송곳니를 박은 듯하다.

큰 칼의 휘황찬란한 서릿발에 눈이 부시고, 자루 짧은 몽둥이는 단단하기 이를 데 없다.

고래[鯨], 큰 거북[鼇]과 대합[蛤], 말씹조개[蚌]하며, 바닷게[蟹], 자라[鱉]와 물고기[魚], 왕새우[蝦] 떼가 한데 어우러졌다.

큰 놈 작은 놈 일제히 정렬하고 늘어섰으니, 방패와 병기〔干戈〕가 삼대밭처럼 빽빽하다.

원수의 출전 명령〔元戎令〕이 내리지 않았던들, 어느 뉘 감히 이곳에서 함부로 어정댈 수 있으랴?

마앙 태자의 삼엄한 진용을 본 괴물 타룡은 영채 문전으로 다가서며 큰 소리로 고함을 쳤다.

"외사촌 형님, 이 아우가 여기서 기다리고 있소! 이리 나오시오."

영내를 순시하던 소라 병사가 급히 중군 영채로 달려가 보고한다.

"태자 전하께 아뢰오! 타룡이 영채 밖에서 나오시라 합니다."

이 말을 들은 태자는 황금 투구 끈을 고쳐 매고, 허리에 두른 보대(寶帶)를 단단히 조인 다음, 손에 한 자루 날이 세모진 삼릉간(三稜簡)을 거머쥐고 뚜벅뚜벅 영문 바깥으로 나섰다.

"자, 이렇게 나왔다! 어쩔 테냐?"

"제가 오늘 아침 청첩장을 보내 둘째 외숙부님을 모셔오려 했더니, 아저씨는 아니 오시고 형님이 오셨구려? 아마도 바쁜 일이 있으셔서 형님더러 대신 가라 하신 모양인데, 기왕 잔치에 오셨으면서 번거롭게 군사들은 왜 동원하셨소? 또 수부에 들어오시지는 않고 이런 곳에 영채를 세워 무장한 군사들을 깔아놓고 계시다니, 무슨 일이라도 있소?"

타룡의 물음에, 마앙 태자가 되묻는다.

"네가 무엇 하러 내 아버님을 초청했느냐?"

"제가 오래전부터 외숙부님 덕택으로 이곳에 자리잡고 살게 되지 않았소? 그런데 아직 한 번도 외숙부님을 찾아뵙지 못했고 또 효성스러운 일을 제대로 해드린 적이 없었소. 다행히도 어제 동녘 땅에서 온 중 한 놈을 잡았는데, 그놈은 십세 공덕을 닦은 희귀한 원체(元體)라, 누구든지 이자의 고기를 먹으면 수명을 연장할 수 있다 하기에, 외숙부님을 모셔다가 구경 한번 시켜드리고 찜통 속에 넣고 푸욱 쪄서 생신이나 축하드릴까 했던 거요."

타룡의 말끝이 떨어지기가 무섭게, 태자는 냅다 호통쳐 꾸짖었다.

"이런 먹통 같은 녀석! 얼빠진 소리 작작 하거라! 너, 그 스님이 누군지 알기나 하느냐?"

느닷없는 꾸지람에, 타룡은 시무룩하게 대꾸했다.

"당나라 조정에서 파견되어 온 중놈 아니오? 서천으로 경을 가지러 간다고 그럽디다."

"너는 그분이 당나라 스님이란 사실만 알고, 그 밑에 있는 제자들이 얼마나 무서운 사람들인지는 모르느냐!"

"제자란 것들을 보기는 봤소. 한 놈은 주둥이가 기다란 화상으로 저팔계라고 하던데, 그놈 역시 내 손에 붙잡혀 당나라 중 녀석과 한꺼번에 찜 쪄 먹으려고 묶어두었소. 그리고 또 한 녀석, 사화상이란 까무잡잡하게 재수 없이 생겨먹은 놈이 있는데, 병기로 항요보장을 쓰더군요. 어제 내 집 문전에 쳐들어와서 제 사부를 내놓으라고 소동을 벌이기에, 내가 이 흑수하 군사들을 거느리고 나가서 강철 채찍으로 한바탕 후려쳤더니, 견뎌내지 못하고 쫓겨 달아나고 말았소. 두 놈 다 솜씨가 그저 그런 것이, 별로 대단해 보이지는 않습디다."

"이제 봤더니 네놈이 뭘 모르고 있었구나! 그분께는 맏제자가 또 한 사람 있다. 바로 오백 년 전에 천궁을 크게 뒤집어엎었던 상방 태을금선(上方太乙金仙) 제천대성이란 사람이다. 지금은 당나라 스님을 모시고 서천 땅으로 부처님을 찾아뵙고 경을 가지러 가는 길인데, 앞서 보타암의 대자대비하신 관세음보살의 권유를 받아들여 착한 길에 들어섰고, 이름을 고쳐 행자 손오공이라 부르고 있다. 네놈은 그런 사실도 모른 채 어쩌자고 이처럼 엄청난 일을 저질렀단 말이냐?

손대성은 오늘 우리 서해바다로 찾아오던 도중, 네가 보낸 흑어 요정과 맞닥뜨려 그 편지를 빼앗고는 수정궁으로 쳐들어와서 우리 부자더러 '요사스런 마귀와 결탁해서 사람을 납치해갔다'고 공박했다. 그리고는 그 편지를 증거물로 삼아 옥황상제께 고소를 하겠다면서 펄펄 뛰었다. 그러니 어서 빨리 그 당나라 스님과 저팔계를 무사히 강변으로 모셔다가 손행자에게 돌려보내고 용서를 청하도록 해라. 내가 그에게 좋은 말로 사과를 했으니 망정이지, 그렇지 않았던들 네놈의 목숨은 붙어 있지 않았을 것이다. 네놈이 만약 '싫다'는 말의 반 마디라도 했다가는, 이 흑수하 신부에서 목숨을 부지하고 살아갈 생각은 꿈에도 하지 말아야 할 것이다!"

타룡은 그 말을 듣고 속에서 울화통이 들끓었다.

"아니, 형님은 누구 편이오? 나하고 외사촌 형제 간이 아니오? 그런 형님이 남의 역성만 들어서 당나라 화상을 돌려보내라고 하다니, 그걸 말씀이라고 하시오? 이 세상천지에 그렇게 수월한 일이 어디 있소? 형님이 그 손오공인가 뭔가 하는 녀석을 두려워하면 했지, 왜 나까지 무서워하라는 거요? 그럼 좋소! 그자가 그토록 대단한 놈이라면 어디 내 집 문전에 와서 나하고 세 합만 싸워보자고 하시오! 그놈이 내 공격의 세 합을 받아낼 수만 있다면, 내 그놈의 사부를 곱게 돌려보내겠소. 그러나 만약 나를 당해내지 못할 때에는 그놈마저 잡아서 한꺼번에 찜통에 넣고 쪄 먹어버리겠소. 에잇, 젠장! 빌어먹을······ 일가친척이니 뭐니, 다 뭐 말라비틀어진 거냐? 손님을 모셔다가 대접할 건더기도 없다! 나 혼자서 대문 닫아 걸어놓고 부하 녀석들더러 춤추고 노래나 부르게 해가며 윗자리에 떡 버티고 앉아서 내 멋대로 실컷 뜯어 먹으면 그만 아닌가?"

"닥쳐라! 이런 몹쓸 놈 봤나……!"

마앙 태자의 입에서 불호령이 떨어졌다.

"가만 두고 보자니까, 하는 짓이 정말 형편없는 놈이로구나! 네놈이 손대성하고 겨뤄보기 전에, 우선 나하고 겨뤄봐야 할 게다! 어떠냐, 감히 나한테 덤벼볼 자신은 없느냐?"

타룡은 시큰둥하게 그 말을 받아넘겼다.

"사내대장부가 되어서 누구하고 싸운들 겁낼 듯싶소?"

그리고는 뒤를 돌아보고 부하들에게 호통쳐 분부했다.

"얘들아! 갑옷 투구를 가져오너라!"

명령 한마디에 부하 요괴들이 미리 준비해두었던 갑옷과 투구를 가져다 바치고 강철 채찍을 받들어 올렸다.

"북을 울려라!"

쌍방 진영에서 일제히 북을 울려 주장의 기세를 북돋웠다.

이리하여 외사촌 형제 두 사람은 안면을 바꾸고 원수지간이 되어 제각기 영웅 본색을 뽐내가며 무섭게 맞붙어 싸우기 시작했는데, 이번 싸움판은 앞서 타룡이 사화상과 맞붙던 경우에 비교가 안 될 만큼 격렬한 것이었다.

전투용 깃발이 눈부시게 나부끼고, 자루 짧은 창[戈]에 갈래진 창[戟]날 빛이 번쩍번쩍 흔들린다.

이편에서 영채(營寨)의 기반이 송두리째 흐트러지고, 저편에서 문호가 활짝 열린다.

마앙 태자가 세모진 삼릉간을 불쑥 내지르니, 괴물 타룡은 대나무 마디진 강편으로 냉큼 맞받아친다.

포성(砲聲)을 한 방 울리니 하병(河兵)들의 기세 맹렬해지고,

구리 징을 세 번 두드리니 해병(海兵)들이 미쳐 날뛴다.

왕새우〔蝦〕는 왕새우를 맞아 싸우고, 게〔蟹〕는 게와 맞붙어 싸우며, 고래〔鯨〕와 바다거북〔鼇〕은 붉은 잉어〔赤鯉〕를 삼키고, 방어〔鯿〕와 우럭〔鮊〕은 날카로운 지느러미를 곤두세우며, 모래무지〔鯊〕와 숭어〔鯔〕가 갈치〔魮〕를 잡아먹으니 고등어〔鯖魚〕는 목숨 건져 달아나고, 굴〔牡蠣〕이 맛살조개〔蟶蛤〕를 잡으니 말씹조개〔蚌〕가 허겁지겁 달아나기 바쁘다.

팔팔한 가오리〔少揚＝海鰩魚〕의 가시는 쇠몽치처럼 단단하고, 가자미〔鰨＝鰯〕의 바늘은 칼끝보다 더 날카롭다.

철갑상어〔鱏〕와 황어(鱍魚＝鱑魚)가 민물장어〔白蟮〕를 쫓는가 하면, 농어〔鱸〕와 준치〔鰽〕는 검정 병어〔烏鯧〕를 낚아챈다.

흑수하 일대 괴물이 제 솜씨 높고낮음을 다투고, 쌍방의 용병(龍兵)들이 강약을 판가름지으려 덤벼든다.

혼전이 오랫동안 계속되니 성난 파도가 물 끓듯이 용솟음치는데, 마앙 태자 금강(金剛)의 힘센 재주 뽐내려 한다.

외마디 호통 소리에 삼릉간이 정수리를 무겁게 내리치니, 요괴 임금 노릇 하는 타룡을 잡아 끓리려 한다.

이윽고 마앙 태자가 힘에 겨운 듯 삼릉간으로 허방을 때리고 빈틈을 드러내 보이자, 요괴는 그것이 속임수인 줄 까맣게 모른 채 그 허점을 뚫고 바싹 덤벼들었다. 태자는 한곁으로 슬쩍 몸을 틀면서 오른쪽 팔뚝에 삼릉간을 한 대 보기 좋게 후려치더니, 득달같이 달려들어 발목을 후려쳐서 땅바닥에 자빠뜨려놓았다. 그 뒤를 이어 해병들이 우르르 몰려들어 양 팔뚝을 등 뒤로 비틀어 꺾고 결박을 지운 다음, 쇠사슬로 비파골(琵琶骨, 견갑골)을 꿰뚫어서 강기슭 둔덕 위로 끌고 나와 손행자

앞에 무릎 꿇렸다.

"대성님! 소룡이 요망한 타룡을 잡아왔으니, 이젠 대성께서 처분하십시오!"

손행자와 사화상은 붙잡혀온 타룡을 보고 엄하게 꾸짖었다.

"이 못된 놈, 어르신의 뜻을 받들어 지키지 않고 함부로 날뛰다니! 애당초 네 외숙께서 네놈을 이 흑수하에 살게 해준 뜻은 네놈더러 양성존신(養性存身)하여 이 세상에 명성을 떨치게 되는 날이면 다른 곳으로 옮겨 크게 쓰실 생각에서였다. 그럼에도 불구하고, 네놈은 어찌하여 흑수하신의 부중을 강제로 빼앗아 차지하고 세력을 빙자하여 함부로 흉악한 짓을 저질렀느냐? 그것도 모자라 교활하게 농간을 부려 우리 사부님과 사제를 속이고 납치까지 하다니! 내 이 철봉으로 한 대 먹였으면 좋겠다만, 이 손선생의 철봉이 너무나 무거워 슬쩍 건드리기만 해도 네놈의 목숨은 온데간데없이 달아나고 말 터인즉, 차마 이 자리에서 때려죽이지는 않겠다. 자아, 바른대로 말해라! 우리 사부님은 어디다 모셔두었느냐?"

요괴 타룡은 쉴새없이 머리를 조아리면서 애걸복걸 빌었다.

"대성 어르신, 불초 타결이 대성 어르신의 크신 이름을 알아뵙지 못하고 이런 죄를 저질렀습니다. 아까는 배은망덕하게 외사촌 형님께 대들어 망나니짓을 저질렀다가 이렇게 붙잡히는 몸이 되었습니다. 이제 대성 어르신께서 죽음을 내리지 않으시는 은혜를 입었사오니, 감사하기 이를 데 없나이다. 대성 어른의 사부님은 저 수부(水府) 안 구석에 아직도 묶인 채 계시옵니다. 바라옵건대 이 쇠사슬을 풀어서 놓아만 주신다면, 제가 직접 물속으로 들어가 그분을 모셔 내오겠습니다."

이때 마앙 태자가 곁에서 한마디 올렸다.

"대성님, 이놈 말을 듣지 마십쇼! 이놈은 천성이 반역자의 기골을 타고난 괴물이라, 간사하기 짝이 없습니다. 만약 이놈을 놓아주었다가는 또다시 악심을 품고 무슨 짓을 저지를지 모릅니다."

그러자 사화상이 나섰다.

"제가 그곳을 아니까, 저하고 흑수하신이 들어가서 사부님을 찾아오겠소."

손행자가 가만 생각해보니 그보다 더 좋은 수가 없을 듯싶어, 허락을 내렸다.

이리하여 사화상과 흑수하신은 강물 속으로 뛰어들어 단숨에 수부 정문 앞까지 헤엄쳐갔다. 조심스레 정문 앞에 다가서고 보았더니, 대문짝은 휑하니 열린 채 요괴란 놈은 졸개 한 마리도 남아 있지 않았다. 곧바로 정자 안에 들어섰을 때, 그들은 당나라 스님과 저팔계가 벌거벗은 알몸뚱이로 그곳에 묶여 있는 것을 발견할 수 있었다. 사화상은 부랴부랴 스승의 결박을 풀어드렸다. 흑수하신도 뒤따라 저팔계의 결박을 풀어주고, 둘이서 한 사람씩 들쳐 업은 채 수면으로 헤엄쳐 나와 마침내 강변 기슭으로 올라섰다.

저팔계는 타룡이 꽁꽁 묶인 채로 한곁에 나뒹굴고 있는 꼬락서니를 보자마자, 쇠스랑을 번쩍 들어 내리찍으려 했다.

"이 요사스런 짐승 놈아! 어디 날 잡아먹어봐라!"

손행자가 재빨리 그 팔뚝을 부여잡고 말렸다.

"여보게, 아우! 이놈이 죽을죄를 졌지만 용서해주게나. 오씨 부자의 정리를 보아서라도 말일세."

이어서 마앙 태자가 그 앞으로 나섰다.

"대성님, 소룡은 오래 머물지 못하겠습니다. 사부님을 구하셨으니까, 저도 이놈을 데리고 아버님께 돌아가 뵈어야겠습니다. 대성 어르신께서는 비록 이놈의 죽을죄를 용서해주셨으나, 아버님은 결코 살려두지 않고 어떻게든지 처벌하실 것입니다. 일이 다 끝나거든 다시 대성님을 찾아뵙고 사과드리겠습니다."

손행자도 선선히 응낙했다.

"일이 그렇다니 됐네. 그럼 그놈을 데리고 돌아가도록 하게. 나 대신 아버님께 고맙다는 뜻을 꼭 전하도록 하게."

이리하여 마앙 태자는 못된 요괴를 압송하여 물속으로 들어갔다. 그리고 해병들을 거느리고 서양대해 수정궁으로 돌아간 얘기는 그만두기로 하자.

한편에서 흑수하신은 손행자에게 거듭 감사를 표했다.

"대성 어르신 덕택으로 수부를 다시 찾을 수 있게 되어 그 은혜를 어찌 갚아드려야 좋을지 모르겠습니다."

하지만 당나라 스님의 걱정은 딴 데 있었다.

"얘들아, 내 몸은 무사히 살아왔으나 아직도 동쪽 기슭에 있으니, 어떻게 해야 이 강을 건너갈 수 있을지 모르겠다."

이 말에 흑수하신이 얼른 나섰다.

"나으리, 염려 마시고 어서 마상에 오르십시오. 소신이 길을 열고 나으리를 인도하여 이 강을 건너가시도록 해드리겠습니다."

삼장은 그제야 안심하고 백마 위에 올라탔다. 저팔계가 고삐를 잡고, 짐보따리는 사화상이 짊어졌다.

이윽고 손행자가 좌우로 돌아가며 부축하니, 흑수하신은 '조수법(阻水法)'을 써서 상류로부터 흘러오는 물길을 가로막아놓았다. 술법에 물길이 막히자, 하류의 물은 잠깐 사이에 말라버리고 강바닥에는 물 한 방울 없이 마른 길이 훤히 트였다.

스승과 제자 네 사람은 마침내 강바닥을 걸어서 흑수하 서쪽 기슭에 당도한 다음, 흑수하신에게 감사의 인사를 건네고 강변 둔덕에 올라서서 길 재촉을 했다.

선승(禪僧)이 구함을 받아 서역 땅으로 향하니,
파도 없이 마른땅을 딛고 흑수하를 건넜다네.

과연 이들이 언제 어떻게 부처님께 참배하고 진경을 얻게 될 것인지, 다음 회에서 풀어보기로 하자.

제44회 삼장 일행이 강제 노역을 하는 승려들과 마주치고, 심성 바른 손행자, 요망한 도사의 정체를 간파하다

경을 구하려고 장애를 벗어나 서쪽으로 향하니, 무수한 명산이 그침 없이 나타난다.
토끼가 달아나고 새가 날아 밤낮을 재촉하니, 산새 울고 꽃 떨어져 봄가을 절기가 스스로 바뀐다.
미진(微塵)의 눈 아래 삼천 세계(三千世界) 열리고, 스님의 지팡이 끄트머리에 사백 주(四百州)가 보인다.
풍찬노숙 거듭해가며 자맥(紫陌)[1]에 오르니, 어느 날에야 고향으로 돌아갈 것을 기약하랴.

서해 용왕 태자의 힘을 빌려 요괴를 항복시키고 흑수하신이 물길을 열어준 덕분에 무사히 강을 건넌 삼장 법사 일행은 큰길을 찾아서 곧바로 서쪽을 향해 나아갔다. 그것은 눈보라에 비바람을 무릅쓴 고된 여행길이었다. 그야말로 풍찬노숙(風餐露宿), 밤이 되면 달빛을 머리 위에 쓰고 별빛을 옷 삼아 몸에 걸쳤다는 형용이 어울린다고나 해야 할 것이었다.
얼마나 오랜 시일을 갔던지, 또다시 이른 봄 날씨가 되었다.

---

1 자맥: 황제의 도성에 뚫린 큰길. 탄탄대로(坦坦大路)를 뜻하는 시어(詩語).

삼양(三陽)이 돌고돌아, 만물에 찬연하게 생기 돋아난다.

삼춘이 돌고도니, 온 하늘은 밝고도 아름답기 그림을 펼친 듯하고,

만물에 생기가 찬연하게 돋아나니, 온 땅은 아름답고 향기로운 꽃과 사철쑥으로 수놓은 듯하다.

철 늦은 매화 가지에 잔설(殘雪)이 드문드문 얹혔으나, 들판에는 이미 보리밭 물결치고 냇물 위에는 온통 구름장 감돈다.

한겨울철 얼음이 풀리기 시작하니 산골짜기 샘에는 물이 고이고, 새싹이 마음껏 터져나와 불탄 자국도 보이지 않는다.

이야말로 태호(太昊, 복희)씨가 진괘(震卦, 우레) 타고, 목신(木神) 구망(勾芒)이 좋은 시절(辰) 타는구나.[2]

꽃향기 바람결에 공기는 따뜻하고, 옅은 구름장에 햇볕이 새롭다.

길가의 수양버들 가지에 푸른 눈이 점차로 싹트는데, 기름진 비가 촉촉이 적시어 살아나게 하니 삼라만상이 모두 봄이로구나.

스승과 제자 일행은 모처럼 산천 경개의 봄빛을 느긋하게 즐기면서

---

2 태호·구망: 태호(太昊)는 도교의 신령, 곧 불을 일으키는 방법을 인류에게 가르쳐주었다는 복희(伏羲)를 말한다. 중국 신화 전설에 화서(華胥)가 거인의 발자국을 딛고 잉태하여 복희와 여왜(女媧)를 낳았는데, 복희는 기다란 머리통에 밝은 눈매를 하고 거북의 이빨에 용의 입술을 지녔으며, 이마에 흰 털이 돋아나 땅바닥에 끌릴 정도로 길었다고도 하며, 또는 사람의 얼굴에 뱀의 몸통을 지녔다고도 한다. **구망(勾芒)**은 나무의 신령. 새의 얼굴 모습에 인간의 몸뚱이를 지녔으며 고대 '오제(五帝)' 가운데 으뜸인 소호씨(少昊氏)의 후예로, 목덕(木德)의 제왕 태호를 보필하던 끝에 죽어서 목신(木神)이 되었는데, 『예기(禮記)』「월령(月令)」에 "음력 정월 초봄(孟春)을 주재하는 신령이 구망"이라고 하였다. 본문에서 진괘(震卦)는 곧 동방이며 봄철은 동방의 신령으로 생명을 주재하는 태호가 맡았으므로, 봄철이 대지에 돌아오는 것을 가리켜 "태호씨가 진괘를 탔다"고 표현하고, 진괘(辰卦)는 동남동의 방위를, 그리고 구망은 봄철의 목신이므로 "구망이 동남방의 좋은 시절을 탔다"고 표현한 것이다.

천천히 말을 몰아나갔다. 얼마쯤 나아갔을까, 갑자기 어디선가 '와아아!' 하고 아우성치는 소리가 요란하게 들려왔다. 그것은 마치 수천 수만 명이 일제히 함성을 지르는 것처럼 메아리쳤다.

당나라 삼장 법사는 속으로 겁을 집어먹고 말고삐를 잡아당겨 세운 채 급히 뒤를 돌아다보면서 제자에게 물었다.

"오공아, 어디서 이렇게 시끄러운 소리가 들리느냐?"

그랬더니 질문을 받은 손행자보다 저팔계란 녀석이 먼저 대꾸한다.

"지진이 나서 땅이 갈라지고 산사태가 난 모양입니다."

여기에 사화상도 한마디 거들었다.

"천둥 벼락 치는 소리 같은데요."

그러나 삼장은 도리질을 했다.

"아니다. 아무래도 사람이 함성을 지르고 말떼가 울부짖는 게 분명하구나."

손행자는 씨익 웃어가며 이렇게 말했다.

"자네들 얘기는 다 틀렸네. 가만히들 있게. 이 손선생이 한번 살펴볼 테니까."

용감한 손행자는 몸을 솟구치더니 허공 한복판에 운광을 딛고 서서 두 눈을 부릅뜨고 바라보았다. 과연 멀리 한군데 성지(城池)가 내려다보이는데, 좀더 가까이 다가가서 보았더니 상서로운 기미가 은은히 서려 있을 뿐, 별다른 흉악한 기운이 보이지 않았다.

손행자는 속으로 이상한 생각이 들었다.

"좋은 고장이로구나! 한데 어째서 저렇게 시끄러운 소리가 귀청을 울리는 것일까? 성내엔 군대의 살벌한 깃발도 병기도 없고 포를 쏘는 소리도 들리지 않는데, 도대체 어디서 전쟁이라도 난 것처럼 사람과 말이 저토록 아우성쳐가며 울부짖고 있을까……?"

이런저런 생각에 잠겨 있는데, 때마침 성문 밖에 있는 모래밭 빈터에 숱한 승려들이 한데 몰려서 수레를 끌고 있는 광경이 눈길에 잡혔다. 그제야 손행자는 시끄러운 소리가 어떻게 들려오게 되었는지 그 까닭을 알 수 있었다. 수백 명이나 되는 승려들이 한꺼번에 있는 힘을 다 뽑아 외쳐대는 통에 삼장 법사를 놀라게 만들었던 것이다. 고함치는 소리는 단 한마디였다.

"대력왕(大力王) 보살님!"

손행자는 점차 구름을 낮추면서 굽어보다가 그만 깜짝 놀라고 말았다. 수레에 실린 것이 모두 무거운 기왓장에 벽돌 아니면 나무와 흙더미 아닌가! 모래밭 여울목은 가파르게 경사져 있고 둔덕을 따라 한줄기 좁디좁은 오솔길이 트였는데, 지나쳐 가는 곳에 또 관문이 두 군데나 세워져 있고 관문 아래 길은 모두가 깎아지른 절벽으로 되어 있어 보기만 해도 아찔하기 짝이 없었다. 그러니 사람이 육중한 수레를 끌고 어떻게 올라갈 수 있겠는가?

더구나 승려들의 몰골은 말씀이 아니었다. 날씨는 비록 화창하고 포근하다 하지만, 그들이 걸친 것이라곤 하나같이 얇은 누더기 홑옷 한 벌뿐이라, 얼른 보기에도 꾀죄죄한 꼬락서니에 궁상이 드레드레하게 박혀 있는 것이다.

손행자의 가슴 속에는 의심이 부쩍 들었다.

"보아하니 절간을 수축하는 모양이다. 그러나 이 고장에는 올해 풍년이 들어 먹고 입을 것이 풍족할 터인데, 어째서 품팔이 일꾼을 사서 쓰지 않고 승려들이 몸소 저런 고생을 하고 있단 말인가?"

그가 영문을 모른 채 내려다보고 있으려니, 때마침 성문 안에서 나이 젊은 청년 도사 두 사람이 거드름을 부리면서 어슬렁어슬렁 걸어나오는데, 그 생김새가 자못 볼 만했다.

머리에는 성관(星冠) 쓰고, 몸에는 비단옷을 걸쳤다.

머리에 쓴 성관이 눈부시게 번쩍거리고, 몸에 걸친 비단옷 자락에서 오색 노을이 퍼져난다.

발에는 구름 무늬의 운두리(雲頭履)를 신고, 허리에는 겹실로 꼰 숙사조(熟絲絛)를 질끈 동였다.

총기(聰氣) 서린 얼굴은 보름달처럼 덩그러니 준수하고, 생김새는 요지 천궁(瑤池天宮)의 신선같이 매끄럽다.

한데, 이상한 일이 또 일어났다. 수많은 승려들이 도사를 보더니 한결같이 겁을 집어먹고 부들부들 떨어가며 전보다 더 안간힘을 쓰면서 힐떡힐떡 수레를 끌고 올라가는 것이 아닌가! 그제야 손행자는 일이 어떻게 돌아가는 것인지 알 수 있었다.

"이크! 저 승려들이 도사를 무서워하는 모양이로구나. 그렇지 않고서야 어떻게 저토록 죽을힘을 써가며 수레를 끌 리가 있단 말인가? 내 일찍이 서방 세계로 가는 길목 어딘가에 도사를 존중하고 부처님의 제자가 천대받는 곳이 있단 소문을 들었는데, 틀림없이 여기가 바로 그곳이로구나. 알겠다, 그럼 사부님께 돌아가서 말씀드려야겠다…… 아니, 아니지! 이대로 가서 본 것만 말씀드렸다가는, '똑똑한 녀석이 왜 사실을 더 자세히 알아보지 않고서 엄벙덤벙 보고를 하느냐?'고 꾸중이나 듣기 십상이겠다. 그러니 우선 내려가서 자세한 내막을 확실히 알아보고 나서 사부님께 돌아가 여쭙는 것이 상책이다."

그럼 손행자는 누구한테 물어볼 작정인가? 여하튼 그는 구름을 낮추고 일단 지상에 내려선 다음, 성곽 밑으로 달려가 몸을 한 번 꿈틀해 가지고 운수 전진 도사(雲水全眞道士)로 둔갑했다. 그것은 글자 그대로 세상 이곳저곳을 구름 따라 물 따라 정처 없이 떠돌아다니며 빌어먹고 사는 행각 도사였다. 도사로 둔갑한 손행자는 그럴듯하게 왼편 어깻죽지에는 수화람(水火籃, 바랑의 일종)을 하나 걸쳐 늘어뜨리고 두 손으로는 목탁을 치면서, 입으로 능청스레 「도정사(道情詞)」³까지 읊어가며 어슬렁어슬렁 성문 쪽으로 다가가서 일부러 두 젊은 도사와 마주치더니, 그들이 보는 앞에서 넉살 좋게 허리 굽혀 절부터 하고 수작을 걸었다.

"도장(道長)들께 빈도가 인사드리오!"

젊은 도사들도 답례를 건네면서 물었다.

"선생은 어디서 오시는 분입니까?"

손행자가 시침 뚝 떼고 대답한다.

"이 제자는 바다 모퉁이에서 하늘가에 이르기까지 뜬구름처럼 정처 없이 떠돌아다니고 있소이다. 오늘 이곳에 와서 착한 댁을 찾아 한 끼니 밥을 얻어먹을까 하오만, 어디로 찾아가야 좋을는지 모르겠소이다. 그래서 두 분 도장께 여쭙겠는데, 성내 어떤 거리에 도교를 좋아하는 시주 댁이 있는지요? 일러주신다면 빈도가 그 댁으로 찾아가서 동냥을 좀 해서 한 끼니 때울까 합니다."

이 말을 듣고 두 도사는 껄껄대며 웃음보를 터뜨렸다.

"여보시오, 선생! 어쩌자고 그런 김빠지는 소리를 하시는 거요?"

"김빠지는 소리라니요?"

손행자가 어리둥절해서 물었더니, 도사의 대답이 가관이다.

---

3 「도정사」: 도교 음악. '어고(漁鼓)'라고도 부르며, 사천 지방에서는 '죽금(竹琴)'이란 별칭으로 불렸다. 당나라 때부터 '구진(九眞)' '승천(承天)' 등 속세를 떠나 수양하는 도교의 사상과 교훈을 주제로 널리 유행되던 노래인데, 남송 때에 이르러 어고, 또는 간판(簡板)과 같은 북 종류를 반주 악기로 삼아 일곱 마디, 열 마디짜리 기본 가사를 붙여서 유행하다가, 근대에 와서는 각 지방의 민요와 합쳐져 '오의도정(烏義道情)' '홍조도정(洪趙道情)' '호남어고(湖南漁鼓)' '산동어고(山東漁鼓)'와 같은 여러 유파를 이루어 청나라 말엽까지 대중 음악으로 자리잡게 되었다.

"비럭질을 해서 한 끼 때우시겠다니, 그게 김빠지는 소리 아니고 뭐란 말이오?"

"출가한 사람이면 동냥을 해서 먹고 살게 마련인데, 동냥을 하지 않으면 무슨 돈이 있다고 음식을 사 먹겠소?"

도사는 여전히 웃으면서 이곳 형편을 얘기해주었다.

"선생은 먼 곳에서 오셨으니까, 이 성 안의 일을 모르실 거외다. 우리 이 성내의 문무백관들은 하나같이 도교를 신봉할 뿐 아니라, 부유한 백성이든 장자(長者)든 간에 모두들 현자(賢者, 도사)를 아끼며, 남녀노소 할 것 없이 모두가 우리 도사들만 보면 집에 모셔다가 재를 바치고 있소이다. 이런 것쯤은 입에 올릴 건더기도 안 되고, 심지어는 이 나라에 으뜸가는 만세 군주 폐하까지도 우리 도교를 좋아하시고 현자들을 사랑하시니, 더 말해서 무엇 하겠소이까."

"빈도는 나이 어리고 또 먼 곳에서 온 탓으로 사실 이곳 형편을 알지 못해 그렇소이다. 번거로우시더라도 두 분 도장께서는 우선 이 고장의 지명을 알려주시고, 군왕께서 왜 도교를 좋아하게 되셨으며 현자들을 사랑하게 되셨는지 자세히 말씀해주신다면, 동도(同道)의 정리로 고맙게 받아들이겠소이다."

이 말에 기분이 썩 좋았는지, 도사들은 선선히 일러주었다.

"이 성은 차지국(車遲國)이라 하고, 보전(寶殿)에 올라 계신 군주는 우리와 친척이 되십니다."

손행자는 그 대답을 듣고 깔깔대며 웃었다.

"하하하! 그렇다면 도사가 황제 노릇을 하고 계시는 모양이구려?"

"아니외다. 여기에는 사연이 있소이다. 지금부터 이십 년 전에 이 나라에 큰 가뭄이 들어 하늘에서는 비 한 방울 내리지 않고, 땅에서는 곡식이라곤 씨가 말라버린 적이 있었지요. 그래서 군신들은 물론이요,

서민 백성조차 집집마다 목욕재계하고 향불을 살라놓고 하느님께 절하여 비를 내려달라고 빌었으나, 끝끝내 비는 내리지 않고 온 나라 백성들의 목숨이 경각에 달려 위태로운 지경에 빠져들고 말았지 뭡니까. 바로 그때 갑자기 하늘에서 신선 세 분이 강림하셔서 목숨이 벼랑 끝에 매달린 뭇 생령들을 구해주셨답니다."

"신선 세 분이라니, 그게 누구요?"

"바로 우리 사부님들이 아니겠습니까."

"사부님의 도호(道號)는 어찌 되시오?"

"큰사부님은 호력대선(虎力大仙)이라 하시고, 둘째 사부님은 녹력대선(鹿力大仙), 그리고 셋째 사부님은 양력대선(羊力大仙)이라 부르십니다."

손행자는 이것 봐라 싶어, 내처 물었다.

"세 분 사부님께선 법력을 얼마나 지니고 계시오?"

그 말에 두 도사는 신바람이 나서 자기네 스승들의 술법이 어떤지 자랑스럽게 떠벌리기 시작했다.

"우리 사부님들은 호풍환우하는 재간을 가지고 계셔서, 바람을 불러일으키고 비를 내리는 것쯤은 손바닥 뒤집기보다 더 쉽게 하십니다. 어디 그뿐입니까. 맹물을 가리켜서 기름을 만들고 돌멩이를 찍어서 황금으로 만드실 줄 아는데,[4] 이것 역시 몸 한번 돌이키는 동안에 감쪽같이 해내십니다. 이렇듯 천지 조화를 절묘하게 빼앗고 별자리마저 바꾸시는 재주를 지녔기 때문에, 군신들이 공경하고 우리와 친척 관계를 맺게 된 것이지요."

손행자는 일부러 탄성을 질러가며 두 젊은 도사를 추켜세워주었다.

---

[4] 돌멩이를 찍어 황금으로 만들다: 도교의 연금술(鍊金術) '점철성금(點鐵成金)'을 과장해서 일컫는 말. 제37회 주 4 참조.

"호오, 그것참……! 이 나라 황제께선 대단한 행운을 잡으셨군. 속담에 '술법이 있으면 아무리 권세 높은 공경 대신이라 할지라도 움직일 수 있다' 하더니, 그런 재간을 지닌 노사부님들과 친척 관계를 맺는다 해서 손해 볼 일은 없겠소이다그려…… 빈도에게도 손톱만한 연분이 있어 그런 사부님을 한번쯤 만나뵐 수 있으면 얼마나 좋을꼬……?"

말끝에 한숨을 내쉬며 부러워하는 기색을 보였더니, 두 도사는 껄껄껄 웃어가며 대수롭지 않게 응낙했다.

"우리 사부님을 뵙고 싶다고요? 그야 어려울 게 뭐 있겠소이까. 우리 두 사람은 사부님의 친자식 살붙이보다 더 소중한 제자들이니까, 말씀만 드리면 선선히 만나주실 것입니다. 더구나 그분들은 도사를 좋아하시고 현자를 아끼는 마음이 크시기 때문에, 도사의 '도(道)'자만 들어도 대문 활짝 열어놓고 맞아들이실 것입니다. 우리가 선생을 사부님께 소개시켜드리는 거야 손바닥에 먼지를 훅 불어버리기보다 더 쉬운 노릇이지요."

"고맙소이다, 고마워!"

손행자는 허리 깊숙이 구부려 사례하고 못을 박았다.

"말씀 좀 잘 드려서 천거해주시오. 그럼 이 길로 가서 만나뵐 수 있겠군요?"

"아니, 잠깐만 여기 앉아서 기다려주시오. 우리가 공무를 다 마치고 나서 함께 들어가겠소이다."

"공무라니요? 출가한 사람은 아무런 구속도 받지 않고 자유자재로 살아가는 몸인데, 무슨 공무를 본다는 겁니까?"

그러자 도사 하나가 손가락으로 모래밭 여울목에 우글거리는 승려들을 가리키면서 이렇게 말했다.

"저 화상 놈들이 하는 것은 우리 집안 일이외다. 게으름을 부리면

안 되니까, 우리가 가서 점검을 해야만 합니다."

이 말을 듣고 손행자는 기가 막혀 웃음이 나왔다.

"도장, 그 말씀은 틀렸소이다. 승려나 도사들이나 다 같은 출가인들인데, 무슨 까닭으로 저 사람들이 우리 도사를 위해 수고롭게 힘든 일을 하고 또 우리네 점검을 받는단 말씀입니까?"

"선생은 모르십니다. 가뭄이 들었던 그해 기우제를 지낼 때, 승려들은 한쪽에서 부처님께 빌었고, 우리 도사들 역시 한쪽에서 북두(北斗)님께 빌었지요. 그러니까 양편이 다 조정을 대신해서 오곡이 풍성하기를 빌었던 셈입니다. 그런데 저 승려들은 아무짝에도 쓸모가 없어 공염불만 외울 뿐 일을 제대로 해내지 못했습니다. 그럴 때에 우리 사부님들이 나타나셔서 비바람을 일으키어 만백성을 도탄에서 건져주셨단 말입니다. 이리하여 승려들은 조정의 비위를 거슬리게 되었고, 그 결과 불문의 제자들은 무용지물이란 지탄을 받은 끝에, 황제 폐하의 칙명으로 절간을 헐어버리고 불상을 때려부쉈을 뿐만 아니라 그들의 도첩까지 빼앗아 고향으로 돌아가지 못하게 하고 우리 도사들의 집에서 머슴살이를 하게 된 것입니다. 집 안에서 불을 때는 것도 그들의 일이요, 빗자루 들고 마당 쓰는 일하며 문지기 노릇을 하는 것도 모두 다 저들이 하는 일입니다. 요즈음은 뒤꼍에 집이 완공되지 않았기 때문에 저 화상들을 시켜 기왓장과 벽돌을 나르게 하고 나무를 끌어다가 집 짓고 있는 것이지요. 사부님은 저것들이 게으름이나 부리고 빈둥빈둥 놀면서 수레를 잘 끌려고 하지 않을까 싶어 우리 두 사람을 보내 살펴보고 인원 수를 점검하라고 하신 겁니다."

이 말을 듣자, 손행자는 무슨 생각에서인지 도사를 붙잡고 늘어지며 눈물을 뚝뚝 흘리기 시작했다.

"연분이 없다고 했더니, 정말 연분이 없구려! 빈도는 아무래도 노사부님의 존안을 뵐 수 없겠소이다."

"뵐 수 없다니, 갑자기 왜 이러십니까?"

도사들이 깜짝 놀라 묻는다.

"빈도가 행각 도사로 뜬구름처럼 떠돌아다니게 된 까닭은, 물론 내 타고난 성명(性命)을 다하려는 데 목적이 있기도 하지만, 또 한 가지 내 친척을 찾아보겠다는 생각도 있어서였습니다."

"친척이라니요, 선생?"

도사가 뜨악하게 물어오자, 손행자는 서글픈 기색으로 이렇게 대답했다.

"내게는 숙부님 한 분이 계셨습니다. 그분은 내가 어렸을 적에 출가하셔서 머리를 깎고 중이 되셨지요. 이 몇 해 동안 고향 땅에 큰 흉년이 들자, 그분은 타향으로 떠돌아다니면서 구걸히고 살아가시느라, 벌써 몇 해째 집에 돌아오시지 않았습니다. 나는 조상의 은혜를 생각하고 여기까지 온 김에 숙부님을 찾아보려 했으나 아직 만나지 못했지 뭡니까. 혹시 그분께서 이런 곳에 붙잡혀 머슴살이를 하며 빠져나가지 못하고 있을지도 모르는 일 아닙니까. 그래서 말인데, 성내에 들어가서 도장의 사부님을 만나뵙는 것도 좋겠으나, 무엇보다 먼저 그분을 찾는 일이 더 급하단 말입니다."

말을 마치고 눈치를 보았더니, 두 도사는 예상외로 선선히 허락을 내린다.

"그야 쉬운 노릇이지요. 우리 둘이서 여기 앉아 쉬고 있을 테니, 선생께서 대신 저 모래밭에 가셔서 수고스럽지만 조사를 한번 해주십쇼. 머리 수만 세어서 오백 명이 있으면 됩니다. 그들 중에서 선생의 숙부님 되시는 승려가 있거든, 동도(同道)의 정분을 생각해 우리가 놓아드릴 것이니, 그런 다음에 함께 성안으로 들어가시면 되지 않겠습니까?"

"고맙소이다!"

손행자는 머리가 땅에 닿도록 연거푸 절을 하고 나서 도사들과 헤어지자 목탁을 두드리면서 드디어 모래밭 여울목으로 달려갔다. 두 군데 관문을 지나 좁디좁은 비탈길로 내려서니, 수많은 승려들이 일제히 꿇어 엎드려 이마를 조아렸다.

"나으리! 저희들은 조금도 게으름을 부리지 않았습니다. 도합 오백 명에서 반 사람도 모자라지 않고 그대로 다 있습니다. 자, 보십쇼! 이렇게들 열심히 수레를 끌고 있지 않습니까?"

지레 겁을 먹고 떠는 승려들을 보고 있으려니, 손행자는 속으로 웃음이 나왔다.

"이 승려들이 도사에게 얻어맞을까 두려워들 하고 있구나. 그러니까 나처럼 가짜 도사를 보고도 이렇듯 겁을 내고 있는 게 아닌가. 하긴 내가 진짜 도사였다면, 아무리 도교를 좋아한다 해도 살아나지 못했을 것이다."

그는 무서워하지 말라는 시늉으로 손을 내저어 보였다.

"꿇어앉지 마시오. 두려워할 것도 없소. 나는 일을 감독하러 나온 사람이 아니라 친척을 찾으러 왔을 뿐이오."

도사가 친척을 찾으러 왔다는 말에, 승려들은 우르르 몰려들어 손행자를 빙 둘러싸더니 하나같이 목을 길게 뽑아 기웃거리고 주목을 끌 속셈으로 헛기침까지 하는 이가 있었다. 혹시라도 자기네들 중에 누군가 친척은 아닌지 기대하는 눈치였다.

'누가 이분의 친척일까?'

모두들 기대에 찬 눈초리로 웅성웅성 쑥덕대고 있는 가운데, 손행자는 한 사람 한 사람씩 눈여겨보다가 마침내는 웃음보를 터뜨리고 말았다.

승려들은 이게 무슨 영문인지 모른 채 뜨악한 기색으로 조심스레 물었다.

"나으리! 친척을 아직 못 알아보신 모양인데, 웃기는 왜 웃으십니까?"

"왜 웃느냐고? 너희 중 녀석들이 하도 변변치 못해서 웃는다! 부모님네가 너희들을 낳아놓고 보니 하나같이 못난 것들이라, 화개살(華蓋煞)5을 맞아서 부부끼리 서로 잡아먹고 딸들을 시집보내지 못할까 봐, 부자지간의 정을 끊고 내버리다시피 출가시켜 중 노릇을 하게 만든 게 아니냐? 그랬으면 중 노릇이나 똑똑히 하고 살 것이지, 어째서 삼보(三寶)를 지키지 않고 부처님의 가르침을 공경하지 않으며 독경과 예불을 게을리 하다가, 결국은 요 모양 요 꼴로 도사들에게 매여 살면서 노예나 다름없이 막일꾼 노릇을 하고 있단 말이냐?"

손행자가 한바탕 호통을 쳐서 꾸짖었더니, 그들은 억울하다는 기색으로 변명을 했다.

"나으리, 나리께선 무턱대고 저희들을 모욕하십니다! 가만 보아하니 딴 고장에서 오신 모양인데, 이곳이 얼마나 무서운 곳인지 모르고 하시는 말씀입니다."

"그래, 너희들 말대로 나는 외지에서 왔다. 그래서 너희들이 왜 이런 고초를 겪으면서 도사를 무서워하는지 모르는 것도 사실이다."

승려들은 눈물을 뚝뚝 흘리면서 말했다.

---

5 화개살: 점성술사들이 쓰는 용어. '화개(華蓋)'란 별 이름으로 본래는 길성(吉星)이지만, 여러 가지 상황과 어우러질 때에는 곧 흉성(凶星)으로 바뀌어 집안 식구와 상극이 되거나 부모 처자를 잃어버리게 만드는데, 이런 경우를 두고 '살성(殺星)을 맞았다' '화개살(華蓋煞)이 끼었다'고 하여, 민간에 이런 살이 낀 아이를 일찌감치 절간이나 도관에 보내 승려 또는 도동(道童) 노릇을 하며 수도하여 화개살의 운명을 벗어나게 하였다고 한다.

"이 나라 임금님은 마음이 한쪽으로 치우치신 분이라, 도교만을 편애하셔서 도사님 같은 분들을 좋아하실 뿐이지, 저희 같은 부처님의 제자들은 미워하고 계십니다."

"어째서 그렇게 되었는가?"

"비바람을 불러일으키는 선장(仙長) 세 분이 이 나라에 나타났을 때부터 우리를 못 살게 굴기 시작했습니다. 그 도사들은 임금님을 충동질해서 도교를 믿게 만들고 우리 불교를 파멸시켰습니다. 그래서 절간을 헐어버리고 도첩을 빼앗아 고향에도 돌아가지 못하게 만들었을 뿐 아니라, 일이나 심부름꾼 노릇을 해서 살아갈 수 있도록 허락하지도 않고 저희들을 모조리 그 세 분 도사 댁에 넘겨주어 부려먹게 하고 있으니, 그 고초야말로 무슨 수로 감당할 수 있겠습니까! 외지에서 운유 도사가 이 나라를 찾아오면 임금을 만나뵐 수 있고 좋은 대접도 받을 수 있으나, 만약 승려가 나타났다가는 거리가 멀든 가깝든 불문곡직하고 잡아다가 그 세 분 도사 댁에 넘겨 머슴살이를 시키곤 합니다."

"아마도 그 도사들이 무슨 교묘한 술법을 지녔기에 임금을 유혹했겠지? 비바람을 불러일으키는 것쯤이야 모두 좌도 방문의 보잘것없는 술법인데, 그 정도로 어떻게 임금의 마음을 흔들어놓을 수 있었겠나?"

"그분들은 모래를 뭉쳐서 수은을 구워내기도 하고 가부좌를 틀고 앉아서 정신을 집중시키면 손가락으로 맹물을 가리켜 기름으로 만들 수도 있고, 돌멩이를 찍어서 황금으로 만드는 재주까지 있습니다. 요즈음에는 삼청도관을 으리으리하게 지어놓고 천지 신령에게 밤낮으로 경을 읽으며 참회의 예를 올려 임금님의 불로장생과 만수무강을 빌고 있습니다. 이러니 임금님도 현혹당할 수밖에 더 있겠습니까."

"흐흠, 그랬었군! 하면 너희들이 뿔뿔이 흩어져 달아나면 그만 아니겠나?"

"어이구, 나으리! 도망을 치다니, 어림도 없는 소리 마십쇼. 그 세 분 도사들은 국왕의 윤허를 받아내어 우리 승려들의 얼굴 모습을 그림으로 그려 가지고 전국 방방곡곡에 내다 붙였습니다. 이 차지국의 영토가 비록 넓다고는 하지만, 각 부(府)·주(州)·현(縣)·향(鄕)·촌(村)·집(集), 온갖 크고작은 지방에서 시골구석에 이르기까지 사람이 모여 사는 곳이면 어디에나 승려들의 모습을 그린 화상도(和尙圖)가 한 장씩 내걸려 있고, 또 거기에는 임금의 친필로 이런 글이 적혀 있습니다. '관직에 있는 자가 승려를 하나 잡으면 세 품계를 승진시켜주고, 벼슬에 있지 않은 자가 승려 한 사람을 잡으면 백은(白銀) 오십 냥을 상금으로 내려주겠노라.' ……실정이 이러한데 우리가 어디로 달아날 수 있겠습니까. 승려들은 말할 나위도 없거니와, 재수 없이 상투를 잘렸거나 머리가 벗겨졌거나, 혹은 머리털이 듬성듬성 난 사람까지도 승려로 오인받아 도망치기 어려운 실정입니다. 사면팔방에 솜씨 좋고 눈치 빠른 포졸들이 좍 깔려서 눈이 벌게 가지고 저희들을 잡으려 하니, 저희가 무슨 재주로 빠져나갈 수 있겠습니까. 그러니 어쩔 도리 없이 그저 여기서 이런 곤욕을 치르고 있는 것입니다."

"정 그렇다면, 모두들 죽어버리면 그뿐 아니겠나?"

"말씀 마십쇼, 나으리! 그렇지 않아도 죽은 사람이 얼마나 되는지 모르실 겁니다. 전국 도처에서 이리로 붙잡혀온 승려들이 애당초 이천여 명이나 있었습니다. 그러나 이곳에 끌려와서 고초를 견디지 못한 사람, 들볶이다 못해 죽은 사람, 추위를 견디지 못한 사람, 마실 물이 몸에 맞지 않거나 풍토병에 걸려 죽은 사람만도 육칠백 명, 스스로 제 목숨을 끊은 사람이 또 육칠백 명이나 됩니다. 그리고 남은 저희들 오백 명만이 죽지 못해 이런 고생을 하고 있는 겁니다."

"어째서 죽지 못한단 말인가?"

"목을 매어 죽으려 해도 밧줄이 끊어지고, 칼로 찔러도 아프지 않고, 강물에 몸을 던져도 가라앉기는커녕 도로 떠오르고, 독약을 삼켜도 약효가 전혀 듣지 않고 멀쩡해지기만 하니, 어떻게 죽으란 말입니까?"

손행자는 이 말을 듣고 기가 막혔다.

"그것 참말 조화로군! 아무래도 하늘에서 자네들에게 장수(長壽)를 누릴 운명을 내려주신 모양일세!"

"나으리, 글자 하나를 빠뜨리셨습니다. 그건 '장수를 누릴 운명'이 아니라, '죽지 말고 오래오래 고통이나 받으며 살라'는 '장수죄(長受罪)'[6]를 타고났다고 해야 옳을 것입니다. 저희들이 하루 세 끼니 먹는 것이라곤 좁쌀로 멀겋게 쑨 죽이 전부입니다. 그걸 먹고 밤늦도록 혹사당하다가 이 모래밭 여울목에서 밤이슬을 맞아가며 잠을 자야 합니다. 그런데 눈만 감으면 신령님이 나타나서 위로해주곤 합니다."

"낮에 너무 고생한 뒤끝이라, 지치고 고단해서 허깨비를 보았겠지……"

"허깨비도 귀신도 아닙니다. 바로 육정 육갑, 호교 가람들이십니다. 그분들이 밤만 되면 찾아와 저희들을 보호해주십니다. 스스로 목숨을 끊으려는 사람도 지켜주시면서 저희들더러 죽지 말라고 하십니다."

"허어, 그놈의 신령들이 억지를 쓰는구먼! 자네들을 하루라도 빨리 죽어서 한시 바삐 좋은 세상에 다시 태어나게 해주지 않고, 도리어 죽지 못하게 말려서 이 고역을 치르게 하다니, 이게 도대체 어쩌겠다는 수작인지 모르겠군 그래?"

---

6 장수…… 장수죄: '목숨이 길다'는 뜻의 '장수(長壽)'와 '오래오래 죗값으로 고통을 받는다'는 뜻의 '장수죄(長受罪)'에서 '장수(長受)'는 우리말로도 같지만 중국어 역시 '창서우chang-shou'로, 발음은 같으나 뜻이 정반대인 해음쌍관어(諧音雙關語)다. 손오공의 호의적인 물음에, 강제 노역으로 고생하는 승려들이 같은 발음 요소로 전혀 다른 뜻을 함축성 있게 완곡히 나타낸 것이다.

"신령님들은 꿈결에 나타나서 저희를 이렇게 달래줍니다. '죽을 생각을 하지 말고 아무리 힘들더라도 꾹 참고 견뎌내면서 동녘 땅 대 당나라의 거룩한 스님을 기다려라. 그분은 서천으로 경을 가지러 가는 나한이시다. 그 문하에 제천대성이란 제자 한 분이 계신데, 신통력이 굉장히 크고 너르며 어디까지나 충성스럽고 어진 마음씨를 지녀 인간 세상의 불공평한 일을 그냥 보아넘기는 법이 없으시다. 곤경에 빠진 사람, 위태로운 일을 당한 사람들을 구해주고, 외롭고 불쌍한 사람을 반드시 건져준다. 그분이 이곳에 나타날 때에는 너르고 크고 한없는 신통력을 베풀어서 도사들을 파멸시키고 너희들의 사문 선교(沙門禪敎)가 다시 공경받게 해줄 것이니, 그때까지만 꾹 참고 견디며 기다려라.' 이렇게 말씀하시는 겁니다."

손행자는 이 얘기를 듣고 남몰래 웃으면서 이런 생각을 했다.

'이 손선생에게 수단이 없다고 할 게 아니로구나. 신령들도 벌써 내 명성을 이렇게 미리 전파하고 있으니 말이다.'

그는 재빨리 군중들 틈에서 빠져나오더니, 천연덕스럽게 어고간(漁鼓簡) 북과 목판을 두드려가며 승려들과 헤어진 다음, 부리나케 성문 어귀로 돌아와 도사들을 만났다.

두 젊은 도사가 그를 맞아들이고 물었다.

"선생, 찾으셨습니까? 어떤 분이 친척 되시던가요?"

손행자는 시침을 뚝 떼고 이렇게 말했다.

"그 오백 명 모두가 내 친척 되는 사람들입디다."

도사들은 농담을 하는 줄 알고 허허대며 웃어넘겼다.

"오백 명이 모두 선생의 친척이시라! 하하, 선생은 웬 친척이 그리도 많으시오?"

"백 명은 내 집 왼편에 살던 이웃들이고, 백 명은 오른편 이웃으로 살던 분이요, 백 명은 내 아버님 쪽 친척들이고, 또 백 명은 어머님 쪽 친척들이며, 그리고 나머지 백 명은 내 친구들이오. 그러니까 이 오백 명을 다 풀어주셔야겠소. 그러면 나 역시 도사님들과 함께 성안으로 들어가겠지만, 놓아주지 않겠다면 절대로 따라가지 않을 거요."

그제야 도사들은 농담이 아니라는 것을 깨닫고 정색을 했다.

"이것 보시오, 선생! 머리가 어떻게 된 거 아니오? 터무니없는 소리 작작 지껄이시구려! 저 중놈들은 바로 국왕께서 하사하신 일꾼들로서, 한두 놈만 풀어주려 해도 먼저 사부님께 병계(病屆)를 써서 올리고 그 뒤에 다시 사망계(死亡屆)를 올려 장부에서 지워야만 겨우 되는데, 어떻게 오백 명이나 되는 놈들을 다 내놓으라는 거요? 그건 안 될 말이오! 안 되고말고! 우리 집안에 부려먹을 일꾼이 없어지는 것은 둘째로 치더라도, 조정에서 알았다가는 야단이 날 거요. 지금도 날마다 관리를 내보내 감독하고 국왕조차 이따금씩 몸소 행차하셔서 점검하시는 마당에, 우리가 어찌 감히 전부 놓아줄 수 있단 말이오?"

손행자가 다그쳐 묻기 시작한다.

"놓아주지 못하겠소?"

"못 놓아주겠소!"

"정말 놓아주지 못하겠어?"

"못 놓아주겠소!"

"정말?"

"정말이오!"

이렇듯 같은 말을 세 번 묻고 대답을 듣는 동안, 약이 오를 대로 오른 손행자가 마침내 귓속에서 저 무시무시한 철봉을 끄집어내더니, 맞바람결에 흔들어 밥공기만큼씩이나 굵다랗게 만들어 가지고 도사 두 사람의 정수리를 겨냥해 한차례씩 냅다 후려갈겼다. 과연 1만 3천 5백 근짜리 철봉은 그 무게도 무게려니와 후려치는 손매가 얼마나 거칠었던지, 슬쩍 스치기만 했는데도 두 도사는 가련하게 머리통이 박살나고 으깨져서 피를 철철 흘려가며 땅바닥에 나뒹굴었는데, 살갗이란 살갗은 모조리 터져나가고 목뼈가 부러진 채 뇌장을 송두리째 쏟아내는 처참한 꼬락서니가 되고 말았다.

그가 도사 두 명을 때려죽이는 것을 모래밭에서 멀찌감치 바라보던 승려들이 수레째 내던지고 헐레벌떡 달려왔다.

"큰일났다, 큰일났어! 황제 폐하의 친척을 때려죽이다니, 이거 큰 일났구나!"

"누가 황제 폐하의 친척이란 말이오?"

손행자가 물었더니, 승려들은 그를 에워싸고 떠들썩하게 소리쳤다.

"저분들의 사부님은 궁궐에 들어가서도 국왕께 참배를 올리지 않고, 궁궐에서 물러나올 때도 군주에게 인사를 하지 않는 분입니다. 조정에서는 그분들을 '국사 형장 선생(國師兄長先生)'이란 존칭으로 부른답니다. 그런데 당신이 어쩌자고 여기 와서 이런 끔찍스런 짓을 저질렀습니까? 그 세 분의 제자들이 나와서 일을 감독하는 것은 당신과 아무런 상관도 없는데, 어째서 이분들을 때려죽였단 말입니까? 그 선장(仙長)들께선 당신이 죽였다고 생각하지 않고 분명 저희들이 죽인 것이라고 지목할 텐데, 이 노릇을 어쩌면 좋습니까? 일이 이렇게 되었으니 저희들도 별수 없습니다. 당신을 성안으로 끌고 들어가 고발해서, 우리네 목숨이나마 건져야겠습니다."

이들의 말에 손행자는 껄껄대고 웃었다.

"여러분, 떠들지 마시오! 나는 행각 도사(行脚道士)도 아니고, 운수 전진(雲水全眞)도 아니오. 나는 당신들을 구하러 온 사람이오."

"사람을 때려죽여놓고 우리한테 무거운 짐을 지워서 못 살게 한 사람이 어떻게 우리들을 구해준단 말이오?"

이때가 되어서야 손행자는 자기 신분을 밝혔다.

"나는 대 당나라 성승의 제자인 손오공 행자요. 마음먹고 그대들의 목숨을 구해드리기 위해 일부러 이곳에 왔소."

그랬더니 승려들은 하나같이 도리질을 하면서 부정했다.

"천만의 말씀을! 당신은 아니오, 아니야! 사람이 다른걸! 그 어르신은 우리가 잘 알고 있단 말이오!"

손행자는 이것 봐라 싶어 얼른 물었다.

"만나본 적도 없는 사람을 어찌 그리 잘 안단 말인가?"

"우리는 밤마다 꿈속에서 노인 한 분을 보고 있소이다. 그분은 자신을 태백금성이라고 말씀하시면서, 우리가 잘못 알아보는 일이 없도록 손행자란 분의 생긴 모습을 항상 일깨워주시곤 했소이다."

"그래, 그분이 뭐라고 말합디까?"

"그분 말씀대로라면, 저 손대성은 이런 분이랍니다……."

훌렁 까진 이마에 금빛 눈동자가 번쩍번쩍, 둥글둥글한 머리통, 털북숭이 얼굴에 볼따구니는 움푹 들어가 없어졌다네.

악문 이빨, 뾰족 나온 주둥아리에 성깔 사납고 짓궂으며, 생김새는 뇌공(雷公)의 상판보다도 더 해괴망측스럽다.

여의금고 철봉을 곧잘 쓸 줄 알아, 일찍이 하늘나라 궁궐을 공격해서 들이부숴놓았다.

지금은 정과(正果)에 귀의하여 스님을 보호하고, 오로지 인간세상의 재해를 구하여준다.

손행자가 이런 말을 듣고 보니, 은근히 화가 나기도 하면서 기쁘기

서유기 제5권 **143**

도 했다.

"젠장! 그놈의 늙다리 영감, 이 손선생의 이름 한번 더럽게 소문냈구나!"

속으로 어깨가 으쓱해졌으나 입으로는 울화통을 터뜨리는 제천대성이다.

"그 늙은 놈의 도둑도 정말 못돼먹었지, 내 신분과 밑천을 이따위 속된 인간들에게 몽땅 까발려놓다니!"

푸념을 늘어놓다 보니 저도 모르게 마음에도 없는 소리가 불쑥 나왔다.

"여러분, 과연 내가 행자 손오공이 아니란 것을 잘도 알아보셨소. 사실 나는 손행자의 문하에서 심부름이나 하는 사람이오. 그런 내가 이곳에 와서 한바탕 놀아본다는 것이 그만 쓸데없는 일에 불쑥 끼어들어 화근을 일으켜놓고 말았구려. 자아, 저쪽을 보시오. 저기 손행자가 오고 있지 않소?"

그리고 손끝으로 동쪽을 가리켰더니, 승려들이 모조리 고개를 돌려 그쪽을 바라본다. 이렇게 감쪽같이 속여넘긴 손행자가 그 틈을 이용해 얼른 본모습을 드러냈다.

승려들은 그제야 손행자를 알아보고 일제히 무릎 꿇고 엎드려 큰절을 했다.

"제천대성 어르신! 저희들이 범태 육안이라, 어르신께서 둔갑하신 것을 알아뵙지 못했나이다. 어르신께 바라옵건대, 저희들의 원한을 설욕해주시고 이 고통스러운 재난도 없애주시며, 한시라도 속히 성안에 들어가셔서 요망한 도사들을 항복시키고 모든 것을 올바른 길로 되돌려주소서!"

애처롭게 비는 승려들의 모습을 굽어보던 손행자가 이어 자신 있게 말했다.

"그대들은 날 따라오시오!"

이 말에 승려들이 모두 일어나 좌우 양편에 바싹 따라나섰다.

손대성은 모래밭 여울목에 올라서더니, 신통력을 써서 수레들을 모조리 두 군데 관문 위로 끌어올린 다음, 좁디좁은 길을 꿰뚫고 지나갔다. 그리고는 그것들을 모조리 산산조각으로 때려부수고, 기왓장하며 벽돌, 재목, 흙더미를 높은 절벽 아래로 내던져버렸다. 일이 다 끝나자, 그는 승려들에게 호통쳐 명령을 내렸다.

"헤어지시오! 내 신변에 가까이 있지 말고 모두 뿔뿔이 흩어져 가시오. 내일 아침에 내가 빌어먹을 황제를 만나보고, 그 못된 도사 놈들을 모조리 쫓아내고야 말겠소!"

그랬더니, 승려들은 흩어지기는커녕 오히려 손행자를 붙잡고 애원했다.

"대성 어르신! 저희들더러 어디로 달아나란 말씀입니까? 저희들은 멀리 달아날 수도 없습니다. 도망쳤다가 관리들에게 붙잡혀서 도로 끌려오기라도 하는 날이면 그 앙갚음을 무슨 수로 견뎌내겠습니까. 그것은 저희들을 구해주시는 게 아니라, 도리어 화근을 불러일으키게 되는 일입니다."

"그렇다면 내가 그대들에게 호신법을 써주겠소."

용감한 손행자는 몸에서 솜털 한 움큼을 뽑아내더니, 그것을 입에 넣고 질근질근 잘게 씹어서 승려 한 사람에게 한 오리씩 나눠준 다음, 이렇게 설명을 덧붙였다.

"이것을 무명지 손톱 속에 쑤셔넣고 주먹을 꽉 쥔 채, 어디든 그대들이 가고 싶은 곳으로 가시오. 아무도 그대들을 잡지 못할 테니까, 마음 푹 놓고 무작정 달아나면 될 거요. 만약 누구든지 붙잡으려는 자가 있거든, 주먹을 더욱 세게 움켜쥐고 '제천대성!' 하고 한마디만 부르시오. 그럼 내가 곧 달려가서 그대들을 보호해드리겠소."

하지만 그 말 가지고 승려들을 안심시키기에는 모자랐다.

"만약 대성 어르신께서 멀리 가셨을 경우, 얼굴도 보이지 않고 불러도 대답이 없으실 텐데 그때는 어쩌겠습니까?"

"그런 걱정은 하지 마시오. 설령 만 리 밖에 떨어져 있다 해도 내가 무사히 보호해드릴 수 있소."

이 호언장담도 미덥지 않았는지, 승려들 가운데 제법 배짱이 큰 사람 하나가 주먹을 꽉 쥐고 가만히 '제천대성!' 하고 불러보았다. 그랬더니 당장에 뇌공 한 명이 면전에 나타나 두 손으로 철봉을 움켜잡고 우뚝 버텨 서는 것이 아닌가! 이야말로 천군만마가 있다 하더라도 범접하지 못할 만큼 위세당당한 자태였다. 어디 그뿐이랴, 이 무렵 또다시 1백 명이나 되는 승려들이 일제히 외쳐 부르는 통에, 모래밭 여울목은 삽시간에 줄잡아 1백 명을 넘는 제천대성이 한꺼번에 나타나 우글거리면서 승려들을 지켜주는 것이 아닌가!

기막힌 신통력을 제 눈으로 확실히 알아본 승려들은 일제히 꿇어 엎드려 땅바닥에 머리가 닿도록 큰절을 올렸다.

"과연 대성 어르신의 영험이 대단하십니다!"

손행자가 또다시 분부를 내렸다.

"그만 됐소! 한번 나타난 제천대성은 '적(寂)'자를 부르면 도로 거두어질 것이오."

승려들이 그 말대로 '적!' 하고 외쳤더니, 솜털들은 처음과 같이 손톱 밑으로 들어갔다. 여러 승려들은 그제야 살아서 달아날 수 있다는 확신을 갖고 덩실덩실 기뻐 춤을 추어가며 와르르 흩어져 도망치기 시작했다.

손행자가 외쳐 불렀다.

"너무 멀리 달아나면 안 되오! 내가 성내에 들어가 있는 동안의 소식을 귀담아들어야 하오. 만약 스님들을 불러모은다는 방문이 나붙거든 모두들 성안으로 들어와 내 솜털을 돌려주셔야 하오!"

이리하여 5백 명의 승려들 가운데 동쪽으로 갈 사람은 동쪽으로, 서쪽으로 갈 사람은 서쪽으로, 달음박질하는 사람에, 미처 갈 곳을 정하지 못하고 우두커니 서 있는 사람, 이렇게 해서 뿔뿔이 사면팔방으로 흩어진 것은 더 얘기하지 않기로 한다.

한편 길 곁에서 당나라 스님은 손행자가 돌아와 보고하기만을 아무리 기다려도 소식이 없어, 마침내 저팔계에게 말고삐를 잡히고 서쪽으로 가던 도중, 수백 명이나 되는 승려들이 달아나고 있는 것을 보게 되었다. 성문 가까이 다가왔을 때, 그는 또다시 손행자가 아직도 그곳에서 흩어지지 않고 남아 있는 승려 10여 명과 함께 있는 것을 발견했다. 삼장은 말고삐를 당겨 멈춰 세우고 큰 소리로 외쳐 물었다.

"오공아, 형편을 알아보러 간다는 녀석이 왜 여태껏 돌아오지 않고 여기 서성대고 있는 게냐?"

손행자는 10여 명의 스님들을 데리고 삼장 앞으로 가서 인사를 드리게 한 다음, 여태까지 일어났던 경위를 자초지종 낱낱이 말씀드렸다.

삼장은 깜짝 놀라 다시 물었다.

"아니, 그렇다면 우리는 어찌해야 좋단 말이냐?"

그러자 승려들이 손행자를 대신해서 아뢰었다.

"장로 어르신, 마음놓으으십시오. 손대성 나으리께서는 하늘이 내린 천신으로 신통력이 너르고 크셔서 장로님을 아무 걱정 없이 보호해드릴 것입니다. 저희들은 이 성내 칙건 지연사에 있는 승려들입니다. 그 사찰은 선왕 태조(先王太祖)께서 어명을 내리시어 세운 절간으로, 지금도 선왕 태조의 신상(神像)을 모셔놓았기 때문에 헐리지 않고 남아 있습니다. 그 밖에 성내에 있던 사원들은 큰 건물 작은 건물 할 것 없이 모조리 허물어지고 부서졌습니다. 저희들이 어르신네를 모시고 한시 바삐 성안으로 들어가 저희 사원에 편히 쉬시도록 해드릴까 합니다. 내일 아침이면 손대성 나리께서 반드시 모든 일이 잘되도록 조처하실 것입니다."

"그대들의 말씀이 옳소. 그럼 어서 성안으로 들어갑시다."

그제야 마음이 다소 놓인 삼장은 말에서 내려 성문 아래 다다랐다. 이 무렵 태양은 이미 서산에 떨어진 뒤였다. 적교(吊橋)를 건너 삼중 겹문에 들어섰더니, 길거리에 오가던 사람들은 지연사의 승려들이 말고삐를 끌고 짐보따리를 등에 떠멘 채 걸어오는 것을 보고 모두 피해 달아났다. 얼마쯤 가다 보니, 드디어 산문 앞에 당도했다. 산문 위에는 금빛으로 커다랗게 글씨를 쓴 편액(扁額) 한 틀이 높다랗게 걸려 있었다.

칙건 지연사(勅建 智淵寺)

승려들은 문을 열고 안으로 들어서더니, 금강전(金剛殿)을 가로질러 대웅보전의 문짝을 열어놓았다. 당나라 스님은 금란 가사를 꺼내 걸치고 금칠을 입힌 부처님의 신상에 참배를 마친 다음에야 정전(正殿)으로 들어갔다.

승려들이 누군가를 호통쳐 불러냈다.

"집지기는 어디 있는가!"

그 소리에 늙은 스님 한 분이 걸어나오다가 손행자를 보더니, 그 자리에 넙죽 엎드려 큰절부터 올렸다.

"어르신, 어르신께서 마침내 오셨습니까?"

낯 모르는 노승이 느닷없이 큰절을 하니, 손행자는 깜짝 놀랄 수밖에 더 있으랴.

"그대는 내가 누군 줄 알고 어르신이라 부르는 거요?"

늙은 스님은 거침없이 대답했다.

"저는 나리께서 제천대성 손씨 어르신이라는 것을 한눈에 알아볼 수 있습니다. 저희들이 밤마다 꿈속에서 나리를 뵙고 있으니까요. 태백금성이 꿈결에 늘 나타나셔서 하시는 말씀이, 제천대성 나리께서 오시기만 하면 저희들은 목숨을 건질 수 있다고 하셨습니다. 그런데 오늘 이렇게 존안을 우러러뵙게 되니, 과연 꿈속에서 뵙던 모습과 전혀 다름이 없습니다. 어르신! 좀더 일찍 오셨더라면 오죽이나 좋았겠습니까! 하루 이틀만 더 늦게 오셨다면 저희들은 모조리 죽어서 저승 귀신이 될 뻔했습니다!"

손행자가 껄껄껄 호기 있게 웃음을 터뜨렸다.

"어서들 일어나시오. 내일이면 모든 게 판가름나게 될 테니까."

이윽고 지연사 스님들이 저녁밥을 잘 차려서 그들 스승과 제자 일행을 대접한 후에 방장을 깨끗이 소제하고 모셔들여 하룻밤 편히 쉬도록 했다.

그날 밤 이경(二更, 21시~23시) 무렵이 되어서도, 손행자는 마음에 걸리는 것이 있어 좀처럼 잠을 이루지 못하고 뒤척였다. 바로 이때, 어디선가 피리 부는 소리와 북 울리는 소리가 들려오기에, 그는 살그머니 기어 일어나 옷을 걸쳐입고 허공으로 솟구쳐 올랐다. 그리고 두 눈을 부릅뜨고 사방을 두리번거렸더니, 정남쪽 방향에서 등롱 불빛이 휘황찬란하게 번쩍거리고 있는 것을 발견할 수 있었다. 구름을 낮추고 다시 한번 자세히 살펴보니, 그것은 삼청관의 도사들이 별자리를 받들어 모시고 제사를 지내는 광경이었다. 규모도 엄청나게 크고 제사 의식도 엄숙하기 이를 데 없었다.

신령스런 구역에 높디높은 전각이요, 복스러운 땅에 참된 전당이다.
신령스런 구역에 높다란 전각은 웅장하고도 위엄 서린 모습이 봉래산의 호경(壺景)이나 다름없고, 복스러운 땅에 참된 전당은 은은하고 맑은 분위기가 화락궁(化樂宮)에 견줄 만하다.
좌우 양편의 도사들이 생황 불고, 정면에는 고공(高公)이 옥간(玉簡)을 높이 들고 읊어내린다.
'소재참(消災懺)'의 이치를 널리 펼치고, 『도덕경(道德經)』을 강의한다.
먼지를 흩날려가며 몇 번씩이나 부적 태워 없애고, 제문을 낭랑하게 아뢸 때마다 허리 굽혀 부복한다.
주문 걸린 물을 흩뿌릴 때마다 촛불이 너울너울 흔들려 상계(上界)로 올라가고, 천강 북두(天罡北斗) 살피고 남두(南斗)를 배열하니, 향기로운 연기가 맑디맑은 하늘에 골고루 스며오른다.
안상(案上) 머리에는 신선한 과일을 받들어놓았으며, 제단에는 고루 갖춘 음식상이 풍성하게 차려졌다.

삼청전 정문 앞에는 주련(柱聯)이 황색 비단폭에 대구(對句)로 스물두 자씩 큼지막하게 수놓인 채 가지런히 걸려 있었다.

풍우가 순조로우니, 천존의 무량법을 축원드리고(雨順風調, 願祝天尊無量法),

하해가 맑고 평안하니, 만세 폐하께 남은 수명 더하기를 기구하노라(河淸海晏, 祈求萬歲有餘年).

손행자는 늙은 도사 세 사람을 찾아냈다. 몸에 법의를 걸친 것으로 보아하니, 앞서 자기 손에 맞아죽은 두 도사가 말했던 호력대선, 녹력대선, 양력대선이 분명했다. 그들 밑에는 7, 8백 명쯤 되는 도사들이 북을 치고 종을 두드리고 향불을 떠받쳐들고 제문을 외우면서 양편에 모시고 서 있었다. 그 광경을 내려다보면서 손행자는 속으로 은근히 기뻐했다.

'욕심 같아서는 내 당장 내려가서 한바탕 난장판을 벌여보아도 괜찮겠다만, 외실로는 노끈을 꼬아 만들 수 없고, 손바닥 하나로 손뼉을 치기 어렵다(單絲不線, 孤掌難鳴)[7] 하였으니 어쩌겠는가. 일단 돌아갔다가 저팔계 녀석과 사화상을 한꺼번에 데리고 와서 골탕을 먹여야겠다.'

이렇게 생각한 그는 상운을 낮추고 지연사 방장실로 돌아왔다.

그 무렵 저팔계와 사화상은 한 침상에서 머리를 서로 반대편에 두고 발바닥을 맞댄 채 곤한 잠에 빠져 있었다. 손행자는 우선 사화상부터 불러 깨웠다. 단잠을 깬 사화상이 맏형을 알아보고 투덜거렸다.

"아니, 형님은 아직도 안 주무시고 계셨소?"

"잠깐 일어나게. 내 자네하고 한턱 걸판지게 얻어먹으러 갈 데가 있네."

"이런 야밤 삼경에 입도 마르고 눈까지 뻑뻑한데, 어디 먹을 것이

---

[7] 외실로는 노끈을 꼬아 만들 수 없고……: 이 속어는 우리나라에서도 "손뼉도 마주쳐야 소리가 난다"는 관용어로 널리 쓰이지만, 중국에서는 '단사불선, 고장난명(單絲不線, 孤掌難鳴)'이라 하여 통상 두 마디를 붙여 쓴다. 출처는 『한비자(韓非子)』 「공명(功名)」편에 "손바닥 한 짝으로 쳐봐야 아무리 열심히 쳐도 소리가 나지 않는다(一手獨拍, 雖疾無聲)"라고 하였으며, 그 이래로 『삼국연의』 제61회, 『수호전』 제49회 등 여러 소설에 즐겨 인용하였듯이, 이 책에서도 여러 군데 자주 쓰이고 있다.

있단 말이오?"

"아까 낮에 얘기 들은 대로 이 성안에 삼청도관이 하나 있는데, 방금 가서 보니 도사들이 제사를 지내느라고 음식을 삼청전에 푸짐하게 차려놓았더군. 만두 한 개가 열 되들이 말(斗)만큼씩이나 크고, 구운 밀가루떡 한 개의 무게가 오륙십 근을 넘는다네. 공양 올린 밥과 반찬 가짓수는 이루 헤아리지 못할 정도요, 신선한 과일이 얼마나 많은지 모른다네. 그러니 자네하고 둘이서 맛 좀 보러 가자는 걸세!"

이때 아니나 다를까, 저팔계란 녀석도 잠결에 맛좋은 음식 먹는다는 소리를 듣자, 두 눈을 번쩍 떴다.

"형님, 나는 데려가지 않기요?"

"쉬잇! 자네, 그 음식을 먹고 싶거든 함부로 떠들어서 사부님을 놀라 깨시게 하지 말게. 자, 다들 조용히 날 따라오게!"

이윽고 그들 두 사람도 옷을 찾아 걸치고 살그머니 문밖으로 걸어 나오더니, 손행자를 따라서 구름을 딛고 허공으로 뛰어올랐다.

미련퉁이 바보 녀석이 등불 빛을 보기가 무섭게 당장 손을 대려고 설쳐대는 것을 손행자가 얼른 가로막았다.

"잠깐만! 서두르지 말게. 저 녀석들이 흩어지거든 손을 대야 하네."

저팔계는 당장 손을 대지 못하는 게 속이 상해서 투덜거렸다.

"젠장! 놈들이 한창 신바람이 나서 제사를 드리고 있는데, 어느 세월에 끝내고 흩어지려 들겠소?"

"가만있게. 내가 술법을 쓰면, 금방 해산하고 말 걸세."

앙큼스런 손행자가 인결을 맺고 중얼중얼 주문을 외우면서 동남쪽 손지(巽地) 방향을 바라보고 숨 한 모금 들이쉬더니, 이내 '훅!' 하고 내뿜었다. 그랬더니 어디선가 난데없는 미치광이 돌개바람이 한바탕 휘몰아 닥쳐와서 한창 제사에 열중하고 있던 삼청전을 휩쓸어버리고, 제단에 놓인 꽃병이며 촛대하며 사면 벽에 늘어 세운 공덕상(功德像)을 모조리 쓰러뜨렸을 뿐만 아니라, 휘황찬란하게 밝혀주던 등불까지 꺼버렸다. 제전은 삽시간에 캄캄절벽이 되고 말았다.

난데없이 불어닥친 돌개바람에 놀란 도사들이 아연실색, 너나 할 것 없이 어둠 속을 헤매며 전전긍긍 떨기 시작했다.

호력대선이 분부를 내렸다.

"제자들아! 잠시 해산이다. 신풍이 지나가느라고 등불·촛불·향불을 다 꺼뜨렸으니 안 되겠다. 제각기 잠자리로 돌아가 쉬고 내일 아침에 일찍 일어나 경문 몇 권을 더 읽어서 보충하기로 하자꾸나."

이렇게 해서 도사들은 각각 숙소로 물러났다.

그제야 손행자는 저팔계와 사화상을 거느리고 구름을 낮추어 삼청전으로 뛰어들었다. 못난 팔계 녀석은 무엇이 그리도 급한지 익힌 음식이든 날것이든, 밀가루떡이건 과일이건, 손에 닥치는 대로 움켜다가 입에 틀어넣기 시작했다.

"잠깐 기다리라니까!"

손행자가 철봉 끝으로 미련퉁이 녀석의 팔꿈치를 툭 쳤다. 저팔계는 찔끔 놀라 손을 움츠러뜨리고 한쪽으로 비켜서면서 투덜댔다.

"젠장! 이게 뭔지 맛도 보기 전에 때리면 어떻게 하오?"

"치사스럽게 굴지 말고 점잖게 예모를 차리고 앉아 먹잔 말일세!"

"원, 형님도! 남의 음식을 훔쳐먹는 마당에 무슨 놈의 예모를 차린단 말이오? 진짜 초대를 받아서 왔다면, 그때는 무엇으로 점잖게 예모를 차려야 하겠소?"

"저 제단 위에 앉은 것이 무슨 보살인가?"

손끝으로 가리키는 것을 저팔계가 흘끗 올려다보더니 피식 웃고 만다.

"허허, 정말 어이가 없군! 저게 무슨 보살이라니, 형님은 삼청(三淸)도 몰라본단 말이오?"

"그래, 삼청이란 게 도대체 뭔가?"

손행자가 시침을 뚝 떼고 묻자, 미련퉁이 녀석은 정말인 줄 알고 손가락으로 신상을 하나하나씩 지목해가며 사설을 늘어놓기 시작했다.

"가운데 앉은 것이 원시천존(元始天尊)이고, 왼쪽이 영보도군(靈寶道君), 오른쪽에 앉은 분은 태상노군(太上老君)이지 뭐겠소!"

"됐네. 우리 이 신상들과 똑같은 모습으로 둔갑하세. 그래야만 편안히 자리잡고 앉아서 먹을 수 있지 않겠나!"

못난 팔계 녀석은 어찌나 마음이 다급한지 그 즉시 높다란 제단 위로 기어올라가더니, 주둥이로 태상노군의 신상부터 단숨에 밀쳐 떨어뜨렸다. 하기야 구수한 음식 냄새가 코를 찌르는데 그걸 무슨 수로 참고민 있으란 말인가. 먹보 녀석은 땅바닥에 떨어진 태상노군의 신상을 보고 이렇게 너스레를 떨었다.

"이보시오, 영감! 영감님은 너무 오래 앉아 계셔서 따분하지 않소? 이젠 그 자리를 이 저선생도 앉아보게 양보 좀 하시구려."

저팔계는 그 자리에서 태상노군으로 둔갑했다.

그 뒤를 이어 손행자는 원시천존으로, 사화상은 영보도군으로 변신하여 원래 있던 성상을 각각 밀쳐 땅바닥에 떨어뜨려놓고 그 자리를 차지했다. 이들보다 먼저 일을 마친 저팔계는 벌써 큼지막한 만두 한 개를 덥석 집어다가 입에 쑤셔넣고 있었다.

"서두르지 말라니까!"

손행자가 또 한차례 꾸짖었다.

"아니, 형님! 왜 또 이러시는 거요? 우리가 이처럼 멋들어지게 변신까지 했는데, 먹을 것을 먹지 않고 뭘 더 기다리란 말이오?"

"여보게, 먹는 일은 별것 아닐세. 천기가 누설되었다가는 이거야말로 큰일 아닌가. 거룩하신 분들의 신상을 저렇게 모조리 땅바닥에 밀쳐서 떨어뜨려놓았는데, 일찍 잠을 깬 도사 녀석이 종을 치러 오거나, 마당을 쓸러 왔다가 무슨 낌새라도 챘다가는 금방 소문이 새어나갈 게 아니겠나? 그럴 것이 아니라, 자네가 아예 저 신상들을 한구석에 감춰두고 오게."

이 말을 듣고 미련퉁이 저팔계 녀석은 좌우 주변을 이리저리 둘러보다가 도리질을 했다.

"난 안 되겠소. 여기는 낯선 곳이라, 문짝이 어디 있는지도 잘 모르는데, 저것들을 어느 구석에 옮겨다가 처박아두란 말이오?"

손행자는 장소까지 귀띔해주면서 저팔계를 얼렀다.

"조금 전에 들어오다 보니까, 오른쪽에 작은 문이 하나 있더군. 거기서 고약한 냄새가 코를 찌르는 품이, 아마도 '오곡(五穀)이 윤회(輪廻)하는 곳'이 틀림없네. 자네, 저 거룩하신 분들을 그리로 옮겨다 모셔놓게."

이 미련한 녀석은 뚝심이 제법 센 편이라, 제단 아래로 훌쩍 뛰어내리더니 신상 셋을 한꺼번에 집어들고 어깨 위에 떠멨다. 그리고는 사형이 일러준 곳으로 가서 발끝으로 문짝을 걷어차 열고 보았더니, 웬걸! 그곳은 널찍한 변소간이 아닌가?

저팔계는 기가 막혀 껄껄대고 웃었다.

"저 필마온이란 녀석, 혓바닥 한번 잘 놀린단 말씀이야! 변소간을 놓고, 뭐 '오곡이 윤회하는 곳'이라고? 별명 하나 점잖게 잘도 붙여주었구나!"

미련퉁이는 신상들을 어깨에 떠멘 채 서서 중얼중얼 기도를 드리기 시작했다.

삼청님들, 삼청님들! 내 말 좀 들어보소. 머나먼 이곳까지 와서 요괴 정령을 때려잡는 게 버릇이 되었소. 제사 음식을 좀 얻어먹으려 해도 평안히 자리잡고 앉을 데가 없구려. 그래서 세 분 어르신들의 자리를 빌려 조금만 쉬었다 가려 하오.

삼청님들은 그 자리에 오래 앉아 계셨으니, 잠시 동안 이 지저분한 뒷간에 들어가 계시구려.

당신들은 여느 때도 집에서 궁색한 것 하나 없이 잘 잡숫고 청정 도사(清淨道士) 노릇을 해오셨으니, 오늘은 다소 더러운 제물을 자셔야 하는 운수를 면치 못하시고, 냄새 지독한 원시천존, 영보도군, 태상노군 노릇도 한번쯤 해보시구려!

기도를 마치고 떠메고 있던 성상 셋을 한꺼번에 내동댕이쳤더니, '풍덩!' 하는 소리와 함께 더러운 똥물이 솟구쳐 올라와 미련퉁이 녀석의 윗도리를 흠뻑 적시고 말았다. 구린내 풍기는 옷자락을 움켜쥔 채 삼청전으로 돌아왔더니, 손행자가 대뜸 물었다.

"안 보이는 곳에 잘 모셔다 드렸나?"

"감추기는 잘했소만, 똥물이 튀어올라서 옷을 더럽혔지 뭐요. 구린내가 좀 나더라도 구역질은 하지 마시구려."

"됐네, 됐어! 자네, 어서 올라와 먹기나 하게. 그런데 말짱한 몸으로 저 문을 나설 수 있을는지, 그건 나도 모르겠네."

비로소 진수성찬을 허락받은 저팔계가 다시 한번 태상노군으로 둔갑했다. 이리하여 세 형제는 편안히 자리잡고 앉아 마음껏 먹어치우기 시작했다. 우선 큼지막한 만두부터 시작해서 그 다음에는 쟁반에 수북이 담긴 밥과 반찬으로, 그리고 과자와 시루떡, 기름에 튀긴 것하며 찜을 찐 것, 삶은 것을 닥치는 대로 찬 것 더운 것 가릴 것도 없이 마음대로 움켜다 먹었다. 그러나 손행자만큼은 본래 불에 익힌 음식을 그리 좋아하지 않는 식성이라, 과일 몇 개 집어먹었을 뿐, 그저 한가롭게 앉아서 두 아우가 게걸스럽게 먹는 모습을 지켜보고만 있었다. 저팔계와 사화상은 그야말로 '별똥별이 달 쫓듯, 모진 바람결 구름 조각 휘말아가듯' 눈 깜짝할 사이에 깡그리 먹어치우고 말았다.

더 이상 먹을 것도 없었으나, 그들은 이내 돌아갈 생각을 하지 않고 제단 위에 두 다리를 틀고 앉은 채 한가롭게 노닥거려가며 뱃속에 들어간 음식이 삭을 때까지 기다리고 있었다.

그런데 엉뚱한 일이 터지고 말았다.

삼청전 동쪽 곁채에 묵고 있던 젊은 도사 한 명이 잠자리에 들었다가, 불현듯 무슨 생각이 났는지 벌떡 일어난 것이다.

"저런! 내 손방울을 삼청전에다 두고 깜빡 잊어버렸구나. 그게 없어졌다가는 내일 아침 사부님한테 꾸지람을 듣게 될 텐데……."

그는 한 방에 같이 잠자던 동료를 돌아보며 당부했다.

"내 잠깐 나갔다 올 테니, 그대로 잠자고 있게."

다급한 마음에 속옷도 입지 않고 직철 한 벌만 걸친 채, 젊은 도사는 정전으로 달려가서 어둠 속을 이리저리 더듬어가며 방울을 찾아 헤매기 시작했다. 얼마 후 더듬던 손끝에 겨우 방울을 찾아 쥐고 이제 막 돌아서려 할 때였다. 캄캄한 정전 한구석에서 난데없이 숨결 소리가 들려왔다. 깜짝 놀란 젊은 도사는 삽시간에 등골이 오싹해지고 공포에 질린 나머지 허겁지겁 바깥으로 뒷걸음질쳐 나가다, 그만 어떤 녀석이 뱉어냈는지 모를 여지(荔枝) 열매 씨를 밟고 꽈당! 미끄러지고 말았다.

"에구머니!"

어둠 속에서 그가 하는 꼬락서니를 지켜보고 있던 저팔계가 더는 참지 못하고 웃음보를 터뜨렸다.

"우하하하! 우하하하하……!"

느닷없이 터져나오는 요란한 웃음소리에, 젊은 도사는 기절초풍을 하다 못해 삼혼칠백이 구만리장천으로 훨훨 날아가버리고, 한 걸음에 한 차례씩 고꾸라지고 자빠져가며 정신없이 삼청전 바깥으로 기어나갔다. 그 통에 겨우 찾아서 손에 들고 있던 방울마저 요란한 쇳소리를 내며 깨져버리고 말았다.

가까스로 방장 문 밖까지 기어간 그는 문짝을 요란하게 두드리면서 고함쳐 알렸다.

"사부님! 야단났습니다! 큰일났어요!"

세 늙은 도사는 그때까지도 잠을 자지 않고 있다가, 문을 벌컥 열고 냅다 호통쳐 꾸짖었다.

"웬 호들갑이냐! 무슨 큰 일이 났다는 게야?"

젊은 도사는 부들부들 떨어가며 스승에게 아뢰었다.

"제자가 그만 손방울을 잊고 나왔기에, 그것을 도로 찾으려고 정전에 들어갔더니, 누군가 거기서 전각이 떠나갈 것처럼 큰 소리로 껄껄대고 웃지 않겠습니까? 제자는 얼마나 놀랐는지 죽을 뻔했습니다."

늙은 도사가 이 말을 듣고 그 즉시 분부를 내렸다.

"등불을 밝혀 오너라! 어떤 요물인지 가봐야겠다."

스승이 호통을 쳤으니, 제자들이 편안히 누워서 잠만 잘 수 있겠는가. 이윽고 동편 서쪽 양 곁채에서 크고작은 도사들이 자리를 걷어치우고 일어나더니, 등불을 밝혀들고 한꺼번에 우르르 몰려나와 정전으로 달려갔다.

과연 그 결말이 어떻게 날 것인지, 다음 회에서 풀어보기로 하자.

제45회 손대성은 삼청관 도사들에게 이름을 남겨두고, 원숭이 임금은 차지국 왕 앞에서 법력을 과시하다

도사들이 떼를 지어 삼청전으로 몰려들자, 제단 위의 손행자는 왼손으로 사화상의 팔꿈치를, 오른손으로는 저팔계의 팔꿈치를 지그시 꼬집었다. 두 사람 역시 그 의미를 재빨리 알아차리고 높은 자리에 버티고 앉아 고개 숙인 채, 시침 뚝 떼고 입을 꽉 다물었다.

도사들이 등불을 켜들고 앞뒤를 비춰가며 살펴보았으나, 삼청으로 둔갑한 이들 세 형제는 영락없이 흙으로 빚어서 금칠 입혀놓은 성상의 모습 그대로였다.

호력대선이 혼잣말로 중얼거린다.

"그것참 이상한 노릇이로군! 못된 놈도 없는데, 제단에 차려놓았던 음식이 어찌 다 없어졌을꼬?"

녹력대선 역시 생각이 같았다.

"아무래도 누군가 사람이 장난질을 쳐서 몽땅 먹어치운 모양이오. 저걸 보십쇼. 껍질이 있는 것은 껍질을 벗겨놓았고, 씨가 있는 것은 씨를 다 뱉어버렸으니 말이오. 그런데 사람은 보이지 않으니, 웬일인지 모르겠소."

이번에는 양력대선이 제 의견을 늘어놓는다.

"형님들, 수상쩍게 생각하실 것 없소. 아마도 우리가 경건한 마음으로 밤낮을 가리지 않고 정성 들여 독경했을 뿐 아니라, 번갈아가며 제문을 외워 바친데다 또 조정의 명분까지 내세웠지 않소? 그 정성이 대

천존을 놀라시게 만들어 감응하셨던 게 틀림없소. 그러니까 삼청 어르신들께서 강림하시어 우리가 차려놓은 제물을 흠향하신 것이 아니오? 가만 보아하니 천존께서는 아직 하늘에 올라가시지 않고 학가(鶴駕) 또한 여기 머물고 있을 듯싶은데, 우리가 천존께 참배하고 성수 금단(聖水金丹)을 좀 나누어줍시사 하고 간청드리면 어떻겠소? 그것을 얻어 가지고 폐하께 올려 장생 영수(長生永壽)를 누리도록 해드린다면, 이 모두가 우리 공과(功果)를 쌓는 일이 될 거요."

이 말에 호력대선이 한마디로 맞장구를 쳤다.

"옳은 말일세!"

그리고 다시 제자들에게 분부를 내렸다.

"얘들아, 풍악을 잡히고 경을 외워라! 내가 지금부터 '보강배도(步罡拜禱)'¹의 예식을 거행할 터이니, 얼른 곁방에 가서 내 법의를 꺼내오너라."

젊은 도사들은 스승의 분부에 따라 순식간에 두 줄로 질서정연하게 늘어섰다.

"땡그랑!"

석경(石磬)이 한차례 울리자, 그들은 『황정 도덕진경(黃庭道德眞

---

1 보강배도: 도교 술법의 한 가지. 정식 명칭은 '우보섭기(牛步躡紀)'. 상고 시대 우임금이 홍수를 다스릴 때, 물의 깊이를 측량하기 어려울 경우 이 술법으로 해약(海若)·지지(地祇)와 같은 신령들을 불러내어 물길을 텄다고 하는데, 후세의 도사들이 그 보법을 배워 양신(陽神)을 수련하고 심신을 건강하게 만드는 데 썼다. 이 보법을 쓰면 이른바 '오고 팔난(五苦八難)'에서 벗어날 수 있을 뿐 아니라, '구액(九厄)'을 없애고 온갖 병을 치료할 수도 있다 하며, 심지어는 하늘에 날아올라 삼청(三淸)의 천존들에게 상주문(上奏文)을 바치고, 입산 수도할 때 귀신이나 사악한 마귀를 만나면 이 보법을 써서 제압했다고 한다. 보강(步罡) 의식은 북두칠성의 별자리 곧 '두숙 괴강(斗宿魁罡)'의 형태나 구궁 팔괘(九宮八卦)의 도형을 딛고 똑바로 선 채 오른발과 왼발을 차례차례 전진 후퇴시키면서 별자리를 밟아 세 스텝, 아홉 발자국을 남겨놓는데, 도합 2장(丈) 1척(尺)의 거리를 꼭 채운다고 한다.

經)』² 한 권을 외우기 시작했다. 법의를 걸쳐입은 호력대선이 옥으로 만든 홀(笏)을 쥐고 장단 가락에 맞추어 먼지를 풀풀 날려가며 별자리에 따라 덩실덩실 춤을 추더니, 땅바닥에 엎드려 절한 다음, 하늘을 우러러 구성진 목소리로 아뢰기 시작했다.

    진실로 황공하옵고 송구스러운 마음으로 머리 숙여 귀의하나이다.
    소신(小臣)들은 가르치신 뜻이 흥성하여 청허함을 바라나이다.
    승려의 속되고 상스러움을 멸하고, 도교를 공경하여 광휘(光輝)를 빛내고자 하나이다.
    이에 칙령으로 보전(寶殿)을 세우고, 어명으로 도관을 이룩하였나이다.
    제단에 공양을 널리 받들어 올리고, 용기(龍旗)를 드높이 내걸었나이다.
    밤새도록 촛불을 밝히고, 종일토록 향화를 살랐나이다.
    정성스러운 일념으로 상달하오며, 촌심(寸心)으로 경건함에 돌아가나이다.
    이제 강림하시는 은혜 입었사온데, 선거(仙車)를 아직 돌리지 않으셨으니,
    부디 바라옵건대 금단 성수를 다소나마 내리시어,
    국왕께 진상하여 폐하의 수명이 남산보다 길게 하여주소서.

단상에서 저팔계가 이 말을 듣고 안절부절못하더니, 들리지 않는

2『황정도덕진경』: 곧 도교의 수련 경전인『황정경(黃庭經)』. 제1회 주 **15** 참조.

목소리로 손행자에게 속삭였다.

"형님, 이건 우리가 잘못해서 벌어진 일이오. 남의 음식을 훔쳐먹고도 곧장 뺑소니치지 않고 노닥거리다가, 저렇게 듣기 거북스런 축원까지 받게 되었으니 말이오. 형님, 어떻게 응답하시겠소?"

손행자는 그 팔뚝을 또 한차례 꼬집어주고 나서 갑자기 입을 열어 큰 소리로 말했다.

"후배 소선(小仙)들아! 잠시 큰절과 축원을 그치거라! 우리가 지금 반도연회 잔치 자리에서 곧장 이리로 오느라고 금단 성수를 가져오지 못하였노라. 그러니 나중에 좋은 날을 잡아 다시 가져다 주리로다!"

원시천존의 신상이 갑자기 소리를 내었으니 도사들은 놀라 자빠질 수밖에, 그들은 하나같이 새삼스레 옷자락을 여미고 그 자리에 엎드린 채 부들부들 떨었다.

"아아! 살아 계신 천존께서 속세에 강림하셨구나……! 그렇다, 어렵게 행차하셨으니 이대로 돌아가시게 할 수는 없지 않은가? 우리 어떻게 해서라도 불로장생의 술법 한 가지는 받아내도록 해야겠다!"

녹력대선이 제단 앞으로 나와 또 한번 절을 올리고 축원을 드렸다.

　　속진을 떨치고 공손히 머리 조아려, 삼가 일편단심 정성을 아뢰나이다.
　　소신들이 미력하오나 천명에 귀의하여, 삼청을 우러러 흠모하였나이다.
　　이 나라 경계에 들어온 이래로, 도교를 흥성하게 하고 불교를 제거하였나이다.
　　국왕께서 충심으로 기뻐하시고, 저희를 무겁게 신임하여 공경하고 있나이다.

하늘에 나천대초(羅天大醮) 큰 제사 그치지 않고, 밤새워 경을 읽었사옵니다.

다행히 천존께서 저희를 버리지 않으시고, 거룩하신 어가(御駕)를 옮겨 강림하셨나이다.

엎드려 비옵건대, 부디 저희를 보살피사 영예로운 은총 내리시기를 바라나이다.

다소나마 성수를 남겨주시어, 제자들이 수명을 늘이고 길이 살게 하소서.

이번에는 사화상이 맏형의 팔꿈치를 꼬집더니 목소리를 잔뜩 낮추어 물었다.

"큰형님, 이거 갈수록 태산이구려. 또다시 기도를 올리는 걸 보니 말이오."

손행자는 결단을 내렸다.

"좋아, 주기로 하세!"

이 말에, 저팔계가 시큰둥한 기색으로 핀잔을 주었다.

"뭐가 있다고 준단 말이오?"

"내가 하는 걸 보기만 하게. 나한테 있으면 자네들에게도 다 있을 걸세."

그 무렵, 도사들은 이미 풍악 잡히던 손을 멈추고, 제단 위의 신선들이 어떻게 나올 것인지 지켜보고 있었다.

이윽고 손행자가 무거운 입을 열었다.

"후배 소선들아, 엎드려 절할 것까지는 없노라. 내가 너희들에게 성수를 남겨주지 않으려 한 뜻은, 혹시라도 장수하여 인간 세계 후손들의 씨가 말라버리지 않을까 염려해서이지, 나눠주기로 한다면 그쯤이야

아주 쉬운 노릇이로다!"

여러 도사들이 이 말을 듣더니, 일제히 땅에 꿇어 엎드려 머리를 조아렸다.

"부디 바라옵건대, 제자들이 공경하는 뜻을 생각하시어 다소나마 기꺼우신 마음으로 내려주소서! 저희들 제자는 도교의 덕을 널리 펼칠 것이며, 국왕께 아뢰어 현문(玄門)을 두루 공경하겠나이다."

"그렇다면 그릇을 가져오너라."

마침내 가짜 '원시천존'의 허락이 떨어지자, 도사들은 일제히 머리를 숙였다.

"성은에 감사하나이다!"

이윽고 세 도사가 성수 담을 그릇을 찾아 나서기 시작했다. 호력대선은 뚝심이 워낙 강한 터라, 큼지막한 항아리를 떠메다가 전상에 올려놓았다. 뒤이어 녹력대선이 사기 대접 한 개를 떠받들어 제단 위에 얌전히 내려놓았다. 그리고 양력대선은 화병에서 꽃을 뽑아버리고 한가운데 옮겨다 놓았다.

가짜 '원시천존'이 또 분부를 내린다.

"너희들은 모두 삼청전 바깥으로 물러나 격자 문을 닫아라. 천기가 누설되면 안 되느니라. 그래야만 너희들에게 성수를 다소나마 남겨줄 것이로다."

말끝이 떨어지기 무섭게 정전 바깥으로 물러나온 도사들은 일제히 섬돌 아래 꿇어 엎드리고, 격자 문이 닫혔다.

손행자가 벌떡 일어났다. 그리고 호랑이 가죽 치마를 훌쩍 걷어올리더니 꽃병에 하나가득 차게 오줌을 싸놓았다.

저팔계는 그것을 보고 좋아서 어쩔 줄 모른다.

"아이고, 형님! 내가 형님의 아우 노릇을 한 지 몇 년이 지났어도,

이렇게 재미있는 장난질은 해보지 못했구려. 나도 방금 뭣 좀 먹고 났더니 볼일을 보고 싶던 참이었소!"

이 미련한 녀석도 옷자락을 들추고 사기 대접에 오줌을 누기 시작하는데, 그야말로 여량(呂梁)의 절벽³에 폭포수 쏟아지듯 쏴르르, 쏴르르! 요란한 소리를 내면서 눈 깜짝할 사이에 대접이 철철 넘치게 만들어놓았다. 사화상도 뒤질세라, 반 항아리 남짓이나 오줌을 채워놓았.

볼일을 끝낸 세 사람은 먼젓번처럼 옷매무새를 단정하게 가다듬고 나서 바깥을 향해 소리쳤다.

"소선들아, 성수를 받아라!"

이제나저제나 학수고대하고 있던 도사들이 격자 문을 밀어젖히고 한꺼번에 우르르 뛰어들더니, 우선 머리 조아려 은혜에 감사한 다음 항아리를 떠메나가고 다시 꽃병과 사기 대접을 한군데에다 모아놓았다.

"얘들아, 잔을 가져오너라. 맛 좀 봐야겠다."

늙은 도사의 분부가 떨어지자, 젊은 제자 한 명이 부리나케 찻종을 하나 가져다 큰 스승에게 바쳤다.

호력대선은 한 잔 떠서 쭈욱 들이마시더니, 입술을 핥고 입을 쩝쩝 다셔가며 우거지상을 찌푸렸다.

곁에서 지켜보던 녹력대선이 조심스레 묻는다.

"형님, 맛이 어떻소? 좋습디까?"

늙은 도사는 주둥이를 삐죽 내밀고 대꾸했다.

"맛이 썩 좋지 못한걸! 좀 시금털털한 맛이야."

---

3 여량의 절벽: 여량(呂梁)은 지금의 강소성(江蘇省) 서주시(徐州市) 동남방에 위치한 협곡. 물길이 사납기로 유명하여, 당나라 말엽 후량(後梁)을 건국한 주전충(朱全忠)이 치부(淄溥)를 공략하자, 당나라 장수 방사고(龐師古)가 이 요충지에 군대를 주둔시켜 막았다.

"그럼 제가 한번 맛을 보겠소."

막내 양력대선이 한 모금을 마시고 나서, 그 역시 떨떠름한 표정을 짓는다.

"이건 숫제 돼지 오줌 냄새 같은걸!"

제단 상석을 차지하고 앉아 있던 손행자는 그들의 대화 중에서 일이 탄로나기 시작했다는 것을 깨달았다.

'안 되겠군! 내 수단을 부려서 아예 우리 이름을 남겨놓고 가야겠구나.'

생각이 여기에 미치자, 그는 천장이 들썩거리도록 큰 소리로 고함을 질러댔다.

도사들아! 도시들이! 허튼 생각 잘도 늘어놓는구나!
어느 삼청이 범속한 하계 땅에 강림하려 든단 말이냐?
내 이제 진짜 성을 너희들에게 숨김없이 알려주마.
대 당나라 스님 일행이 칙명을 받들고 이 서쪽 땅에 왔다.
좋은 밤에 하릴없이 빈둥대다가 궁궐 문에 하강하셨다.
제단에 진상한 공양을 먹고 나서 한가롭게 시시덕거렸다.
모처럼 너희들의 큰절 받았으니, 무엇으로 그 값에 보답하랴?
성수 따위가 어디 있는고, 너희들이 마신 것은 모두 우리 오줌이로다!

그 말을 듣고 악에 받친 도사들이 당장 문을 닫아걸고 일제히 쇠스랑, 갈퀴, 빗자루, 기왓장, 돌멩이 할 것 없이 손에 닥치는 대로 집어들고 내던지면서 마구잡이로 달려들었다.

그러나 배짱 두둑한 손행자는 왼 손아귀로 사화상을, 오른 손아귀로 저팔계를 움켜잡기가 무섭게 도사들의 무차별 공격망을 뚫고 문밖으로 뛰쳐나가더니, 운광을 일으켜 타고서 곧장 지연사 방장으로 돌아왔다. 이리하여 세 사람은 스승이 놀라 깨지 않도록 조심해가며 다시 잠자리에 들었다.

때는 벌써 오고 삼점(五鼓三點), 국왕이 조정에 나아가 문무 양반의 백관 4백 명의 관원들을 모아들이니, 평소 때와 다름없이 강사등롱(絳紗燈籠)에는 불빛이 밝고, 보정(寶鼎)에는 향불 연기가 모락모락 피어오르는 이른 새벽이었다.

이때쯤 되어 삼장 법사가 잠에서 깨어나 제자들을 불렀다.

"얘들아, 얘들아! 어서 일어나거라. 나하고 같이 통관 문건에 확인을 받으러 가야지."

스승이 불러 깨우는 소리에, 손행자는 사화상, 저팔계와 함께 부랴부랴 일어나 옷을 찾아 입고 좌우에 모시고 섰다.

"사부님께 말씀드리겠습니다. 이 나라 군주는 도사들의 말만 믿어 도교를 흥성하게 만들고, 불교를 탄압하는 사람입니다. 공연히 말 한마디라도 어긋나게 했다가는 통관 문건에 확인 도장을 찍어주지 않으려 할 겁니다. 그러니 저희들이 모두 사부님을 모시고 함께 조정으로 들어가겠습니다."

당나라 스님은 크게 기뻐하면서 금란 가사를 걸쳐입었다. 이윽고 손행자가 통관 문건을 몸에 지닌 다음, 사오정에게는 자금 바리때를 떠받들게 하고, 저오능은 구환석장을 짚고 나서게 했다. 짐보따리와 마필은 지연사 승려들이 돌보도록 넘겨주었다.

오봉루 앞에 다다른 일행은 궁궐 문지기인 황문관에게 인사를 드리고 성명을 통보한 다음, 동녘 땅 대 당나라에서 경을 가지러 가는 화상이 이 나라에 와서 통관 문건에 확인을 받고자 하니, 번거롭더라도 금상 폐하께 아뢰어달라고 부탁하였다.

문지기의 우두머리 각문대사는 그 즉시 조정으로 들어가 금빛 섬돌 아래 꿇어 엎드려 국왕에게 아뢰었다.

"궁궐 바깥에 승려 네 사람이 나타났사온데, 동녘 땅 대 당나라에서 경을 가지러 가는 자들이라 하오며, 통관 문건에 폐하의 확인을 받고자 한다 하나이다. 지금 오봉루 앞에 대령해 있나이다."

국왕은 계주하는 말을 듣고 대뜸 호통을 쳤다.

"그 화상들이 어디 가서 죽을 곳을 찾지 못하고 여기 와서 죽으려 하는고! 그리고 순포(巡捕) 관원들은 어디 있기에 그놈들을 잡아들이지 않느냐!"

이때 곁에서 어가를 모시고 있던 태사(太師)가 선뜻 나서더니 이렇게 아뢰었다.

"폐하, 동녘 땅 대 당나라는 바로 남섬부주에 있사오며, '중화 대국'이라 일컫는다 하옵니다. 그곳에서 이 나라까지 오자면 일만여 리 길이나 되나이다. 도중에는 요괴가 많사온데, 저들 화상 일행이 무사히 이 서방 세계까지 온 것을 보면 무언가 비상한 법력을 지녔기 때문인 줄로 아옵니다. 바라건대 폐하께서는 멀리 중화 대국에서 온 승려들의 노고를 생각하셔서 불러들이고 통관 문건을 검사해보신 다음 옥새를 찍어 놓아보내소서. 그것이 두 나라 간에 우호 친선의 뜻을 잃지 않는 길이라 생각하나이다."

국왕은 윤허를 내려 당나라 스님 일행을 금란전 아래 불러들였다. 이윽고 스승과 제자 일행이 계단 앞에 늘어서서 통관 문건을 받들어 국왕에게 넘겼다.

국왕이 통관 문서를 펼쳐들고 막 읽으려 할 때였다. 황문관이 다시 들어와서 아뢰었다.

"세 분 국사들께서 오셨나이다."

국왕은 당황한 기색으로 통관 문건을 거두어 넣고 급히 용상 아래로 내려서더니, 측근 시종들에게 수놓은 방석을 준비하라 이르고 자신은 공손히 몸을 굽혀 맞아들였다.

삼장과 그 제자들이 고개를 돌리고 바라보았더니, 바로 문제의 대선이란 자들이 오만하게 거들먹거리면서 안으로 거침없이 들어오는데, 그 뒤에는 총각 상투를 두 개 땋아올린 동자 녀석을 거느리고 있었다. 좌우 양편에 늘어서 있던 문무 대신과 대소 관원들은 그들에게 공손히 국궁 배례를 올릴 뿐 감히 우러러볼 엄두조차 내지 못한다.

도사들은 거리낌없이 휘적휘적 전상으로 올라갔다. 국왕을 보고도 큰절은커녕 허리 한 번 굽히는 법이 없다.

그래도 국왕이 반겨 맞으면서 물었다.

"국사님들, 오늘은 어인 일로 강림하셨습니까? 짐이 청하지도 않았는데……."

늙은 도사가 대답한다.

"한 가지 말씀을 드릴 것이 있어 왔습니다. 한데 저 네 화상은 어느 나라에서 왔답니까?"

국왕은 대수롭지 않게 일러주었다.

"동녘 땅 대 당나라에서 칙명을 받고 파견되어 서천으로 경을 가지러 가는 화상들인데, 통관 문건에 확인을 받으러 왔노라고 하였소."

이 말을 듣자, 세 도사는 손뼉을 치며 큰 소리로 웃음을 터뜨렸다.

"저놈들이 도망쳤다고 아쉬워했더니, 결국 여기에 와 있었군!"

이 말에 국왕이 깜짝 놀라 물었다.

"아니, 국사님! 그게 무슨 말씀이시오? 저자들이 방금 통성명을 하기에 당장 붙잡아 국사님들께서 쓰시도록 바치려 했는데, 측근의 태사가 아뢰는 말에 일리가 있고, 짐 또한 저자들이 먼 나라에서 온 뜻을 생각하고 또 중화 대국과 우호 친선의 좋은 인연을 끊고 싶지 않았소. 그래서 이제 막 불러들여 통관 문건을 조사하고 있던 참이었소이다. 그런데 국사님의 말씀을 들으니, 혹시 저자들이 존엄하신 국사님들께 실례되는 언동을 보였거나 아니면 무슨 죄라도 저지른 것은 아니오이까?"

도사는 범인을 잡게 된 것만 기뻐서 연신 껄껄대며 말했다.

"폐하께서는 모르실 것입니다. 저놈들은 어제 이 나라에 들어왔는데, 동대문 밖에서 우리 제자 두 녀석을 때려죽이고, 죄를 짓고 노역에 종사하던 승려 오백 명을 모조리 풀어주었을 뿐만 아니라, 수레까지 산산조각으로 박살냈습니다. 그것도 모자라 밤중에 우리 삼청도관에 쳐들어와 거룩하신 삼청님의 신상을 때려부수고 폐하께서 하사하신 제물까지 훔쳐먹었습니다. 우리들은 저놈의 둔갑술에 깜빡 속아넘어가 천존께서 속세에 강림하신 줄로만 알고, 성수와 금단이라도 좀 얻어 폐하께 올려 수명을 늘이시고 장생을 누리게 해드릴까 하였으나, 뜻밖에도 저 사기꾼 놈들은 오줌을 눈 뒤 그것을 성수라고 내주었습니다. 우리가 한 모금씩 맛보다가 속은 것을 깨닫고 손을 써서 붙잡으려 했지만, 저놈들이 감쪽같이 달아나는 바람에 그만 놓쳐버리고 말았습니다. 그런데 아직도 멀리 달아나지 않고 오늘 아침 이 자리에 천연덕스레 나타나다니, 이야말로 '원수는 외나무다리에서 만난다'는 격이 아니고 무엇이겠습니까!"

국왕은 이 말을 듣고 노발대발, 당장 불호령을 내렸다.

"저런 괘씸한 것들 봤나! 여봐라, 저 네 놈을 당장 붙잡아 능지처참하라!"

이때, 손대성이 두 손 모아 합장하더니 매서운 목소리로 고함을 질렀다.

"폐하, 잠시 노여움을 고정하시고 소승들이 아뢰는 말씀을 들어주소서!"

"닥쳐라, 이놈들! 국사님의 위엄을 건드려놓고, 국사님이 하신 말씀에 잘못된 점이라도 있단 말이냐?"

국왕이 호통을 쳐서 꾸짖었으나, 손행자는 차분한 말씨로 조목조목 반박했다.

"저분은 우리가 어제 성 밖에서 자기 제자 두 사람을 죽였다고 했으나, 누가 목격했는지 증인을 내세워야 할 것이 아닙니까? 설혹 우리가 억울하게 그 누명을 뒤집어쓴다 해도, 일행 가운데 두 사람의 목숨만 내놓아 갚으면 그만일 테고, 나머지 두 사람은 경을 가지러 가도록 놓아주셔야 사리에 맞는 일이 아니겠습니까? 또 우리가 수레를 박살내고 죄지은 승려들을 풀어주었다고 했는데, 이 역시 아무런 증거도 증인도 없으려니와 또 그런 일이 있다 하더라도 극형을 받아야 할 죄는 아니요, 굳이 죄를 씌우겠다면 한 사람이 벌을 받으면 그만일 것입니다. 그리고 저분은 우리가 삼청의 신상을 부수고 도관을 어지럽혔다고 하셨으나, 이 역시 우리를 모함하는 말씀입니다."

"어째서 모함했다는 거냐?"

"우리는 동녘 사람들로서, 어제 이 나라에 갓 도착했습니다. 그래서 길거리에 나가도 어디가 어딘지 아무것도 모르는데, 삼청도관이 어디 붙어 있으며 또 그 안에서 무슨 일이 벌어졌는지 어떻게 알 수 있겠습니까? 그것도 환한 대낮이 아니라 캄캄한 밤중의 일을 말입니다. 우리가 오줌을 누어 성수라고 속여서 주었다고 했으나, 그런 일이 있었으면 즉시 범인을 현장에서 잡아야 할 것이지, 이제 와서 엉뚱한 사람을 범인이라고 지목하다니 이게 모함이 아니고 무엇이겠습니까? 이 세상에는 남의 이름을 도용해서 쓰고 다니는 자가 얼마든지 있는데, 어떻게 그 짓을 저지른 자가 반드시 우리 일행이라고 지목할 수 있단 말입니까? 바라옵건대 폐하께서는 노여움을 거두시고 깊이 헤아려주소서."

차지국 왕은 본디 귀가 여리고 흐리멍덩한 위인이라, 손행자가 조목조목 따져 반박하는 말을 듣고 나더니 어떻게 결단을 내려야 좋을지 몰라 한참 동안 망설이고만 있었다.

이렇듯 의혹에 싸여 주저하고 있을 때, 황문관이 또 들어와서 아뢰었다.

"폐하, 궁궐 문 밖에 수많은 향로(鄕老)들이 알현하기를 청하면서 대령하고 있나이다."

"무슨 일이 있느냐?"

국왕은 이렇게 물으면서 불러들이라는 명령을 내렸다.

이윽고 금란전에 3, 40명이나 되는 지방 원로들이 들어와 전상 위의 국왕을 우러러 고두례를 올리고 아뢰었다.

"만세 폐하, 금년에는 봄철 내내 비가 내리지 않았으므로 여름이 되면 가뭄이 심할까 우려되오니, 국사님들께서 기우제를 올려 단비를 한번 내려주시고 만백성을 널리 구해주시기를 청하나이다."

국왕은 잠시 무엇인가 생각하더니 지방 원로들에게 분부를 내렸다.

"향로들은 물러가 있거라. 곧 비를 내리게 해줄 것이다."

그리고 이번에는 삼장 일행을 돌아보고 이렇게 말했다.

"당나라에서 온 화상들은 듣거라! 짐이 어째서 도교를 공경하고 불교를 없애고자 하는지 그 연유를 아는가? 이십 년 전 가뭄이 크게 들었을 때 비를 얻기 위해 온 나라의 승려들을 청하여 기우제를 지내게 하였으나, 그놈들은 비 한 방울도 얻지 못하였다. 그때 천만다행히도 하늘에서 국사님들이 강림하셔서 만백성을 도탄에서 건져주셨다. 이제 너희들은 먼 곳으로부터 이곳에 이르러 국사님들의 위엄을 범하였으니, 본디 그 죄를 물어야 마땅할 것이다. 그러나 잠시 너희들의 죄를 용서할 터이니, 감히 우리 국사님들과 승부하여 비를 내리게 할 자신이 있느냐? 만약 너희들이 한바탕 단비를 내리게 해서 만민을 구제할 수 있다면, 짐은 즉시 너희들의 죄를 용서할 것이요, 통관 문건에 도장을 찍어 서천으로 떠날 수 있게 놓아보낼 것이다. 그러나 우리 국사님을 이기지 못하고 너희 능력으로 단비를 얻지 못할 때에는 너희들을 형장으로 끌어내다 참수형에 처하고, 그 목을 베어 모든 백성들에게 두루 보일 것이다."

이 말에, 손행자는 싱글싱글 웃으면서 가볍게 응낙했다.

"소승들도 기우제는 약간 지낼 줄 압니다."

국왕은 당장 어명을 내려 기우제 지낼 터전을 깨끗이 쓸게 하고, 제단과 제물을 준비시키는 한편, 그곳으로 거둥할 채비를 차리게 했다.

"어가를 대령하라! 짐이 친히 오봉루에 나아가 지켜보겠노라."

명령을 받은 관리들이 곧바로 어가를 마련하고 행차할 준비를 갖추었다.

이윽고 국왕이 오봉루에 올라가 앉았다. 삼장은 손행자, 사화상, 저팔계를 따라서 누각 아래 늘어섰다. 세 사람의 도사는 누각 위에 국왕을 모시고 앉아 있었다.

얼마 안 있어, 관원 한 사람이 말을 치달려 왔다.

"기우제를 올릴 터전에 모든 준비를 갖추었나이다. 국사 어르신께서는 어서 제단에 오르소서."

호력대선이 두 손 모으고 가볍게 허리 굽혀 국왕에게 인사하더니, 그 곁을 떠나 누각 아래로 걸어내려왔다.

이때 손행자가 앞으로 썩 나서면서 가로막고 물었다.

"어딜 가시는 거요, 선생?"

"제단에 올라 비를 빌려고 가는 길이다."

호력대선이 퉁명스레 쏘아붙이자, 손행자는 능글맞게 웃으면서 시비를 걸기 시작했다.

"자중할 줄도 좀 아시오, 선생. 타향에서 멀리 온 스님들에게 양보할 줄은 아셔야 하지 않소? 어쨌든 좋소. 하기야 '제아무리 힘센 용이라도 토박이 뱀에게는 한 수 접고 들어간다(强龍不壓地頭蛇)'했으니 말이오. 기어코 먼저 하시겠다면 해도 좋기는 하오만, 국왕 폐하께서 보시는 앞에서 밝힐 것은 분명히 밝혀두어야 할 게 아니오?"

"밝힐 것이라니, 뭘 밝혀두자는 게냐?"

"우리 둘이서 함께 제단에 올라가 비를 청할 경우, 설령 비가 내려도 그게 누구의 힘으로 내린 비이며, 그 공로가 누구의 것인지 알 수 없지 않소?"

오봉루 위에서 국왕이 그 말을 듣고 남몰래 기뻐했다.

"꼬마 화상의 말솜씨가 제법 요령 있구나!"

그 밑에서 사화상이 속으로 끌끌 웃는다.

"흠흠, 우리 형님이 말솜씨에만 요령이 있는 줄 아시나? 뱃속에 잔뜩 들어 있는 앙큼한 꾀가 아직까지 다 튀어나오지 않았다는 걸 모르시는군!"

한쪽에서는 손행자의 시비를 받은 호력대선이 버럭 호통을 치고 있었다.

"쓸데없는 소리 집어치우고 물러나라! 폐하께서 어련히 알아서 판단하시려고……."

"어련히 알아서 판단하신다 하더라도, 속담에 '팔은 안으로 굽는다' 하지 않았소? 우리는 머나먼 동녘 땅에서 온 나그네 승려들이고, 당신들과는 일면식도 없는 처지요. 비가 내릴 때 당신과 내가 서로 자기 공이라고 다투는 일이라도 벌어진다면 어쩌겠소? 피차간에 어물어물 사기 쳐서 눈속임을 할 경우에는 어떻게 가려낸단 말이오? 그래 가지고서야 내기가 재미없게 될 거요. 그러니까 반드시 규칙을 미리 정해놓고 겨루는 것이 좋겠다, 이 말이오!"

"좋다! 내가 단상에 올라가면 영패(令牌)로 신호를 삼겠다. 영패를 한 번 울리면 바람이 불어올 것이고, 두번째 울리면 구름이 일 것이다. 세번째 울리면 천둥 번개가 한꺼번에 들이칠 것이고, 네번째 울리면 비가 내릴 것이다. 그리고 다섯번째 울리면 구름이 흩어지고 비가 그치게 될 것이다! 이만하면 되겠느냐?"

손행자는 피식 웃으면서 비아냥거렸다.

"그것참 묘한데! 우리 같은 승려들은 해본 적이 없는 재주야! 자, 그럼 어서 오르시지요! 올라가서 어디 한번 해보시죠!"

호력대선은 한껏 거드름을 부려가며 앞장서서 걷기 시작했다. 삼장 일행은 그 뒤를 따라 곧바로 제단 문 밖에 이르렀다.

고개를 들고 바라보니, 그곳에는 제단 한군데가 높다랗게 쌓여 있는데, 그 높이만도 30여 척이나 되어 보였다. 제단을 중심으로 좌우에는 이십팔수 별자리를 상징하는 깃발이 꽂혀 있고, 그 꼭대기에는 탁자가 한 개, 탁자 위에는 향로가 한 개, 향로 속에서는 향불 연기가 무럭무럭 피어오르고 있었다. 양쪽 변두리에는 촛대가 한 쌍, 촛대에는 밝은 촛불빛이 바람결에 흔들리고 있는가 하면, 향로 곁에는 뇌신의 이름을 아로새긴 영패가 우뚝 세워졌다.

제단 밑에는 커다란 독 다섯 개가 놓였는데, 독마다 깨끗한 정화수를 철철 넘치게 담아놓았고 물 위에는 수양버들 가지를 띄워놓았다. 또 얼기설기 엮은 버들가지 위에 뇌정도사(雷霆都司)의 부적이 쓰인 철패를 한 개씩 얹어놓았다. 그리고 물독 좌우에는 오방 만뢰사자(五方蠻雷使者)들의 명단이 적힌 말뚝 다섯 개를 나란히 박아놓았고, 말뚝 한 개

마다 도사 두 명이 철퇴를 잡은 채 언제라도 말뚝을 때려 박을 태세를 취하고 서 있었다.

제단 뒤편에는 수많은 도사들이 문서를 작성하고 있는데, 그 한복판에는 종이로 만든 화로 한 개가 설치되어 있고, 또 종이로 엮어 만든 사람 모양의 허수아비를 몇 개 세워두었는데, 하나같이 집부사자(執符使者), 토지찬교(土地贊敎)와 같은 신령들의 모습을 본뜨고 있었다.

안으로 들어선 호력대선이 겸손한 맛이라곤 하나도 없이 곧바로 제단 위에 올라서더니 거만한 자세로 우뚝 버텨 섰다. 곁에서 부적을 쓴 누런 종이 몇 장과 보검 한 자루를 받든 채 기다리고 있던 젊은 도사가 그것을 스승에게 넘겨주었다. 호력대선은 보검을 손에 잡고 중얼중얼 몇 마디 주문을 외우면서 부적 한 장을 촛불에 살랐다. 그와 동시에 제난 밑에서도 도사 두세 사람이 신령의 부적이 쓰인 허수아비 하나와 문서 한 움큼을 쥐고 불을 붙여 태웠다.

"뎅!"

마침내 영패가 요란한 소리를 내며 울렸다. 첫번째 신호가 울리자, 중천에서 과연 '휘리릭, 휘리릭!' 바람기가 감돌기 시작했다.

제단 밑에서 지켜보던 저팔계가 찔끔 놀라 중얼거렸다.

"이크! 저런…… 저 도사 녀석이 과연 재간이 있는 모양이야. 영패가 한 번 울리자마자 정말 바람이 부는걸!"

손행자는 귓속말로 이렇게 당부했다.

"여보게, 아무 소리 말고 조용히 있게. 이제부터 나한테 말을 걸지 말고 사부님이나 잘 모시고 있어야 하네. 내 가서 일 좀 보고 오겠네."

그리고 몸에서 솜털 한 가닥을 뽑아내더니 숨 한 모금 불어넣고 작은 목소리로 호통을 쳤다.

"변해라!"

솜털은 순식간에 가짜 손행자로 둔갑했다. 그는 가짜를 스승 곁에 세워놓고, 진짜 몸은 원신(元身)으로 빠져나가 허공 높이 솟구쳐 올랐다.

"저 바람을 다스리는 놈이 누구냐?"

손행자는 엄한 목소리로 고함쳐 물었다. 그러자 바람을 쏟아내던 풍파파(風婆婆) 할멈이 깜짝 놀라 황급히 바람 주머니를 졸라매고, 풍향을 맡은 손이랑(巽二郎)이 눈치 빠르게 주머니 끈을 바싹 졸라 묶더니, 부랴부랴 손행자 앞에 나타나 허리 굽혀 인사했다.

"소신들이 대성 어르신께 문안 인사 드리오!"

손행자의 얼굴빛이 다소 부드럽게 풀렸다.

"나는 지금 당나라 성승을 보호하여 서천으로 경을 가지러 가는 길이다. 도중에 이 차지국을 지나가다가, 저 요망한 도사 녀석과 비 내리기 시합을 하게 되었다. 그대들은 어째서 이 손선생을 돕지 않고 반대로 저 못된 도사 녀석을 돕는단 말이냐? 이번만큼은 내가 용서해줄 것이니, 어서 바람을 거두어라! 만약에 바람기를 조금이라도 보여 저 도사 녀석의 수염이 나부꼈다가는, 내 이 철봉으로 한 사람 앞에 스무 대씩 안길 터이니 그리 알아라!"

"알아모시겠습니다! 알아모시겠습니다! 대성님의 말씀이신데 어느 누가 감히 어기겠습니까?"

이리하여 마침내 바람기가 한 점도 없이 싹 가셨다.

누각 밑에서는 저팔계가 고소한 마음을 참지 못하고 호력대선의 약을 올리기 시작했다.

"이것 봐, 선생! 그만 물러나시지! 영패 울린 지가 언제인데, 왜 바람이 한 점도 불지 않는 거야?"

제단 위의 호력대선은 아무 소리도 않고 다시 영패를 잡더니 부적을 사르고 또 한차례 힘껏 울렸다.

"뎅!"

영패가 울리자마자, 과연 하늘에는 안개구름이 자욱하게 깔리기 시작했다.

공중에서 지켜보고 있던 손행자가 벼락같이 호통을 질렀다.

"어떤 놈이 안개구름을 깔았느냐?"

말끝이 떨어지기 무섭게, 구름장을 밀고 온 추운동자(推雲童子)와 안개를 펼쳐 까는 포무낭군(布霧郎君)이 당황한 기색으로 그 앞에 모습을 드러내더니 허리를 깊숙이 구부려 문안 인사를 드린다. 손행자는 앞서 했던 얘기를 다시 한번 들려주었다. 그러자 추운동자와 포무낭군도 선뜻 안개구름을 거두어들이고, 뜨거운 태양빛을 눈이 부시도록 번쩍번쩍 쏘아보냈다. 이리하여 온 하늘 만 리 창공에는 구름이라곤 한 조각도 끼지 않은 채 맑게 개었다.

갈수록 신바람이 난 저팔계는 껄껄대며 조롱했다.

"저 도사 선생께서 황제님을 잘도 속여오셨군! 재간이라고는 쥐뿔도 없는 것이 백성들의 눈을 어물어물 속여넘기기만 했으니 말일세. 이것 보쇼! 영패가 두 차례씩이나 울렸는데, 왜 구름이 일지 않는 거요?"

사세가 이렇게 되니 호력대선도 마침내 초조감을 감추지 못했다. 그는 보검을 짚고 선 채로 머리를 풀어 흐트러뜨리더니, 중얼중얼 주문을 외우면서 부적을 사르고 다시 한번 영패를 내리쳤다.

"뎅!"

그 술법은 과연 효력이 대단했다. 영패가 울리는 것과 때를 같이해서 남천문에 소속된 우두머리 천군 등화(鄧和)가 천둥 벼락을 다스리는 뇌공과 번갯불의 여신 전모를 거느리고 허공에 나타났다. 그러나 이들은 제천대성 손오공의 모습을 발견하고 마주 달려와 문안 인사를 드렸다. 손행자는 똑같은 얘기를 세번째로 거듭 설명한 다음, 이렇게 덧붙여 물었다.

"그대들은 어째서 이토록 지극 정성으로 달려왔는가! 누구의 법지를 받들고 왔는가?"

등천군이 대답한다.

"저 도사의 오뢰법(五雷法)은 진짜 효력이 있소. 저자가 문서를 올려보내고 부적을 태워서 옥황상제를 놀라시게 만들었으니 어쩌겠소? 옥황상제님은 방금 전에 '구천응원뇌성보화천존(九天應元雷聲普化天尊)'의 부중에 칙명을 내리셨소. 그래서 우리 뇌부 소속 신령들이 칙명을 받들고 와서 뇌성벽력 번갯불로 비를 내리게 도와주려는 것이오."

"그렇다면 할 수 없군. 그러나 잠시만 손을 멈추었다가, 이 손선생이 하는 일에 협력해주었으면 좋겠네."

옥황상제도 고개를 절레절레 내두르는 골치 덩어리, 제천대성 손오공의 분부를 어느 누가 감히 거역하랴. 과연 하늘에는 천둥 벼락도 내려치지 않고 번갯불도 터지지 않았다.

일이 이렇게 되니 호력대선의 초조감은 극도에 달할 수밖에. 또다시 향을 보태 사르랴, 부적을 태우랴, 주문을 외우랴, 영패를 치랴, 손발과 입놀림이 갈수록 바쁘게 움직였다.

"뎅!"

네번째 영패가 울리자, 반공중에 동서남북 사해 용왕들이 한꺼번에 들이닥쳤다. 손행자는 당장 그들 앞을 가로막고 서서 호통쳐 물었다.

"오광은 어딜 가시는가!"

엄한 호통 소리 한마디에, 동해 용왕 오광, 북해 용왕 오순, 남해 용왕 오흠, 서해 용왕 오윤 네 형제의 발걸음이 멈칫하더니, 그 길로 손행자 앞에 달려와 문안 인사를 건넸다. 손행자는 또 한차례 설명을 해주고

서유기 제5권 **179**

나서 간곡히 부탁했다.

"지난번에는 수고만 끼치고 성공하지 못했소만, 오늘 이 일만큼은 부디 힘써 도와주시기 바라오."

용왕 네 형제가 이구동성으로 승낙했다.

"분부대로 하오리다!"

손행자는 새삼스럽게 북해 용왕 오순[4]에게 감사의 말을 건넸다.

"전날 아드님 마앙 태자가 애써준 덕분에 요괴를 잡고 우리 사부님을 구해드릴 수 있었소. 정말 감사하오."

오순이 겸사하면서 이렇게 말했다.

"그 타룡이란 놈은 쇠사슬로 묶어서 바다 속 깊숙한 곳에 가두어놓았습니다. 섣불리 제 마음대로 처치하지 못하고, 대성 어르신의 처분만 바라고 있습니다."

"그놈은 좋도록 처분하시고, 이제 또 한번 나를 도와 공을 세우도록 해주시오. 저 도사 녀석은 벌써 네 차례나 영패를 울리고 났으니, 이번에는 이 손선생께서 나서서 한번 해볼 차례가 되었소. 하지만 나는 부적을 태우거나 문서를 불살라 하늘에 올려보낼 줄도 모르고 영패인지 뭔지 하는 것을 두들겨본 적도 없으니, 여러분이 어떻게 좀 해서 나를 도와주셔야겠소."

이 말에 등천군이 나섰다.

"대성의 분부에 어느 누가 복종하지 않겠습니까. 그러나 무엇으로든지 신호를 하나 정해주셔야 되겠습니다. 저희들은 어떤 것이든 대성께서 내리시는 호령에 따라 순서대로 거행할 것입니다. 만약 그렇지 못

---

[4] 북해 용왕 오순: 이 용왕은 제3회와 제41회에서 북해 용왕으로 나왔으나, 제43회에서는 '서해 용왕'으로 표기되었다가 다시 이 회에서 또 북해 용왕으로 바뀌는데, 저자가 용왕의 이름을 잘못 기록했는지 방위를 착각했는지 알 수가 없다.

하면 천둥 번개와 비 내리는 순서가 뒤죽박죽으로 섞여서 산만해질 것이니, 대성께서 모처럼 하시는 일이 법도에 어긋나는 것처럼 보이지 않겠습니까?"

"옳은 말씀일세. 그럼 내가 이 철봉을 호령 대신으로 쓰겠네."

그 무시무시한 철봉을 쓰겠다니, 누구보다 먼저 뇌공이 깜짝 놀라 자라목을 움츠렸다.

"아이고, 대성 어르신! 저희들이 어찌 그 철봉을 감당할 수 있겠습니까?"

"자네들을 때리겠다는 게 아닐세. 내가 이 철봉을 한차례 번쩍 들어서 하늘을 가리키거든 곧장 바람을 일으켜주게."

말끝이 떨어지기가 무섭게 풍파파와 손이랑은 두말없이 대답했다.

"예에! 즉각 바람을 일으키겠습니다."

"철봉을 두번째로 가리키면 그 즉시 안개구름을 뒤덮어주게."

추운동자와 포무낭군도 어김없이 응답한다.

"예, 곧바로 안개구름을 깔아놓으오리다!"

"철봉으로 세번째 가리키거든 천둥 번개 벼락을 때려주게."

뇌공과 전모가 선뜻 응답했다.

"명령을 받드오리다!"

"네번째 가리키는 것을 보거든, 곧 비를 내려주시오."

사해 용왕들도 이구동성으로 흔쾌히 대답한다.

"분부대로 하오리다!"

손행자는 마지막 신호를 정했다.

"이 철봉으로 다섯번째 가리키거든, 날씨가 다시 개도록 해주시오. 조금도 어긋나는 일이 있어서는 아니되오!"

이렇듯 신신당부를 마친 그는 구름을 낮추고 다시 지상으로 내려선 다음, 몸을 한 번 꿈틀해서 솜털을 거두어들이고 본신이 그 자리를 되찾아 섰다. 그야말로 감쪽같은 변신술, 현장에는 사람들이 수두룩하게 몰려 있었으나 모두들 범태 육안을 지녔으니, 어느 누가 그것을 알아볼 수 있었겠는가?

제단 곁으로 다가선 손행자가 위를 바라보며 고함을 질렀다.

"도사 선생! 이제 그만 하고 내려오시지! 영패가 벌써 네 차례씩이나 울렸는데도 바람 한 점, 구름 한 조각, 천둥 번개 벼락은커녕 비 한 방울 없지 않소? 이제는 그 자리를 내게 양보하실 때가 되었소."

호력대선도 어쩔 도리가 없다. 전심전력을 다하여 오뢰법을 썼어도 효과를 보지 못했으니 그 자리를 마냥 차지하고만 있을 수가 없는 것이다. 이리하여 맥이 풀릴 대로 풀린 그는 제단 아래로 내려와 손행자에게 양보하고, 입을 뿌루퉁하니 내민 채 누각으로 올라가서 국왕 곁에 앉았다.

손행자는 동료들에게 한마디 던졌다.

"아무래도 저 도사 녀석을 뒤쫓아가야겠네. 국왕에게 무슨 엉뚱한 말을 지껄이는지 들어봐야겠어."

아니나 다를까, 국왕이 묻는 소리가 들려왔다.

"짐이 여기서 귀를 기울이고 정성껏 듣고 있었소. 그런데 국사께서 네 번씩이나 영패를 울렸는데도 비바람을 볼 수 없으니, 이게 어인 까닭이오?"

호력대선이 군색한 대답을 아뢰었다.

"오늘은 용신들이 모두 외출하고 집에 없는 모양입니다."

앙큼한 손행자가 그 기회를 놓칠 턱이 있으랴. 그는 목청을 드높여 버럭 고함을 질렀다.

"폐하! 용신들은 모두 집에 있었소이다. 이 국사 되시는 분의 술법이 신통치 못해서 아무리 불러내도 오지 않았을 뿐이외다. 소승이 제단에 올라가 한번 청할 터이니, 폐하께서는 잘 지켜보시기 바랍니다."

"지금 곧 제단에 오르도록 하라! 과인이 여기서 비 내리는 것을 기다리겠노라!"

국왕의 허락을 받아낸 손행자는 몸을 돌려 곧장 제단으로 달려갔다. 그리고는 당나라 스님의 소맷자락을 부여잡고 끌어당겼다.

"사부님, 제단 위로 올라가시죠."

이 말에 삼장이 펄쩍 뛰었다.

"아니, 얘야! 내가 어디 기우제를 지낼 줄 아느냐?"

저팔계란 녀석이 곁에 있다가 빙글빙글 웃으며 실없는 말을 한마디 던진다.

"형님이 사부님을 골탕 먹이려고 그런 모양입니다. 비가 내리지 않으면 이 제단 밑에 장작더미를 쌓아놓고 불을 지를 게 아닙니까. 그럼 끝장이죠!"

손행자는 그 말을 무시하고 스승에게 다시 간청했다.

"사부님, 기우제를 지낼 줄은 모르셔도 경은 잘 외우실 게 아닙니까. 제가 곁에서 도와드릴 테니, 어서 올라가시기만 하십쇼."

삼장 법사는 그제야 마지못한 걸음걸이로 천천히 제단 위로 올라갔다. 그리고 윗자리에 단정한 자세로 앉아서 정신을 가다듬고 마음을 모아 '밀다심경'을 묵묵히 외우기 시작했다.

이때 갑자기 관원 한 사람이 말을 휘몰아 달려오더니 제단 위의 삼장을 바라보며 큰 소리로 물었다.

"이보시오, 화상! 왜 영패도 치지 않고 부적을 태우지도 않는 거요?"

스승을 모시고 제단에 오른 손행자가 껄껄대고 웃어가며 호통쳐서 대꾸했다.

"일없다, 일없어! 우리는 조용히 앉아서 기도만 드려도 비를 내리게 할 수 있단 말이다!"

당사자가 법도대로 하지 않겠다니 어쩔 수 없다. 관원은 할 말을 잃은 채 말머리를 돌려 누각 쪽으로 물러가고 말았다.

늙은 스승이 경문을 거의 다 외울 무렵, 그때까지 기다리던 손행자가 귓속에서 철봉을 끄집어내더니, 맞바람결에 휘둘러 길이 20척에, 대접만큼씩이나 굵다랗게 만들어 가지고 허공을 향해 번쩍 치켜들었다.

첫번째 호령이 떨어지자, 풍파파는 지체 없이 바람 든 가죽 부대 아가리를 활짝 열어붙이고, 손이랑은 아가리 끈을 풀어젖혔다.

"쏴아아……! 휘리릭, 휘리릭……! 쏴아아……!"

난데없는 바람이 요란하게 불어닥치더니, 거센 돌풍을 이끌고 차지국 도성을 휩쓸기 시작했다. 성안의 가옥들은 기왓장이 온통 벗겨져 날아가고, 벽돌이 무더기로 허물어져 나무 잎사귀처럼 훨훨 흩날리는가 하면, 흙먼지 모래가 뽀얗게 솟구치고 바윗돌이 데굴데굴 사면팔방 제멋대로 굴러다니는 것이다.

그야말로 굉장한 바람, 여느 때 겪어보던 보통 바람과는 도저히 비교할 수 없는 미치광이 돌개바람이었다.

버들가지 꺾여나가고 꽃떨기 다치며, 온전하던 숲은 형체가 허물어지고 나무는 뿌리째로 쓰러진다.

구중궁궐 전각에는 담벼락이 무너져 내리고 담장이 통째로 주저앉으며, 오봉루 대들보가 뒤흔들리고 네 기둥뿌리가 요동친다.

하늘가의 붉은 태양이 빛을 잃고, 대지에는 싯누런 모래가 날개 돋친 듯 뽀얗게 흩날린다.

연무청 앞뜰에는 무장들이 놀라 허둥거리고, 회문각(會文閣)

안의 문관들이 두려움에 질려 떤다.

삼궁의 어여쁜 시녀들 곱게 가다듬은 청사(靑絲, 머리카락)를 어지럽히고, 육원의 비빈들은 아리따운 쪽이 흐트러진다.

후작·백작 금관에 수놓은 갓끈이 떨어지고, 재상님들 오사모 감투 뿔이 날개처럼 휘어진다.

당가관은 아뢸 말씀이 있어도 입을 떼지 못하고, 황문관은 문서를 손에 쥔 채 전할 길이 없다.

금어(金魚)와 옥대(玉帶)가 반열대로 서지 못하고, 상간(象簡)과 나삼(羅衫)은 품계를 분별하지 못한다.

채색 누각 푸른 병풍이 모조리 손상당하고, 초록빛 창틀과 붉은 칠 먹인 대문짝이 어수선하게 깨어졌다.

금란전에는 기왓장이 벗겨지고 벽돌이 날아다니며, 금운당(錦雲堂) 문짝이 뒤틀리고 문틀마저 산산조각났다.

한바탕 불어닥친 바람의 기세 과연 흉흉하니, 군왕 부자(父子)도 서로 찾기 어려우며,

육가 삼시(六街三市) 길거리 장터에는 사람의 종적 끊기고, 만호 천문(萬戶千門) 집집마다 대문짝 굳게 닫혔구나!

이렇듯 모진 광풍이 맹렬한 기세로 휘몰아칠 때, 손행자는 또다시 신통력을 드러내어 금고봉으로 하늘을 쑤셔대기라도 하듯 불쑥 허공을 가리켰다. 두번째 신호가 떨어지자, 안개구름을 맡은 신령들이 움직이기 시작했다.

추운동자, 포무낭군이 손을 쓴다.

추운동자가 신령한 위엄을 나타내니, 우두둑 뼈마디 으스러지

듯 바윗돌을 건드려 하늘에 드리우고,

　　포무낭군이 법력을 베푸니, 짙디짙은 안개 연기 흩뿌려 대지를 막막하게 뒤덮는다.

　　어둠이 삼시를 망망하게 휩싸고, 시야를 야금야금 먹어들면서 육가는 몽롱하게 혼돈에 잠긴다.

　　바람이 해상을 버리고 떠나가니, 빗물 따라 곤륜산의 옥돌이 돋아나온다.

　　안개구름은 삽시간에 천지를 온통 뒤덮고, 잠깐 사이에 속진에 더럽혀진 세상을 가린다.

　　완연히 혼돈 세계를 이루었으니, 임금 계신 오봉루의 문짝조차 보이지 않는다.

짙은 안개가 몽롱하게 깔리고, 두터운 먹구름이 자욱이 뒤덮여 아무것도 보이지 않을 무렵, 손행자는 다시 한번 금고봉을 번쩍 들어 허공을 가리켰다. 등천군의 휘하 뇌공과 전모[5]가 황급히 손을 쓰기 시작했다.

　　뇌공이 분노하고 전모가 성을 낸다.
　　분노한 뇌공은 불덩어리 화수(火獸)를 거꾸로 몰아 천관(天關) 아래로 치닫고, 성난 전모는 금사(金蛇)를 마구 다루어 두우궁(斗牛

---

5 뇌공·전모: 뇌공(雷公)의 모습은 『산해경(山海經)』 「해내동경(海內東經)」에 "용의 몸뚱이에 사람의 머리를 지니고, 그 뱃가죽을 두드리면 우레가 되며 그 소리가 5백 리까지 들린다" 하였는데, 그 전신은 상고 시대 황제(黃帝)가 치우(蚩尤)와 싸울 때 동해 유파산(流波山)에서 잡은 기우(夔牛)란 짐승의 가죽으로 북을 만든 데서 유래되었다고 한다. 전모(電母)는 벼락을 맡은 여신으로, 『송사(宋史)』 「의위지(儀衛志)」와 『원사(元史)』 기록에 따르면, "방울 달린 깃발에 전모의 형상을 그리되, 분홍빛 저고리에 자줏빛 치마, 흰 바지를 입은 여인의 모습으로 양손에 번갯불을 갈라 잡고 있다"고 하였다.

宮)을 떠나게 한다.

후다닥뚝닥! 벼락 소리 요란하니 철차산(鐵叉山)을 뒤흔들어 부수고, 찌지직찌익! 번갯불 섬광의 붉은 비단폭이 동양대해를 가로질러 날아온다.

휘리릭휘리릭! 어렴풋이 수레바퀴 구르는 소리에, 번쩍번쩍! 눈부시게 휘황찬란한 빛줄기가 바람결에 나부끼는 쌀 낟알 같다.

온갖 식물의 싹이 움터나오고 온갖 생물은 정신이 번쩍 들며, 무수한 곤충들이 숨어 있던 땅 속에서 버르집고 기어나온다.

임금과 신하들이 뒤범벅으로 섞여 놀라운 마음을 가라앉힐 길 없고, 장터의 장사치들도 그 소리에 겁을 먹고 간담이 오그라든다.

"우르르르, 쿵쾅! 콰다당, 콰다당!"

무겁디무거운 뇌성벽력, 불기둥 같은 번갯불의 섬광이 대지를 갈라 놓고 산사태라도 일으킬 듯한 기세로 그칠 새 없이 떨어지니, 도성 안의 사람들은 공포에 질린 나머지 집집마다 향을 사르고 지전을 태우면서 벼락이 피해가기를 빌고 또 빌었다.

손행자가 고함을 쳤다.

"등천군! 나 대신에 뇌물 받아먹고 법을 굽히는 탐관오리, 부모에게 불효하는 오역지배(忤逆之輩)를 낱낱이 색출해서 한 놈이라도 더 벼락을 때려죽여 뭇 백성들에게 본보기로 보여주시오!"

뇌성벽력은 갈수록 더욱더 심해졌다. 손행자가 또다시 철봉을 번쩍 들어 허공을 가리켰다. 신호에 따라 네번째로 등장한 것은 사해 용왕들이다.

용신이 호령을 베푸니, 억수 같은 장대비가 온 세상 천지를 뒤덮는다.

그 기세 은하수 강물이 천참(天塹)으로 쏟아져 드는 듯하고, 빠르기는 뜬구름이 해문(海門)으로 흘러 달아나는 듯하다.

누각 처마 끝에도 후드득후드득 빗방울 듣는 소리, 창밖에도 쏴르르쏴르르 빗줄기 때리는 소리.

하늘 위의 은하수가 쏟아져 내리니, 길거리 앞에는 흰 물결이 도도하게 출렁거린다.

철철철철 흘러내리는 물소리가 마치 항아리 독을 고르느라 두드리는 소리와 같고, 콸콸콸콸 용솟음치는 소리가 세숫대야 물을 쏟아버리는 소리와 같다.

외떨어진 마을의 집채가 물에 잠기고, 벌판 기슭의 다리조차 파묻혀 평지를 이루었다.

이야말로 '뽕나무밭이 망망한 바다로 바뀐다(桑田滄海)' 하더니, 순식간에 육지 언덕이 물에 잠겨 거센 파도가 출렁댄다.

신룡들이 이 능력으로 손행자를 도와주니, 장강의 흐름을 떠메어다 하계에 쏟아 부은 셈이 되었다.

이 비는 진시(辰時, 7시)부터 시작해서 오시(午時, 12시) 전후가 될 때까지 계속해서 퍼부었다. 어찌나 많이 쏟아졌던지 차지국 도성 안팎 할 것 없이 거리거리마다 온통 물에 잠겨버리고 말았다.

비가 이쯤 내리자, 마침내 국왕의 입에서 명령이 떨어졌다.

"그만하면 되었다! 비는 흡족하니 그치게 하라고 전달해라. 더 이상 퍼부었다가는 오히려 볏모가 물에 잠겨 못 쓰게 만들겠다."

오봉루 아래 대기하고 있던 청사관(聽事官)이 장대비를 무릅쓰고 말을 휘몰아 제단 밑으로 달려갔다.

"성승! 비는 이제 흡족하니 그만 내리게 하시랍니다!"

말투가 판연히 달라졌다. 손행자는 이 말을 듣고 다시 한번 금고봉으로 하늘을 가리켰다.

마지막 다섯번째 신호, 상황은 눈 깜짝할 사이에 바뀌어 뭇사람들을 공포에 떨게 만들었던 뇌성벽력이 뚝 그치고 바람이 순식간에 잦아드는가 하면, 억수같이 퍼붓던 장대비가 흐트러지고 먹구름도 한순간에 걷혔다.

국왕의 만족과 기쁨은 이루 형언할 길이 없었다. 문무백관들도 모두 혀가 닳도록 칭찬을 아끼지 않았다.

"과연 훌륭한 화상이다! 이야말로 '뛰는 놈 위에 나는 놈 있다'더니, 과연 그 말이 헛되지 않았구나. 우리 국사님이 비를 내리게 할 때에도 비록 영험이 있었기는 하다만, 날이 개고 나서도 역시 반나절 동안 부슬비가 계속 내리고 말끔하게 갠 적이 없었는데, 이 화상은 어떻게 날씨더러 개라 하면 그 즉시 반짝 개어 삽시간에 밝은 해가 나타나고, 만리 창공에 구름 한 조각 없게 해놓을 수 있단 말인가?"

국왕은 금란전으로 어가를 돌렸다. 그리고 통관 문건에 옥새를 찍어 당나라 스님 일행을 떠나보내도록 했다. 통행증을 놓고 어보를 찍으려 할 때였다. 국왕은 또다시 세 도사가 앞을 가로막는 바람에 손길이 멈춰지고 말았다.

"폐하, 이번에 내린 비는 절대로 저 화상의 공로가 아니라, 우리 도문(道門)의 힘으로 이루어진 것이었습니다."

호력대선의 제지에, 국왕은 이렇게 반문했다.

"아니 국사, 아까는 용왕들이 집에 없어 비를 내리게 할 수 없다고 하지 않으셨소? 그래서 저 화상이 제단에 올라 조용히 기도를 올린 결과 당장에 비가 내렸는데, 이제 와서 저 화상들과 새삼스레 공로를 다투려 하는 까닭이 무엇이오?"

"제가 단상에 올라 문서를 하늘에 올려보내고 부적을 태우고 영패를 쳤는데, 그 용신들이 어찌 감히 달려오지 않을 수 있겠습니까? 그들이 당장 나타나지 않았던 까닭은 분명 어느 집에 초청을 받아 때마침 풍운 뇌우를 맡은 신령들까지 모두 집에 없었기 때문일 것입니다. 그리고 제가 영패를 울리자, 그 소리를 듣고 뒤늦게 달려오고 있었는데, 이때 공교롭게도 내가 단상에서 내려오고 저 화상이 올라갔던 것입니다. 이래서 기회가 맞닥뜨려 비가 내린 것인데, 전후 사실을 따지고 보면 결국 내가 용신을 불러서 내린 비가 아닙니까? 그런데 어찌 저 화상의 공로라 할 수 있겠습니까?"

국왕은 천성이 워낙 흐리멍덩한 사람이라, 그 말을 듣고 어느 쪽을 믿어야 좋을지 모른 채 또 망설이기 시작했다.

이때 손행자가 앞으로 한 걸음 썩 나서더니 두 손 모아 합장을 하고 이렇게 아뢰었다.

"폐하, 그따위 좌도 방문의 술법으로는 공과를 이루지 못합니다. 이제 와서 비를 내린 공로가 네 것이니 내 것이니 따질 필요가 없습니다. 사해 용왕들은 아직도 공중에 모습을 감추고 숨어 있습니다. 소승이 놓아보내지 않은 이상, 저들은 감히 돌아갈 엄두를 내지 못할 것입니다. 만약 국사 나으리께서 용왕들을 불러내어 이 자리에 본신을 나타내게만 할 수 있다면, 그 공로는 저 국사의 것이라고 해도 좋습니다."

이 말을 듣고 국왕은 크게 기뻐했다.

"과인이 이십삼 년 동안 황제 노릇을 해보았어도, 살아 있는 용이 어떻게 생겼는지 그 모습을 본 적이 없었다. 불교 도교를 막론하고 그대들 쌍방에서 어느 편이든지 법력을 드러내어 용을 불러 보일 수 있다면 공로를 그편으로 돌릴 것이요, 불러내지 못한 쪽은 기군망상(欺君罔上)

의 죄로 다스리겠노라!"

 호력대선이 그 말씀에 펄쩍 뛰었다. 하찮은 도사 따위가 무슨 재주로 바다의 용왕더러 정체를 드러내라 명령할 수 있단 말인가? 설령 그런 재간이 있다 하더라도, 제천대성께서 버티고 있는 자리에 용왕들이 어디 감히 얼굴을 내밀겠는가? 호력대선은 손행자를 돌아보고 이렇게 말했다.

 "우리는 못 하겠으니, 네가 불러내보아라!"
 "좋소, 내가 불러내보지!"
 손행자는 자신 있게 고개를 쳐들고 허공을 우러러보면서 매서운 목소리로 외쳐 불렀다.
 "오광은 어디 계신가! 여러 형제 분이 한꺼번에 원신을 나타내 보이시오!"
 사해 용왕들은 자기네를 부르는 소리를 듣자, 황급히 정체를 드러냈다. 그야말로 기막힌 장관, 네 마리의 용이 반공중에서 휘황찬란한 몸뚱이를 드러낸 채 안개를 넘나들고 구름을 헤쳐가며 금란전 상공에서 날 듯이 춤을 추기 시작했다.

 날고 솟구치는 변화 술법에, 안개가 사방으로 감돌고 구름이 서려 휘감긴다.
 옥 같은 발톱에는 흰 갈고리 드리우고, 은빛 비늘이 춤추되 거울같이 해맑다.
 나부끼는 수염이 흰 비단폭을 펼친 듯 가닥가닥이 시원스럽고, 꼿꼿하게 돋아나온 뿔 한 쌍은 고매한 기품 드리워 깨끗하기 이를 데 없다.
 불쑥 튀어나온 이마는 두드리면 돌소리가 날 것처럼 단단하고,

휘둥그런 두 눈동자가 번쩍번쩍 빛난다.

안개구름 속에 숨었다가 나타나는 품이 이루 헤아릴 수 없을 지경이요, 날고 솟구쳐 오르는 품은 무어라 형언하기 어렵다.

비를 빌면 아무 때나 비구름을 펼치고, 날씨가 개기를 바라면 당장에 맑은 날씨를 만든다.

이것이야말로 성령을 두루 갖춘 참된 용의 형상이니, 상서로운 기운이 궁전 뜰 앞에 분분하게 감돈다.

국왕은 금란전 위에서 분향하고, 여러 공경 대신들은 섬돌 아래 무릎 꿇고 조배의 예를 올렸다.

"고귀하신 몸이 강림하여 수고해주셨소. 훗날 과인이 제사를 올려 사례할 것이니, 이제는 돌아가게 해주시오."

국왕의 말씀을 손행자가 다시 전한다.

"용신 여러분! 이제 각자 바다로 돌아가셔도 좋소. 이 나라 국왕 폐하께서 훗날 제사를 올려 사례하겠다고 언약하셨소."

사해 용왕들은 제각기 바다로 돌아갔다. 등천군도 여러 신령들을 거느리고 하늘로 돌아갔다.

이야말로 '참된 묘법을 광대무변하게 펼쳤으니, 진성(眞性)을 다하여 좌도 방문의 거짓 도를 깨뜨린다'는 격이다.

삼장 일행이 과연 요사스런 도사들을 어떻게 제거할 것인지, 다음 회에서 풀어보기로 하자.

제46회 외도가 강한 술법으로 농간 부려 정법을 업신여기니, 심원은 성스러운 법력으로 사악한 도사들을 파멸시키다

국왕은 손행자가 용왕들을 마음대로 불러내고 신령들까지 다루는 술법을 지니고 있는 것을 보자, 통관 문건에 옥새를 찍어주어 삼장 일행을 서방 세계로 떠나보내려 했다.

이를 보고 세 도사가 황급히 금란전으로 달려나오더니 무릎 꿇고 엎드려 국왕에게 큰절을 올리면서 무슨 말인가 아뢰려고 했다. 오만무례하고 방자하기 짝이 없는 국사들이 이처럼 대례를 올린 것은 난생처음 보는 일이라, 국왕은 당황한 나머지 부리나케 용상에서 내려와 손수 도사들을 부축해 일으켰다.

"국사님들, 무슨 까닭으로 오늘은 이처럼 정중하게 큰 예를 올리시오?"

도사가 이렇게 말했다.

"폐하, 저희들이 이 나라에 들어와서 사직을 널리 돕고 나라를 보호하여 만백성이 편안하게 살아가도록 애를 써온 지 벌써 이십여 년이나 되었습니다. 그런데 오늘 저 화상들이 법력을 나타내어 저희가 차지해야 할 공로를 빼앗아가고, 지난 이십여 년 동안 고난을 겪어가며 쌓아온 저희들의 명성을 더럽혔습니다. 이제 폐하께서 비 한번 내렸다고 해서 저 화상들의 살인죄를 가볍게 용서하신다면 이는 저희들을 너무 업신여기시는 처사가 아니겠습니까? 바라옵건대 폐하께서는 저들의 통관 문건을 잠시 보류해두시고, 다시 저희 형제들과 더불어 법력으로 내기를 하도록 허락해주심이 어떠하겠습니까."

국왕은 확실히 결단력이 약했다. 쌍방을 앞에 두고 이쪽에서 이 말을 하면 이리로 귀가 쏠리고, 저쪽에서 저런 말을 하면 그리로 귀가 쏠리는 그런 흐리멍덩한 위인이었다. 지금도 세 도사의 말을 듣고 귀가 솔깃한 나머지, 정말로 삼장 일행의 통관 문건을 다시 거두어 한곁에 젖혀놓고 이렇게 묻는 것이다.

"국사님, 저 화상들과 무슨 내기를 하실 작정이오?"

호력대선이 먼저 대답했다.

"좌선(坐禪)으로 겨뤄볼까 합니다."

이 말에 국왕은 펄쩍 뛰었다.

"아니되오. 국사님께서 잘못 생각하셨소. 이 화상들은 바로 선교(禪敎) 출신이라, 무엇보다 선기(禪機)에 능통할 거요. 그러니까 대 당나라 조정의 칙명을 받들고 경을 구하러 가는 길인데, 국사님이 어떻게 그런 내기를 하겠다 하시오?"

그러나 호력대선은 침착하게 조건을 덧붙였다.

"제가 말씀드리는 좌선이란, 보통과는 다른 것입니다. 이 좌선에는 '운제현성(雲梯顯聖)'이란 별명이 붙어 있습니다."

"운제현성이라니, 그건 어떻게 하는 좌선법이오?"

"탁자 백 개를 준비해서 한쪽에 오십 개씩 쌓아올려 좌대를 두 군데 세워놓고 그 위에 올라가 앉되, 손으로 짚고 기어올라가도 안 되고 사다리를 딛고 올라가서도 안 되며, 반드시 구름을 타고 올라가야 합니다. 그렇게 일단 좌대에 올라앉으면 약정한 몇 시간 동안 꼼짝달싹도 하지 않고 좌선을 해야 하는 것입니다."

국왕이 가만 생각해보니, 이게 보통 어려운 일이 아닌 듯싶었다. 그래서 삼장 일행에게 전지를 내려 그 의향을 물었다.

"이것 보시오, 화상들! 우리 국사님께서 그대들과 '운제현성'이란 좌선법으로 겨뤄보자는데, 그런 좌선을 할 줄 아시오?"

손행자는 이 말을 듣고 생각에 잠긴 채 입 다물고 대꾸하지 않았다.

곁에서 저팔계가 묻는다.

"형님, 어째 대답이 없으시오?"

손행자는 귓속말로 이렇게 말했다.

"여보게, 자네한테만 솔직히 말해줌세. 사실 내가 하늘을 걷어차고 땅을 농락하거나, 바다를 휘젓고 강물을 뒤엎거나, 산을 떠메다가 옮겨 놓고 달을 쫓아버리거나, 북두칠성 별자리를 바꿔치고 옮겨놓는 일 따위의 재간이라면 얼마든지 해낼 수 있네. 또 머리통을 베어내거나 배를 가르고 염통을 후벼내는 등, 무슨 장난질을 다 치더라도 전혀 겁이 나거나 두렵지 않네. 다만 한 가지, 좌선으로 내기를 하자면 나는 한마디로 졌다고 두 손 들고 말 걸세. 나한테 어디 그런 참을성이 있단 말인가? 자네가 나를 쇠기둥에 사슬로 묶어놓는다 치세. 그럼 나는 무슨 수를 써서라도 위로 빠져나오거나 아래로 기어나오면 나왔지, 한군데 오래 묶인 채 앉아 있을 생각은 꿈에도 해본 적이 없네."

이때 곁에서 삼장 법사가 입을 열었다.

"좌선이라면 내가 할 수 있다."

손행자가 이 말을 듣고 반색했다.

"그거 아주 잘되었습니다! 잘됐어요! 한데 사부님은 몇 시간이나 앉아 계실 수 있습니까?"

"나는 어렸을 적에 선승(禪僧) 한 분을 만나 강도(講道)를 전수받았고, 생명의 근본에 있어 정성존신(定性存神)하는 방법을 배웠기 때문에, 아무리 생사가 엇갈리는 관문에 처해 있더라도 이삼 년 동안은 앉아 견딜 수 있다."

"하하! 사부님이 이삼 년씩이나 앉아 계신다면, 우리가 어느 세월에 경을 얻어온단 말입니까? 기껏 길어봤자 두세 시간쯤이면 도로 내려오실 수 있을 겁니다."

"한데 애야, 나는 구름을 타고 올라갈 수 없구나."

"먼저 국왕 앞에 나가서 응낙부터 하십쇼. 제가 모시고 올라갈 테니까요."

그제야 삼장은 가슴에 두 손 얹어 합장하고 국왕 앞으로 나아갔다.

"빈승이 좌선을 할 줄 아옵니다."

이윽고 좌선대를 쌓아올리라는 어명이 떨어졌다. 국왕의 명령 한마디면 산악도 무너뜨릴 만한 힘이 있을 터, 이래서 한 시간도 못 되는 사이에 금란전을 중심으로 그 좌우 양쪽에 탁자 50개씩 쌓아올린 좌선대 두 군데가 세워졌다.

호력대선이 금란전에서 내려와 섬돌 한가운데 우뚝 서더니, 몸을 솟구쳐 한 떨기 석운(席雲)을 일으켜 타고 서쪽에 자리잡은 좌선대로 먼저 올라가 앉았다.

그 다음에는 삼장 법사가 올라갈 차례, 손행자는 솜털 한 가닥을 뽑아 그것을 자기 모습으로 탈바꿈시켜 저팔계와 사화상 곁에 나란히 세워놓고, 자신은 다섯 가지 빛깔의 상운(祥雲)으로 둔갑하더니, 스승을 부여안고 허공으로 두둥실 떠올라 동쪽 좌선대에 모셔 앉혔다. 그리고 자신은 또다시 한 마리의 각다귀로 변신하여 좌선대 밑으로 날아 내려와 저팔계의 귓등에 내려앉은 다음 아무도 들리지 않게 귓속말로 이렇게 당부했다.

"여보게, 자네는 여기서 사부님의 동태를 자세히 지켜보고 있게. 곁에 세워놓은 가짜 손선생한테 말을 걸어서는 절대로 안 되네."

미련퉁이가 히죽 웃어가며 고개를 끄덕였다.

"알아들었소! 잘 알았어!"

한편, 둘째 국사 녹력대선은 비단 방석에 앉은 채, 동쪽과 서쪽 좌선대에 앉아서 대결하고 있는 두 사람을 한참 동안이나 지켜보고 있었으나, 승부는 좀처럼 쉽게 판가름날 기미를 보이지 않았다. 초조해진 그는 사형 호력대선을 거들어주어 결판을 내고 싶은 생각이 들어, 뒤통수에서 머리카락 한 오리를 뽑아 꼬깃꼬깃 뭉치더니, 그것을 동쪽 좌선대에 편안히 좌선하고 있는 삼장 법사를 향해 퉁겨 날려보냈다. 머리터럭은 곧바로 삼장의 뒷덜미에 떨어지기가 무섭게 큼지막한 빈대 한 마리로 변하더니, 인정사정 없이 살갗을 물어뜯기 시작했다.

한참 좌선에 몰입해 있던 삼장 법사는 처음에는 근질근질한 느낌만 받았으나, 그 가려움증은 이내 아픔으로 바뀌어 뒤통수 덜미 할 것 없이 마구 옮겨 다니면서 쿡쿡 쑤셔대기 시작하였다. 삼장은 손을 뒤로 뻗어 한바탕 시원하게 긁고 싶은 충동이 일었으나 꾹 참고 견뎌야만 했다. 원래 참선으로 공력을 시험할 때는 손을 움직여도 안 되는 법, 손가락 하나 까딱했다가는 그것으로 지기 때문이다. 느닷없이 생겨난 아픔을 견디다 못한 그는 자라목을 움츠리고 뒷덜미 옷깃으로 가려운 곳을 비벼대기 시작했다.

스승이 이상한 행동을 보이자, 좌선대 밑에서 지켜보던 저팔계가 흠칫 놀라 막내에게 속삭였다.

"이크, 저런! 사부님이 간질병을 일으킨 모양일세!"

사화상이 딴죽을 걸었다.

"아니요, 두통이 나셔서 저러실 거요."

미련퉁이의 귓등에서 손행자의 목소리가 들려왔다.

"우리 사부님은 의지가 굳세고 성실하신 군자일세. 한번 좌선을 할 수 있다고 말씀하셨으면 딱 부러지게 하실 분이고, 못 하겠다 하시면 못하시는 분이네. 그런 군자 되시는 분이 어찌 한번 뱉은 말을 어기겠나? 내가 올라가보고 올 테니, 자네들은 잠자코 여기서 기다리고 있게."

용감하게 '앵!' 하고 날아오른 손행자가 당나라 스님의 머리 위에 내려앉아 살펴보았더니, 콩알만큼씩이나 커다란 빈대 한 마리가 스승을 마구 물어뜯고 있는 것이 아닌가! 그는 황급히 손으로 그 빈대를 짓뭉 개버리고 가려운 데를 더듬어가며 긁어주었다. 삽시간에 가려움증이 싹 가시고 아픈 것도 씻은 듯 사라지자, 삼장 법사는 그제야 좌선대에 단정한 자세로 앉아 참선을 계속할 수 있었다.

빈대를 눌러 죽인 손행자는 속으로 이런 생각이 들었다.

'사부님은 훌떡 벗겨진 대머리라 이 한 마리도 범접하지 못할 터인데, 어디서 이런 냄새 고약한 빈대가 낄 수 있단 말인가? 아무래도 저놈의 도사가 무슨 농간을 부려 우리 사부님께 골탕을 먹인 것이 분명하다. 오냐, 좋다! 이렇게 쌍방이 마냥 버티고 있어봤자 어차피 승부가 나지 않을 테니, 이번에는 내가 반대로 네놈을 한번 골탕 먹여보마!'

'앵!' 하고 다시 날아오른 손행자가 금란전 처마 끝, 짐승 모양의 막새기와에 내려앉더니 몸을 한 번 꿈틀해 가지고 이번에는 길이 일곱 치쯤 되는 지네로 둔갑한 다음, 서쪽 좌선대로 건너가 호력대선의 콧구멍 속으로 파고들어 한 방 호되게 쏘아주었다. 난데없는 지네의 독침에 쏘인 늙은 도사, 제아무리 정력(定力)이 뛰어나다 한들 그 돌발적인 충격을 무슨 수로 참고 견뎌내랴! 좌불안석이 되어 상체가 기우뚱기우뚱 흔들리던 그는 이내 몸뚱이를 훌떡 뒤집고 좌선대 아래 지상으로 곤두박질쳐 떨어지고 말았다. 갑작스런 추락에 놀란 관원들이 황급히 달려가 받아내었으니 망정이지, 호력대선은 하마터면 그 알량한 목숨까지 잃어버릴 뻔했다. 국왕은 대경실색, 부랴부랴 국사를 문화전(文華殿)으로 보내어 머리에 난 상처를 치료시키고 몸을 씻기도록 수배했다.

손행자는 그제야 구름을 일으켜 타고 스승을 앉은 채로 모셔다가 섬돌 아래 내려섰다. 결국 한판 승부는 삼장의 완벽한 승리로 끝난 셈이었다.

국왕이 다시 통관 문건을 꺼내 옥새를 찍고 삼장 일행을 놓아보내려 했으나, 이번에는 둘째 국사 녹력대선이 달려나와 아뢰었다.

"폐하, 제 사형은 본래 중풍기가 다소 있는 몸이라, 높은 곳에 올라가서 하늘 바람을 쐬었더니 그 병이 다시 도졌기 때문에, 저 화상이 이기게 된 것입니다. 잠시만 저들을 붙잡아두시면, 제가 '격판시매(隔板猜枚)'의 술법으로 저자들과 또 한번 내기해보겠습니다."

국왕이 뜨악한 기색으로 묻는다.

"격판시매라니, 그건 또 무슨 술법이오?"

"빈도는 널빤지를 사이에 두고 그 반대편에 감추어둔 물건이 무엇인지 알아맞히는 술법을 지니고 있습니다. 저 화상도 그런 술법을 쓸 줄 아는지 한번 내기해보아서, 만약 저자가 빈도를 이길 경우에는 놓아보낼 것이로되, 알아맞히지 못할 때에는 폐하께서 합당한 죄목으로 다스리시어 저희 형제들의 원한을 풀어주시고, 지난 이십 년 동안 이 나라를 보호해온 은덕을 욕되지 않게 해주소서."

국왕은 참으로 줏대 없는 아둔한 사람이었다. 이번 역시 삼장 일행을 함정에 빠뜨리는 소리를 듣고도 분간하지 못한 채, 또 한번 명령을 내려 '격판시매'의 술법을 겨루어보도록 준비시키는 것이었다.

"여봐라! 주홍칠을 먹인 궤짝 한 개를 마련하여 내관으로 하여금 후궁으로 떠메다가 황후를 시켜 아무도 모르게 그 궤짝 속에 보물 한 가지를 감추어 넣게 하고 다시 이리로 내오도록 하라!"

얼마 안 있어 주홍칠을 입힌 궤짝 하나가 백옥 계단 섬돌 아래 놓였다. 국왕은 삼장 일행과 녹력대선에게 분부를 내렸다.

"그대들 쌍방은 각각 법력을 써서 이 궤짝 속에 무슨 보물이 들어 있는지 알아맞혀보시오."

삼장이 제자들을 돌아보면서 걱정스럽게 물었다.

"얘들아, 이거 안 되겠다. 저 궤짝 속에 무엇이 들어 있는지 내가 어떻게 알아맞힐 수 있단 말이냐?"

손행자가 상광을 거두어들이고 각다귀로 둔갑하더니 스승의 머리 위에 날아가 앉았다.

"사부님, 안심하십쇼. 제가 들어가서 알아보고 오겠습니다."

'앵!' 하고 다시 날아오른 손행자, 앙큼스럽게도 우선 궤짝 뚜껑 위로 날아간 다음, 여섯 발로 살금살금 기어내려가 살펴보았더니, 과연 짐작했던 대로 궤짝 다리 밑 널빤지 이음새에 틈이 벌어져 있었다. 그는 틈서리로 살그머니 비집고 들어갔다. 궤짝 속에 감추어진 보물이란 것은 궁의(宮衣) 한 벌, 곧 황후가 입는 정장으로 산하사직(山河社稷)을 수놓은 비단 저고리와 건곤지리(乾坤地理)를 수놓은 치마 한 벌이 붉은 칠을 입힌 쟁반 위에 차곡차곡 얌전히 개켜져 있었다. 손행자는 두 번 생각해볼 것도 없이 손으로 치마 저고리를 집어다가 잡아뜯고 갈기갈기 찢어놓은 다음, 혓끝을 깨물어 피를 한 모금 확 내뿜으면서 외마디 호통을 쳤다.

"변해라!"

발기발기 찢기고 뜯겨나간 치마 저고리는 눈 깜짝할 사이에 절간에서 범종(梵鐘)을 씌우는 누더기 덮개로 바뀌고 말았다. 손행자는 떠나기에 앞서 또다시 오줌을 한바탕 잔뜩 갈겨놓고 나서 널빤지 틈서리를 통해 빠져나와, 당나라 스님의 귓바퀴에 날아가 앉았다.

"사부님, 절간에서 범종을 덮어씌우는 누더기라고 대답하십쇼!"

삼장이 사뭇 뜨악한 기색으로 이렇게 물었다.

"아니, 저기엔 보물이 들어 있다고 했는데, 누더기 덮개가 무슨 보물이란 말이냐?"

"그런 건 모른 척하시고, 알아맞히기만 하시면 되지 않습니까?"

맏제자가 자신 있게 말하니, 삼장도 어쩔 수 없이 그대로 대답하려고 앞으로 나섰다.

이때 녹력대선이 앞질러 나서면서 이렇게 대답했다.

"빈도가 먼저 알아맞히겠습니다. 저 궤짝 속에는 산하사직의 비단 저고리와 건곤지리의 비단 치마가 한 벌씩 들어 있습니다."

그 다음에야 삼장의 차례가 돌아왔다.

"아닙니다. 궤짝 속에는 절간에서 범종을 덮어씌우는 누더기 덮개가 한 벌 들어 있습니다."

이 대답을 듣고 국왕은 버럭 역정을 냈다.

"무엄하구나, 화상! 우리나라에 어찌 보배가 없어 절간의 종에 덮어씌우는 누더기 조각을 보물이라고 넣었단 말인가! 괘씸한 것! 과인을 조롱하려고 마음먹고 그따위 대답을 하다니……! 여봐라! 저 화상을 당장 잡아 끓려라!"

국왕의 명령 한마디가 떨어지자, 좌우 양편에서 호위하고 있던 교위들이 한꺼번에 와르르 달려나오더니 삼장을 잡아 끓리려고 대들었다.

삼장은 이것 큰일났구나 싶어 황급히 두 손 모아 합장하며 외쳤다.

"폐하! 잠깐만 소승의 죄를 용서해주시고 궤짝부터 열어보소서! 안에 들어 있는 것이 과연 보물이라면, 소승도 죄를 달게 받을 것이오나, 그렇지 않다면 소승은 억울한 죄를 받는 것이 아니오리까?"

국왕이 듣고 보니 일리가 있는 말이라, 궤짝을 열어보라는 명령을 내렸다. 측근에 모시고 있던 당가관이 즉시 궤짝 앞으로 나서더니 뚜껑을 열어젖히고 그 안에서 붉은 칠을 먹인 쟁반을 떠받들어냈다. 아니나

다를까, 그 위에 놓인 것은 지린내가 풀풀 풍기는 넝마 조각, 절간에서 범종의 동체(胴體)를 덮어씌우는 누더기 한 벌이었다.

그것을 본 국왕이 노발대발하여, 펄펄 뛰기 시작했다.

"누가 이따위 더러운 물건을 이 속에 집어넣었느냐!"

용상 뒤편에서 삼궁 황후가 선뜻 달려나와 아뢰었다.

"주군! 소첩이 손수 넣은 산하사직 저고리와 건곤지리 치마가 어찌하여 이런 물건으로 변하였는지 알 길이 없나이다!"

국왕은 손을 내저었다.

"어처(御妻)는 물러가오! 과인도 생각하는 바가 있소. 궁중에서 쓰는 물건치고 능라주단 아닌 것이 없는데, 어떻게 이런 누더기 조각이 들어 있겠소?"

그리고 다시 명령을 내렸다.

"궤짝을 떠메고 따라오라! 이번에는 짐이 손수 보물 한 가지를 감춰놓고 또 한번 시험해볼 것이다."

황제는 후궁으로 돌아 들어가더니 어화원의 선도(仙桃) 복사나무에서 가장 잘 익은, 대접만큼이나 커다란 복숭아 한 개를 따서 궤짝 속에 집어넣고, 다시 떠메어다가 금란전 섬돌 아래 내려놓게 하더니 삼장과 녹력대선에게 무엇이 들어 있는지 알아맞히라고 하였다.

삼장은 난감한 기색으로 손행자를 돌아보았다.

"애야, 또 알아맞히라고 하는구나!"

그러나 손행자의 대답은 간단했다.

"걱정하지 마십쇼. 제가 또 가서 한번 보고 올 테니까요."

또다시 '앵!' 하는 소리를 내며 날아오른 손행자, 앞서 비집고 들어갔던 널빤지 틈서리를 뚫고 들어가보았더니, 이게 웬 떡이냐? 원숭이가 제일 좋아하는 선도 복숭아 한 개가 얌전히 놓여 있지 않은가! 손행자는 본래의 모습으로 돌아와 궤짝 밑바닥에 털썩 주저앉아서, 그 복숭아를 한입에 우적우적 다 씹어 먹은 다음, 딱딱한 씨껍질까지 핥고 빨고 해서 말끔히 먹어치우고 씨 한 알만 덩그러니 남겨둔 채, 다시 각다귀로 둔갑하여 빠져나왔다. 그리고 삼장 법사의 귓전으로 날아가 이렇게 속삭였다.

"사부님, 그저 복숭아씨라고만 대답하십쇼!"

삼장이 걱정스런 말투로 다짐을 두었다.

"애야, 나를 혼나게 하지 마려무나. 방금 전에도 입바른 소리를 했다가 잡아 끓려서 형벌을 받을 뻔하지 않았더냐? 이번에는 보물이라고 말해야 좋을 것이다. 그런데 복숭아씨라니, 그게 무슨 보물이 된단 말이냐?"

"겁내실 것 없습니다. 어쨌든 이기기만 하면 될 것 아닙니까?"

삼장이 막 입을 열려고 할 때였다. 이번에는 셋째 국사 양력대선이 불쑥 나서서 이렇게 아뢰었다.

"빈도가 먼저 알아맞히겠습니다. 저 궤짝 속에는 선도 복숭아가 하나 들어 있사옵니다."

그 뒤를 이어 삼장이 아뢰었다.

"복숭아가 아니라, 복숭아씨만 들어 있나이다."

이 대답에 국왕이 호통을 치며 꾸짖었다.

"짐이 손수 넣은 선도 복숭아를 어째서 씨밖에 없다고 하느냐? 이번에는 셋째 국사님께서 알아맞혔다!"

그러나 삼장은 순순히 물러서지 않았다.

"폐하! 궤짝 뚜껑을 열어보시면 아실까 하옵니다."

당가관이 또 궤짝을 떠메다 놓고 뚜껑을 열어젖혔다. 그리고 붉은 칠을 입힌 쟁반을 꺼내들고 보았더니 과연 복숭아씨가 한 개 놓였을 뿐,

복숭아는 껍질도 과육(果肉)도 어디로 사라졌는지 고스란히 없어지고 말았다. 그것을 본 국왕은 가슴살이 떨리고 숨이 막혀 목소리마저 제대로 나오지 않았다.

"국사님, 저 화상들과 더 이상은 내기를 하지 마시고 그냥 떠나보내도록 합시다. 과인이 손수 선도 복숭아를 따서 감춰놓았는데, 이제 남은 것은 씨 한 알뿐이니, 도대체 누가 그 안에 들어가서 먹어치웠단 말이오? 아무래도 귀신이 남모르게 도와주는 것 같소!"

저팔계가 이 말을 듣더니 사화상과 함께 코웃음치며 중얼거렸다.

"우리 형님이 노상 복숭아만 먹고 살아온 원숭이 친구라는 사실을 아직도 모르시는군!"

이렇듯 옥신각신 승강이를 벌이고 있을 때, 상처를 치료하고 몸을 씻으러 문화전으로 들어갔던 호력내선이 다시 나타나 전각 위로 올라서더니 남이 듣지 못하도록 국왕에게만 조용히 아뢰었다.

"폐하! 저 화상은 물건을 옮기다가 바꿔치는 술법을 알고 있습니다. 빈도가 이번에는 저들의 술법을 반드시 깨뜨려 보이고야 말겠습니다. 궤짝을 저 화상들이 알지 못하게 딴 곳으로 떠메다 놓고 빈도가 솜씨를 부려 다시 한번 내기를 걸어보겠습니다."

"국사님은 또 무슨 내기를 하시겠다는 거요?"

"저들의 술법으로는 물건을 바꿔칠 수 있겠으나, 산 사람의 몸뚱이는 바꿔치지 못할 것입니다. 빈도의 문하에 있는 도동(道童) 한 녀석을 궤짝 속에 숨겨놓고 그것마저 바꿔칠 수 있는지 없는지 시험해볼까 합니다."

국왕의 허락이 떨어지자, 호력대선은 어린 동자 한 명을 궤짝 속에 숨겨 가지고 뚜껑을 단단히 덮은 다음, 그것을 다시 금란전 백옥 계단 앞으로 떠메어다 옮겨놓았다.

"이것 보시오, 당나라 화상들! 여기 들어 있는 세번째 보물이 무엇인지 알아맞혀보시오!"

삼장은 또 한차례 궁지에 몰렸다.

"또 내기를 하자는구나!"

손행자가 각다귀 날개를 털고 날아올랐다.

"가만히 계십쇼. 제가 또 한번 가서 보고 알려드릴 테니까요."

손행자가 '앵!' 하고 날아가 궤짝 속으로 들어가보았더니, 이번에는 어린 동자 녀석이 하나 쭈그려 앉아 있다. 앙큼스런 손행자는 눈치 빠르기가 이만저만 아니요, 임기응변으로 둘러치는 재간 또한 천하에 둘째가라면 서러워할 인물인데다, 꾀가 말짱하기로는 인간 세상에 보기 드물다고나 할 것이었다. 동자 녀석을 발견한 그는 재빨리 몸을 꿈틀하고 흔들어붙여 늙은 도사 호력대선과 똑같은 모습으로 둔갑했다. 그리고 궤짝 안으로 들어서면서 동자 녀석을 불렀다.

"애야!"

어린 동자는 깜짝 놀라 벌떡 일어섰다.

"사부님, 어디로 들어오셨습니까?"

"놀라지 말아라. 나는 방금 둔신법을 써서 들어온 것이다."

"무슨 분부라도 계셔서 들어오셨습니까?"

동자 녀석의 물음에, 손행자는 시침 뚝 떼고 거짓말을 늘어놓기 시작했다.

"저 화상들이 네가 이 궤짝 속으로 들어오는 것을 보았단다. 그들이 또 알아맞혔다가는 우리가 또 지게 될 것 아니냐? 그러기에 내가 일부러 여기까지 들어와서 너하고 꾀를 하나 짜보겠다는 것이다."

"어떤 꾀 말씀입니까?"

"네 머리를 깎아버리자꾸나. 그리고 우리 편에서 먼저 '이 궤짝 속에 화상이 들어 있다'고 알아맞히면 될 것이다."

깜박 속아넘어간 동자 녀석이 제법 어른스럽게 대꾸한다.

"사부님께서 분부하시는 대로 따르겠습니다. 그래서 우리 편이 이기기만 하면 되지요. 만약 그 화상들한테 또 지게 되는 날이면, 우리 도교의 명성이 떨어질 뿐만 아니라, 조정에서도 사부님들을 존경하지 않을 것입니다."

"네 말이 옳다. 그럼 애야, 이리 오너라. 그놈들을 이기기만 한다면, 너에게 후한 상을 내리도록 하마."

손행자는 금고봉을 머리 깎는 칼로 둔갑시켜 들고 동자 녀석을 다소곳이 부여안았다. 그리고 입속으로 엄하게 분부를 내렸다.

"애야, 조금 아프더라도 참거라. 소리를 지르면 안 된다. 내가 네 머리를 까아주마."

그는 순식간에 동자 녀석의 머리를 한 오리도 남기지 않고 박박 밀어버렸다. 그리고 머리터럭은 둘둘 뭉쳐서 궤짝 한 모퉁이 틈서리에 처박았다. 칼을 다시 거두어 넣고 빤질빤질한 머리통을 쓰다듬어주면서 이리저리 훑어보다가, 그는 또 한 가지 생각에 미쳤다.

"애야, 머리 모양새는 화상들처럼 잘되었는데, 옷차림새가 영 걸맞지 않는구나. 옷을 벗어라. 내가 다른 옷으로 바꿔주마."

어린 동자가 입고 있는 것은 파뿌리처럼 하얀 빛깔의 운두화(雲頭花) 비단 바탕에 테두리를 수놓은 학창의(鶴氅衣) 도복이었다. '큰 스승'의 분부가 떨어지자, 철부지 동자 녀석은 그 말을 진짜로 알아듣고 옷가지를 훌훌 벗어놓았다. 손행자는 옷에다 선기 어린 숨결 한 모금을 내뿜으면서 외마디 호통을 쳤다.

"변해라!"

동자의 학창의는 순식간에 황토빛 누런 승복, 소매 짧은 직철로 탈바꿈했다. 그는 직철을 동자에게 입혀놓고 다시 솜털 두 가닥을 뽑아 목탁으로 둔갑시켜 손에 들려주며 이렇게 당부했다.

"애야, 내 말 잘 듣거라. 바깥에서 '동자야!' 하고 부르거든 절대로 뛰쳐나가선 안 된다. 만약에 '화상아!' 하고 부르는 소리가 들리거든, 그때 이 궤짝 뚜껑을 열어젖힌 다음, 목탁을 두드리고 불경을 외우면서 천천히 걸어나오너라. 그렇게 하면 일은 다 되는 것이다."

이 말을 듣고 어린 동자가 난처한 듯 고개를 갸우뚱한다.

"사부님, 저는 삼관경(三官經), 북두경(北斗經), 소재경(消災經)만 외울 줄 알 뿐, 불가의 경문은 외우지 못합니다."

"그렇다면 염불을 할 줄은 아느냐?"

"염불이오? '나무아미타불!' 그것쯤이야 누가 못 외우겠습니까?"

"오냐, 됐다! 염불을 할 줄 안다니 내가 애써 가르칠 것도 없겠다. 내가 한 말을 잘 명심하고 잊어버리지 말아라. 그럼 나는 이만 나간다."

또다시 각다귀로 둔갑한 손행자, 살그머니 궤짝 바깥으로 빠져나와 스승의 귓전으로 날아갔다.

"사부님, 됐습니다! '화상'이라고만 대답하십쇼!"

삼장은 이 말에 당장 풀이 죽어 시무룩해졌다.

"이번만큼은 저쪽이 이기겠구나······."

"어째서 그렇게 단정하십니까?"

"부처님의 경문에 뭐라고 씌어 있느냐? 불보(佛寶), 법보(法寶), 승보(僧寶)를 가리켜 '삼보(三寶)'라 했으니, 승려라면 역시 보배 중에 한 가지가 아니냐?"

이렇게 스승과 제자가 대화를 나누고 있을 때, 한쪽에서는 호력대선이 아뢰고 있었다.

"폐하, 세번째 보배는 도가의 동자이옵니다."

그리고 궤짝을 향해 의기양양하게 외쳐 불렀다.

"동자야! 어서 이리 나오너라!"

하지만 아무리 불러본들 나오는 기미가 없다. 연거푸 몇 차례나 불러도 다 소용없는 짓이었다.

호력대선이 당황한 기색을 짓고 있을 때, 삼장 법사가 합장하고 차분히 입을 열었다.

"궤짝 속에 들어 있는 것은 화상이옵니다."

저팔계도 그 말을 받아 목청이 터져라 하고 악을 썼다.

"궤짝 속에 들어 있는 것은 화상이다! 화상이야!"

그것을 신호로 궤짝 뚜껑이 활짝 열리더니, 머리를 빡빡 깎고 승복을 걸친 도동이 천연덕스레 목탁을 두드리고 염불을 외우면서 툭 뛰쳐나왔다. 양편 반열에 늘어서 있던 문무백관들이 신기하게 여긴 너머지 일제히 박수갈채를 퍼부으며 환호성을 질렀다. 국사 세 사람은 기절초풍을 하도록 놀라 두 눈이 휘둥그레지고 입만 딱 벌린 채 어찌할 바를 몰랐다.

국왕도 탄식을 금치 못했다.

"저 화상들에게는 귀신이 도와주고 있는 게 분명하구나. 궤짝에 들어간 도사가 어떻게 화상으로 바뀔 수 있단 말인가? 설령 누가 뒤따라 들어가서 머리쯤은 깎아줄 수 있다 하더라도, 의복마저 몸에 걸맞게 갈아입히고 염불까지 외우게 할 수 있단 말이냐……? 이것 보시오, 국사님! 저 화상들을 그냥 떠나보내도록 합시다!"

그러나 호력대선은 완강하게 고집을 부렸다.

"폐하! 어찌 되었든 쉽사리 놓아주어서는 안 되옵니다. 속담에도 '바둑에 호적수를 만나고, 장수가 대적할 만한 좋은 인재를 만난다(棋逢對手, 將遇良材)' 하지 않았습니까. 빈도는 종남산(終南山)¹에서 어릴 적부터 배운 무공을 가지고 내친김에 저 화상들과 다시 한번 겨뤄보겠습니다."

"무공이라니, 어떤 무공 말이오?"

국왕이 묻자, 호력대선은 엄청난 제의를 했다.

"우리 삼형제는 모두 신통력을 지니고 있사옵니다. 목을 베었다가 도로 붙이는 재주, 배를 갈랐다가 도로 아물게 하는 재주, 펄펄 끓는 기름 가마솥에 들어가 목욕하는 재주가 바로 그것입니다."

이 말에, 국왕이 펄쩍 뛰었다.

"아니, 그 세 가지 모두 죽음을 자초하는 길이 아니오?"

"저희들에게는 그와 같은 법력이 있으니까, 이렇게 장담하는 것입니다. 맹세코 저 화상들과 끝까지 겨뤄보고야 말겠습니다!"

호력대선이 죽기를 각오하고 맹세하니, 국왕도 어쩔 도리가 없다. 그는 삼장 일행을 돌아보고 의향을 물었다.

"동녘 땅에서 오신 화상! 우리 국사님이 그대들을 놓아보내지 못하겠노라 하셨소. 또 한차례 그대들과 목베기, 배가르기, 끓는 기름 가마 속에서 목욕하기로 승부를 겨뤄보겠다 하시는데, 이 도전을 받아들이겠소?"

---

1 종남산: 도교에서 으뜸가는 복지(福地)로 일컫는 산. 지금의 섬서성(陝西省) 서안시(西安市) 남쪽 40킬로미터 지점에 자리잡고 있다. 옛 이름은 태을산(太乙山)·주남산(周南山). 진령(秦嶺)산맥의 서부 산악 지대로 취화산(翠花山)·남오대(南五臺)·여산(驪山)·규봉산(圭峰山) 등이 주봉을 이루고 있으며, 도교의 시조 노자(老子)가 이 산 북록에 교단을 개설하고 『도덕 오천언(道德五千言)』(곧 『노자 도덕경』)을 저술한 이후, 관중(關中) 제일의 도교 성지가 되어왔다. 지금도 노자가 제자들에게 경을 전수하였다는 수경대(授經臺), 단약을 구웠다는 연단로(煉丹爐)를 비롯하여 화녀천(化女泉), 노자의 무덤 등 유적이 남아 있으며, 원나라 때 전진교(全眞教)를 창시한 왕중양(王重陽)이 여기서 여러 해 동안 수도한 끝에 우화등선(羽化登仙)하자, 그 문하 제자들이 중양궁(重陽宮)을 세운 이래 전국 각처 72방면의 도교 중심지가 되었다고 한다.

이때까지도 각다귀로 둔갑한 채 형편 돌아가는 것을 지켜보던 손행자가 이 말을 듣고 그 즉시 본신으로 돌아와 솜털을 거두어들이고 그 자리에 모습을 드러내더니, 껄껄대고 웃어가며 좋아라 했다.

"하하! 하하! 조화로구나, 조화야! 이렇게 고마운 일이 어디 또 있겠나? 이번 장사판에는 흥정이 제법 잘되겠군!"

저팔계란 녀석이 흠칫 놀라 묻는다.

"아니, 형님! 저 세 가지 내기는 모두 목숨이 왔다 갔다 하는 일인데, 무슨 놈의 장사판에 흥정이 잘되어간다고 하시는 거요?"

"자넨 아직도 내 솜씨와 재간을 모르네."

"형님이 이날 이때껏 부린 둔갑술이나 농간만 보아도 대단한 줄이야 알지만, 여기에 또 무슨 솜씨, 무슨 재간이 있단 말이오?"

"이 사람아, 모르는 소리 말게. 나로 말할 것 같으면……."

손행자는 의기양양하게 제 자랑을 늘어놓기 시작했다.

목이 떨어져도 말할 수 있고, 팔뚝을 끊어내도 사람을 때릴 수 있다.
두 다리를 잘라내어도 걸어다닐 수 있고, 뱃가죽을 갈라도 기막히게 아문다.
남들이 떡 주무르듯 둥글둥글 빚어내면, 감쪽같이 하나로 붙어 버린다.
기름 가마솥에 들어가 목욕하는 것쯤이야 더더욱 쉬운 노릇, 뜨뜻한 목욕물에 덕지덕지 붙은 때나 흠씬 밀어봐야겠다.

저팔계와 사화상이 허리를 잡고 웃는 동안, 손행자는 우쭐대며 국왕 앞으로 걸어나갔다.

"폐하, 소승이 목을 베는 '작두법(斫頭法)'[2]을 할 줄 압니다."

"목을 베어도 그대가 살 수 있단 말인가?"

국왕이 의아스레 물었으나, 손행자는 대수롭지 않게 받아넘겼다.

"저는 예전에 절간에서 수행하고 있을 때, 방술(方術) 쓰는 스님 한 분을 만났는데, 그분이 작두법을 가르쳐주셨습니다. 그 술법이 어떤 것인지 이제 한번 시험해보고 싶습니다. 잘될 것인지 안 될 것인지는 저도 모르겠습니다만……."

능청을 떠는 대꾸에, 국왕이 기가 막혀 웃음이 나왔다.

"허허, 이 철딱서니 없는 화상 좀 보게! 너무 어려서 뭐가 좋고 나쁜지 세상 물정도 모르는 모양이로군. 목을 베면 죽고 말 텐데, 잘될 것인지 안 될 것인지 시험해보겠다고? 머리통은 곧 육양지수(六陽之首)라, 한번 떨어지면 죽고 마는 것이야!"

이때, 호력대선이 중간에 끼어들었다.

"저자가 그토록 해보고 싶다 자청하오니, 저희들도 앙갚음을 하도록 윤허해주소서!"

국왕은 호력대선의 말을 믿고 받아들였다.

"여봐라! 도살장을 준비하여라!"

명령이 떨어지기가 무섭게 금란전 앞뜰에는 우림군(羽林軍) 3천 명

---

2 작두법: 이른바 "목을 베어도 머리통이 다시 생겨나는 술법"의 유래는 『산해경(山海經)』「해내서경(海內西經)」에 "황제(黃帝)의 아들 곤(鯀)이 아버지의 식양(息壤)을 훔쳐 인간 세계의 홍수를 막아주었다"는 전설과 「해외남경(海外南經)」의 "적산(狄山)에 시육(視肉)이란 소가 살고 있다" 하였고, 곽박(郭璞)은 그 주에서 "식양이란 끝없이 불어나는 흙으로 홍수를 막을 수 있다…… 그리고 시육이란 짐승은 소처럼 생겼으며, 아무리 그 고기를 베어 먹어도 금방 다시 돋아나서 줄지 않는다" 하였는데, 학자들은 『서유기』의 저자가 이 두 가지 신화 전설에서 힌트를 얻어 '스스로 끝없이 불어나는 흙덩어리'와 '베어내도 다시 돋아나서 줄지 않는 짐승'의 신비한 능력을 융합, 발전시켜 하나의 술법으로 재창조해내었다고 보았다.

이 늘어서고, 형장(刑場)이 마련되었다.

국왕은 손행자를 먼저 지목했다.

"이 화상의 목을 먼저 베어라!"

"좋습니다! 제가 먼저 가지요, 아무렴 먼저 가고말고요!"

손행자가 흔쾌히 응답하고 나서더니, 두 손을 맞잡아 높이 쳐들고 큰 소리로 외쳤다.

"국사님! 소승의 대담한 행동을 용서해주시오. 실례인 줄 알지만 이번에는 내가 먼저 나서리다!"

고개를 휙 돌리고 어슬렁어슬렁 문밖으로 나가려 하자, 스승이 꽉 부여잡고 놓아주지 않는다.

"얘야, 정신 나갔느냐? 그곳은 장난질이나 치는 놀이터가 아니란 말이다!"

"겁낼 게 뭐 있습니까? 이 손 놓으십쇼! 제가 다녀올 테니까, 마음 푹 놓으시고 여기서 기다리고 계시라니까요."

손행자는 스승의 손길을 매정하게 뿌리치고 도살장으로 걸어나갔다. 이윽고 망나니의 손에 붙잡힌 그는 밧줄로 꽁꽁 묶인 채 흙더미를 높이 쌓아올린 처형장 둔덕으로 끌려 올라섰다.

"목을 베어라!"

국왕의 명령이 떨어지기 무섭게 망나니가 큰 칼을 휘둘러 솜씨 좋게 손행자의 목을 뎅겅 잘라버렸다. 목이 떨어지자, 망나니는 발길질로 그 머리통을 툭 걷어차버렸다. 수박처럼 떼굴떼굴 굴러간 머리통은 단번에 3, 40보나 가서야 멈춰 섰다. 그러나 손행자의 목에서는 피 한 방울 나지 않았다. 다만 뱃속에서 소리가 났을 뿐이다.

"머리야! 이리 와서 도로 붙어라!"

손행자에게 이렇듯 놀라운 재간이 있는 것을 보고 아연실색한 것은 녹력대선, 그는 황급히 주문을 외워 본고장의 토지신을 불러냈다.

"저 머리통을 꼭 붙잡고 있거라. 내가 저 화상을 이기기만 하면, 국왕께 아뢰어서 네 조그만 사당을 큰 것으로 바꾸어 세워줄 테고, 흙으로 빚어 만든 신상(神像)도 황금 덩어리로 고쳐 만들어주마."

토지신은 이들 세 국사가 오뢰술법이란 신통력을 지니고 있는 것을 아는 터라, 그 명령에 복종하지 않을 수 없었다. 그래서 마지못해 손행자의 머리통을 지그시 눌러 부여잡았다.

손행자가 또 한번 소리쳤다.

"머리야! 이리 오너라!"

그러나 머리통은 주인이 아무리 외쳐 불러도 뿌리가 박힌 것처럼 움쭉달싹도 하지 않았다. 목 떨어진 손행자는 차츰 조바심이 나기 시작했다. 그는 부르기를 그치고 이번에는 두 주먹을 불끈 움켜쥐더니 몸부림을 쳐서 꽁꽁 묶여 있던 밧줄을 모조리 끊어버렸다.

"뻗어라!"

복화술(腹話術)로 터뜨린 호통 한마디에, 끊겨나간 목줄기 속으로부터 또 다른 머리통 한 개가 불끈 솟구쳐 나왔다.

이것을 본 망나니들은 혼비백산을 하도록 놀라 큰 칼을 떨어뜨린 채 전전긍긍 얼어붙고, 3천 명의 우림군들도 공포에 질려 부들부들 떨고만 서 있었다.

형 집행을 책임지고 있던 감독관이 허겁지겁 금란전으로 뛰어들어가 국왕에게 아뢰었다.

"만세 폐하! 저 어린 화상의 머리를 베었으나, 목에서 또 다른 머리통 한 개가 돋아나왔사옵니다!"

섬돌 밑에서 저팔계가 아우를 돌아보고 차갑게 웃는다.

"여보게 사화상, 저 미련한 것들 좀 보게. 우리 형님한테 저런 수단이 있다는 걸 눈치도 못 채는 모양일세."

"글쎄 말이오. 맏형님에게 일흔두 가지 변화 술법이 있으니까, 머리통도 일흔두 개쯤 될 게 아니겠소?"

말끝이 다 떨어지기도 전에 손행자가 달려와 스승 앞에 섰다.

"사부님!"

삼장은 크게 기뻐하면서 위로의 말씀을 건넸다.

"고생 많았다! 얘야, 얼마나 힘들었느냐?"

"힘들 것은 없었습니다. 도리어 재미있는 장난이던데요."

저팔계가 다가오더니 걱정스럽게 묻는다.

"형님, 칼 맞은 상처에 약이라도 발라야 하지 않겠소?"

"약을 바르다니! 자네 만져보게, 칼자국이라도 나 있는지 없는지."

미련퉁이 저팔계는 정말 손을 내밀어 만져보더니 어처구니가 없는지 껄껄대고 웃음보를 터뜨리면서 두 눈을 휘둥그렇게 떴다.

"이런! 그것참 묘하다 묘해! 머리통이 아주 제대로 돋아났어! 칼로 베었던 자국 하나도 없고 말씀이야!"

세 형제가 시시덕거리며 기뻐하고 있노라니, 통관 문건을 받으라는 국왕의 목소리가 또 들려왔다.

"그대들을 무죄 석방할 것이니, 어서 빨리 떠나거라! 빨리 떠나거라!"

손행자가 어슬렁어슬렁 백옥 계단 앞으로 걸어가더니 이렇게 아뢰었다.

"통관 문건을 받기는 하겠습니다만, 저 국사님도 한번쯤 도살장에 나가셔서 목을 베이고 새로운 머리통이 돋아나게 할 수 있는지 시험해 보아야 공평한 내기가 될 것 아닙니까?"

국왕이 잔뜩 겁에 질린 채 호력대선 쪽을 돌아보았다.

"대국사님! 저 화상이 국사님을 그냥 내버려두지 못하겠다 하니, 과인이 어쩌겠소? 기왕에 내기를 걸었으니 꼭 이기셔서 과인을 놀라지 않게 해주시구려."

호력대선은 하는 수 없이 제 발로 도살장에 끌려나가는 황소 꼬락서니가 되고 말았다. 형장에 당도하자, 기다리고 있던 망나니들이 와르르 달려들어 꽁꽁 결박짓고 끌어다가 높다란 흙더미 둔덕 위로 끌고 올라갔다. 그리고는 칼빛 한 번 번뜩이는 찰나에 목을 베더니 툭 떨어지는 머리통을 발길질로 냅다 걷어차버렸다. 호력대선의 머리통 역시 단숨에 30여 보나 떼굴떼굴 굴러가서 멈춰 섰다.

그의 목에서도 피가 한 방울도 나오지 않았다. 뒤미처 뱃속에서 목소리가 터져나왔다.

"머리야! 이리 오너라!"

그 외침을 듣는 순간, 손행자는 재빨리 솜털 한 가닥을 뽑아들고 선기(仙氣) 한 모금을 내뿜었다.

"변해랏!"

솜털은 당장 싯누런 사냥개 한 마리로 변하더니, 도살장을 향해 무시무시한 속도로 뛰어들어가 호력대선의 머리통을 한입에 덥석 물고 달아나 순식간에 도성 바깥 어수하(御水河) 강물 쪽으로 사라져버리고 말았다. 그 뒤에 어떻게 되었을지는 더 말하지 않기로 한다.

한편, 목 떨어진 호력대선은 세 차례나 연거푸 외쳐 불렀으나 머리통이 되돌아와 붙지 않으니 어쩌겠는가! 그렇다고 손행자처럼 다른 머리통이 돋아나오게 할 재간도 없었다. 필사적으로 외쳐 부르던 이 국사님은 마침내 목에서 시뻘건 빛 한줄기가 뻗쳐나오더니 흙먼지 구덩이에 털썩 고꾸라지면서 숨을 거두고 말았다. 가련하게도 바람을 일으키고 비를 부르는 호풍환우의 술법을 지녔다 하더라도 장생 정과(長生正果)

의 신선에게 견줄 수준이 못 되는 것을…….

여러 사람들이 헐레벌떡 달려가보았더니 그것은 머리통이 없어진 한 마리의 누런 털을 가진 얼룩 호랑이였다.

형 집행을 감독하던 관원이 또다시 허둥지둥 달려와 국왕에게 보고를 올렸다.

"만세 폐하! 대국사님의 목을 베었더니 새로운 머리통이 돋아나오지 못하고 먼지 구덩이에 거꾸러져 죽었사온데, 그것이 머리 없는 누런 털을 가진 호랑이였나이다!"

뜻밖의 보고를 받은 국왕은 아연실색, 얼굴빛이 하얗게 질린 채 두 눈을 멀뚱멀뚱 뜨고서 나머지 국사 두 명을 바라보기만 할 뿐, 입에서는 아무 소리도 나오지 않았다.

그리자 녹력대선이 벌떡 일어나 아뢰었다.

"우리 사형은 수명이 다하여 목숨이 끊겼다고는 하오나, 어찌 죽어서 호랑이가 될 수 있겠습니까! 이 모든 일은 저 화상이 부린 농간으로 본모습을 가리는 '엄양술법(掩樣術法)'을 써서 폐하와 여러 사람들의 눈에 짐승으로 바꿔 보이게 해놓은 것입니다. 이제 빈도 역시 저놈을 도저히 용서할 수 없습니다. 무슨 일이 있더라도 저놈과 배를 가르는 '부복법(剖腹法)'으로 겨뤄보겠습니다!"

국왕은 그 소리를 듣고 나서야 겨우 놀란 가슴을 가라앉히고 제정신이 들어, 손행자를 돌아보고 다시 명령을 내렸다.

"젊은 화상! 우리 둘째 국사님께서 그대와 또 한번 내기를 해보자고 하셨다. 자, 그대는 어떻게 할 테냐?"

손행자가 거침없이 그 도전을 받는데, 그 사연이 기가 막히다.

"소승은 오랫동안 불에 익힌 음식을 먹지 못하다가, 며칠 전 서쪽으로 오는 도중에 우연히 마음씨 착한 시주 댁에서 찰떡 몇 개를 얻어먹었습니다. 그런데 너무 과식을 해서 얹혔는지, 요 며칠 새에 뱃속이 더 부룩하고 몹시 편치 못한 것을 보니, 아무래도 회충이 생긴 것 같습니다. 그런데 이제 폐하의 칼을 빌려 뱃가죽을 갈라내고 오장 육부를 꺼내가지고 말끔히 씻어내면, 서천에 가서 편안한 몸과 마음으로 부처님을 뵙기 좋겠다고 생각하던 참이었습니다."

국왕이 그 말을 듣고 당장 분부를 내렸다.

"저자를 붙잡아 도살장으로 끌고 가거라!"

뭇사람들이 와르르 달려들더니 손행자의 팔다리를 잡아끄는 놈, 등을 떠미는 놈 할 것 없이 한꺼번에 야단법석을 떨기 시작했다.

"잠깐만!"

손행자가 붙잡힌 손길을 뿌리치고 악을 썼다.

"이렇게 나를 끌고 밀치고 할 것 없소! 내 발로 얼마든지 혼자 걸어갈 수 있으니까…… 다만 한 가지, 내 두 손만큼은 묶어선 아니되오. 손을 자유롭게 써야 오장 육부를 씻어낼 수 있지 않소?"

국왕이 듣고 보니 당연한 말씀이라, 선선히 허락을 내렸다.

"그자의 손은 묶지 말아라!"

이윽고 손행자가 건들건들 한가로운 걸음걸이로 도살장에 들어서더니, 제 몸뚱이를 굵다란 말뚝 형틀에 기대놓고 옷을 풀어헤쳐 뱃가죽을 통째로 드러냈다. 망나니는 밧줄로 그 어깻죽지를 친친 동여맨 다음, 또 한 가닥으로 두 다리와 발목을 단단히 옭아매더니, 입에 물고 있던 우이단도(牛耳短刀)를 손아귀에 바꿔 잡았다. 끝이 뾰족하고 쇠귀처럼 볼이 넓적한 칼날은 단번에 뱃가죽을 부욱 그어내렸다.

손행자는 두 손으로 갈라진 뱃가죽을 헤쳐낸 다음, 오장 육부를 끄집어내어 한참 동안 주물럭거리더니, 다시 처음과 같이 차곡차곡 제자리를 찾아서 꾸불꾸불 휘감아 집어넣고 뱃가죽을 움켜잡았다. 그리고는 외마디 호통을 쳤다.

"아물어라!"

말끝이 떨어지자마자, 길게 쩍 갈라진 채 오그라들었던 뱃가죽이 처음과 같이 늘어나서 그야말로 감쪽같이 아물어들었다.

그 끔찍스런 광경을 지켜본 국왕은 대경실색, 와들와들 떨리는 두 손으로 통관 문건을 공손히 떠받들고 삼장 일행에게 애걸하다시피 이렇게 말했다.

"성승은 어서 떠나시오! 내가 통관 문건을 드릴 테니, 서녘 길을 그르치지 마시고 어서 가시오!"

손행자가 그 말을 받았다.

"통관 문건을 내어주시는 거야 대단한 일이 아니지요. 저 둘째 국사님께서도 배를 갈라 보이셔야 할 게 아닙니끼?"

국왕은 녹력대선을 돌아보고 진절머리가 나는 듯 한마디 던졌다.

"이 일은 과인과 아무런 상관도 없소이다. 저 사람들과 맞서고 싶거든 어서 내려가보시오! 내려가 승부를 겨뤄보란 말이오!"

마침내 녹력대선도 자리를 박차고 일어섰다.

"안심하십쇼. 내 결단코 저놈에게 지지 않을 테니까!"

이리하여 녹력대선 역시 손행자처럼 한껏 거드름을 부려가며 도살장으로 건너갔다. 칼을 잡고 기다리던 망나니들이 그에게 오라를 지운 다음, 쇠귀처럼 볼이 넓적한 우이단도로 뱃가죽을 부욱 그어내렸다. 녹력대선도 상대방 못지않게 두 손으로 오장 육부를 꺼내놓고 두 손으로 주물럭거리기 시작했다.

손행자는 그 기회를 놓칠세라, 또 한번 재빠르게 솜털 한 가닥을 뽑아들고 숨 한 모금 뿜어내면서 호통 한마디 쳤다.

"변해랏!"

솜털은 삽시간에 굶주린 매 한 마리로 변해 가지고 양 날개를 활짝 펼치더니 '휘익!' 날아오르기가 무섭게 도살장으로 곤두박질쳐 녹력대선이 주무르고 있던 오장 육부를 날카로운 발톱으로 낚아채 가지고 어디론지 훨훨 날아가버리고 말았다. 뱃가죽이 갈라진 채 텅 빈 뱃속에 핏물만 흥건히 고였으니 제가 무슨 재주로 살아남을 수 있으랴! 녹력대선은 텅 비어버린 뱃가죽을 움켜잡고 버둥버둥 몸부림을 치다가 그 자리에 거꾸러져, 오장 육부를 잃고 저승을 떠돌아다니는 원귀(冤鬼)가 되고 말았다.

칼을 잡은 망나니들이 말뚝 형틀을 걷어차버리고 시체를 끌어다가 살펴보았더니, 그것은 본래 하얀 털가죽을 뒤집어쓴 뿔 달린 사슴 한 마리였다.

형 집행관이 또 한차례 허겁지겁 달려가서 국왕에게 아뢰었다.

"둘째 국사님도 운수 불길하여, 뱃가죽을 가르자마자 어디서 나타났는지 모를 굶주린 매 한 마리가 달려들어 오장 육부를 낚아채 가지고 날아갔사오며, 국사님은 그 자리에 쓰러져 죽고 말았사옵니다. 그 시체를 살펴보니 본신은 흰 털에 뿔 달린 사슴이었나이다!"

"둘째 국사가 뿔 달린 사슴이라니! 이게 어떻게 된 노릇이냐?"

국왕은 겁에 질리다 못해 얼굴빛이 사색이 되었다.

이때 세번째 국사 양력대선이 아뢰었다.

"저희 사형이 죽기는 하였사오나, 어찌 짐승의 탈을 쓰고 있겠습니까? 이 모든 일은 저 화상이 술법을 부려 우리 형제들에게 해코지하는 것이 분명합니다. 이제 빈도가 나서서 두 분 형님을 대신하여 원수를 갚으오리다!"

"그대는 무슨 법력으로 저 화상을 이기려 하오?"

"펄펄 끓는 기름 가마솥에 들어가 목욕하는 술법으로 저자와 겨뤄보겠습니다."

국왕은 즉시 엄청나게 큰 가마솥을 가져다 향기로운 기름을 하나가득 채워놓고 그들 두 사람에게 내기를 하라고 명령했다.

손행자가 능청을 떨면서 한마디 건넸다.

"그처럼 돌보아주시니 감사합니다. 소승이 한동안 목욕을 못 해서요 사나흘간 몸이 근질거려 견딜 수가 없었는데, 여하튼 떡 한번 잘 감겠습니다."

이윽고 어명을 받든 당가관이 부하들을 시켜 기름 가마솥을 걸어놓고 바싹 마른 장작에 불을 지폈다. 얼마 안 있어 장작불이 맹렬하게 타오르더니 가마솥의 기름이 펄펄 끓기 시작했다. 당가관이 손행자더러 먼저 기름 가마 속으로 들어가라고 지시했다.

그러자 손행자는 두 손 모아 합장하더니, 이렇게 물었다.

"목욕을 하되, 문세(文洗)로 할까요, 아니면 무세(武洗)로 할까요?"

이 말에 국왕이 되물었다.

"문세란 무엇이고, 무세는 또 무엇인가?"

"문세는 옷을 벗지 않고 이렇게 팔짱을 낀 채 가마솥 안에 들어가 한바탕 뒹굴고 나오는 방법인데, 일어설 때는 옷에 기름 한 방울 묻히지 않고 깔끔하게 나와야 합니다. 만약 기름에 옷을 더럽히면 그것으로 내기에 지는 것입니다. 무세란, 옷걸이를 한 개 잡고 수건 한 장만 손에 든 채, 의복을 벗고 뛰어들어 마음대로 엎치락뒤치락, 곤두박질쳐도 좋고 물장구를 쳐도 좋고, 그렇게 놀아가면서 목욕하는 방법입니다."

국왕은 곧바로 양력대선의 의향을 물었다.

"국사, 저 화상과 문세로 겨뤄보시겠소, 아니면 무세로 겨뤄보시겠소?"

양력대선은 생각해볼 것도 없다는 듯 선뜻 대답했다.

"문세로 할 경우에는, 저자가 옷에 약을 발라서 기름기를 막아낼지도 모르니, 역시 무세로 하겠습니다."

손행자가 또 앞으로 나섰다.

"셋째 국사, 내가 대담하게 먼저 나서는 것을 양해하시오. 번번이 선수를 쳐서 미안하구려."

그러고 나서 직철 승복을 훌훌 벗어던지더니, 아랫도리의 호랑이 가죽 치마까지 끌러놓고 알몸뚱이로 홀가분하게 펄펄 끓는 기름 가마 속으로 풍덩! 뛰어들었다. 엎치락뒤치락 기름을 휘저으며 마치 물속에서 헤엄이라도 치듯 첨벙첨벙 물장구를 쳐가며 장난질을 하는데, 주변에 둘러서서 구경하는 사람들은 모두 가슴이 조마조마하여 견딜 수 없을 지경이다.

저팔계가 손가락 끝을 깨물고 사화상에게 실없는 소리를 지껄였다.

"우리가 저 원숭이 녀석을 잘못 본 모양이야. 여느 때 짓까불고 실없는 소리만 늘어놓고 장난질이나 치는 줄 알았더니, 저렇게 훌륭한 재간을 지녔을 줄이야 어디 알기나 했나?"

둘이서 주거니 받거니 칭찬인지 비웃음인지 모를 소리를 늘어놓고 있는 것을 듣고 있으려니, 손행자는 은근히 괘씸한 생각이 들었다.

'저 미련퉁이 녀석이 날 조롱하고 있구나! 이거야말로 약삭빠른 놈에게는 일이 많고, 못생긴 녀석은 한가롭다는 격이 아닌가? 내가 이처럼 자기들 때문에 고생하고 있는데, 저 녀석들은 아주 태평세월이란 말이지? 오냐, 좋다! 내 너희 놈들을 한번 골탕 먹여야겠다!'

이렇게 생각한 그는 목욕을 하다 말고 '첨벙!' 물보라를 일으키더니, 숨바꼭질이라도 하듯 기름 가마솥 밑바닥으로 자맥질해 들어가서 대추씨만큼이나 작은 못으로 둔갑하여 깊숙이 가라앉은 채, 두 번 다시 떠오르지 않았다.

한참을 기다려도 인기척이 없는 것을 보자, 감찰관이 가마솥 앞으로 다가와 이리저리 살펴보더니, 또 국왕에게 달려가서 아뢰었다.

"만세 폐하! 그 젊은 화상이 끓는 기름 속에 잠겨 죽었나이다!"

국왕은 처음 이긴 것이 너무나 기뻐서, 손행자를 감시하고 있던 망나니더러 해골이라도 건져내라는 명령을 내렸다. 망나니들은 철사로 엮어 만든 그물 채롱을 기름 가마솥에 집어넣고 이리 휘적 저리 휘적, 손행자의 뼈다귀를 건져내려 하였으나, 쇠그물은 본디 그물코가 성근데다 손행자 또한 대추씨만한 못대가리로 둔갑해 있으니, 아무리 휘저어도 이 구멍 저 구멍으로 빠져나가기만 할 뿐, 도무지 걸려들 턱이 없다.

감찰관이 또다시 그물질한 결과를 보고했다.

"화상은 워낙 몸집이 작고 뼈가 연하여 통째로 녹아버렸나이다!"

이 말을 듣고 국왕은 큰 소리로 호통치며 엄한 명령을 내렸다.

"저 화상 세 놈을 모조리 잡아들여라!"

어명이 내리자, 백옥 계단 양편에서 교위들이 우르르 달려나와 삼장 일행을 잡아 꿇리는데, 저팔계의 생김새가 제일 흉악스럽게 생긴 터라, 누구보다 먼저 땅바닥에 태질쳐서 자빠뜨려놓고 양팔 두 다리를 꼼짝도 못 하게 밧줄로 친친 얽어 묶었다.

기절초풍을 하도록 놀란 삼장 법사가 다급하게 고함쳐 아뢰었다.

"폐하! 잠깐만 기다려주소서! 방금 죽은 빈승의 맏제자로 말씀드리면, 우리 부처님의 가르침에 귀의한 이래 가는 곳마다 공덕을 세웠으나, 오늘날 폐하의 나라에 이르러 망령되이 국사님들과 술법을 겨루다가 끓는 기름 가마 속에 빠져 무참하게 죽었나이다. 옛사람의 말씀에도 '먼저 죽은 자가 신(神)이 된다' 하였으니 어찌하오리까? 빈승도 이 마당에 와서 구차스럽게 살아남기를 탐내지 않겠나이다. 하늘 아래 군주 된 자는 천하 백성을 모두 다스린다 하였으니, 폐하께서 죽으라고 명하시면 빈승 역시 신하 된 몸으로 어찌 죽지 않겠나이까? 하오나 폐하! 바라옵 건대 너그러운 은혜를 베푸시어 차가운 물 반 잔과 밥 한 그릇, 지마(紙馬, 종이돈) 석 장을 내려주시고, 기름 가마 앞에 나아가 지전을 살라 저희들 사제지간의 정리나 표하도록 허락해주신다면, 그 다음에 가서 저희들 모두 기꺼운 마음으로 죄를 달게 받으오리다!"

국왕은 이 말을 듣고 감탄해 마지않았다.

"그럴듯한 말이다. 과연 중화 대국 사람들이라 의리와 기백이 대단하구나!"

그리고 특명을 내려 소원대로 찬물과 밥 한 그릇, 누런 종이돈 몇 장을 당나라 스님에게 내다 주도록 하였다.

당나라 스님은 사화상을 데리고 기름 가마솥 앞으로 다가갔다. 그 뒤를 따라 교위 몇 사람이 결박당한 저팔계의 귓밥을 잡아끌어다가 가마솥 한곁에 세워주었다.

삼장은 기름 가마솥을 바라고 축문을 읊기 시작했다.

"제자 손오공아……!"

네가 마정수계를 받고 선림(禪林)에 참배의 예를 올린 이후부터, 나를 보호하여 서방 세계로 오는 동안 베푼 은혜와 사랑이 얼마나 깊었던고?

그리하여 한날한시에 큰 도를 이룩하기 바랐더니, 오늘 네가 음사(陰司)로 돌아갈 줄이야 어찌 기약했으랴!

생전에는 오로지 경을 구하러 갈 뜻만 지녔으니, 죽은 뒤에도 역시 염불하는 마음만 남아 있으리라.

아무쪼록 만리 밖에 영령이 기다리고 있다가, 유명(幽冥)에서 나마 귀신이 되어 뇌음사에 올라가거라!

저팔계가 그 소리를 듣더니 버럭 악을 썼다.

"사부님! 축문을 그렇게 읊으시는 게 아닙니다. ─여보게, 사화상! 자네가 내 대신 물그릇 밥그릇을 들고 있게. 내가 축도를 할 테니까."

> 화근만 일으키는 말썽꾸러기 원숭이!
> 무지막지한 필마온 녀석!
> 골백번 죽어 마땅한 몹쓸 놈의 원숭이!
> 기름에 튀겨진 필마온, 말몰이꾼 원숭이 놈아!
> 너도 이제 끝장났구나!
> 필마온 녀석도 밑천이 다 드러나서 지뻐져 죽었구나!

기름 가마솥 밑바닥에서, 손행자는 저팔계가 축문을 읽는답시고 마구잡이로 악담 욕설을 퍼붓는 소리를 듣자, 울화통이 터지는 걸 도무지 참을 수가 없어 그만 본래의 모습을 드러내고 펄펄 끓는 기름 수면 위로 벌떡 솟구쳐 나왔다.

"이 보릿겨나 처먹고 사는 바보 멍텅구리 놈아! 네놈이 지금 누구에게 욕설을 퍼붓는 거냐!"

벌거숭이 알몸뚱이에서 기름을 줄줄 흘려가며, 저팔계를 향해 냅다 호통쳐 꾸짖는 손행자…… 당나라 스님은 그 꼬락서니를 보고 그만 아연실색, 막내 제자 사화상을 부여잡고 와들와들 떨기만 한다.

"애들아, 난 무서워 죽겠다!"

사화상은 속으로 놀라면서도 반색을 했다.

"에이, 큰형님도……! 죽은 체하는 버릇이 곧잘 있구려!"

이래저래 당황한 것은 조정의 문무백관, 그들은 어찌할 바를 모르고 허둥대다가 금란전 앞으로 몰려가서 국왕에게 아뢰었다.

"만세 폐하! 그 화상이 죽지 않고, 기름 가마 속에서 빠져나왔사옵니다!"

형 집행을 감독하던 관원도 결국 조정에 허위 보고를 올린 꼴이 되어 죄를 받을까 두려운 나머지, 부리나케 달려와 이렇게 아뢰었다.

"저 화상이 죽기는 확실히 죽었사오나 죽은 날짜가 흉성(凶星)을 건드린 까닭에, 저승으로 가지 못한 혼백이 나타난 것이옵니다."

이 말을 듣고 손행자는 노발대발, 가마솥에서 훌쩍 뛰쳐나오더니 기름 방울이 뚝뚝 떨어지는 몸뚱이에 옷을 걸쳐입고 철봉을 뽑아들기가 무섭게 감찰관의 멱살을 부여잡고 정수리에 한 대 먹여, 그 자리에서 고기 떡을 만들어버리고 말았다.

"날더러 혼백이라니! 무슨 혼백이 나타났다는 거냐?"

넋이 빠질 대로 빠진 문무백관들은 황급히 저팔계의 결박을 풀어주고 일제히 땅바닥에 꿇어 엎드려 애걸복걸 빌었다.

"죽을죄를 지었으니, 제발 한 번만 용서해주소서!"

그 틈에 국왕은 살금살금 용상 아래로 걸어내려와 뺑소니를 치려했다.

손행자가 전상으로 마주 달려올라가더니, 국왕을 부여잡고 거칠게 따졌다.

"폐하! 달아날 생각 말고, 저 셋째 국사님더러도 어서 기름 가마 속에 들어가라고 명령하시오!"

국왕은 전전긍긍 떨어가며 셋째 국사 양력대선을 돌아보고 통사정했다.

"여보시오, 셋째 국사! 짐의 목숨 좀 구해주오. 어서 빨리 기름 가

서유기 제5권   225

마 속에 뛰어들어, 제발 이 화상이 날 때려죽이지 않게 해주시오!"

양력대선이 전상에서 내려서더니 곧바로 기름 가마를 향해 휘적휘적 걸어갔다. 그리고 손행자가 했던 것처럼 옷가지를 훌훌 벗어던지고 기름 가마 속에 풍덩 뛰어들어, 똑같이 목욕을 즐기기 시작했다.

손행자는 국왕을 풀어주고 기름 가마솥 가까이 다가가, 불목하니더러 장작불을 더 지피라고 분부한 다음, 손끝을 집어넣고 더듬어보았다. 그랬더니 이게 웬일인가! 기름은 펄펄 끓고 있는데 감촉은 얼음보다 더 차가운 것이 아닌가? 그는 속으로 곰곰이 생각해보았다.

'이상하구나. 내가 목욕할 때만 하더라도 펄펄 끓어 뜨거웠는데, 이 도사가 목욕하는 지금은 싸늘하게 식어 있다니, 도대체 이럴 수가 있나……? 옳거니, 이제 알았다! 어떤 놈의 용왕인지 모르겠으나, 여기서 저 도사 녀석을 보호해주고 있는 게 틀림없다!'

급히 몸을 솟구쳐 공중에 뛰어오른 손행자, 외마디 소리로 '옴(唵)' 자 주문을 외워 도사의 방조범(幇助犯)을 불러냈다. 호통쳐 불러내고 보았더니 괘씸하게도 북해 용왕 오순이다.

"너, 이 빌어먹을 놈의 뿔 돋친 지렁이! 비늘 달린 미꾸라지 녀석아! 네가 어찌 도사 녀석을 감싸주고 냉룡(冷龍)을 시켜 가마솥 밑바닥을 차디차게 해놓았단 말이냐? 저 도사 녀석이 법력을 드러내어 나를 이기게 만들어야 네놈의 속이 시원하겠느냐?"

"어이구, 대성님! 그건 오해이십니다!"

북해 용왕은 기겁을 하도록 놀라 연거푸 허리를 굽실대면서 해명을 했다.

"이 오순은 저 도사를 감싸주지 않았습니다. 사실대로 말씀드리자면 대성께서 알지 못하고 계시는 것이 있습니다. 저 짐승은 어느 정도 수행을 쌓았기 때문에 본바탕 껍질을 벗고 오뢰정법(五雷正法)의 진수

(眞髓) 한 가지만 터득했을 뿐, 그 나머지 술법은 모두 좌도 방문에 속한 것들이라, 선도(仙道)에 들어가지 않습니다. 지금 저 도사가 부리는 것은 소모산(小茅山)³에서 배워온 '대개박(大開剝)'이란 술법입니다. 앞서 두 놈은 이미 대성님께서 그들의 술법을 깨뜨리는 바람에 본상을 드러낸 채 죽어 자빠졌고, 이놈 역시 제 스스로 단련해낸 냉룡을 가지고 술법을 부렸습니다만, 속세의 인간들에게나 눈속임을 할까, 대성님의 눈이야 어찌 속여넘기겠습니까! 소룡이 이제 곧 그놈의 냉룡을 거둬들여, 저 도사 녀석의 뼈마디와 살가죽이 한 점도 남아나지 못하고 새카맣게 타 죽도록 만들겠습니다."

"진작 그럴 것이지! 철봉으로 한 대 얻어맞기 싫거든 어서 빨리 거둬들이게!"

북해 용왕 오순은 일진광풍으로 화하여 기름 가마 변두리로 휘몰아쳐갔다. 그리고 양력도사가 길러낸 냉룡을 붙잡아 바다로 돌아간 것은 두말할 나위도 없다.

손행자는 다시 지상으로 내려왔다. 그리고 시침을 뚝 떼고 삼장 법사, 저팔계, 사화상과 함께 금란전 백옥 계단 앞에 나란히 섰다.

펄펄 끓어오르는 기름 가마솥, 양력대선은 한동안 그 속에서 허우적허우적 몸부림을 치더니, 결국 기어나오지 못하고 스르르 미끄러지듯 잠겨들어 눈 깜짝할 사이에 뼈와 근육과 살갗이 흐물흐물하게 녹아버리고 말았다.

---

3 소모산: 도교에서 제8동천(洞天), 제1복지(福地), 제32소동천(小洞天)으로 일컫는 모산(茅山)의 별칭. 지금의 강소성(江蘇省) 구용현(句容縣)과 금단현(金壇縣) 사이에 있으며, 주봉의 높이는 4백 미터, 둘레가 75킬로미터에 달한다. 서한(西漢) 경제(景帝) 때(기원전 156~141) 모영(茅盈)·모고(茅固)·모충(茅衷) 세 형제가 이 산중에서 도를 닦아 신선이 된 이후 '삼모산(三茅山)'이라 부르게 되었는데, 이들 삼모진군(三茅眞君)이 학을 타고 날아와 이 산을 다스렸다고 하여 학떼가 모여든 곳에 따라 대모산·중모산·소모산으로 나누었다고 한다.

끝까지 지켜보던 감찰관이 또 달려와서 아뢰었다.

"만세 폐하! 셋째 국사님께서 기름 가마 속에서 녹아버리고 말았나이다."

국왕은 눈물을 철철 흘려가며 손바닥으로 탁자를 내리치더니, 드디어 목을 놓고 대성통곡하기 시작했다.

인재를 얻기 어렵다더니 과연 어렵기도 하구나. 진전(眞傳)을 만나지 못하거든 함부로 연단(煉丹)에 손댈 것이 아니로다.
귀신을 몰아내고 주문을 외우는 술법 헛되이 지녔으니, 수명 늘이고 목숨 보전하는 환약 따위는 이 세상에 없다네.
원(圓)과 명(明)을 혼동하고서야 어찌 열반에 들쏘냐? 한갓 심기를 헛되이 부리니 목숨이 불안하다.
이다지도 가볍게 좌절할 줄 일찍 알았더라면, 어찌하여 먹을 것 숨겨놓고 산중에 은거하지 않았으랴!

이야말로 대선들의 허망한 꿈이 아닐 수 없었다.

바윗돌을 찍어 황금 만들고 수은을 굽는 재주 어디에 쓰랴,
비바람 불러내는 재간이 모두 헛것이라네!

과연 스승과 제자들이 앞길을 어떻게 감당해 나갈 것인지, 다음 회에서 풀어보기로 하자.

제47회 성승의 밤길이 통천하 강물에 가로막히고, 손행자와 저팔계는 자비심을 베풀어 동남동녀를 구하다

철석같이 믿고 의지하던 세 국사를 한꺼번에 잃어버린 차지국 왕은 용상에 하염없이 기대앉은 채, 눈물만 샘솟듯 흘리면서 그날이 저물도록 울음을 그칠 줄 몰랐다.

손행자가 기다리다 못해 앞으로 나서면서 큰 소리로 고함쳐 일깨웠다.

"어째서 이다지도 정신을 못 차리십니까? 눈앞에 나뒹구는 저 도사들의 시체를 보십쇼! 하나는 호랑이요, 하나는 사슴 아닙니까? 그 양력대선이란 자도 이름을 보건대 영양(羚羊)이 분명합니다. 소승의 말씀을 믿지 못하시겠거든 기름 가마 속에 잠겨 있을 해골을 건져내다 보십쇼. 사람에게 어디 그런 해골이 있단 말입니까? 그놈들은 애당초 산에서 살던 야수가 요정으로 변하여 서로 짜고 폐하를 해치려 나타났던 것입니다. 그나마 폐하의 운수가 아직 좋으신 편이라, 놈들이 섣불리 손을 대지 못하고 지금까지 호시탐탐 기회를 엿보고 있었던 것이 틀림없습니다. 앞으로 다시 이 년 세월이 지나 폐하의 운수가 쇠퇴해졌을 때에는 그놈들은 당장 폐하의 목숨을 빼앗고, 폐하의 강산을 자기네들 것으로 만들어버렸을 것입니다. 천만다행히도 소승들이 일찌감치 이 나라에 당도하여 저 요사스런 놈들을 물리치고 폐하의 목숨을 건져드렸습니다. 그런데 무엇이 안타까워 자꾸만 울고 계십니까? 어서 빨리 통관 문건이나 내주시고 소승들을 떠나보내주십쇼!"

국왕은 그제야 정신이 번쩍 들었다. 뒤이어 문무백관 조정 신하들이 모두 반열 앞으로 나서더니 이렇게 아뢰었다.

"죽은 자들은 과연 흰 사슴, 누런 호랑이였나이다. 그리고 기름 가마 속에도 분명히 양 뼈다귀와 해골이 들어 있사옵니다. 폐하, 성승의 말씀을 듣지 않을 수 없나이다."

모든 것을 깨달은 국왕이 삼장 일행을 돌아보고 사례했다.

"그렇다면 성승 여러분께 감사하오. 오늘은 벌써 날이 저물었으니 떠나기 어려울 듯싶구려……."

그리고는 말을 여기서 그치고 관원에게 분부를 내렸다.

"태사! 우선 성승 일행을 지연사로 모셔다가 편히 쉬도록 주선하라. 그리고 내일 아침 일찍 동각을 활짝 열어놓고 광록시에 분부하여 소연(素宴)을 깔끔하게 차려 내오고 이분들의 노고에 사례할 것이다!"

이리하여 삼장 일행은 마침내 절간으로 돌아가 편히 쉴 수 있었다.

다음날 오경(五更, 3시~5시)이 되자, 국왕은 조회를 열어 문무백관들을 모아놓고 전지를 내렸다.

"전국의 승려들을 다시 모아들인다는 방문을 도성 사대문과 각 지방에 두루 내다 걸도록 하라!"

국왕은 다시 푸짐한 잔칫상을 크게 베풀어놓게 하는 한편, 어가를 몰아 친히 지연사 문 밖까지 행차하여 삼장 일행을 정식으로 초청했다. 그리고 동각 연회 자리에 함께 들어가 즐긴 것은 더 얘기하지 않기로 한다.

한편 목숨 건져 달아났던 승려들은 자기네를 다시 불러들인다는 국왕의 방문이 내걸렸다는 소식을 듣고, 하나같이 기뻐하면서 도성 안으로 들어와 호신용으로 빌려 썼던 솜털을 돌려주기 위해 손대성을 찾아갔다.

잔치가 끝나자, 국왕은 통관 문서에 국새를 찍어 삼장 일행에게 돌려준 다음, 황후 비빈과 문무백관을 거느리고 궁궐 문 밖까지 전송하러 나갔다. 문밖에 나가서 보았더니 수백 명이나 되는 승려들이 길거리 양편에 꿇어 엎드려 큰절을 올리면서 입에 침이 마르도록 칭송을 아끼지 않았다.

"제천대성 나으리! 저희들은 모래밭 여울목에서 목숨을 구해 받아 피신했던 승려들입니다. 나으리께서 요사스런 무리를 모두 쓸어 없애시고 저희 목숨을 구해주셨으며, 이제 또 우리 국왕 폐하께서 방문을 내붙이셔서 저희들을 불러모은다는 소식을 전해 듣고, 이렇게 솜털을 돌려드리고 천은(天恩)에 사례하고자 찾아뵙는 것입니다."

손행자가 껄껄대며 물었다.

"모두들 몇 사람이나 왔소?"

"오백 명에서 한 사람도 빠지지 않고 다 왔습니다."

손행자는 몸을 흔들어 솜털을 거두어들이더니, 군신과 승려, 그리고 여러 백성이 듣는 앞에서 처음으로 솔직하게 말해주었다.

"이제야 말이지만, 이 스님들은 모두 내가 풀어주었고, 수레도 이 손선생이 관문 위로 끌어다가 좁은 길목에서 내던져 부숴버렸소. 요망한 젊은 도사 두 녀석도 내가 때려죽인 거요. 이제 오늘 요사스런 무리들이 모조리 소탕된 것을 보았으니, 우리 선문(禪門)에 도(道)가 있다는 사실을 분명히 알았으리라 믿소. 앞으로는 두 번 다시 치우치는 말에 귀를 기울여 듣지 말고, 삼교(三敎)를 하나같이 신봉하여 승려도 공경하고 도사도 존경하며 유능한 인재를 많이 길러내시기 바라오. 그래야만 폐하의 강산을 영원히 굳힐 수 있을 것이오."

차지국 왕은 이 충고의 말을 가슴 깊이 받아들이고 고마워하여 마지않으며, 당나라 스님 일행을 도성 문 밖까지 배웅하고 돌아갔다.

삼장경을 얻으려는 간절한 일념으로, 그리고 일원(一元)을 빛내겠다는 경건한 자세로 그들 일행은 날이 밝으면 길에 오르고, 날이 저물면 쉬고, 목마르면 물 찾아 마시고 시장하면 잿밥을 동냥해 먹으면서 하염없이 서천 땅을 향해 길을 재촉해 나아갔다.

어느덧 그해 봄도 다하고 여름이 얼마 남지 않았는가 싶더니, 벌써 가을 날씨가 찾아왔다. 이날 하루 해가 또 뉘엿뉘엿 저물자, 당나라 스님은 말고삐를 당겨 멈춰 세우고 제자들을 불렀다.

"얘들아, 오늘 밤에는 어디서 편히 쉴 수 있겠느냐?"

스승의 물음에 손행자가 대답한다.

"사부님은 출가하신 분이니, 집에 편히 있는 속인(俗人)들처럼 말씀하지 마셔야지요."

제자가 따끔하게 한마디 던졌으나, 고지식한 스승은 그 말뜻을 알아듣지 못하고 어수룩하게 되물었다.

"집에 편히 있는 속인이면 어떻고, 출가한 사람은 어쨌다는 거냐?"

"집에 있는 사람은 이맘때면 따뜻한 잠자리에서 포근하게 이불 덮고 귀여운 아들 가슴에 품고 발뒤꿈치로 여편네나 은근슬쩍 건드려가며 제멋대로 잠을 잡니다. 하지만 우리 같은 출가인들이야 어디 그럴 수 있습니까. 그저 달빛을 머리에 이고 별빛을 이불 삼아 덮으면서 풍찬노숙, 바람을 끼니 삼고 이슬 맞아가며 길이 있으면 앞으로 걸어나가고 길이 없어지면 발길을 멈추는 수밖에 없습지요."

이 말을 듣고 곁에서 저팔계가 볼멘소리로 투덜거린다.

"형님은 하나만 알지, 둘은 모르시오. 지금 이 길이 얼마나 험하고 어려운지 뻔히 보아서 알지 않소? 게다가 나 혼자 이 무거운 짐을 지고는 정말 더 이상 갈 수가 없소. 어디 마땅한 곳을 찾아 눈도 좀 붙이고 정신을 차려야만 내일 또 짐을 질 수 있을 게 아니겠소. 그렇지 않으면 나는 기진맥진해서 이 길바닥에 나자빠지고 말 거요. 그래도 태평스레 그런 말씀만 늘어놓으실 거요?"

"달빛 밝은 김에 좀더 걷다가 인가를 찾아 하룻밤 쉬기로 하세."

성깔 사나운 손행자가 이렇게 나오니, 스승도 아우들도 꼼짝 못하고 그 뒤를 따라 걷거나 할밖에 딴 도리가 없다.

다시 얼마 가지도 못했을 때였다. 어디선가 느닷없이 물결치는 소리가 거세게 들려왔다.

저팔계는 그것 보라는 듯이 화를 벌컥 냈다.

"잘됐군, 잘되었어! 이거야말로 아예 막다른 길에 들어서고 말았네 그려!"

사화상도 한마디 던졌다.

"길이 강물에 꽉 막혀버린 모양이오."

삼장은 당황한 기색으로 제자들의 눈치를 살폈다.

"이걸 어떻게 건너간단 말이냐?"

저팔계가 팔뚝을 걷어붙이고 나섰다.

"강물이 얼마나 깊은지 제가 어디 한번 시험해보지요."

"오능아, 쓸데없는 소리 말아라! 강물이 깊은지 얕은지 네가 어떻게 알아본다는 거냐?"

스승이 꾸지람을 내렸는데도 그는 아랑곳하지 않는다.

"조약돌 한 개 던져보면 알 수 있지요. '퐁당!' 하고 물거품이 일면 얕은 거고, '풍덩!' 하고 무거운 소리를 내며 가라앉으면 깊은 겁니다."

손행자가 그 말에 찬동하고 나섰다.

"어디 한번 해보지 그래!"

미련퉁이 저팔계는 조약돌 한 개를 집어들더니 물속을 겨냥하고 냅다 던져보냈다.

"풍덩!"

물보라 하나 없이 잔잔한 파문에 조약돌은 그대로 물속에 가라앉을 뿐이다.

그것을 보고 저팔계는 절레절레 도리질을 해 보였다.

"어이쿠 깊구나, 깊어! 너무 깊어서 건너가지 못하겠는걸!"

이 말에 삼장 법사의 초조감은 더욱 커졌다.

"깊다는 건 돌을 던져봐서 알겠다만, 강폭이 얼마나 너른지는 모르겠구나."

"그야 저도 알 수가 없습죠."

이때 손행자가 나섰다.

"가만있게, 내가 어니 살펴봄세!"

그리고는 근두운을 일으켜 타고 공중에 뛰어오르더니, 두 눈을 똑바로 뜨고 바라보았다.

깊고 너른 강물, 맞은편 기슭이 얼마나 멀리 있는지 아예 내다보이지도 않는다.

일렁일렁 파도치는 물빛 속에 달이 잠기고, 호호탕탕한 그림자 온 하늘에 떠 있다.

영기 감도는 강물 흐름이 화악(華岳)[1]을 삼키고, 아득한 물줄기는 백천(百川)을 관통한다.

천 겹 흉흉한 물결이 도도하게 휘몰아 감돌고, 만 겹 첩첩한 파도는 거세게 용솟음친다.

---

1 화악: 섬서성 서화음현(西華陰縣) 남쪽에 자리잡은 태화산(太華山). 역시 도교의 중심지로, 중국 '오악(五岳)' 가운데 서악(西岳)에 해당한다.

강변 언덕에는 고기잡이 등불 보이지 않고, 백사장 여울목에는 해오라기 잠들어 있다.

망망하게 물결치는 기세가 영락없는 바다요, 아무리 내다보아도 끝 닿은 데를 알 길 없구나!

급히 구름을 거두고 강변에 내려선 손행자, 스승과 아우들에게 절레절레 도리질을 해 보인다.

"사부님, 강폭이 넓습니다, 아주 넓어요! 도저히 건너가지 못하겠는데요. 이 손오공의 불 같은 눈, 금빛 눈동자로 말씀드릴 것 같으면 대낮에는 천 리 앞을 내다보아 길흉을 알아맞히고, 캄캄한 밤중이라도 사오백 리 앞길을 내다볼 수 있습니다. 그런데 지금은 건너편 기슭이 통 내다보이지 않는걸요. 강폭이 도대체 얼마나 되는지 어림잡을 수조차 없습니다."

삼장 법사는 깜짝 놀라 말을 이루지 못하고 목소리에 울음기가 섞여 나왔다.

"얘들아, 그럼…… 이 일을 어째야 좋단 말이냐……?"

사화상이 곁에서 스승을 달래준다.

"사부님, 울지 마세요. 저길 좀 보십쇼. 저 물가에 서 있는 것이 사람 같지 않습니까?"

손행자도 막내아우가 가리키는 곳을 바라보았다.

"그물질하는 고기잡이 같구먼. 내가 보고 올 테니, 여기서 기다리고 있게."

철봉을 꼬나잡고 단 두세 걸음에 달려가보니, 이런! 그것은 사람이 아니라 돌을 깎아 세운 비석이었다. 비면에는 전서체(篆書體)로 글씨 세 자가 큼지막하게 새겨져 있다.

통천하(通天河)

그 아래 또 작은 글씨로 열 자가 새겨졌다.

건너가자면 8백 리 길, 자고로 건너간 사람이 드물다(徑過八百里, 亘古少行人).

손행자가 소리쳤다.
"사부님! 이리 와서 좀 보십쇼!"
맏제자가 부르는 소리에 단걸음에 달려간 삼장 법사, 비문을 읽어보고 눈물부터 흘린다.
"얘야, 내가 장안성을 떠나올 때만 하더라도 서천 가는 길이 쉬운 줄 알았더니만, 이토록 숱한 요괴 마귀들이 갈 길을 가로막고 산천의 장애가 험준하여 아득히 멀 줄이야 어찌 알았겠느냐!"
뒤쫓아온 저팔계가 한마디 던졌다.
"사부님, 저것 좀 들어보십쇼! 저편에서 들려오는 것이 북소리, 바라 치는 소리 아닙니까? 뉘 집에서 재를 올리는 모양입니다. 우리 얼른 가서 잿밥 한 끼니 얻어먹고 나루터가 어디 있는지 알아두었다가 배를 찾아 내일 건너가도록 합시다."
삼장이 마상에서 귀를 기울여보았더니, 과연 북 치는 소리와 동발(銅鈸) 울리는 소리가 한데 어우러져 들려온다.
"그렇구나. 저건 도가의 악기 소리가 아니라 우리 승가에서 재를 올리고 있는 소리다. 어서 저곳으로 가보자꾸나."
이리하여 손행자는 앞장서서 말고삐를 끌고, 일행과 함께 소리나는 곳을 따라 앞으로 나아갔다. 길다운 길도 없이 그저 울퉁불퉁한 모래 자갈밭 언덕길을 닥치는 대로 지나가보니 사람 사는 마을 한군데가 바라보였다. 규모가 제법 큰 마을, 어림잡아 4, 5백 채가 되는 집들이 옹기종기 들어앉았는데, 첫눈에도 꽤나 부유하게 살고 있는 것 같았다.

  산등성이 끼고 길이 뚫렸으며, 언덕 옆은 시냇물에 닿았다.
  눈길 가는 곳마다 사립문이 닫히고, 집집마다 대나무 숲 우거진 뜰이 널찍하다.
  백사장 머리맡에 해오라기 잠드니 꿈속의 넋도 말끔하고, 버들가지 밖에서 밤새 지저귀는 목청이 쌀쌀맞기도 하구나.
  단소(短簫) 부는 소리 없고, 썰렁한 대장간에 모루 한 틀만이 어울리지 않게 멋없이 놓였을 뿐.
  붉은 여뀌 가장귀 바람결에 달빛 흔들고, 누렇게 시든 갈대 잎은 밤바람을 이기려 안간힘 쓴다.
  동구 밖 엉성한 울타리 안에서 동네 개 짖는 소리 을씨년스럽고, 나루터 늙은 어부는 낚싯배 위에 잠들어 있다.
  등불은 듬성듬성 반짝이고, 인가의 굴뚝 연기 고요한데, 중천에 해말간 달빛만이 거울처럼 걸려 있다.
  홀연듯 한바탕 풍겨오는 흰 사과꽃 향기, 서풍을 타고 강 건너편까지 퍼져나가네.

삼장이 말에서 내려 바라보니, 길거리 한곁에 집 한 채가 들어앉았는데 문밖에는 깃발이 내걸리고 집 안에는 등잔불과 촛불이 휘황찬란하며 향을 사르는 연기가 자욱하게 퍼져나오고 있었다.
  그는 맏제자를 불렀다.

"오공아, 이곳은 산골짜기나 강변과는 다르다. 사람 사는 집 처마 끝이라 차가운 이슬을 가릴 수도 있고, 마음놓고 편히 잠들 수도 있을 것이다. 그러니 너희들은 나서지 말고 내가 먼저 이 시주 댁 문턱에 가서 부탁해보마. 주인이 우리를 머무르게 허락해준다면 이내 너희들을 부를 것이요, 하룻밤 묵게 해주지 않는다 하더라도 공연히 너희들이 나서서 못되게 굴어서는 안 된다. 너희들의 얼굴 모습하며 입매가 워낙 추접스럽게 생겨서 사람들을 놀라게 하거나, 불집을 일으켜놓지 않을까 걱정된다. 만약 그런 일이 벌어졌다가는 하룻밤 추녀 밑에서나마 이슬 피해 쉴 곳마저 없어질 게 아니냐."

손행자는 스승의 말씀을 선선히 받아들였다.

"그럴듯한 말씀입니다. 사부님께서 먼저 가보십쇼. 저희들은 여기서 기다리고 있을 테니까요."

그제야 삼장은 삿갓을 벗어 놓고 번쩍번쩍하는 대머리 차림새에 장삼 가사 자락을 툭툭 털면서 구환석장 지팡이를 끌고 그 집 대문 앞으로 다가섰다. 문짝은 절반쯤 열렸으나 절반이 닫혀 있는 것을 보고, 그가 섣불리 들어설 엄두를 내지 못한 채 한참 동안 기웃거리면서 서 있노라니, 집 안에서 늙수그레한 남자 한 사람이 걸어나오는데 목에는 염주를 늘어뜨리고 입으로는 열심히 나무아미타불을 외우면서 대문짝을 걸어 잠그려고 했다.

삼장은 황급히 두 손 모아 합장하고 목청을 가다듬어 인사했다.

"노시주님, 소승이 문안드립니다."

노인도 얼른 답례를 건네더니 사뭇 안쓰러운 기색으로 혀를 찼다.

"이 스님은 너무 늦게 오셨군 그래."

영문을 모르는 삼장이 내처 물었다.

"너무 늦게 오다니요, 그게 무슨 말씀이십니까?"

"너무 늦게 와서 아무것도 드릴 게 없단 말이외다. 오려거든 좀더 일찌감치 와야 할 게 아니오? 우리집에서는 스님들에게 동냥을 주었고 잿밥도 실컷 먹여드렸소. 그리고 돌아갈 때에는 쌀 석 되, 무명 한 필, 동전 열 푼씩 나눠드렸소. 스님은 어디 계셨다가 이처럼 뒤늦게 오시는 거요?"

노인의 말에, 삼장은 허리를 굽히고 변명했다.

"노시주님, 소승은 동냥을 얻으러 온 게 아니올시다."

"동냥하러 오지 않았다면 무슨 일로 오셨소?"

"소승은 동녘 땅 대 당나라에서 칙명을 받들고 파견되어 서천으로 경을 가지러 가는 사람입니다. 때마침 댁 근처에 이르러 날이 저물었습니다. 시주 댁에서 북소리와 바라 치는 소리가 들리기에 소리를 따라 찾아왔으니, 하룻밤만 머물게 해주신다면 날이 밝는 대로 곧장 떠나갈까 합니다."

이 말을 듣자, 노인은 두 손을 홰홰 내저으면서 꾸짖었다.

"여보시오, 스님! 출가하신 분이 거짓말을 해선 못쓰오. 동녘 땅 대 당나라 사람이 우리가 사는 이곳까지 오려면 오만 사천 리 길이나 되는데, 당신처럼 혈혈단신 홀몸으로 어떻게 그 머나먼 길을 올 수 있었단 말이오?"

"노시주님께서 바로 보셨습니다. 하지만 소승에게는 제자가 셋씩이나 있어 산에 가로막히면 길을 틔워주고 물에 막히면 다리를 놓아주면서, 소승을 보호하여 이곳까지 온 것입니다."

"호오! 제자들이 계시다니…… 그렇다면 어째서 함께 데려오지 않으셨소?"

노인은 탄성을 지르면서 다시 말했다.

"자아, 어서 들어오시오. 우리집에 편안히 쉬실 곳이 있소."

이 말을 듣자, 삼장이 고개를 돌리고 뒤돌아보면서 크게 소리쳤다.
"얘들아, 모두 이리 나오너라!"
본디 손행자는 워낙 성미 조급한 원숭이요, 저팔계는 태생이 거칠고 왁살스러운데다 사화상 역시 무뚝뚝한 천성이라, 세 사람은 스승의 분부가 떨어지기 무섭게 말고삐를 잡아끌고 짐보따리를 둘러멘 채, 다짜고짜 돌개바람 휘몰 듯이 한꺼번에 우르르 달려나왔다.
노인장은 이들의 꼬락서니를 보고 기절초풍하도록 놀란 나머지 엉덩방아를 찧고 나자빠지더니 다 기어들어가는 목소리로 악을 쓰기 시작했다.
"요괴다, 요괴야! 으악, 요괴들이 나타났다!"
삼장은 얼른 그를 부축해 일으켜주면서 해명했다.
"노시주님, 두려워하실 것 없습니다. 요괴가 아니라 소승의 제자들입니다."
노인장은 무서워 벌벌 떨며 가까스로 몸을 일으키고 섰다.
"이처럼 준수하게 생긴 스님이 어쩌자고 저토록이나 흉측스런 제자들을 받아들이셨는지 모르겠소!"
"비록 겉모습은 흉측하게 생겼으나, 용을 항복시키고 호랑이를 굴복시킬 줄 알 뿐만 아니라 요괴 마귀를 때려잡는 재간을 지녔답니다."
그래도 노인장은 믿는 둥 마는 둥, 삼장 법사의 손을 부여잡고 천천히 걸음을 옮겨 떼어 집 안으로 맞아들였다.
왁살스럽고 심술궂은 세 사람이 한꺼번에 집 안으로 뛰어들더니 기둥뿌리에 말고삐를 비끄러매랴, 짐보따리를 내동댕이치랴, 한참 동안이나 야단법석을 쳤다.
집 안에는 아직도 스님 몇 분이 경을 읽고 있다가 앞마당에서 부산을 떠는 소리에 눈살을 찌푸리고 바깥쪽을 내다보았다. 그러다가 저팔계와 눈길이 딱 마주치고 말았다.

"이것들 봐! 무슨 경을 외우고 있는 거야?"

미련퉁이 저팔계가 그 기다란 주둥이를 쑥 내밀면서 버럭 고함쳐 물었다.

고개를 쳐들고 그 흉악한 몰골을 처음 본 스님들이 얼마나 놀라 자빠졌는지 상상도 못 했으리라.

바깥에서 들이닥친 손님의 꼬락서니를 보아하니, 기다란 주둥아리에 두 귀는 너울너울 부챗살보다 더 큼지막하고, 몸뚱이는 우락부락 거칠기 짝이 없으며, 널찍한 등판과 양 팔뚝은 떡 벌어졌고, 묻는 목소리가 천둥 벼락 치듯 사납기 그지없다.

손행자와 사화상의 얼굴 모습 생김새는 그보다 더욱 추접스러워, 집 안에서 경을 읽던 스님들은 기절초풍하다 못해 혼비백산을 하도록 놀라 두려워하지 않는 이가 없다.

아도리(阿闍黎) 고승님은 경을 외우는 둥 마는 둥, 반수(班首)[2] 나리는 불상 앞에 절을 하는 둥 마는 둥, 두드리던 석경(石磬)과 흔들던 요령(搖鈴)은 그나마 챙겼으되 부처님의 금신상은 내동댕이치고, 일제히 등불 끄랴 촛불 끄랴 허겁지겁 두 다리야 날 살려라 와르르 흩어져 도망치느라 바쁘다.

엎어지고 고꾸라지고 자빠지고 벌벌 기느라 문턱을 제대로 딛고 넘어설 겨를이 어디 있으랴! 이마 부딪고 기둥뿌리 들이받으니, 마치 시렁 위에 조롱박 거꾸로 매달린 듯 서로 부딪느라 정신이 하나도 없다.

---

[2] 반수: 상석(上席)에 자리잡은 우두머리. 모든 행사의 절차를 주관한다.

이러니 거룩하고 엄숙하던 청정 도량(淸淨道場)이 삽시간에 웃음거리 난장판으로 벌컥 뒤집힐밖에 더 있으랴.

그래도 이들 세 형제는 뭇사람들이 자빠지고 엎어지고 벌벌 기어 도망치는 꼬락서니를 보고 손뼉까지 쳐가며 깔깔대고 재미있어했다. 그 바람에 스님들은 더욱 겁을 집어먹고 이마와 머리통을 깨가면서 죽을 둥 살 둥 야단법석을 떤 끝에 한 사람도 남지 않고 말끔히 달아나버리고 말았다.

삼장은 이때서야 주인장을 부축하고 들어왔다. 집 안에 불빛이라곤 하나도 없이 캄캄절벽인데, 세 형제만이 여전히 시시덕거리면서 웃고만 있을 뿐이었다.

당나라 스님은 버럭 역정을 내면서 철딱서니 없는 제자들을 무섭게 꾸짖었다.

"이 못된 놈들, 정말 고약하기 짝이 없구나! 내가 아침저녁으로 간곡히 일깨워왔고 날이면 날마다 신신당부해왔는데, 이런 무례한 짓을 저지르다니! 옛사람이 말씀하시기를, '가르치지 않아도 착한 사람은 성인이 아니고 무엇이리오! 가르침을 받고 나서 착하게 된 사람은 현자가 아니고 무엇이리오! 가르침을 받고도 착하게 되지 못한 자는 어리석은 자가 아니고 무엇이랴!(不敎而善, 非聖而何! 敎而後善, 非賢而何! 敎而不善, 非愚而何!)'라고 하였다. 너희들같이 못된 놈들은 어리석은 정도가 아니라 이 세상에 둘도 없는 하류 잡배요, 우매하기 짝이 없는 놈들이다. 남의 집 대문간에 들어서기가 무섭게 천둥벌거숭이들처럼 뭐가 뭔지도 모르고 함부로 날뛰어 시주님을 놀라시게 만들고 엄숙하게 경을 읽는 스님들마저 당황하게 만들어 쫓아버리고 남의 좋은 일을 모조리 망쳐버렸으니, 이러고도 모든 허물은 스승인 내 탓으로 뒤집어씌울 작정이 아니냐?"

이렇듯이 한바탕 제자들을 꾸짖어 감히 대꾸할 말도 없게 만들어놓자, 늙은 주인장도 그제야 이 흉악한 세 사람이 과연 기품 높으신 스님의 제자들이라는 사실을 믿을 수가 있었다. 그래서 황급히 삼장을 돌아보고 절하며 이런 말로 사태를 누그러뜨렸다.

"어르신, 고정하시지요. 뭐 대수로운 일도 아닌데 그토록 역정을 내십니까. 아무 일도 아닙니다. 이제 법회도 거의 다 끝낼 때가 되어 등불 끄고 꽃 뿌리기나 해서 불공을 마치려던 참이었습니다."

이 말을 듣고 저팔계가 얼른 나섰다.

"불공이 끝났다면, 남은 술과 밥이나 잔뜩 차려다가 우리들에게나 한턱 잘 먹여서 재워주시구려."

노인이 당장 소리쳐 분부를 내린다.

"얘들아, 등잔을 가져오너라! 등불을 밝혀라!"

집안 식구들이 그 말을 듣고 깜짝 놀라 허둥대며 의아스레 여겼다.

"아니, 대청에서 스님들이 경을 읽느라 향촉을 많이 밝혀두었을 텐데, 어째서 또 등불을 가져오라는 것일까?"

안채 쪽에서 하인 몇 사람이 나오다가 앞이 캄캄절벽인 것을 보고 휑하니 되돌아가서 횃불과 등롱에 불을 켜들고 우르르 몰려나오기는 했는데, 고개를 번쩍 들고 저팔계와 사화상을 바라보더니 기겁해서 횃불을 내동댕이치고 뒷걸음질쳐 도로 들어가 중문을 잠가버리고는 고래고래 악을 쓰기 시작했다.

"요괴가 나타났다! 요괴가 나타났다!"

손행자는 냉큼 횃불을 집어다가 등잔불을 밝혀놓고 의자 한 개를 끌어다 스승을 그 자리에 앉혔다. 그제야 늙은 주인장도 맞은편에 자리 잡고 앉았다.

이리하여 주인과 손님이 새삼 인사를 나누고 한담을 늘어놓으려는데, 안채 문이 다시 열리면서 또 다른 노인 한 분이 걸어나오더니, 지팡이를 잔뜩 움켜잡고 엄하게 꾸짖는 소리가 들려왔다.

"어떤 놈의 사악한 요괴 마귀가 이 어두운 밤중에 우리처럼 선량한 집 문전에 쳐들어왔다는 거냐?"

마주 앉아 얘기를 나누던 노인이 황급히 몸을 일으키더니, 다른 노인을 문 앞까지 나가 맞아들이면서 좋은 말로 해명했다.

"형님, 시끄럽게 굴지 마세요. 사악한 요괴 마귀가 아니라, 바로 동녘 땅 대 당나라에서 경을 구하러 서천으로 가시는 나한들이십니다. 저분의 제자들이 비록 겉모습은 흉측하게 생겼으나, 보기와는 달리 모두들 선량한 분입디다. 속담에도 '상판은 못생겨도 마음은 착하다(山惡人善)'³ 하지 않았습니까."

'형님'이라 불린 노인은 그제야 지팡이를 내려놓으면서 삼장 일행 네 사람과 인사를 나누었다. 인사치레가 끝나자, 그 노인 역시 맞은편에 자리잡고 앉으면서 안채에다 대고 호통을 쳤다.

"얘들아, 뭘 꾸물대고 있는 거냐! 냉큼 차를 내오너라! 저녁을 대접해드릴 준비도 하고……!"

연거푸 몇 차례나 악을 썼지만, 심부름꾼 녀석들과 머슴 몇 명은 두려움에 와들와들 떨기만 할 뿐, 좀처럼 주인의 분부대로 따라 움직이려 하지 않았다.

이제나저제나 배불리 먹기만을 학수고대하던 저팔계가 참다못해

---

3 상판은 못생겨도 마음은 착하다: 원문에는 '산악인선(山惡人善)' 즉 '산은 험악하나 사람은 착하다'라고 되어 있으나, 이는 저자 오승은의 고향인 회안(淮安) 지방 사투리로, 그 일대 지리 환경이 험악하나 민심은 순박하다는 뜻이며, 여기서는 생김새가 추악해도 심성은 착하다는 뜻으로 쓰였다.

한마디 던져 물었다.

"여보 노인장, 저 하인들이 양편에 늘어서서 뭘 어쩌자는 거요?"

"내가 저 녀석들더러 밥상을 차려다가 스님들의 식사 시중을 들라고 했소이다."

"모두 몇 사람이 우리 시중을 들어줄 거요?"

"여덟 명이외다."

"그 여덟 명이 누구의 식사 시중을 드나요?"

"누군 누굽니까. 당신들 네 분이시죠."

미련퉁이는 그 말이 나오기를 기다렸다는 듯 냉큼 받아넘겼다.

"저 얼굴이 허여멀겋게 생긴 우리 사부님께는 한 명만 시중을 들어 드리면 되고, 털북숭이 얼굴에 뇌공의 주둥이를 한 분에게는 두 명이 모셔드리면 될 테고, 여기 이 재수 없이 가무잡잡하게 생긴 친구한테는 여덟 명이, 그리고 나한테는 한 스무 사람이 시중을 들어주어야 할 거요."

"호오, 시중들 사람이 스무 명이라! 그렇다면 스님의 식성이 제일 크신 모양입니다그려."

"먹는 걸 보면 아실 거요. 그저 어지간할 뿐이니까."

"여봐라! 여봐라! 아무도 없느냐? 거기 있는 대로 다 나오너라!"

노인장은 어른 아이 할 것 없이 닥치는 대로 한꺼번에 3, 40명이나 불러냈다.

하인들도 주인이 스님들과 얘기를 주고받는 것을 보고 비로소 마음이 놓였는지 윗자리에 식탁을 하나 가져다 놓고 삼장 법사를 상석에 모셔 앉힌 다음, 그 양편에 다시 상 세 개를 놓아 제자들을 청해 앉혔다. 그리고 맞은편 자리에 상을 하나 차려놓고 두 노인을 모셔 앉혔다. 제일 먼저 차려 내온 것은 과일과 채소, 그 다음에는 국수, 쌀밥, 그리고 떡 하며 당면을 넣고 끓인 국, 과자 대접이 차례차례 나왔다.

이윽고 당나라 스님이 젓가락을 집어들더니 우선 『계재경(啓齋經)』 한 권을 외우기 시작했다. 그러나 미련퉁이 먹보 저팔계 녀석은 푸짐한 음식상을 눈앞에 두었으니, 그저 한입에 다 틀어넣고 삼켜버리고 싶은 생각만 간절할 뿐, 스승이 그 지루한 식사 경문을 다 외울 때까지 무슨 수로 견뎌내랴. 그는 스승의 입에서 중얼중얼 경문을 외우기 시작하는 순간, 기다란 주둥이를 아래쪽으로 숙인 다음 재빨리 붉은 칠을 입힌 나무 대접 하나 끌어다가 쌀밥 한 그릇을 물 마시듯이 후룩 들이켰다. 그리고는 시침 뚝 떼고 앉아 있었다.

곁에서 시중들던 꼬마 녀석이 조심스레 여쭈었다.

"이분 스님은 생각이 없으시군요. 만두를 감추신다면 혹 몰라도, 쌀밥을 소매춤에 쏟아 부으시면 옷이 더러워지지 않습니까?"

저팔계는 천연덕스레 대꾸했다.

"소맷자락에 쏟아 부은 게 아니라, 입으로 먹었다."

"입도 벌리지 않고 어떻게 잡수셨단 말씀입니까?"

"내가 아이 녀석한테 거짓말을 하겠느냐? 분명히 먹었단 말이다. 믿지 못하겠거든 다시 한번 먹을 테니 잘 보려무나."

꼬마 녀석은 또 밥 한 그릇을 가득 퍼담아 저팔계에게 넘겨주었다. 미련퉁이는 눈 깜짝할 사이도 없이 또 한입에 후딱 틀어넣고 시침을 뚝 떼었다. 여러 하인들이 그 꼴을 보고 한결같이 탄성을 질렀다.

"어이구, 나으리! 나으리의 목구멍은 참말 벽돌을 다듬어서 쌓아올린 굴뚝보다 더 크고 매끄러운 모양이네요!"

이왕 들통난 마당에 무엇을 꺼려하랴, 미련퉁이 저팔계 녀석은 당나라 스님이 식사 경문 한 권을 다 끝마치기도 전에 벌써 대여섯 사발을 거뜬히 해치웠다. 그리고 나서야 일행과 더불어 점잖게 젓가락을 높이 쳐들고 음식을 들기 시작했는데, 이 미련퉁이 바보 녀석은 쌀밥이든 국수든, 과일이건 떡이건 닥치는 대로, 마음 내키는 대로 마구 움켜다가 입에 쑤셔넣으면서도 모자란다고 고래고래 악을 썼다.

"밥을 더 가져와라! 더 가져와! 이거 왜 이렇게 자꾸 줄어들기만 하는 거야?"

손행자가 보다 못해 소리를 꽥 질렀다.

"여보게, 자그마치 먹어두지 못하겠나! 산골짜기에서 배가 고파 쩔쩔매던 생각을 해서라도 배를 절반쯤만 불려두어도 나쁠 게 없지 않겠느냔 말일세."

"형님은 잠자코 계시오. 속담에도, '동냥 다니는 거렁뱅이 중이 한 끼니 배불리 먹지 못하면, 차라리 산 채로 땅속에 파묻혀 죽기보다 못하다(齋僧不飽, 不如活埋)'는 말도 못 들어보셨소?"

손행자는 그 말을 못 들은 척 무시하고 주인에게 말했다.

"밥상을 물리시지요. 이 친구 눈치 볼 것 없소이다!"

두 노인이 허리를 굽히고 송구스럽게 대답했다.

"어르신께 솔직히 말씀드립니다만, 대낮이었다면 이렇듯 식성이 대단하신 장로님께 백 사람 몫을 더 차려낸다 하더라도 괜찮겠으나, 때가 이미 늦어 나머지 제물을 다 거둬들였으니 어쩌겠습니까. 지금은 단지 국수 한 섬과 쌀 닷 말, 채소와 과일 몇 상만 차려 가지고 이웃간에 친구 몇 분을 모셔다가 여러 스님들과 함께 먹을까 하던 참이었는데, 뜻밖에도 여러분께서 오시게 되어 스님들이 모두 겁을 집어먹고 달아나는 바람에 섣불리 이웃을 불러들이지 못하고 마련했던 음식상을 고스란히 여러분께 대접해드린 것입니다. 만약 그래도 음식이 모자라신다면 밥을 더 지어 올리도록 하겠습니다."

걸신들린 저팔계는 염치 좋게 악을 썼다.

"밥을 더 지어서 내오라니까! 더 가져와요!"

그러나 악을 쓰는 동안 음식 그릇과 밥상이 물러갔다.

식사가 끝나자, 삼장은 몸을 일으키고 반듯이 서서 음식을 대접해 준 데 감사를 표한 다음, 조심스럽게 물었다.

"노시주님께서는 성씨가 어떻게 되시는지요?"

"진씨(陳氏)이외다."

노인 형제의 대답에, 삼장은 반가움에 겨워 두 손 모아 합장했다.

"그러고 보니 바로 소승의 종씨가 되는군요."

"스님께서도 진씨이오니까?"

노인들도 신기한 듯, 새삼스레 삼장의 얼굴을 뜯어보았다.

"예에, 속성이 진씨이지요. 그런데 방금 올리신 재는 무엇을 위한 공양입니까?"

삼장이 주인더러 묻는데, 곁에 있던 저팔계가 퉁명스레 한마디 던졌다.

"원 사부님도! 그런 걸 물어서 뭘 하시렵니까! 몰라서 물으십니까? 농사 잘되라고 '청묘재(青苗齋)'를 올렸거나, 집안 화목하라고 '평안재(平安齋)', 일이 잘 끝나게 해달라고 '요장재(了場齋)', 뭐 그런 재를 올렸겠지요."

미련퉁이가 주절주절 주워섬기는데, 노인장이 머리를 가로저었다.

"그런 재가 아닙니다, 아니에요."

"그럼 어떤 것이었습니까?"

삼장이 내처 묻자, 노인은 침통한 기색으로 대답했다.

"예수망재(預修亡齋)를 올렸습니다."

이 말을 듣고 주책없는 저팔계 녀석이 데굴데굴 굴러가며 웃음보를 터뜨렸다.

"이런 영감 봤나! 어지간히도 사람 볼 줄 모르시는군. 우리가 누군지 알기나 하오? 거짓말을 하거나 속임수를 쓰는 사람을 족집게처럼 용케 잡아내는 대왕님들인데, 어찌 그따위 거짓말로 우리를 속이려 드는 거요! 절간에 사는 중들치고 누가 재를 올릴 줄 모르겠소? 재에는 저승에 미리 돈을 보내어 쌓아두는 '예수기고재(預修寄庫齋)'와 양육해준 부모의 은혜를 갚기 위해 미리 올리는 '예수전환재(預修塡還齋)'가 있을 뿐인데, '예수망재'라니, 세상에 그런 재가 어디 있소? 또 아무리 보아도 이 댁에 죽은 사람이 없는데, 무슨 놈의 '망재(亡齋)'를 올린단 말이오?"

곁에서 손행자가 이 말을 듣고 속으로 웃었다.

'이 바보 천치 녀석이 오늘은 그래도 제법 똑똑하게 따질 줄도 아는군……'

그리고는 두 노인을 돌아보고 다시 물었다.

"여보, 노인장. 혹시 말씀을 잘못하신 거 아니오? '예수망재'라는 것이 누구를 위한 공양이오?"

두 노인은 대답 대신에 허리를 공손히 구부리고 되물었다.

"장로님들께서는 경을 가지러 가신다면서 왜 곧바로 가지 않고 이런 데로 접어들게 되셨습니까?"

엉뚱한 질문이지만 주인이 물었으니 대답을 안 할 수가 없다.

"올바른 길로 오기는 왔소만, 강물에 길이 막혀 건너가지 못하다가 북소리 바라 치는 소리를 듣고 하룻밤 잠자리나 빌려들까 해서 이렇게 댁을 찾아온 거요."

"강변에 당도하셨을 때 무언가를 보지 않으셨습니까?"

손행자는 무심코 기억나는 대로 일러주었다.

"비석이 한 개 서 있는데, '통천하'라는 글씨가 새겨져 있습디다. 그 밑에는 또 '건너가자면 팔백 리 길, 자고로 건너간 사람이 드물다'라고 씌었을 뿐, 그 밖에는 아무것도 보지 못했소."

"그 비석이 서 있는 곳에서 상류 쪽으로 한 일 리 남짓 더 올라가시면 '영감대왕 묘(靈感大王廟)'란 사당이 한 채 있을 터인데, 그것을 보지 못하셨습니까?"

"못 보았소. 한데 그 '영감'이란 게 어떤 것인지 말씀해주시오."

두 노인은 대답 대신에 한참 동안 눈물만 줄줄 흘리더니, 나중에 가서야 넋두리하듯 사연을 읊대기 시작했다.

한 고장을 감응시켜 사당을 세우게 하니, 그 위세와 영험이 천리에 두루 퍼져 백성을 돕는다네.
해마다 마을에 단비를 베풀어주고, 세월이 바뀔 때마다 마을에 경사스러운 구름을 감돌게 하는구나.

손행자는 이 말을 듣고 뜨악한 기색으로 다시 물었다.

"거참 고얀 노릇이로군! 해마다 단비를 베풀어주고 경사스러운 구름을 드리워준다면 그 얼마나 좋은 마음씨를 가진 대왕이겠소? 그런데 두 분께서는 어째서 이토록 가슴 아파하시고 괴로워하시는 거요?"

그러자 노인은 두 발을 동동 구르고 가슴을 치면서 땅이 꺼져라 한숨마저 내쉬었다.

"장로님, 사연을 좀더 말씀드리지요……."

비록 은혜가 많다 하나 원한 또한 많으니, 자비로운 혜택을 베풀어준다 하지만 사람의 목숨 또한 다친다네.
살아 있는 동남동녀만 잡아먹고 싶어하니, 이는 분명 떳떳하고 올바른 신령이 아니로다.

"아니, 그 '영감대왕'이란 자가 동남동녀를 잡아먹는단 말이오?"

"예, 그렇습니다."

"그렇다면 혹시 이번에는 노인 댁 차례가 된 게 아닌가요?"

"예, 바로 보셨습니다. 올해가 우리집 차례입니다. 우리 마을은 백여 가호 사람이 살고 있습니다. 이 고장은 차지국(車遲國) 원회현(元會縣) 관내에 소속된 곳으로서 진가장(陳家莊)이라 부릅니다. 이 영감대왕이란 신령은 일 년에 한 차례씩 제사를 받는데, 동남 하나, 동녀 하나, 그리고 돼지와 양을 희생 제물로 바쳐야 한답니다. 그는 이 제물을 한꺼번에 먹어치우고 나서야 한 해 동안 비바람을 순조롭게 내려줄 것을 보장합니다. 만약 우리가 제사를 지내지 않았다가는 당장 큰 재앙을 내리지요."

손행자는 고개를 끄덕끄덕하고 나서 다시 물었다.

"노인 댁에는 아드님이 몇이나 있으시오?"

두번째 나타났던 노인이 가슴을 치면서 대답했다.

"정말 가련한 노릇입니다. 가련해요! 아들이랄 게 뭐 있습니까. 부끄러워서 죽을 지경입니다! 이 사람은 제 아우로서 진청(陳淸)이라고 부릅니다. 그리고 이 늙은 것은 진징(陳澄)인데 올해 나이가 예순세 살이요, 아우 진청은 쉰여덟입니다. 저희 두 형제가 모두 자식 복이 없는 팔자를 타고나서 나이 쉰이 다 되도록 자식이 없었습니다. 그래서 친구들이 소실을 하나 얻어보라고 권하기에, 어쩔 도리가 없어 다른 여자를 하나 받아들여 계집아이 하나를 낳았습니다. 올해 겨우 여덟 살에 이름을 일칭금(一秤金)이라고 붙여주었습니다."

곁에서 귀담아듣던 저팔계가 한마디 끼어들었다.

"호오, 그것참 귀한 이름인데! 어째서 일칭금이라고 부르는 거요?"

"슬하에 자식을 두기 어려운 팔자인지라, 마을에 다리도 놓아주고 길을 닦아주기도 하고, 사원을 짓고 탑도 세웠으며 동냥 오는 스님에게 보시도 해왔지요. 거기에 쓴 돈을 따져보았더니 여기 석 냥 쓰고 저기 넉 냥 쓰고 한 것이, 딸을 낳던 그해까지 꼭 황금 삼십 근이나 되었소이다. 무게 삼십 근을 저울에 달아보면 일 칭(秤)이 되므로, 그래서 일칭금이라 부른 것입니다."

손행자가 진청을 가리키면서 물었다.

"저분에겐 아들이 없으시오?"

"제 아우에게는 아들이 하나 있습니다. 그것도 서출(庶出)인데, 올해 겨우 일곱 살이고 이름은 진관보(陳關保)라고 붙였습니다."

"어째서 그런 이름을 붙이셨소?"

"저희 집안은 대대로 관성(關聖, 관운장) 어르신을 섬기고 공양을 드려왔습니다. 그래서 관성 어르신께 빌어 이 아들을 하나 얻게 되었는지라, '관보'라고 이름을 지은 것입니다. 저희 두 형제 나이를 합치면 꼭 백두 살이 됩니다. 그런데도 대를 이어줄 사람의 씨라곤 이 어린것 둘밖에 없는데, 뜻하지 않게 올해 저희들 집에서 제사를 지낼 차례가 되었으니 어쩌겠습니까. 이 어린것들을 제물로 바치지 않을 도리가 없게 되었지요. 그래서 부모와 자식 간의 정리로 생이별하는 것이 너무나 안타까워 저 어린것들이 다음 세상에 가서는 좋은 곳에 태어나 행복하게 살아주기를 바라는 마음에서 초생도량(超生道場)을 베풀어준 겁니다. 재 이름을 '예수망재'라고 붙인 것도 이런 까닭에서였습니다."

삼장이 그 말을 듣더니 두 뺨에 눈물을 뚝뚝 흘리며 탄식해 마지않았다.

"이야말로 옛사람의 말씀대로, '다 익은 매실은 떨어지지 않고 설익은 열매가 먼저 떨어지며(黃梅不落靑梅落), 하늘은 자식 없는 사람만

골라서 해롭게 군다(老天偏害沒兒人)' 하더니, 바로 그 얘기가 맞는 모양입니다그려!"

이때 손행자가 무슨 생각이 났는지, 싱긋 웃어가며 두 노인 형제들에게 물었다.

"제가 한 가지 더 묻겠습니다. 노인장께서는 댁에 재산을 얼마나 가지고 계십니까?"

둘째 노인이 먼저 대답했다.

"모자랄 것 없이 어지간히 가지고 있습지요. 논이 사오십 경(頃), 밭이 육칠십 경, 목초지가 팔구십 군데, 물소와 황소가 이삼백 마리, 노새와 마필이 이삼십 마리, 여기에 돼지와 양, 닭과 거위는 이루 헤아릴 수도 없습니다. 또 집 안에는 한 해 내내 못다 먹을 곡식이 쌓여 있고 옷감 역시 입고도 남을 정도로 많이 있습니다. 세간 살림과 재물도 한평생 다 쓰지 못할 만큼 쌓아놓았습니다."

"재산과 가업이 그만하신데, 어지간히도 재물을 아끼시는 분들이로군요."

"어째서 저희가 재물을 아낀다고 하십니까?"

"그토록 많은 재산을 쌓아놓으시고도 어떻게 친히 낳은 그 귀한 아들딸을 제물로 바칠 수 있단 말입니까? 은화 오십 냥만 들이면 동남 하나 살 수 있고 백 냥이면 동녀 하나 살 수 있으실 텐데, 이런저런 비용까지 모두 합쳐봐야 이백 냥도 못 되는 금액이 아닙니까? 그 정도 돈을 써서 두 노인장의 아들딸을 후대에 남겨두시는 것이 더 좋지 않겠느냐, 이 말입니다."

그러나 두 노인은 여전히 눈물을 뚝뚝 떨어뜨리며 이렇게 말했다.

"나으리, 그건 모르고 하시는 말씀입니다. 영감대왕은 무척 영험한 신령이라, 노상 우리 마을 근처를 돌아다니고 있습니다."

"이 부근을 돌아다닌다면 그놈의 낯짝이 어떻게 생겼는지 보셨을 게 아닙니까? 도대체 키와 몸집은 얼마나 되고 생김새는 어떻습디까?"

이 물음에 둘째 노인이 대답했다.

"형체는 보이지 않습니다. 그저 향기로운 바람이 한바탕 코끝에 풍겨오면 이내 영감대왕 어르신께서 오셨다는 것을 알고 부리나케 향을 가득 살라놓고 남녀노소 할 것 없이 모두들 바람 부는 쪽을 향해 절만 할 뿐이니까요. 그분은 우리 마을 집집마다 숟가락 젓가락, 밥그릇 대접이 몇 개나 있는지 낱낱이 헤아려 알고 계십니다. 뿐만 아니라 마을 안에 사는 늙은이 어린것들의 생년, 생월, 생일, 생시까지 모조리 기억하고 있습지요. 그렇기 때문에 꼭 친히 낳은 아들딸을 골라서 바쳐야만 잡아먹습니다. 우리집 아이들과 얼굴 생김새가 똑같고 생년, 생월, 생일, 생시까지 똑같은 아이를 살 수만 있다면 이삼백 냥은 고사하고 몇천만 냥을 낸다 하더라도 아깝지 않겠습니다만, 그런 아이를 도대체 어디서 사올 수 있단 말입니까?"

"흐흠, 그랬었군! 됐소, 됐어! 아무튼 노인장의 아드님을 이리 안고 나오시오. 어디 한번 봅시다."

둘째 노인 진청이 급히 안채로 들어가더니, 외아들 관보를 안고 나와서 등잔불 앞에 내려놓았다. 어린것은 오늘이 죽는 날이라는 것을 까맣게 모른 채 양 소매춤에 가득 넣은 과일을 꺼내 먹으면서 깡충깡충 뛰놀기 시작했다.

그것을 본 손행자, 입속으로 묵묵히 주문을 외우더니 몸 한 번 꿈틀하는 사이에 진관보와 똑같은 모습으로 변신했다. 쌍둥이처럼 꼭 닮은 두 아이가 손을 맞잡고 등잔불 앞에서 깡충깡충 춤을 추며 뛰놀자, 아비 되는 진청 노인이 기절초풍을 하다시피 놀라며 삼장 앞에 털썩 무릎 꿇었다.

"아이고 맙소사! 세상에 저런 일이……!"

당나라 스님은 미안한 마음을 금치 못하고 사과했다.

"어르신, 미안합니다! 미안합니다!"

"이제껏 얘기하고 계시던 분이 어떻게 제 아들 녀석과 똑같은 모습으로 바뀔 수 있단 말입니까? 부르면 똑같이 대답하고 함께 걸어다니기까지 하다니……! 저걸 보고 있다간 저희 명을 다 채우지도 못하고 죽을 것만 같습니다! 장로님, 어서 본상을 드러내주십쇼! 제발 덕분에 본상을 드러내달란 말입니다!"

손행자가 얼굴을 한 번 쓰윽 문질렀더니 이내 본상으로 돌아왔다. 진청 노인은 그 앞에 무릎 꿇고 엎드려 싹싹 빌었다.

"어떻게 나리께서는 그런 재간을 지니고 계셨습니까."

손행자는 싱글벙글 웃어가며 물었다.

"어떠시오, 당신 아들과 똑같았소?"

"아무렴, 똑같고말고요! 과연 입매하고 얼굴하며 목소리에 옷차림새, 몸집과 키까지 어쩌면 그렇게 똑같을 수가 없습니다그려."

"노인장께선 아직도 자세히 보지 못하셨을 거외다. 저울을 내다가 달아보았더라면 몸무게까지 아드님과 똑같았을 거요."

"예에, 예! 똑같았겠지요!"

"그만하면 영감대왕의 제물로 바칠 만하겠소?"

"좋지요! 좋습니다! 아주 그만이지요!"

"내가 이 아이의 목숨을 대신해 그 영감대왕의 제물로 바쳐지러 가고, 이 아이를 당신의 후손으로 남겨두어 조상의 제사를 받게 해드리리다."

이 말을 듣자, 진청은 땅바닥에 무릎 꿇고 깊숙이 머리를 조아렸다.

"나으리께서 참으로 자비심을 베푸시어 제 아들의 목숨을 대신해주시기만 한다면, 저는 백은 천 냥을 당나라 스님께 바쳐 서천으로 가시는 길에 노잣돈으로 쓰시도록 하오리다!"

"아니, 이 손선생한테는 사례를 안 하시고?"

손행자의 짓궂은 물음에, 진청은 당황한 나머지 생각나는 대로 말했다.

"제물로 바치고 나시면 이 세상에서 없어지지 않습니까?"

"어째서 내가 없어진단 말이오?"

"영감대왕님이 통째로 잡아먹을 테니 말입니다."

"내가 잡아먹힐 듯싶소?"

"잡아먹지 못한다니요. 그렇다면 나리의 몸에서 무슨 비린내나 고약한 냄새라도 난단 말씀입니까?"

이 말에, 손행사는 껄껄낄 웃음보를 터뜨렸다.

"하하하! 운명은 하늘에 맡기기로 합시다. 내가 잡아먹히면 내 명이 짧은 탓이고, 잡아먹히지 않는다면 내 운수가 좋은 탓이겠지! 어찌 되었든 당신 아드님을 대신해서 내가 제사상에 오르기로 하겠소."

진청 노인은 쉴새없이 머리 조아려 사례를 올리고 나서 다시 은화 5백 냥을 더 내놓겠다고 약속까지 했다. 그러나 형님 되는 진징 영감은 머리를 조아리지도, 감사하다는 말 한마디도 않고 문설주에 기대선 채 가슴을 두드리면서 통곡하고만 있었다.

눈치 빠른 손행자는 그가 어째서 울고만 있는지 알아차리고 냉큼 앞으로 달려나가 그를 부여잡으면서 이렇게 물었다.

"큰영감께서는 나와 약속도 않으시고 감사하다는 말씀 한마디도 없으신 걸 보니, 아마도 따님을 내놓기가 무척 안타까우신 모양이구려?"

진징은 그제야 무릎 꿇고 앉았다.

"예, 저는 딸아이를 내놓지 못하겠습니다. 장로님께서 두터우신 인정을 베풀어 내 조카 녀석의 목숨을 구해주시는 것만으로도 끔찍한데, 제가 여기서 뭘 더 바라겠습니까. 하지만 저는 이 딸자식 하나뿐이라, 제가 죽은 뒤에도 애통하게 울어줄 사람이라곤 이것 하나뿐인데, 내 어찌 차마 제물로 내놓을 수 있단 말입니까?"

이 말을 듣고 손행자는 진징에게 절묘한 방법을 내놓았다.

"얼른 가서 쌀 닷 말만 씻어 밥을 지으시고 채소 반찬을 맛있게 차려내다 저 주둥이 기다란 스님에게 대접해주시오. 그리고 저 스님더러 노인장의 따님으로 둔갑해달라고 간청하셔서, 나하고 둘이서 제물이 되어 가도록 하면 될 거요. 우리 두 사람이 음덕을 쌓는 셈 치고 당신네 두 자식을 구해드리기로 하리다."

곁에서 저팔계가 펄쩍 뛴다.

"아니, 형님! 솜씨 자랑을 하고 싶거든 형님 혼자서나 하실 일이지, 왜 나까지 끌어들이시는 거요? 나는 죽든 살든 상관없다는 말이오?"

"여보게 아우님, 속담에 뭐라고 그랬나? '닭도 힘 안 드는 모이는 먹지 않는다(鷄兒不喫無工之食)' 했네. 자네하고 나하고 이 댁에 들어와 고맙게도 한바탕 잘 얻어먹지 않았는가? 그래도 자네는 배가 덜 찼다고 소리치면서 투정을 부렸지만 말일세. 남에게 은혜를 입었으면 갚아야 하는 것이 사람 된 도리일세. 그러니 우리가 주인댁의 환난을 구해드리지 않는대서야 말이 되겠나?"

그래도 저팔계는 딱 잡아뗐다.

"형님은 변신 술법을 잘하지만, 나는 그런 것 할 줄 모르오."

"이 사람아, 자네도 변화 술법을 서른여섯 가지나 지니고 있는 사람인데, 어째서 둔갑할 줄 모른다고 잡아떼나?"

두 형제가 옥신각신 입씨름을 벌이고 있는 것을 가만히 듣고만 있던 삼장이 저팔계를 불렀다.

"오능아, 네 사형의 얘기가 참으로 지당한 말이다. 옛말에도 '사람의 목숨 하나 구해주는 것이 일곱 층 불탑을 쌓는 것보다 낫다'고 하지 않았더냐? 네가 그 일을 하는 것은 남에게서 받은 인정에 고마움을 표하는 길이요, 또 남모르게 공덕을 쌓는 길이 되기도 하는 것이다. 하물며 날씨도 이렇듯 서늘한 밤에 할 일도 별로 없고 하니, 너희 두 형제가 놀아볼 겸해서 한번 다녀오려무나."

스승까지 거들고 나오니, 저팔계는 기가 막혀 말도 제대로 나오지 않는다.

"허허, 사부님 말씀 좀 보게! 내가 탈바꿈할 수 있는 것은 산이나 나무, 바위 덩어리, 꼴사나운 코끼리 아니면 물소, 배불뚝이 뚱뚱보 사내 따위가 고작이요, 그 정도라면 어떻게 해볼 수 있겠지만 귀염둥이 깜찍스런 계집아이로 변신한다는 것은 보통 어려운 일이 아닌걸!"

이때 손행자가 그 말을 가로막고 진징을 불렀다.

"큰노인장, 저 친구 말은 들을 것 없이, 어서 따님이나 안고 나와보시오."

진징 노인이 부리나케 안채로 들어가더니, 일칭금이라는 딸아이를 안고 대청으로 나왔다. 그 뒤를 따라 일가족 남녀노소, 정실 부인에 측실하며 가릴 것 없이 온 집안 식구가 모두 달려나와 무릎 꿇고 머리 조아려가며 그저 어린것들의 목숨을 구해달라고 애걸복걸 빌기 시작했다.

계집아이는 머리에 팔보 구슬을 늘어뜨린 비취 테를 쓰고, 몸에는 붉은 바탕에 누런빛이 번쩍거리는 모시 저고리를, 그 위에는 또 관록 공단(官綠貢緞)에 바둑판같이 가로세로 줄을 친 깃이 달린 덧저고리를 걸쳤으며, 허리에는 새빨간 얼룩무늬 비단 치마를 두르고 발에는 개구리 한 쌍을 수놓은 연분홍 모시 헝겊신을 신었으며, 두 다리에는 금줄을 두른 무릎바치개 바지를 입었는데, 계집아이 역시 진관보처럼 과일을 손에 들고 야금야금 씹어 먹고 있었다.

손행자가 저팔계를 돌아보았다.

"여보게 팔계, 바로 이 계집아일세. 어서 빨리 이 아이와 똑같이 둔갑하고 우리 함께 제물이 되어서 사당으로 가보세."

저팔계가 잔뜩 우거지상이 되어 통사정을 한다.

"아이고, 형님! 날더러 무슨 재주로 요렇게 귀엽고 앙큼스러운 모습으로 둔갑하란 말이오? 아무래도 난 안 되겠소, 못 하겠어!"

"냉큼 못 하겠나? 한 대 얻어맞기 전에!"

손행자가 꽥 소리를 지르자, 저팔계는 어마 뜨거라 싶어 자라목을 움츠렸다.

"이크! 때리지는 마시오, 형님! 내가 어떻게든 해볼 테니까."

바보 미련퉁이가 마지못해 중얼중얼 주문을 외우면서 네댓 차례 머리통을 절레절레 흔들더니, 외마디 소리로 호통을 쳤다.

"변해라!"

이래서 진짜 탈바꿈을 하기는 했는데, 그 생김새가 참으로 꼴불견이다. 얼굴 모습과 눈매는 계집아이를 닮았으나 배가 불룩 튀어나온 뚱뚱보, 차마 눈뜨고 보지 못할 만큼 그 꼬락서니가 말씀 아니었다.

손행자는 '푸웃!' 하고 웃음보를 터뜨리면서 또 한차례 재촉했다.

"다시 한번 해보게!"

그러자 미련퉁이도 뻗대고 나왔다.

"매를 때린대도 할 수 없소! 안 되는 걸 어떻게 하란 말이오?"

"종년의 대가리에 중놈의 몸뚱어리를 갖다 붙였으니 이래서야 어디다 써먹겠나? 사내 녀석도 아니고 계집년도 아닌 생김새가 되고 말았으니, 이거 안 되겠군! 자네 북두강성(北斗罡星)의 보법으로 발을 디뎌보게."

저팔계가 시키는 대로 걸음걸이를 내딛자, 그는 선기 어린 숨 한 모금을 그 얼굴에 확 뿜어주었다. 그랬더니 저팔계의 몸뚱어리와 생김새는 과연 눈 깜짝할 사이에 귀여운 계집아이와 꼭 같은 모습으로 바뀌고 말았다.

손행자는 다시 두 노인에게 분부를 내렸다.

"두 분 노인장께서는 식구들과 아드님 따님을 데리고 안채로 들어가 숨어 계십쇼. 절대로 실수하면 안 됩니다. 얼마 있다가 우리 형제가 한바탕 장난질을 치면서 뛰어들 때 저 아이들이 들락날락하면 피차 분간을 못 할 테니, 맛있는 과일이라도 듬뿍 주어서 울지 않게 달래놓아야 하오. 혹시 그 영감대왕이란 녀석이 낌새를 채거나 소문이 퍼져나가면 큰일이니까 말입니다. 자아, 그럼 우리 둘이서 한바탕 놀아보고 올 테니, 기다리고들 계시오!"

용감한 손행자는 사화상에게 당나라 스님을 잘 보호하도록 당부한 다음, 저팔계를 불렀다.

"나는 진관보로 둔갑할 테니, 팔계 자네는 일칭금으로 둔갑하게."

두 사람이 준비를 끝내자, 그는 다시 주인장에게 물었다.

"제물은 어떻게 바치는 거요? 두 팔만 결박지어서 끌고 가는 거요, 아니면 사지 팔다리를 꽁꽁 묶어서 떠메고 가는 거요? 그것도 아니라면 푹 삶거나 찜을 쪄서 담아가는 거요, 살점을 조각조각 저며서 담아가는 거요?"

끔찍스런 물음에 저팔계가 몸을 부르르 떨었다.

"형님, 날 놀려대지 마시오! 삶거나 찌거나 살점을 조각조각 저며내면, 나는 살아남을 재간이 없소!"

진징 노인이 대답했다.

"아니올시다! 어딜 감히 그렇게 합니까. 붉은 칠을 입힌 커다란 쟁반 두 개에 두 분을 나눠 앉히고 그 쟁반을 다시 탁자 위에 올려놓은 다음, 젊은 녀석 두 놈이 탁자를 하나씩 떠메고 사당으로 가져다 바치게 되어 있습니다."

"좋소이다, 좋아요! 그럼 쟁반을 가져오시오. 우리 한번 시험해봅시다."

손행자의 분부가 떨어지기 무섭게 노인 형제는 그 즉시 커다란 쟁반 두 개를 가져왔다. 손행자와 저팔계가 쟁반에 한 사람씩 올라앉았더니, 과연 힘깨나 씀직한 젊은이 넷이 쟁반 두 개를 나누어 어깨받이로 떠메고 안마당을 한 바퀴 빙 돌고 나서 다시 대청 위에 내려놓았다.

"여보게, 팔계! 이렇게 쟁반 위에 실려서 왔다 갔다 놀아보니, 우리도 제법 높은 벼슬 자리에 올라앉은 화상이 된 것 같으이."

손행자가 좋아라 으쓱댔으나, 저팔계는 아무래도 걱정이 많은 모양이다.

"만약 떠메고 가고, 다시 또 떠메고 돌아오고, 이렇게만 오락가락 한다면 날이 밝도록 놀아도 겁날 게 없지만, 사당 안에 떠메고 들어갔다가는 당장 잡아먹힐 터인데, 만약 그랬다가는 이거 장난이 아닌걸!"

"아무튼 자네는 나만 똑똑히 지켜보고 있게. 날 잡아먹을 때까지 기다렸다가, 일이 벌어지거든 자네부터 냉큼 뺑소니를 쳐버리면 그만 아닌가?"

"그놈이 동남동녀 가운데 누구에게 먼저 손을 댈지 알 수 없지 않소? 만약 동남을 먼저 잡아먹는다면 나는 뺑소니치기 좋지만, 동녀를 먼저 잡아먹으려 들면 그땐 어떻게 하란 말이오?"

저팔계가 투덜대자, 노인이 귀가 솔깃해지는 말을 해주었다.

"해마다 제물을 바칠 때, 우리 마을에서 담보가 큰 사람이 사당 뒤쪽으로 뚫고 들어가거나 아니면 제단 밑에 엎드려서 지켜보아왔습니다.

그랬더니 영감대왕은 언제나 동남을 먼저 잡아먹고 그 다음에 동녀를 잡아먹었다고 합니다."

이 말에 저팔계는 기가 번쩍 살아났다.

"그거 잘됐구나, 잘됐어! 아무렴, 그래야지!"

두 형제가 이러쿵저러쿵 이야기를 주고받고 있으려니, 바깥쪽에서 난데없는 징소리 북소리가 하늘을 뒤흔들고, 횃불에 등롱 불빛이 눈부시게 번쩍거리는 가운데 대문짝이 벌컥 열렸다. 뒤미처 마을 사람 한 떼가 고함을 지르는 소리가 시끄럽게 들려왔다.

"동남동녀를 떠메어 나오시오!"

진씨 노인 형제가 눈물을 철철 흘리면서 통곡하기 시작했다. 이윽고 젊은이 넷이서 손행자와 저팔계가 올라앉은 쟁반을 떠메고 대문 바깥으로 나섰다.

진관보와 일칭금으로 둔갑한 채 쟁반에 올라앉은 그들 두 사람의 목숨이 과연 어떻게 될 것인지, 다음 회에서 풀어보기로 하자.

제48회 마귀가 찬 바람으로 농간 부리니 폭설이 나부끼는데, 스님은 서방 부처 뵈올 마음에 층층 얼음길 내딛다

영감대왕을 믿는 진가장 사람들은 돼지, 양, 술 따위 여러 가지 제물과 함께 손행자와 저팔계를 떠메고 왁자지껄 시끄럽게 떠들면서 사당에 이르렀다. 그리고 동남동녀를 제단 상석에 올려 앉힌 다음, 그 아래 다른 제물을 늘어놓았다.

손행자가 고개를 돌려 바라보았더니, 제상 위에는 향로와 촛대가 가지런히 놓여 있고, 그 위쪽 한가운데 정면에는 금빛 글씨로 '영감대왕 신위(靈感大王神位)'라고 쓰인 위패가 하나 안치되어 있을 뿐, 달리 아무런 신상(神像)도 모셔져 있지 않았다.

이윽고 제물을 차려놓은 신도들이 질서정연하게 늘어서서 일제히 위패를 향하여 머리를 조아리고 축문을 읊조리기 시작했다.

"영험하신 대왕님! 금년, 금월, 금일, 금시에 진가장의 제주 진징을 비롯한 대소 여러 신도들이 삼가 연례에 따라 진관보라는 동남 한 명과 일칭금이라는 동녀 한 명을 바치옵고, 아울러 돼지, 양과 같은 제물과 단술을 수효대로 대왕께서 흠향하시도록 올리오니, 금년에도 풍우가 순조롭고 오곡이 풍성하도록 보우하여주소서!"

축원을 마친 그들은 지마(紙馬)¹를 사르고 제각기 집으로 돌아갔다.

---

1 지마: 종이나 비단에 말의 형태를 그려 만든 부적. 속칭 '갑마(甲馬)'. 중국 고대 제사 때 희생으로 쓰던 것이 후대에 와서는 나무로 깎아 만든 우마(偶馬)로 발전했다. 당명황(唐明皇)이 귀신들리자, 왕여(王璵)란 신하가 종이를 비단으로 삼아 그 겉면

사람들이 흩어지자, 저팔계는 손행자에게 말했다.

"형님, 이젠 우리도 집으로 돌아갑시다."

손행자가 묻는다.

"자네 집이 어디 있나?"

"진씨 댁으로 돌아가서 잠이나 자잔 말이오."

"이런 바보 멍청이 같은 친구 봤나! 또 그놈의 쓸데없는 소리를 지껄이네그려. 우리가 주인장하고 약속한 바에야 그들의 소원을 꼭 풀어주어야 할 게 아닌가!"

"흥! 형님은 바보가 아니고 나만 바보란 말이구려. 그까짓 늙다리 영감하고 한 약속 따위야 어물어물 눈치껏 속여서 놀아주면 그만인 것을, 형님은 곧이곧대로 진짜 제물이 되어서 죽을 작정으로 오셨소?"

"사람이 남의 일을 봐주기로 약속했으면 처음부터 끝까지 봐줘야 하는 법일세. 그러니까 그 영감대왕인지 뭔지 하는 놈이 우리를 잡아먹으러 나타날 때까지 기다려야만 시종여일하는 것이 아니겠나? 그렇지 못하고 우리가 중도에서 뺑소니를 쳐버리면 또 그놈이 마을에 재앙을 내리고 해를 끼칠 텐데, 그래 가지고는 아름답지 못한 일이 될 걸세."

두 형제가 이런저런 얘기를 주고받고 있는데, 갑자기 '휘리릭, 휘리릭!' 하고 바람 부는 소리가 들려왔다.

"이크, 이거 큰일났소! 바람 소리가 나는 걸 보니 그놈이 나타나는 모양이오!"

저팔계가 바싹 긴장하자, 손행자는 재빨리 입막음을 했다.

에 신상(神像)을 그려 제사하고 불살랐더니 귀신이 물러갔다는 고사가 있으며, 중국에선 장례 용품이나 제수용(祭需用) 물품을 파는 점포를 통상 '지마포(紙馬鋪)'라고 불렀다. 『수호전(水滸傳)』에는 양산박 두령 가운데 '신행태보(神行太保)' 대종(戴宗)이 두 다리에 '갑마'를 비끄러매고 하루에 8백 리를 달렸다는 얘기가 여러 군데 나온다.

"쉬잇, 잠자코 있게! 내가 응수할 테니."

잠시 후 과연 사당 문 바깥에 요괴 한 마리가 나타났다. 그 모습이 어떻게 생겼는가?

황금빛 갑옷에 황금빛 투구가 휘황찬란하게 새롭고, 허리에 두른 보대(寶帶)에는 붉은 구름이 감돌았다.

두 눈망울은 한밤중 밝은 별처럼 하얗게 번쩍이고, 이빨은 두 줄로 톱니를 갈라 세운 듯하다.

발 밑에는 안개 노을이 무럭무럭 피어오르고, 신변에는 아지랑이가 훈훈하게 나부끼고 있다.

움직일 때마다 한바탕 또 한바탕 음산한 바람이 차갑게 일고, 멈춰 선 곳에는 겹겹으로 살기(煞氣)가 뜨겁게 서린다.

그 모습은 천궁의 옥황상제 어가 모시는 권렴대장인가 싶고, 큰 절간 문 지키는 신장(神將)과도 같다.

괴물이 사당 문을 가로막고 버텨 서서 묻는다.

"올해 제주는 뉘 집 차례냐?"

"하문하시니 여쭈어 올리겠나이다. 올해 제주는 진징, 진청 댁이옵니다."

앙큼스런 손행자가 생글생글 웃으면서 대답했다. 괴물은 이 대답을 듣고 속으로 괴이쩍게 여겼다.

'요놈의 동남은 담보가 어지간히도 크구나. 대꾸하는 말씨도 영리하고…… 해마다 공양을 바쳐와서 잡아먹히던 녀석들은 한마디 물음에 벌써 입이 굳어 말을 못 하고, 두번째 물음에 혼비백산해서 까무러치고, 손을 대었을 때에는 벌써 송장이 되어버리곤 했는데, 어째서 오늘 요 녀

서유기 제5권 265

석은 이토록 말대꾸를 척척 잘 받아넘기는 것일까?'

괴물은 섣불리 손을 대볼 엄두를 내지 못하고 다시 물었다.

"너희들 동남동녀는 이름이 무엇이냐?"

두번째 물음에도 손행자는 여전히 생글거리면서 대답했다.

"동남은 진관보이옵고, 동녀는 일칭금이옵니다."

"이 제사는 해마다 너희들이 관례로 올리는 것이니까, 내게 바친 이상 너희들을 잡아먹어야겠다."

"뉘 앞이라 감히 항거하오리까. 어서 마음대로 잡아잡수시지요."

철부지 꼬마 녀석이 이렇듯 앙큼스럽게 대꾸하니, 괴물은 더더욱 손을 대기가 껄끄러워졌다. 그는 문턱을 가로막고 선 채, 꽥 하고 호통을 쳤다.

"닥쳐라! 어린것이 꼬박꼬박 말대꾸를 하다니! 오냐, 좋다! 내가 여느 해에는 동남부터 잡아먹었다만, 올해에는 동녀를 먼저 잡아먹어야겠다!"

이 말에 찔끔 놀란 저팔계가 당황해서 살살 빌었다.

"대왕님, 제발 예전 관례대로 하십쇼! 전례를 깨뜨리고 잡아잡숫지는 마십쇼!"

그러나 한번 마음 다져먹은 괴물이 그따위 말을 받아들일 턱이 어디 있으랴, 손을 불쑥 내밀기가 무섭게 일칭금으로 둔갑한 저팔계를 움켜잡으려 했다. 그렇지만 미련퉁이라고 순순히 붙잡혀줄 리 만무할 터, 다급해진 그는 훌쩍 제단 밑으로 뛰어내리더니 본상을 드러내고 쇠스랑을 뽑아들자마자 단숨에 괴물을 내리쩍었다.

"따악!"

괴물이 흠칫 손을 움츠리더니 냅다 도망을 치기 시작했다. 뒤미처 '땡그랑!' 하는 쇳소리가 들려왔다.

저팔계가 버럭 고함을 지른다.

"형님, 내 쇠스랑에 저놈 갑옷이 찢어졌소!"

손행자도 본상을 드러내고 제단 밑으로 뛰어내렸다. 땅바닥을 살펴보니 얼음 쟁반만큼씩이나 커다란 물고기 비늘 두 장이 떨어져 있다.

"쫓아가세!"

호통 소리 한마디에 벌써 두 사람은 공중으로 뛰어오르고 있었다.

괴물은 제사를 받으러 나오는 길이라, 손에 아무런 병기도 지닌 것이 없었다. 그는 맨손으로 구름 끝을 딛고 서서 고함쳐 물었다.

"이놈들! 어디서 굴러먹다 온 중놈들이기에 이 영감대왕의 땅에 와서 나를 얕잡아보고 내 제사를 망쳐놓았을 뿐만 아니라 내 명성까지 더럽혀놓는 거냐?"

손행자가 구름 위에 우뚝 서서 호통을 지른다.

"이 못된 괴물아! 네놈이 뭘 알겠느냐. 우리는 동녘 땅 대 당나라 황제 폐하의 칙명을 받들고 서천으로 경을 가지러 가시는 성승 삼장 법사의 제자들이다. 어젯밤 우연히 진씨 댁에 묵었다가, 사악한 마물이 '영감(靈感)'이란 거짓 신령의 이름을 내세워 해마다 동남동녀를 제물로 바치게 하여 잡아먹는다는 말을 들었다. 그래서 우리가 자비심을 베풀어 무고한 생령을 구해주고, 너같이 고약한 괴물을 잡아 없애기로 한 것이다. 자, 어서 빨리 사실대로 자백해라! 네놈은 해마다 동남동녀 두 명씩 잡아먹으면서 이곳 마을 사람들에게 몇 해 동안이나 대왕 노릇을 해왔으며, 동남동녀는 모두 몇 명이나 잡아먹었느냐? 그 어린것들의 목숨을 수효대로 낱낱이 돌려보내면, 내 네놈의 죽을죄를 용서해주마!"

이 말을 듣자, 괴물은 휙 돌아서기가 무섭게 도망을 쳤다. 저팔계가 재빨리 쇠스랑으로 또 한차례 찍었으나 정통으로 맞히지는 못하고, 그 괴물은 일진광풍으로 화하여 통천하 깊은 강물 속으로 사라져버리고 말았다.

저팔계가 뒤쫓으려는 것을 손행자가 만류했다.

"쫓아갈 것 없네. 저 괴물이 통천하 물 속에 살고 있다는 사실은 분명해졌으니, 일단 돌아갔다가 내일 다시 방법을 생각해서 저놈을 붙잡아 가지고, 우리 사부님을 건너가실 수 있게 해드리기로 하세."

저팔계 역시 사형의 말에 순순히 따랐다. 이래서 사당으로 돌아간 두 사람은 제단에 올려놓았던 돼지와 양, 술과 같은 제물을 탁자까지 곁들여서 모조리 떠메다가 진씨 형제 댁으로 옮겨왔다.

이 무렵, 삼장 법사와 사화상, 그리고 진씨 형제는 모두 대청 안에 모여 앉아 소식을 기다리고 있었는데, 느닷없이 손행자와 저팔계 두 사람이 나타나서 돼지하며 양하며 여러 가지 제물을 안마당에 부려놓는 것을 보고 깜짝 놀라면서 반겨 맞았다.

"오공아, 제사를 지내러 갔던 일은 어찌 되었느냐?"

마중 나온 스승의 물음에, 손행자는 괴물이 나타나서 옥신각신 승강이를 벌이게 된 사연부터 시작해서, 이쪽 신분을 밝히고 한바탕 들이치고 뒤쫓아갔다가 괴물이 통천하 물 속으로 도망치는 바람에 끝내 놓쳐버린 경위를 낱낱이 말씀드렸다.

진씨 형제 두 노인은 기뻐서 어쩔 줄을 몰랐다. 두 사람이 하인들을 시켜 곁방을 깨끗이 치우고 편안한 잠자리를 마련해놓고, 스승과 제자 일행을 편히 쉬게 한 것은 더 말할 나위도 없다.

한편 가까스로 목숨을 건져 물속으로 돌아간 괴물은 궁중에 앉은 채 아무 말 없이 시무룩하니 침묵만 지키고 있었다.

수중의 크고작은 권속들이 조심스레 물었다.

"대왕님께서 해마다 제사를 받으시고 돌아오실 때에는 늘 기뻐하시더니 올해에는 어째서 그토록 기색이 좋지 않으십니까?"

괴물이 투덜투덜 대꾸를 했다.

"해마다 제사를 받고 나면 나머지 제사 음식을 가져다가 너희들에게 먹여왔다만, 올해에는 나조차 제물을 잡아먹지 못했다. 운수가 사나워 느닷없이 나타난 적수와 맞부딪치는 바람에 하마터면 내 목숨까지 잃어버릴 뻔했지 뭐냐."

"대왕님, 적수라니요, 그게 어떤 놈입니까?"

"동녘 땅 대 당나라 성승의 제자로서, 서천으로 부처님을 찾아뵙고 경을 구하러 간다는 놈들이다. 그것들이 가짜 동남동녀로 변신해서 사당 안에 앉아 있더구나. 나는 그놈들 때문에 본래의 모습을 드러냈다가, 하마터면 목숨까지 빼앗길 뻔했다. 얼마 전부터 소문을 들어보면 당나라 삼장 법사란 자는 십세 수행을 닦은 훌륭한 인물로서, 그놈의 고기를 한 점만 먹어도 장생불사할 수 있다고 하더라. 그런데 뜻하지 않게 그놈의 수하에 이런 무시무시한 제자가 있을 줄이야 누가 알았겠느냐. 나는 그놈들 때문에 명성을 더럽히고 제사를 망쳐버렸으니, 그 당나라 중을 잡아먹고 싶은 마음은 간절하지만 힘에 부쳐 걱정이다."

괴물이 대답 끝에 한숨을 푹푹 내쉬는데, 수족 가운데 얼룩무늬 옷을 걸친 쏘가리 노파가 살금살금 나서더니, 몸을 비비 꼬고 기우뚱기우뚱 송구스러운 자태로 절을 하고는 간드러지게 웃어가며 말했다.

"대왕님! 당나라 화상을 잡기야 어려울 게 뭐 있겠습니까? 만약 제 말씀대로 하셔서 그놈을 잡았을 때는 저한테 술과 고기로 상을 두둑이 내려주시겠습니까?"

이 말에 괴물은 귀가 솔깃해져서 단번에 승낙하고 말았다.

"너한테 좋은 꾀가 있단 말이냐? 그래, 좋다! 우리가 합심 협력하여 당나라 화상을 잡기만 한다면 내가 너하고 남매가 되어 자리를 같이 하고 그놈의 고기를 함께 맛보기로 하마!"

쏘가리 노파는 감사의 절부터 올리고 나서, 다시 이렇게 물었다.

"대왕님께서 바람과 비를 마음대로 부르는 신통력과 바다를 휘젓고 강물을 뒤집어엎는 위대한 능력을 지니고 계시다는 것은 오래전부터 잘 알고 있사오나, 여기에 또 눈을 내리게 하실 수 있는지, 그 점을 알고 싶습니다."

"물론 내리게 할 수 있지!"

"눈을 내리게 하실 수 있다면, 그것을 얼려서 얼음으로 만들 수도 있으십니까?"

"그런 것쯤이야 더더욱 쉽지!"

시원스런 대답에, 쏘가리 노파가 손뼉을 쳐가며 까르르 웃었다.

"그렇다면 아주 쉽습니다! 쉽고말고요!"

"그 쉽다는 방법을 어서 얘기해 들려다오."

"오늘 밤 삼경 무렵이 되거든, 대왕께서는 지체 말고 술법을 쓰셔서 찬 바람을 한바탕 일으키시고 뒤이어 큰눈을 내리게 하신 다음, 이 통천하 강물을 꽁꽁 얼어붙게 만드십시오. 그리고 저희들 가운데 변화술법을 쓸 줄 아는 자 몇 명을 인간의 모습으로 둔갑시켜 길목에 깔아놓고 우산을 들고 등짐을 지거나 화물 실은 수레를 밀면서 얼어붙은 강물 위를 쉴새없이 오락가락하게 만드십시오. 저 당나라 화상은 경을 가지러 갈 마음이 급한 터라 이렇게 오가는 장사꾼들을 보게 되면, 자기도 얼음을 밟고서라도 기어코 강을 건너갈 것입니다. 대왕께서는 강 한복판에 조용히 앉아 계시다가 그자의 발소리가 들리는 곳의 얼음장을 뻐개십시오. 그럼 그자는 물론이요 제자들까지 한꺼번에 물속으로 빠져들 것이오니, 이 순간을 놓치지 않으시면 일거에 그놈들을 손쉽게 잡으실 수 있을 것입니다."

이 말을 듣자, 괴물은 마음이 흡족하도록 기뻐 어찌할 바를 몰랐다.
"그것참 묘책이로구나! 묘책이야!"
괴물은 그 즉시 수부(水府)를 뛰쳐나와 허공을 딛고 서서 바람을 일으키고 눈을 내리게 하더니, 그것을 꽁꽁 얼어붙게 만들어 통천하를 온통 얼음 천지로 만들어버리고 말았다.

한편, 당나라 삼장 법사와 제자 일행은 진씨 댁에서 잠을 자고 있었는데, 동틀녘이 가까워지면서 이부자리가 싸늘해지더니 추위가 스며들어 도무지 잠을 이룰 수가 없었다.
저팔계는 갑작스런 추위에 몸이 떨려 재채기를 연거푸 해가며 좀처럼 잠을 이루지 못하자, 나중에는 푸념을 쏟아냈다.
"형님, 이거 굉장히 추운데! 도무지 추워서 못 견디겠소!"
손행자가 참다못해 한마디 쏘아붙인다.
"이런 바보 멍텅구리 녀석 봤나! 어째 그리도 변변치 못하게 구는 거냐? 출가한 사람이라면 추위나 더위쯤은 참고 지내야 하지 않나! 이만한 걸 가지고 뭘 그렇게 춥다고 엄살을 떠는 거야?"
캄캄한 어둠 속에서 스승의 목소리가 들려왔다.
"애야, 아닌 게 아니라 춥긴 춥구나. 내 말 좀 들어봐라……."

두꺼운 겹이불에 온기가 없고, 소매춤에 손을 넣으니 마치 얼음을 더듬는 듯하다.
지금 이때 메마른 잎사귀에는 서릿발 같은 수염이 늘어졌고, 짙푸른 소나무 가지마다 얼음 방울이 매달렸다.
추위가 너무 심하니 대지가 갈라지고, 물이 엉겨붙으니 연못도 평평해졌다.

고기잡이배에는 어부가 보이지 않으니, 산중 절간에서인들 어찌 스님을 만나볼 수 있으랴?

나무꾼은 땔감을 구할 수 없어 수심에 차는데, 왕손은 화로에 숯을 더 쓰게 되니 기쁘다.

길 가는 나그네의 귀밑머리는 쇳덩어리처럼 무겁고, 시인 묵객의 붓끝은 마름풀처럼 시들었다.

가죽 저고리도 오히려 얇아서 걱정스럽고, 담비 갓옷도 오히려 가벼워 한스럽다.

갈대 방석 위에 앉은 노승의 몸이 꼿꼿하게 얼어붙고, 종이를 바른 장막에는 길손의 놀란 넋이 어른거린다.

수놓은 비단 이불 포개 덮어도, 온몸이 덜렁덜렁 방울 소리 내며 흔들린다.

스승과 제자들은 너나 할 것 없이 잠을 설치고 엉금엉금 기어 일어나 옷가지를 찾아 걸쳤다. 방문을 열고 내다보니, 이런! 바깥 세상은 온통 은백색 천지, 이제 봤더니 밤새껏 눈이 퍼부어 내렸을 줄이야 그 누가 알았는가.

"젠장! 사부님과 자네들이 추위를 너무 탄다고 나무랐더니만, 이토록 큰눈이 내렸구먼!"

손행자가 겸연쩍어 웃는다.

네 사람의 눈길이 한꺼번에 사면팔방을 둘러보니, 과연 볼 만한 설경(雪景)이었다.

붉은 구름이 빽빽하게 깔리고, 참담한 안개가 무겁게 가라앉아 스며든다.

붉은 구름이 빽빽하게 깔리니, 허공에는 삭풍이 싸늘하게 소리소리 지른다.

참담한 안개가 무겁게 가라앉아 스며드니, 큰눈이 분분하게 대지를 뒤덮는다.

진실로 육판화(六瓣花)가 조각조각 마노(瑪瑙)처럼 흩날리고, 천 군데 나무숲에 그루마다 옥구슬 띠었구나.

잠깐 사이에 분가루가 쌓이더니, 눈 깜짝할 사이에 짠맛 잃은 소금을 이룬다.

흰 앵무새 노래는 본래 지닌 바탕 잃었으며, 흰 두루미 터럭과 꼬리깃털 빛깔마저 똑같아졌다.

오(吳)나라 초(楚)나라 일천 강물이 허망하게 합쳐져, 동남 지방의 몇 그루 매화나무를 압도한다.

그것은 마치 싸움에서 지고 물러난 삼백만 마리의 옥룡과도 같아, 패잔병의 비늘 갑옷 조각이 온 하늘에 휘날리는 것처럼 보인다.

제(齊)나라 동곽 선생(東郭先生)의 신발[2]을 어디서 구할 것이요, 원안(袁安)의 꼿꼿한 잠자리[3]를 어디서 찾겠으며, 손강(孫康)의

---

2 동곽 선생의 신발: 동곽 선생은 곧 동방삭(東方朔). 『사기(史記)』 「골계전(滑稽傳)」에 보면, 동곽 선생이 하도 가난하여, 다 떨어진 누더기 옷을 걸치고 신발은 밑창이 다 닳아빠져 맨발로 눈밭을 걸어다녀 길 가는 사람들을 웃겼다고 해서 '동곽리(東郭履)'라는 고사성어가 생겼다.

3 원안의 꼿꼿한 잠자리: 원안(袁安, ?~92)은 동한(東漢) 명제(明帝) 때의 명신. 태복(太僕)·사공(司空)·사도(司徒)의 중책을 두루 거치면서 엄정 결백한 성격으로 조정을 다스렸으며, 외척 두헌(竇憲) 형제가 정권을 휘두르자 목숨의 위태로움을 무릅쓰고 여러 차례 탄핵하여 명성을 떨쳤다. 그가 벼슬에 나아가기 전에 한번은 낙양(洛陽)에 폭설이 내려 도성 사람들은 모두 먹을 것을 구하러 성 밖으로 나갔으나, 천성이 강직한 원안은 홀로 집 안에 꼿꼿이 누워 일어설 줄 몰랐다고 하여, 그후로 성품이 대쪽 같은 사람을 가리켜 '원안고와(袁安高臥)'라고 불렀다 한다.

영설 독서(映雪讀書)⁴는 또 어디서 볼 수 있으랴?

자유(子猷)의 일엽편주(一葉片舟)⁵와 왕공(王恭)의 학창의(鶴氅衣)⁶는 더 말할 나위도 없고, 눈덩어리 삼키고 양탄자를 씹었다던 소무(蘇武)⁷의 자취는 더구나 없다.

보이는 것이라곤 오로지 시골집 몇 채가 은기와로 지붕을 이은 듯, 만리 강산 무거운 천지가 옥덩어리로 뭉쳐진 듯한 정경뿐.

굉장한 폭설이다. 버들꽃 뭉치는 다리 위에 온통 깔렸으며, 때 아닌 배꽃이 집을 뒤덮었다.

---

4 손강의 영설 독서: 손강(孫康)은 진(晉)나라 때의 학자·정치가. 『예문유취(藝文類聚)』와 『몽구(蒙求)』 상권 「손씨세록(孫氏世錄)」에 보면, 손강은 학문을 좋아하고 총명한 선비였으나, 집안이 가난하여 등잔 기름을 살 돈이 없어 한겨울철 눈 내린 밤이면 눈빛에 책을 비춰 읽었으며, 젊은 시절에 좋은 벗들과 청교(淸交)를 맺고 잡인들을 사귀지 않아 후에는 어사대부(御史大夫)가 되었는데, 어렵게 고학으로 크게 성취한 사람을 비유하여 '손강영설(孫康映雪)'의 공을 쌓았다고 일컬었다.

5 자유의 일엽편주: 진(晉)나라 때 사람 왕자유(王子猷)는 대안도(戴安道)와 좋은 벗을 맺었는데, 한번은 눈이 내린 밤에 조각배를 타고 지금의 절강성(浙江省) 소흥(紹興)에 해당하는 산음현(山陰縣)까지 그 벗을 만나러 멀리 갔으나, 대안도의 집 문 앞에 다다르자 벗을 만나보지도 않고 그대로 뱃머리를 돌렸다. 사람들이 그 까닭을 물었더니, 그는 이렇게 대답하였다 한다. "흥이 난 김에 찾아왔으나 이제 그 흥이 다하여 돌아갈 뿐인데, 굳이 친구를 만나보아야 할 필요가 어디 있겠는가?"

6 왕공의 학창의: 『세설신어(世說新語)』 제16 「기선편(企羨篇)」에, 진나라 때 전장군(前將軍)을 지낸 왕공(王恭)이 검정 깃털로 지은 가죽옷 학창의(鶴氅衣)를 입고 눈 내린 길을 걸어가는 모습이 마치 신선과 같아 뭇사람들의 부러움을 샀다고 한다. 원문에는 '왕공의 폐백〔王恭幣〕'이라고 씌었으나, '폐백 폐(幣)'자가 아니라 '새털 창(氅)'의 잘못이다.

7 소무가 양탄자를 씹어삼키다: 소무(蘇武, ?~기원전 60)는 서한(西漢) 때 두릉(杜陵) 출신의 외교가. 한무제(漢武帝)의 명을 받고 기원전 100년에 북방 흉노족(匈奴族)을 회유하러 사신으로 갔다가 사로잡혀, 흉노 왕에게 여러모로 위협당하고 투항할 것을 권유받았으나, 끝까지 항복하지 않고 지금의 바이칼 호 근처인 북해(北海) 땅에 추방되어 양치기 노릇을 하며 무려 19년 동안 억류당한 채 살았다. 그는 먹을 것이 없어 목마르면 눈을 녹여 마시고 배가 고프면 양탄자를 뜯어 먹으면서 절개를 지킨 끝에, 한무제가 죽고 그 아들 소제(昭帝)가 등극한 지 6년 되던 해(기원전 81), 흉노와의 화의(和議)가 이루어져 비로소 귀국하였다. 그 이후 소무는 중국 민족 사상 백절불굴의 기백과 절개를 상징하는 인물이 되었다. 본문 280쪽의 「소무 찬전(蘇武餐氈)」은 그가 굶주림에 못 이겨 양탄자를 뜯어 먹은 내용을 그린 그림이다.

버들꽃 뭉치가 다리 위에 온통 깔리니, 다리 가의 늙은 고기잡이는 도롱이를 걸치고,

때 아닌 배꽃이 집을 뒤덮으니, 집 안에 들어앉은 시골뜨기 영감은 잿불에 마른 장작 더 지핀다.

주막의 나그네는 술 받아 향수(鄕愁) 달래기 어렵고, 머슴들은 한매화(寒梅花)를 찾아 나서기에 괴롭다.

훨훨 펄펄, 나비의 날개 마름질하듯 흩날리고, 표표탕탕, 거위 털 베어 날리듯 사뿐사뿐 나부낀다.

땅에 떨어진 눈은 뭉텅이뭉텅이로 바람결 따라 뒹굴어 오가고, 켜켜이 쌓인 눈더미에 길마저 찾을 길 없다.

한바탕 또 한바탕, 싸늘한 위력이 보잘것없는 장막을 꿰뚫고, 휘리릭휘리릭 싸늘한 기운이 깊숙이 들어앉은 침실 휘장마저 뚫고 들어간다.

풍년의 상서로운 조짐이 하늘에서 먼저 내리니, 인간 세상 좋은 일을 경축하고도 남음이 있다.

좀처럼 그칠 기색 없이 극성스럽게 퍼붓는 눈보라, 그야말로 옥돌을 깎아서 흩뿌리고 솜뭉치를 뜯어 날리듯 온 천지에 장관을 이루고 있었다.

스승과 제자 일행이 한참 동안이나 정신 놓고 구경하고 있으려니, 진씨 댁 노인이 머슴 두 녀석을 시켜 부지런히 눈을 쓸어내고 길을 틔우는 한편, 또 다른 두 사람에게 분부를 내려 더운물을 내다가 손님들이 세수하도록 해주었다. 그리고 얼마 안 있어 뜨거운 차와 마른 떡을 내다 주고 화로에 숯불까지 피워서 들여보냈다.

일행이 곁방으로 돌아와 자리잡고 편히 앉았을 때, 삼장은 주인에

게 물었다.

"노시주님, 이 고장에는 날씨가 춘하추동 사계절로 나뉘어 있지 않습니까?"

진씨 노인은 웃으면서 대답했다.

"웬걸요. 이 고장은 산간벽지가 되어서 풍속 인물이 스님들께서 떠나오신 상국과 다르긴 합니다만, 곡식이나 가축은 다 같은 하늘, 같은 태양 아래 자라나고 있으니, 춘하추동으로 나뉘기는 마찬가지 아니겠습니까?"

"사시장철로 나뉘어 있다면 어찌하여 지금과 같은 절기에 이렇게 큰눈이 내리고 날씨가 춥습니까?"

"지금이 음력 칠월이라고는 합니다만, 어제 백로(白露)가 지났으니 실은 팔월 절기라고 할 수 있습니다. 우리 고장에서는 해마다 팔월이 되면 이렇게 서리와 눈이 내리곤 하지요."

삼장은 이 말에 고개를 주억거렸다.

"우리 동녘 땅과는 절기가 아주 딴판이로군요. 우리나라에서는 겨울철이나 되어야만 이런 눈을 볼 수가 있지요."

이렇듯 한담을 주고받고 있는데, 하인이 또 들어와서 식탁을 펼쳐놓고 죽을 들여왔다. 일행이 죽을 마시고 났을 때, 눈은 처음보다 더 맹렬한 기세로 퍼부어 내려 잠깐 사이에 평지에는 두 자가웃이나 되게 쌓였다.

서천으로 떠날 마음이 급한 삼장 법사는 초조감을 견디다 못해 급기야 눈물까지 뚝뚝 떨어뜨리기 시작했다. 이것을 본 진씨 노인이 위안의 말을 건넸다.

"장로님, 너무 걱정 마시고 안심하십시오. 저희 집이 변변치는 못하나 양식거리는 몇 섬 좋이 쌓아두었으니, 나으리 몇 분이 여기서 반평생을 머문다 하더라도 넉넉히 공양해드릴 수 있으니까요."

그래도 삼장의 마음을 풀지는 못한다.

"노시주께서는 소승의 고충을 모르고 계십니다. 제가 칙명을 받들고 장안 도성을 떠날 때 황제 폐하께서는 관문 밖까지 친히 배웅하러 나오시고, 손수 전별의 잔을 들고 '어느 해에야 돌아올 수 있는가?' 하고 물으셨습니다. 그때 저는 산천이 험난하다는 것을 모른 채 아무 생각 없이 그저 입에서 내키는 대로 '한 삼 년쯤이면 경을 얻어 가지고 귀국할 수 있겠나이다'라고 적당히 여쭈었습니다. 그러던 것이 벌써 칠팔 년이 지나도록 아직도 부처님의 얼굴을 뵙지 못했으니, 황제 폐하께 드린 약속 기한을 넘기는 것이 안타까울 뿐입니다. 게다가 요사스런 마귀와 괴물들이 도처에 흉악스럽게 날뛰고 있어 과연 서천까지 무사히 당도할 수 있을 것인지도 걱정스러울 따름입니다. 그래서 마음이 이토록 초조한 것입니다. 오늘 이같이 좋은 연분으로 댁에서 편히 묵고 있습니다만, 어젯밤에 소승의 제자들이 은혜에 보답하고자 다소나마 재간을 부려 도움을 드린 까닭도 사실은 노인장께 배 한 척 얻어 강을 건널까 해서였습니다. 그런데 뜻밖에도 이처럼 큰눈이 내려 갈 길을 뒤덮어버렸으니, 어느 세월에 공을 이루고 그리운 고국 땅으로 돌아갈 수 있을지 아득하기만 합니다!"

"장로님! 안심하십시오. 그동안에 오랜 세월을 겪어오셨는데 단 며칠을 가지고 뭘 그토록 걱정하십니까? 날씨가 개고 얼음이 풀리면 이 늙은 것이 가산을 다 기울이는 한이 있더라도 반드시 주선하여 장로님 일행이 강을 건너가시게 해드리겠습니다."

이때 하인이 또다시 들어와서 조반을 들라고 여쭙는다. 일행이 대청으로 나아가 조반을 마친 지 얼마 쉬지도 않아서 또 점심상이 잇달아 들어왔다. 삼장은 음식상이 풍성한 것을 보고 송구스러운 마음을 금치 못했다.

"하룻밤을 편히 재워주기까지 하셨는데 또 이렇듯 후하게 대접해 주시다니 너무나 황감할 따름입니다. 그저 집안 식구들처럼 스스럼없이 대해주셨으면 고맙겠습니다."

진씨 노인이 손을 내젓는다.

"장로님의 제자 분께서 제물을 대신하여 저희 자식들의 목숨을 구해주신 은혜를 입었으니, 날마다 잔치를 베풀어 대접해드린다 해도 감사한 뜻을 다 표하지 못할 터인데, 이까짓 끼니 상이야 뭐 대수로울 게 있습니까."

얼마 후에야 억수같이 퍼붓던 눈이 간신히 멎었다. 그리고 한길에 오가는 행인들도 차츰 늘어났다. 진씨 노인 형제는 삼장이 끝내 마음을 풀지 못하고 초조해하는 모습을 보자, 다시 화원의 눈을 쓸어내고 화로에 숯불을 담아 내오면서 설동(雪洞) 속에서나마 한가롭게 거닐면서 답답한 심사를 풀어주려 했다.

저팔계가 그것을 보고 기가 막혀 껄껄 웃는다.

"허허! 이 영감은 도무지 주책이 없군. 봄철도 이삼월이나 되어야 꽃밭 거닐기가 좋지, 이렇게 큰눈이 내리고 또 날씨마저 추운데 뭘 구경하고 다니란 말인가?"

손행자가 핀잔을 주었다.

"이 바보야, 자네가 뭘 안다고 그러나? 눈 경치란 역시 그윽하고 조용한 맛을 지녀야 제격이란 말일세. 어슬렁어슬렁 산책하면서 구경하는 재미도 재미려니와, 사부님의 답답한 기분도 풀어드릴 수 있으니 좋지 않은가?"

이 말에 진씨 노인이 찬동했다.

"옳은 말씀입니다, 옳은 말씀이고말고요!"

이윽고 화원에 다다르니, 과연 눈 내린 화원의 경치가 제격이다.

경치는 바야흐로 늦가을 삼추(三秋)인데, 풍광은 섣달이나 다름없다.

늘푸른 소나무에 옥 같은 꽃술이 주렁주렁 달리고, 메마른 버들가지에는 은빛 꽃봉오리 맺혔다.

섬돌 아래 이끼에는 분가루가 쌓이고, 창문 앞 푸른 대나무에는 구슬 같은 싹이 움터나온다.

기암교석(奇巖巧石)으로 이루어진 산머리, 뾰족뾰족 깎아 세운 봉우리가 옥순(玉筍)을 늘어놓은 것 같고, 양어지(養魚池) 안에 일렁이던 맑디맑은 연못 물이 빙판을 이루었다.

언덕 근처 간드러지게 핀 부용화는 아리따운 빛깔이 엷어지고, 낭떠러지 곁 무궁화는 하느작하느작 연약한 가장귀를 늘어뜨렸다.

늦가을철 해당화는 눈더미에 짓눌려 폭삭 까부라졌는가 하면, 섣달 매화나무는 제철 만나 새 가지를 보일 듯 말 듯 뻗고 있다.

모란정(牡丹亭), 해류정(海榴亭), 단계정(丹桂亭)은 정자마다 온통 거위 깃털이 산더미처럼 쌓이고, 방회처(放懷處), 관객처(款客處), 견흥처(遣興處)에는 곳곳마다 나비 날개 깔리고 뒤덮여 있다.

양편 울타리에 늘어선 황국(黃菊)은 옥에다 금빛 줄을 가닥가닥 쳐놓고, 몇 그루 단풍나무는 새빨간 잎새 바탕에 군데군데 흰 점이 반짝인다.

썰렁하게 텅 빈 마당은 살을 에는 추위에 견디기가 어렵고, 설동(雪洞)을 바라보자니 차갑기가 얼음장 같다.

그 안에 수면 상족(獸面象足)의 청동 화로 하나 놓였으니, 괴수의 면상에 코끼리 다리 같은 세 발로 버티고, 후끈후끈한 숯불 열기가 이제 갓 피어오른다.

위아래로 호피(虎皮)를 깐 교의(交椅) 몇 틀이 옹기종기 놓였으며, 부드럽고 따뜻한 창호지를 널찍하게 깔아놓았다.

사면 벽에는 솜씨 뛰어난 명공들의 고서화 족자 몇 폭이 걸려 있는데, 그 족자 또한 볼 만한 걸작들이다.

「칠현 과관」(七賢過關)」「한강 독조(寒江獨釣)」[8]는 첩첩 쌓인 산봉우리의 설경(雪景)을 그린 화폭이요,

「소무 찬전(蘇武餐氈)」「절매 봉사(折梅逢使)」는 옥구슬처럼 깨끗한 숲과 나무 경치에 쓸쓸한 문장을 적어놓은 서폭이다.

말로는 이루 다 표현하지 못할 명문장을 살펴보자면 이러하다.

집 가까운 강변 정자에서 물고기는 쉽사리 살 수 있어도,
家近水亭魚易買,

눈 덮인 산길에 방향을 찾을 길 없으니 술 한 병 받아오기 어렵구나.
雪迷山徑酒難沽.

진실로 정든 사람끼리 무릎 맞대고 앉았어도 좋을 만한 곳이니, 따져보자면 바다 한가운데 신선 사는 봉호(蓬壺, 봉래도)를 찾아 나설 까닭이 어디 있으랴?

---

8 「칠현 과관」「한강 독조」: 「**칠현 과관**(七賢過關)」은 중국 고대 명화 중의 한 폭. 소식(蘇軾)의 작품이라고 하는데, 송나라 때 황정견(黃庭堅)이 '칠재자 입관도(七才子入關圖)'라는 제자(題字)를 써서 달았다. 「**한강 독조**(寒江獨釣)」 역시 중국의 명화인데, 당나라 때 유종원(柳宗元)이 '외로운 조각배에 도롱이 걸치고 삿갓 쓴 늙은이, 눈 내린 날 차가운 강물에 홀로 낚시를 드리우다(孤舟蓑笠翁, 獨釣寒江雪)'란 유명한 화제(畫題)를 붙였다.

여러 사람들이 오랫동안 화원의 눈 덮인 경치를 즐기며 구경하다가 설동 안에 들어앉아 이웃 노인들과 더불어 삼장 일행이 경 가지러 가는 일을 화제 삼아 얘기를 나누고 있으려니, 하인들이 또 향기로운 차를 대령했다. 얼어붙은 설동 안에서 뜨거운 차를 마시고 났을 때, 진씨 노인이 삼장 일행에게 물었다.

"여러 어르신들, 술 한잔 마실 수 있겠습니까?"

삼장이 대답했다.

"소승은 술을 마실 줄 모릅니다만, 제자들이 소주(素酒) 몇 잔쯤은 마실 수 있습니다."

진씨 노인은 크게 기뻐하면서 하인들에게 당장 분부를 내렸다.

"애들아, 과일 몇 가지하고 술을 데워서 내오너라. 날이 무척 차가운데 여러분께 몸이나 좀 풀어드려야겠다."

하인들이 그 즉시 탁자를 떠메다가 화롯가에 둘러놓고 술상을 보았다. 삼장 일행과 진씨 형제는 이웃 노인 두 분과 함께 술 몇 잔씩 즐긴 다음 술상을 물렸다.

어느덧 하루 해가 저물고 날이 어둑어둑해지자, 그들은 다시 대청으로 자리를 옮겨 저녁 대접을 받았다.

이때, 담장 바깥에서 길 가는 행인들의 두런두런 주고받는 목소리가 들려왔다.

"이것 참 호되게 추운 날씨인걸! 오죽하면 저 통천하 강물마저 꽁꽁 얼어붙었으니 말이야."

"누가 아니래나! 에잇 추워! 어서 가세!"

삼장이 그 말을 듣고서 손행자를 불렀다.

"오공아, 강물이 얼어붙었다는데 우리 어떻게 하면 좋겠느냐?"

진씨 노인이 얼른 그 말을 받았다.

"갑작스레 날씨가 추워지는 바람에 강기슭 가까운 곳에 얕은 물이 얼었나 봅니다."

이 말에 대꾸라도 하려는 듯, 담장 바깥에서 때맞춰 또 한마디가 넘어왔다.

"통천하 팔백 리 길이 온통 얼어붙었네그려! 강물이 아예 거울처럼 매끄럽단 말씀이야. 모처럼 길이 났으니 어서 건너가세. 다른 사람들한테 뒤져서야 쓰겠나?"

사람들이 얼어붙은 강물 위로 걸어서 건너간다는 말을 듣자, 삼장법사는 조급한 마음이 들뜰 대로 들떠 가만 앉아 있지 못하고 당장에 일어나서 나가보려 했다.

"장로님, 너무 서두르지 마십쇼. 오늘은 날이 저물었으니, 내일 아침에 나가보시도록 하시지요."

진씨 노인이 또 만류했다. 이리하여 이웃 노인들은 작별 인사를 나눈 다음 돌아가고, 저녁상이 들어왔다. 저녁을 마친 삼장 일행은 어제처럼 곁방에 들어 편히 쉬었다.

이튿날 새벽 동이 트자, 저팔계가 자리에서 일어나며 잔뜩 엄살을 떨었다.

"형님, 간밤은 그제보다 더욱 추웠소. 이 지경으로 추운 걸 보면 아마 강물도 꽁꽁 얼어붙었을 거요."

이 말을 듣고 삼장은 부스스 일어나 문밖으로 나서더니 하늘을 우러러 절하면서 축원을 드렸다.

"호교 대신(護教大神) 여러분! 불초한 이 제자가 서천으로 오는 동안 오로지 경건한 마음 하나로 부처님께 절하며 험난한 산천길에 온갖 고초를 다 겪으면서 아무리 괴로워도 단 한마디의 원망을 입 밖에 낸 적이 없었나이다. 이제 이 통천하 강변에 이르러 갈 길이 막혀 근심하던 차에 황천후토(皇天后土)의 도우심으로 강물이 얼게 하여주셨으니 감사드리나이다. 이제 경을 얻어 가지고 돌아오는 날에는 기필코 당나라 황제 폐하께 아뢰어, 여러 신령들의 은혜에 성심성의껏 보답하겠나이다!"

참배를 마친 그는 즉시 사화상에게 분부하여 말안장을 채우게 하고, 강물이 얼어붙은 김에 서둘러 건너갈 채비를 차리게 했다.

이에 진씨 노인이 한사코 말렸다.

"아무리 갈 길이 급하셔도 서두르지 마십쇼. 며칠 더 기다리셨다가 눈이 다 녹고 얼음이 풀리거든 이 늙은 것이 배 한 척 마련해서 보내드릴 터이니, 조급하게 굴지 마십쇼."

곁에서 사화상이 신중한 의견을 내었다.

"지나가는 사람의 말만 듣고 금방 떠난다는 것도 안 될 일이고, 그렇다고 이곳에 마냥 머무를 수도 없는 노릇입니다. 속담에 '백문이 불여일견(百聞而不如一見)'이라 하지 않았습니까? 그러니 남의 말을 듣고만 있을 것이 아니라 제가 견마잡이 노릇을 할 터이니 사부님께서 말을 타고 강변으로 나가서 직접 눈으로 보고 오시는 것이 좋겠습니다."

진씨 노인도 그럴듯하게 여기고 그 말에 찬동하고 나섰다.

"일리가 있는 말씀입니다. 장로님, 그렇게 하시지요."

그리고는 하인들에게 호통쳐 분부를 내렸다.

"얘들아! 냉큼 마구간에 가서 우리집 말 여섯 필만 끌어내오너라. 당나라 장로님의 백마는 끌어낼 것 없다."

이윽고 젊은 하인 여섯 사람을 길라잡이로 내세운 일행은 말을 타고 통천하 강변으로 나갔다. 꽁꽁 얼어붙은 강물, 그 광경은 삼장 일행의 예상을 뛰어넘을 정도로 굉장했다.

눈더미 쌓인 품은 마치 우뚝 솟은 산봉우리와도 같고, 구름 걷힌 맑은 하늘이 새벽을 깨뜨린다.

뼈가 시리도록 싸늘하게 엉겨붙은 새벽 기운이 초나라 변방 요새의 천봉(千峰)처럼 수척하고, 얼음은 강호의 너른 천지를 한 조각 평지처럼 얼려놓았다.

매서운 삭풍이 휘몰아치니 무시무시하고, 매끄럽게 얼어붙은 모서리마다 칼날이 섰다.

연못 속의 물고기떼는 빽빽하게 깔린 마름풀 더미에 찰싹 달라붙어 움쭉달싹도 않고, 벌판 들새떼는 찍어넘긴 나무 그루터기를 그리워한다.

국경 밖의 먼 길 가는 나그네들은 모조리 열 손가락 움츠러뜨리고, 강기슭 뱃사공들은 위아래 떨리는 이빨끼리 맞부딪쳐 딸깍딸깍 소리를 낸다.

겨울잠 자던 뱀의 배때기가 갈라지고, 벌판의 들새 발목이 끊기니, 과연 빙산의 두께가 천백 척이다.

천산만학(千山萬壑)에 은빛이 싸늘하게 떠돌고, 온갖 시냇물에는 한옥(寒玉)이 차디차게 가라앉는다.

동방에는 죽어서 뻣뻣해진 누에가 나오기[9]를 스스로 믿으며, 북녘 땅에는 과연 서굴(鼠窟)[10]이 감춰져 있음을 알 만하다.

---

9 동방에는…… 누에가 나오고……: 진(晉)나라 왕가(王嘉)의 『습유기(拾遺記)』제10권에, "빙잠(氷蠶)이 동해 원교산(員嶠山)에서 나오는데, 누에의 몸길이는 7촌(寸), 검정빛으로 뿔과 비늘이 달렸으며, 몸뚱이가 온통 눈서리로 덮였다가 나중에 고치를 짓고 자라면 1척 크기가 되어 그 빛깔이 오색으로 빛나므로 무늬 비단을 짜기도 한다. 이 비단을 걸치면 물속에 들어가도 젖지 않고 불 속에 뛰어들어도 타지 않는다"고 했다. 원교산은 바다 속의 선산(仙山)으로, 『열자(列子)』「탕문(湯問)」편에 "발해(渤海) 동쪽에 있다"고 했다. 여기서는 동방을 가리키는 말로 쓰였다.

10 북녘 땅의 서굴: 『태평광기(太平廣記)』「축수(畜獸)」편에, "북방에는 빙하(氷河)층이 1만 리나 되는데 그 두께만도 1백 장(丈)이 되며, 그 얼음층 밑에 계서(磎鼠)라는 짐승이 굴을 뚫고 살고 있다. 그 짐승은 쥐처럼 생겼으나 풀과 나무를 먹고 산다.

왕상(王祥)이 얼음판에 엎드리고," 광무제(光武帝)가 빙판 딛고 건너갔듯," 하룻밤 새 시냇물 다리는 밑바닥까지 꽁꽁 얼어붙었다.

굽이진 수렁 늪은 모난 얼음 덩어리가 겹겹으로 맺히고, 깊은 연못 물도 한 층 또 한 층 얼어붙었다.

통천하 너른 강물에 파도 하나 없으니, 희고 깨끗한 얼음만이 육지의 길처럼 훤히 깔렸다.

삼장과 일행 여러 사람이 강변에 이르러 말을 멈추고 바라보았더니, 정말로 길 어귀에는 행인들이 줄지어 걸어가고 있었다.

삼장이 진씨 노인에게 물었다.

"시주님, 저 사람들이 얼음을 딛고 지금 어디로 가는 겁니까?"

"강 건너 저편은 바로 서량여국(西梁女國)입니다. 그리고 지금 저

몸무게가 1천 근이나 되어 잡아 말려서 포를 떠먹을 수 있으며, 털도 8척이나 되도록 길어 요와 이불을 만들어 덮으면 추위를 막을 수 있고, 그 가죽으로 북을 만들어 두드리면 소리가 천 리 밖에 사는 동류의 쥐를 다 모아들일 수 있다" 하였다.

11 왕상이 얼음판에 엎드리다: 왕상(王祥)은 위(魏)-진(晉) 두 왕조 때 대사농(大司農)·태보(太保)의 벼슬을 지낸 유명한 정치가로, 중국 역사상 스물네 명의 효자 가운데 한 사람이다.『진서(晉書)』「왕상전」에 보면, 그는 어려서 친어머니를 여의고 계모 주씨(朱氏)에게 숱한 핍박을 당하면서도 지극한 효성으로 섬겼는데, 어느 해 겨울철에 악독한 계모가 물고기를 먹고 싶다 하자, 강물 얼음판에 옷을 벗고 엎드려 하늘에 빌었더니 얼음이 녹아서 구멍이 뚫리고 물속에서 잉어 두 마리가 저절로 뛰어올라 그것을 잡아 계모에게 대접해드렸다고 한다.

12 광무제가 빙판 딛고 건너가다: 광무제(光武帝)는 곧 신(新)나라의 왕망(王莽)을 타도하고 동한(東漢)을 건국한 유수(劉秀, 기원전 6~서력 57)를 말한다.『후한서(後漢書)』「왕패전(王霸傳)」의 기록을 보면, 그는 24년 하북(河北) 지방의 군벌 왕랑(王郞)이 혼란기를 틈타 스스로 황제의 자리에 오르자, 이를 토벌하려 출동하였으나 오히려 왕랑군에 패하여 쫓긴 끝에 지금의 하북성 형대시(邢臺市) 서남쪽에 흐르는 호타하(滹沱河) 강변에 이르렀다. 당시 강에는 물살이 급하게 흐르고 있었으나, 이를 살피고 돌아온 선봉장 왕패는 장병들의 사기를 꺾지 않으려고 "강물이 얼어붙어 쉽게 건너갈 수 있다"고 거짓 보고를 올렸는데, 유수군이 강물에 들어서자, 과연 딛는 곳마다 얼어붙어 무사히 건널 수 있었다고 한다.

강을 건너가는 사람들은 모두 장사꾼들입니다. 우리가 사는 이쪽에서 백 전(錢) 값어치가 되는 물건을 저편으로 가져가면 만 전의 값어치가 되기도 하고, 저편에서 백 전짜리 물건을 이편에 가져오면 그 역시 만 전 값어치가 나가기도 합니다. 그러니까 밑천을 적게 들이고 이익은 많이 낼 수 있기 때문에, 장사꾼들이 생사를 돌보지 않고 저렇듯 목숨까지 내걸고 건너가는 것입니다. 해마다 물길이 좋을 때면 대여섯 사람이 배 한 척을 타거나 또는 십여 명씩 배 한 척을 타고 강을 건너갔습니다만, 지금은 강물 길이 얼어붙었으니 목숨을 내걸고 도보로 걸어서 강을 건너가고 있는 것이지요."

삼장은 이 말을 듣고 탄식이 절로 나왔다.

"이 세상에서 가장 중히 여기는 것은 명리(名利)라 하더니, 과연 그 말이 맞는구나! 저 사람들도 이익을 구하느라 목숨을 내걸고 있지 않느냐? 내가 폐하의 칙명을 받들고 충성을 바치려 하는 까닭도 역시 명예를 위해 하는 노릇이니, 저 장사꾼들과 다를 바가 어디 있겠는가? 오공아, 어서 빨리 시주 댁으로 돌아가서 행장을 챙겨 가지고 말안장에 싣고 오너라. 이 얼음이 풀리기 전에 부지런히 서방 세계로 떠나자꾸나."

손행자는 뜻 모를 미소만 지은 채 응답했다.

"예, 알겠습니다."

이때 사화상이 무슨 예감이 들었는지, 또 맏형의 말끝을 가로채고 나섰다.

"사부님, 속담에 '천 날이 지나려면 천 되의 쌀을 먹어치워야 한다'고 했습니다. 기왕에 진씨 댁 신세를 졌으니 며칠 더 묵었다가 날씨가 개고 얼음이 풀리거든 배를 마련해서 건너가도 늦지 않습니다. 너무 급히 서두르시다가 잘못되는 일이라도 생길까 겁이 납니다."

삼장은 좋은 말로 막내 제자를 타일렀다.

"오정아, 네가 오늘따라 어찌 그리도 어리석은 소리를 하는지 모르겠구나. 만약에 정월 이월이라면 하루하루 날씨가 따뜻해지니까 얼음이 풀리기를 기다릴 수 있겠다만, 지금은 팔월이다. 하루가 다르게 날씨는 추워지기만 하는데 어떻게 얼음이 풀리기를 바랄 수 있단 말이냐? 그렇게 되었다가는 오히려 반년 동안이나 갈 길을 그르치고 발목 잡혀 있게 될 것이 아니냐?"

저팔계가 마상에서 훌쩍 뛰어내리더니 스승과 사화상 사이로 끼어들었다.

"잠깐만! 쓸데없는 소리 그만 지껄이고 이 저선생께서 하는 일이나 지켜보고 계시오. 이 얼음이 얼마나 두꺼운지 얇은지 시험해보겠소."

손행자는 이 미련퉁이가 또 엉뚱한 짓을 저지르는가 싶어 핀잔을 주었다.

"이 바보야, 그제 밤에는 물 깊이를 시험해본답시고 돌멩이를 던졌지만, 지금은 얼음이 꽁꽁 얼어붙어서 강 밑바닥까지 쫙 깔렸을 텐데, 무엇으로 어떻게 얼음 두께를 알아보겠다는 게야?"

"형님, 모르는 소리 마쇼! 내 이 쇠스랑으로 저놈의 얼음을 한번 콱 찍어보면 알 게 아니오? 한번 찍어서 깨진다면 얼음이 얇아서 건너갈 수 없을 테고, 힘껏 내리찍어서 꼼짝달싹도 하지 않는다면 얼음이 두꺼운 상태니까, 마음놓고 건너갈 수 있지 않겠소?"

스승이 곁에서 한마디 거들었다.

"팔계의 말에 일리가 있구나."

스승의 말씀에 용기를 얻은 미련퉁이가 신바람 나게 옷자락을 척척 걷어붙이더니, 어슬렁어슬렁 강변으로 내려섰다. 그리고는 두 손아귀로 쇠스랑 자루를 단단히 부여잡고 번쩍 치켜들더니 있는 힘껏 얼음 바닥 한복판을 내리찍었다.

"텅!"

"어이쿠!"

바위 덩어리와 같은 물체를 내리찍는 쇳소리에 뒤이어 저팔계의 입에서 외마디 신음 소리가 터졌다. 보라! 얼음 바닥에는 쇠스랑 아홉 이빨이 내리찍은 자국만 허옇게 드러났을 뿐, 어찌나 단단하게 얼어붙었는지 탄력을 받고 퉁겨나온 제 힘에 겨워 손목이 시큰시큰 저려오고 부들부들 떨릴 정도로 아프니 외마디 소리가 터져나올밖에 더 있으랴.

미련퉁이 저팔계는 아픔도 잊은 채 좋아라 펄쩍펄쩍 뛰었다.

"됐어, 됐어! 너끈히 걸어갈 수 있겠소! 밑바닥까지 꽝꽝 얼어붙은 모양이야!"

삼장도 기뻐 어쩔 바를 모르고 여러 사람들과 함께 진씨 댁으로 돌아왔다. 그리고 즉시 행장을 수습하여 길 떠날 채비를 서둘렀다.

진씨 형제 두 노인이 한사코 만류해보았으나 삼장은 듣지 않았다. 진씨 형제는 어쩔 수 없이 마른 양식을 준비하고 구운 떡과 만두 같은 끼닛거리를 만들어 삼장 일행에게 주고 떠나보내게 되었다. 그들은 다시 일가족 모두 나와 엎드려 절하면서 또다시 금붙이 은붙이를 한 쟁반 가득 담아 가지고 나와 삼장 일행 앞에 무릎 꿇은 채 받들어 올렸다.

"저희 자식들을 살려주신 장로님의 은혜에 약소하나마 보답하는 마음으로 드리오니, 부디 받아주셔서 가시는 도중에 음식 한 끼니라도 사 잡수신다면 그보다 더 다행스러운 일이 없겠습니다."

삼장은 두 손을 홰홰 내젓고 도리질을 해가며 막무가내로 받아들이지 않았다.

"소승은 출가인입니다. 출가한 사람이 이런 재물을 받아서 어디다 쓰겠습니까? 이런 것은 길 가는 도중에 함부로 꺼낼 수도 없는 물건입니다. 그저 동냥이나 하면서 하루하루 날을 보내는 것이 마땅한 일이니,

마른 양식이나 받아두면 그것으로 족합니다."

두 노인이 거듭 받아주기를 간청하자, 곁에서 손행자가 손가락 끝으로 제일 작은 덩어리를 한 개 집어들고 무게를 어림해보더니, 네댓 돈쭝이나 됨직한 것을 스승의 손에 쥐여주면서 이렇게 여쭈었다.

"사부님, 법사(法事)를 베풀어 보시를 받으신 셈 치고 넣어두시죠. 두 노인장의 호의를 아주 무시할 수는 없지 않겠습니까."

이리하여 삼장 일행은 진씨 댁과 작별을 나누고 통천하 강변으로 달려갔다. 얼음 바다 위에 올라섰더니 말발굽이 휘청하고 미끄러지는 바람에, 삼장은 하마터면 말에서 굴러떨어질 뻔했다.

사화상이 얼른 스승을 부축해 바로 앉히면서 절레절레 도리질했다.

"사부님, 이래 가지고는 건너가기 어렵겠는데요."

그러자 저팔계가 얼른 나섰다.

"가만계십쇼! 진씨 노인 댁에 가서 짚단을 조금 얻어다가 써야겠습니다."

"짚단은 가져다 어디에 쓰려나?"

손행자가 물었더니, 미련퉁이는 제법 자신 있게 대꾸했다.

"형님이야 뭘 아시겠소? 짚으로 말발굽을 싸서 묶어주면 미끄러지지 않을 게 아니오? 그래야 사부님도 낙마를 모면하실 거요."

강변 둔덕에 서서 지켜보던 진씨 댁 노인들이 그 말을 듣고 부리나케 사람을 집으로 달려보내 짚단 한 묶음을 가져오게 했다. 짚단이 도착하자, 삼장은 말에서 내려 언덕 위로 올라가고, 저팔계가 짚 묶음으로 말발굽을 하나하나씩 싸매어주기 시작했다.

일이 다 끝나자, 일행은 다시 한번 얼음판 위에 올라섰다. 그들이 얼음 바다을 딛고 별 탈 없이 건너는 모습을 보자, 강변에 서서 끝까지 지켜보던 진씨 댁 노인들도 그제야 마음이 놓여 집으로 발길을 돌렸다.

얼음판을 조심스레 밟고 3, 4리쯤 걸어나갔을 때, 저팔계가 들고 있던 구환석장을 스승에게 불쑥 내밀었다.

"사부님, 말 위에서 이 지팡이를 가로 들고 가십쇼!"

손행자는 무슨 영문인지도 모른 채 꾸지람부터 내렸다.

"이 바보 천치 녀석이 또 무슨 농간을 부리는 거야? 그 지팡이는 애당초 네가 떠메고 가기로 된 것인데, 어째서 사부님이 들고 가시게 하는 거냐?"

저팔계가 억울하다는 듯이 툴툴거려가며 설명해주었다.

"형님은 얼음판 위를 걸어본 일이 없으니까 잘 모르실 거요. 얼음판에는 어디에나 숨구멍이라고 해서 갈라진 틈이 있기 일쑤란 말이오. 만약 이 갈라진 틈을 자칫 잘못 디뎌서 빠졌을 때, 무엇이든지 가로지른 물건이 없다면 그대로 물속에 풍덩 빠져들어간 채 두 번 다시 떠오르지 못할 게 아니겠소? 일단 얼음장 밑으로 들어가는 날이면 마치 냄비 솥에 뚜껑을 덮은 것처럼 도저히 솟구쳐 오를 방법도, 헤어나올 도리도 없단 말이오. 그러니까 반드시 이렇게 기다란 물건을 가로질러서 들고 가야만 빠져들지 않고 걸리게 되는 거요."

손행자는 이 말을 듣고 피식 웃었다.

"허허, 그것참……! 바보 천치 녀석이라고 흉을 보았더니, 그래도 여러 해 동안 얼음판 위를 걸어다닌 경험자답게 제법 약아빠진 구석이 있구먼."

말이야 그렇게 했으나, 삼장 법사도 손행자도 사화상도 벌써 저팔계의 지혜를 본받고 있었다. 말 위의 삼장은 구환석장을 가로 떠메고, 손행자는 여의금고봉을 기다랗게 늘여 어깨 위에 가로 걸쳤으며, 사화상은 항요보장을, 저팔계는 어깨 짐을 떠멘 채 허리춤에 쇠스랑 자루를 가로지르고, 이렇듯 방비를 단단히 갖추고 나서야 스승과 제자 일행은 안심하고 앞으로 걸어나갔다.

일행은 그날이 저물도록 줄곧 빙판길을 걸었다. 시장하면 마른 양식을 조금씩 꺼내 먹고, 한군데 오래 걸음을 멈춰 서 있지 못하고 별빛과 달빛만 바라보면서 그저 망망한 얼음판 위에 반사되어 번쩍거리는 광채를 길동무 삼아 잰 걸음으로 부지런히 달음박질치다시피 걸어나가고 있을 따름이었다. 이렇듯 한숨도 쉬지 않고 눈 한번 붙여보지도 못한 채 하룻밤을 꼬박 지새우며 걷다 보니, 날이 또 밝아오기 시작했다. 그들은 또 마른 양식을 조금 먹고 나서 그대로 서쪽 방향을 바라보며 앞으로 앞으로 나아갔다.

한참 동안 정신없이 건너가고 있을 때였다. 갑자기 빙판 밑에서 '쩌렁, 쩡! 쩡쩡!' 하는 소리가 들려왔다. 조마조마하게 얼음판을 내딛던 백마가 무엇 때문에 놀랐는지 기겁을 하고 쓰러질 뻔했다.

삼장 법사도 깜짝 놀라 몸을 바로 뒤채면서 제자들에게 물었다.

"얘들아, 어디서 이런 소리가 나는 거냐?"

저팔계가 이번에도 아는 체를 한다.

"강물이 아주 단단하게 얼어붙어도 이런 소리가 납니다. 얼음이 갈라진 틈에서 헛기운이 빠져나오느라 그런 거지요. 한복판인데도 이런 소리가 나는 걸 보면 아마 밑바닥까지 꽝꽝 얼어붙은 모양입니다."

삼장은 믿음직스런 둘째 제자의 말을 듣고 놀랍기도 하려니와 기쁘기도 해서 신바람 나게 말을 휘몰아 계속 앞으로 나아갔다.

한편 통천하의 괴물 영감대왕은 눈보라에 얼음 천지를 만들어놓고 일단 수부로 돌아간 다음, 다시 수족들을 총동원하여 거느리고 얼음장 밑에서 오랫동안 기다리고 있었다. 얼마쯤 있으려니 과연 빙판 위에서 말발굽 소리가 '떨꺼덕떨꺼덕' 들려오기 시작했다. 괴물은 그 순간을 놓치지 않고 신통력을 써서 단번에 얼음 바닥을 쪼개버렸다.

얼음판이 갑작스레 갈라지자, 깜짝 놀란 손행자는 본능적으로 몸을 솟구쳐 허공 위로 뛰어올랐으나, 삼장을 태운 백마는 이미 물속에 빠져들어간 뒤였다. 저팔계와 사화상도 액운을 면치 못하고 스승의 뒤를 따라 얼음 구멍 속으로 빠져들고 말았다.

괴물은 눈독 들이고 있던 삼장 법사를 낚아채자마자, 부하 요정들을 이끌고 뒤도 안 돌아보고 수부로 돌아갔다.

"쏘가리 누이동생아! 어디 있느냐?"

얼룩무늬 쏘가리 노파가 기우뚱기우뚱 문밖으로 영접을 나오더니 송구스러운 기색으로 큰절을 했다.

"대왕님! 누이동생이라니요, 제가 그런 칭호를 어찌 감히 받겠사옵니까?"

"여보게 누이, 그런 말씀 마시게! '사내대장부가 한번 입 밖에 말을 냈으면, 네 마리 말이 끄는 마차도 따라잡지 못한다(一言旣出 駟馬難追)' 하지 않았던가? 자네 계략대로 당나라 화상을 잡게 되면 맞절을 나누고 의남매를 맺기로 약속했는데, 오늘 과연 절묘한 계략이 맞아떨어져서 이렇게 당나라 화상을 붙잡았으니, 내가 약속한 말을 흐지부지 어겨서야 어찌 되겠는가?"

그리고는 부하들을 돌아보며 큰 소리로 분부를 내렸다.

"얘들아! 어서 도마를 내오고 칼을 잘 들게 갈아오너라. 이 중 녀석의 배를 가르고 염통을 꺼낸 다음, 가죽을 벗기고 살을 저며내도록 해라. 그리고 풍악을 잡히면서 우리 누이동생과 함께 먹고 즐기며 불로장생을 누려야겠다!"

그러자 쏘가리 노파가 이렇게 여쭈었다.

"대왕님, 잠깐만! 그놈을 잡숫지 마시고 잠시 뒤로 미뤄두십쇼. 아무래도 저놈의 제자들이 찾아와서 시끄럽게 난장을 칠지도 모르니까요. 한 이틀 동안만 꾹 참고 계시다가 그 녀석들이 찾아오지 않으면 그때 가서 저 중놈의 배를 갈라놓고, 대왕께서는 윗자리에 앉으시고 권속들이 주욱 늘어선 가운데, 풍악을 울리고 춤을 추게 하면서 저놈의 고기를 대왕님께 바치도록 한 다음, 느긋하게 마음 편안히 잡수시면 좋지 않겠습니까?"

괴물이 듣고 보니 그럴듯한 말이라, 삼장을 궁궐 뒤꼍에 감춰두고 그 위에 길이 6척이나 되는 커다란 돌 궤짝을 뒤집어 씌워놓았다.

한편 저팔계와 사화상은 물속에 빠져들기가 무섭게 도로 솟구쳐 나오더니, 짐보따리를 건져내어 백마의 잔등에 얹어 싣고 물길을 헤치고 파도를 뒤집어가면서 익숙한 솜씨로 헤엄쳐 나왔다.

손행자가 반공중에서 그들을 발견하고 소리쳐 물었다.

"사부님은 어디 계신가?"

미련퉁이 저팔계란 녀석이 심술궂게 대꾸했다.

"사부님의 성씨는 이제 진(陳)씨가 아니라 '가라앉을 침(沈)'씨[13]가 되고 말았소. 이름자도 '도저(到底, 밑바닥)'로 고쳐야 될 거요. 지금은 강물 밑바닥 어디쯤 가라앉으셨는지 찾을 길이 없으니까, 우선 강변 언덕으로 올라가서 무슨 방도든 생각해보기나 합시다."

원래 저팔계는 지난날의 천봉원수가 속세에 내려온 위인으로 과거에는 천하(天河, 은하수)의 8만 수병을 거느리던 수군 장수였고, 사화상으로 말하자면 유사하 강물 속에서 주름잡던 요괴 출신이요, 백마는 애

---

[13] 진씨가 아니라 '가라앉을 침씨': 당나라 스님 진현장의 '진(陳)'씨 성과 '가라앉을 침(沈)'자는 중국어로 발음이 같은 해음쌍관어(諧音雙關語) '첸 chen'이다. 저팔계는 똑같은 발음 요소로 함축성 있게 사태를 설명하고, 내친김에 스승의 이름자마저 바꾸어 '강물 밑바닥에 가라앉았다'는 뜻의 '침도저(沈到底)'로 만들어버린 것이다.

당초 서양대해 용왕의 자손이라, 모두들 물의 성질에 대해서는 누구보다 잘 알고 있는 터였다. 그렇기 때문에 통천하 강물 속에 빠져들었어도 거뜬히 살아나올 수 있었던 것이다.

손대성은 공중에서 두 아우를 인도하여 강변으로 올라가게 만들었다. 이윽고 언덕에 올라선 그들은 무엇보다 먼저 차가운 강물에 흠뻑 젖은 백마의 터럭을 가다듬고 나서 자기네 옷을 쥐어짜서 말렸다.

구름을 낮추고 내려선 손대성은 두 아우와 백마를 데리고 터덜터덜 맥없이 진가장 마을로 되돌아갔다. 그들을 미리 알아본 마을 사람이 재빨리 진씨 댁으로 달려가서 연통을 했다.

"경을 가지러 떠난 장로님 네 분 가운데 세 분만 남아서 지금 이리로 되돌아오고 계십니다."

진씨 형제가 부랴부랴 문밖으로 달려나와 영접하고 보니, 과연 옷가지들이 축축하게 젖어 있는 터라, 깜짝 놀라면서 그들에게 물었다.

"어이구, 장로님들! 저희가 그토록 말렸는데도 막무가내로 떠나시더니, 끝내 이 지경이 되고 말았군요. 그런데 삼장 어르신께서는 어째서 안 보이십니까?"

그러자 저팔계 녀석이 또 주책없는 소리를 지껄였다.

"삼장이라 부를 것도 없소. 이제부터는 '침도저(沈到底)'라고 고쳐 불러야 할 판이오."

말뜻을 알아들은 진씨 노인 두 형제가 눈물을 뚝뚝 떨어뜨리면서 탄식해 마지않았다.

"가련하게 되셨군요! 정말 안타깝기 짝이 없습니다. 눈이 녹고 얼음이 풀리면 저희들이 배 한 척 마련해서 모셔다 드리겠다고 그렇게 말씀드렸는데도 고집을 부리시고 듣지 않으시더니, 결국 세상을 떠나고 마셨습니다그려!"

손행자는 그 말을 끊고 이렇게 당부했다.

"노인장, 이미 고인이 되신 분 때문에 공연히 걱정하실 것은 없소이다. 하지만 우리 사부님은 워낙 명을 길게 타고나신 분이라, 누가 뭐래도 그렇게 쉽사리 돌아가실 분이 아니오. 이 손선생은 잘 알고 있소. 우리 사부님은 두말할 것도 없이 저 영감대왕이란 괴물 녀석이 농간을 부려 납치해간 것이 분명하오. 그러니까 여러분은 마음놓으시고 우리 옷에 풀을 다시 먹여주고 물에 젖은 통관 문첩을 말려주고, 백마에게 여물이나 듬뿍 먹여주시오. 우리 세 형제는 하늘이 두 쪽 나는 한이 있더라도 반드시 그놈을 찾아내 사부님을 구해드리고, 여러분의 화근을 뿌리째 뽑아버리고 말겠소. 그렇게 해서 진가장 마을의 여러분도 후환 없이 모두들 편안히 살아갈 수 있게 해드릴 테니, 안심하고 기다리시오."

진씨 노인들은 기뻐 어쩔 바를 모르면서 부리나케 밥상을 차려다가 세 형제를 대접했다. 또 한 끼니 배불리 먹은 세 사람은 짐보따리와 마필을 진씨 댁에 맡겨둔 다음, 제각기 병기를 수습해 가지고 괴물에게 붙잡혀간 스승을 되찾고 요사스런 괴물을 때려잡기 위해 다시 한번 기세등등하게 통천하 강변으로 달려갔다.

　　　삼장 스님은 빙판을 잘못 디뎌 본성을 다치고,
　　　제자들은 대단(大丹)을 빠뜨렸으니 어찌 온전할 수 있으랴?

과연 그들이 삼장 법사를 어떻게 구해낼 것인지, 다음 회에서 풀어보기로 하자.

제49회 삼장 법사 재난을 만나 통천하 수택에 잠기고,
구고구난 관음보살 어람을 드러내다

손행자는 저팔계와 사화상을 데리고 진씨 노인들과 작별한 뒤 단숨에 강변까지 달려갔다.

"여보게들, 자네 둘 가운데 누가 먼저 물속에 들어갈 것인지 상의해보게."

이 말에 저팔계가 꽁무니를 뺐다.

"형님, 우리 두 사람은 워낙 재간이 신통치 못하니까, 아무래도 형님이 먼저 물속에 들어가시는 게 좋을 듯싶소."

손행자는 절레절레 도리질을 해 보였다.

"자네들 앞이니까 내 솔직히 말하겠네만, 산속의 요괴나 마귀 따위를 상대하라면 자네들한테 조금도 힘을 쓰게 하지 않겠는데, 물속의 일이라면 내 솜씨로는 잘 안 된단 말일세. 바다 속이나 강물 속을 돌아다니자면 나는 반드시 피수결(避水訣)을 쓰든지 그게 아니면 뭔가 물고기의 형상으로 둔갑해야 하는데, 그런 변신 술법을 쓰게 되면 철봉을 내 마음대로 휘두를 수가 없을 뿐만 아니라 신통력을 쓸 수도 없고, 그러니 요괴를 때려잡을 수가 없거든. 나는 오래전부터 자네 두 사람이 물에 익숙하다는 사실을 잘 알고 있네. 그러니까 나보다는 자네들이 먼저 들어가달라는 것일세."

이 말에 사화상이 절충안을 내놓았다.

"형님, 제가 가지 않겠다는 말이 아니오. 다만 물밑 형편이 어떤지

통 알 수 없어서 그게 영 꺼림칙하단 얘기요. 그래서 말인데, 우리 셋이서 다 함께 들어가자는 거요. 큰형님은 어떤 모습으로 둔갑하실 테요? 그럼 제가 업고 물길을 헤쳐나가서 그놈의 요괴 소굴부터 찾아낸 다음에, 큰형님이 먼저 들어가서 형편을 알아보시는 것이 좋을 거요. 만약 사부님이 다치신 데 없이 무사히 계시다면 우리가 힘써 요괴의 소굴을 때려부수고 구해내드리겠지만, 이번 일이 괴물의 농간으로 저질러진 것이 아니어서 사부님이 물에 빠져 돌아가셨다든지, 또는 이미 요괴에게 잡아먹히셨다든지 하면, 우리는 구태여 고생할 것 없이 일찌감치 딴 길을 찾아 나서는 것이 어떻겠소?"

"흐흠, 그것도 그럴듯하네. 그럼 자네 둘 중에서 누가 날 업고 들어가겠나?"

손행자가 두 아우의 눈치를 살피자, 미련퉁이 저팔계는 속으로 기뻐하면서 딴 궁리를 했다.

'옳거니, 됐다! 이 원숭이 녀석이 평소에 걸핏하면 나를 골탕 먹여왔으렷다? 오냐, 네 녀석이 물속에서는 먹통이니까, 이번에는 이 저선생에게 업혀서 골탕 한번 먹어봐라!'

손행자를 골려줄 기회가 생겼다는 사실에, 이 미련퉁이는 너무나 기쁘고 즐거워서 입이 저절로 헤벌어지고 웃음기가 실실 배어나온다.

"형님, 내가 업어드리다!"

그러나 눈치 빠른 손행자가 그놈의 속셈을 알아채지 못할 턱이 없다. 그는 저팔계가 무엇인가 딴 뜻을 품고 있다는 것을 그 웃음 속에서 읽고도 남음이 있었다. 오냐, 좋다! 네놈이 무슨 꼼수를 부리려는지 두고 봐야겠지만, 나도 제갈공명의 '장계취계(將計就計)' 전술로 그것을 역이용할 준비는 언제나 되어 있으니까 걱정 없다. 그는 시침을 뚝 떼고 저팔계의 '호의'를 받아들였다.

"그래, 그것도 좋겠지! 자네는 사오정보다 뚝심이 훨씬 세니까 말일세."

저팔계는 선선히 손행자를 등에 업었다.

이윽고 사화상이 앞장서서 물길을 가르고 인도하는 가운데, 세 형제는 함께 나란히 통천하 물 속으로 헤엄쳐 들어가기 시작했다.

강물 밑바닥으로 헤쳐나가기를 1백 몇십 리, 마침내 미련한 저팔계 녀석이 마음먹고 손행자를 골탕 먹일 때가 찾아왔다. '이심전심(以心傳心)'이라고나 할까, 그 기미는 즉시 등에 업힌 손행자에게도 느껴졌다. 손행자는 재빨리 솜털 한 가닥을 뽑아 가짜 몸으로 만들어서 저팔계의 등판에 엎드려 있게 하고, 진짜 몸은 돼지벼룩으로 탈바꿈하여 이 미련통이 녀석의 귓바퀴 속에 찰싹 달라붙었다.

그런 줄도 모르는 저팔계, 한참 가다 말고 갑작스레 발을 헛디뎌 넘어지는 척하면서 등에 업고 있던 손행자를 앞으로 힘껏 내동댕이치고는 자기 자신도 벌렁 나자빠졌다.

"어이쿠……!"

그러나 손행자의 가짜 몸뚱어리는 솜털이 둔갑한 것이라, 무게가 있어봤자 몇 푼이나 되겠는가. 솜털은 물 위로 둥실둥실 떠오르다가는 이내 형체도 그림자도 없이 어디론가 훨훨 사라져버리고 말았다.

이것을 본 사화상이 의아스런 기색으로 핀잔을 주었다.

"둘째 형님, 이게 웬일이오? 길도 제대로 걷지 못하고 진 수렁 속에 나둥그러지다니, 이건 형님답지 못한 솜씨구려. 어찌 되었든 간에 고꾸라진 큰형님은 어디로 사라진 거야?"

미련퉁이가 손을 툭툭 털고 일어섰다.

"그까짓 원숭이 녀석, 넘어지기를 잘하니까 어딘가 처박혀 있겠지 뭐. 나는 그저 슬쩍 자빠지기만 했는데 금방 어디론가 흔적도 없이 사라져버리고 말았지 않나! 여보게, 됐네 됐어! 그까짓 녀석이야 죽든지 살든지 상관 말고, 자네는 나하고 같이 사부님이나 찾으러 가세!"

"그건 안 될 말이오! 누가 뭐래도 큰형님부터 찾아내야 하오. 큰형님은 비록 자맥질에는 익숙하지 못하지만, 우리 두 사람보다 훨씬 영리하고 꾀가 말짱한 분이니까, 큰형님이 나타나지 않는다면 나는 둘째 형님하고 같이 가지 않고 여기서 꼼짝달싹도 하지 않을 거요."

미련퉁이 저팔계의 귓바퀴 속에 숨어 있던 손행자가 그 말을 듣고 참다못해 버럭 고함을 질렀다.

"여보게 오정! 손선생은 여기 계시네!"

맏형의 목소리를 알아들은 사화상, 앞으로 벌어질 일을 생각하고 웃음보를 터뜨렸다.

"하하, 하하! 이거 큰일났군, 큰일났어! 바보 형님은 이제 꼼짝없이 죽게 되셨소! 도대체 무슨 배짱으로 큰형님 같은 분을 골탕 먹이려 한 거요? 그따위 어쭙잖은 수작에 어디 호락호락 넘어갈 줄로 생각하셨소? 그런데 큰형님의 목소리만 들리고 얼굴은 안 보이니 어쩌면 좋소?"

그제야 일이 심상치 않게 된 것을 깨달은 미련퉁이 바보 천치, 손행자의 손에 들린 저 무시무시한 철봉을 생각하니 등골이 오싹했다. 그는 당황한 나머지 진흙탕 바닥에 얼른 무릎 꿇고 엎드려 쉴새없이 머리를 조아려가며 손바닥이 닳아빠지도록 빌고 또 빌었다.

"형님, 내가 잘못했소! 사부님을 구해내고 육지로 올라가거든 내가 백배사죄하리다. 형님, 어디서 소리를 지르고 있는 거요? 제발 본래 모습으로 나타나시구려. 나는 겁이 나서 죽을 지경이오! 내가 형님을 다시 업고 가겠소. 두 번 다시는 형님의 성미를 건드리지 않을 테니까 어서 나오기나 하시구려!"

손행자의 목소리가 다시 들려왔다.

"자네는 아직도 나를 업고 있다네. 나도 더는 골탕을 먹이지 않을 테니까, 어서 빨리 가기나 하게! 어서 가라니까!"

저팔계는 입속으로 연신 중얼중얼 사과의 말을 되풀이하면서 엉금엉금 기어 일어나더니, 또다시 사화상을 앞세워 걷기 시작했다.

이들이 1백 몇십 리 길을 더 나아갔을 때였다. 불현듯 고개를 쳐들고 바라보니 누대(樓臺) 한 채가 눈앞에 나타났다. 누대 기둥 위에는 큼지막한 글씨로 네 자가 씌어 있었다.

수원지제(水黿之第)

'민물 자라의 저택'이란 뜻이다.

편액을 본 사화상이 부겁게 입을 열었다.

"여기가 괴물의 소굴인 모양이오. 우리 둘이서는 아직 실정을 모르고 있으니, 어떻게 할까? 우선 덮어놓고 욕설부터 퍼부어 싸움을 걸어볼까?"

손행자의 목소리가 다시 묻는다.

"오정, 그 문 안팎에 물이 있는가?"

"물은 없소."

"물이 없다면 됐네. 이 손선생이 들어가서 형편을 알아보고 나올 테니, 자네들은 좌우 양편에 숨어 있게."

저팔계의 귓바퀴 속에서 살금살금 기어나온 돼지벼룩 한 마리가 또 꿈틀하고 몸을 흔들더니, 이번에는 앞다리가 길게 뻗친 새우 할멈으로 둔갑해 가지고 한 두어 차례 껍죽껍죽 뜀박질해서 대문 안으로 들어갔다. 누대에 들어서서 두 눈을 딱 부릅뜨고 바라보니, 눈에 익은 그 괴물이 윗자리에 떡 버티고 앉아 있고, 물고기 족속들이 양편에 줄지어 늘어앉았는데, 얼룩무늬 옷을 걸친 쏘가리 할멈 하나가 유별나게 괴물의 옆자리를 차지하고 앉았다. 그들은 바야흐로 삼장 법사를 어떻게 잡아먹을 것인지 의논하고 있었다.

손행자는 정신을 바싹 차리고 사방을 두루 살펴보았으나, 삼장의 모습은 어디에도 보이지 않았다. 당혹스런 기색으로 이리저리 둘러보고 있는데, 어디선가 배불뚝이 새우 할멈 하나가 뒤뚱뒤뚱 걸어오더니 서쪽 낭하로 가서 우뚝 선다. 손행자는 홀쩍 그 앞으로 뛰어나가 무턱대고 수작을 걸었다.

"아이고, 큰댁 형님! 안녕하셨어요? 대왕님은 지금 여러분과 함께 당나라 화상을 잡아잡수실 의논을 하고 계신데, 그 당나라 화상은 어디 있는지 모르겠군요?"

동료를 알아본 새우 할멈이 서슴지 않고 귀띔해준다.

"동서도 알다시피 우리 대왕님께서 눈을 내리고 얼음을 얼려 가지고 어제 그 당나라 중을 붙잡지 않았던가. 지금 그 화상은 궁궐 뒤꼍 돌궤짝 속에 갇혀 있다네. 아마도 내일쯤 그 중 녀석의 제자들이 나타나서 시끄럽게 굴지만 않는다면, 그날로 풍악을 잡히고 신바람 나게 잡아잡수실 모양이네."

손행자는 옳다구나 싶어 대뜸 은신 술법을 써서 형체를 숨기고 궁궐 뒤꼍으로 돌아갔다. 과연 그곳에는 새우 할멈이 귀띔한 대로 커다란 돌 궤짝이 하나 엎어져 있는데, 마치 사람의 집 안에 있는 돼지 우릿간 같기도 하고 석관 같기도 한 것이, 어림잡아 길이가 여섯 자 남짓 되어 보였다. 돌 궤짝 위에 엎드려서 귀를 기울여 들어보았더니, 그 속에서 삼장 법사가 꺼이꺼이 울고 있는 소리가 들려온다. 손행자는 아무 소리도 않고 계속 귀를 기울였다. 이윽고 스승이 어금니를 갈아붙이면서 한탄하는 소리가 들렸다.

강류(江流)로 태어난 운명에 죄과(罪過) 있는 자신이 원망스러우니, 태어날 때부터 그 얼마나 많은 수재(水災)에 얽매였던고!

어머니의 태중에서 나오기 무섭게 파도에 몸을 씻기었고, 서천으로 부처님을 뵈러 떠난 이후에도 까마득한 심연에 떨어졌다네.

지난번에는 흑수하에 부닥쳐 일신에 재난을 겪었더니, 오늘에는 통천하 얼음이 풀려 목숨이 황천으로 돌아가게 되었구나.

알지 못하겠구나. 어느 때에야 제자들이 달려와서, 진경을 얻어 가지고 옛 고장으로 돌아갈 수 있으랴?

스승의 탄식을 듣고 있으려니, 손행자는 견디지 못하고 버럭 소리쳐 일깨웠다.

"사부님! 수재를 만났다고 한탄하실 것 없습니다. '경전(經典)'에도 이렇게 적혀 있지 않습니까. '토(土)는 오행의 모체요, 수(水)는 오행의 근원이니, 토가 없으면 태어나지 못하고, 수가 없으면 자라지 못한다' 했습니다. 지금 여기에 바로 그 수(水)에 해당하는 손오공이 와 있단 말입니다!"

삼장은 그 소리를 듣고 정신이 번쩍 들었다.

"오공아! 날 좀 살려다오!"

"안심하십쇼. 저희들이 요망한 괴물을 잡아 없애고 나서 반드시 사부님을 재난에서 벗어나게 해드리겠습니다."

"어서 빨리 손을 써다오! 이대로 하루만 더 있다가는, 숨이 막혀서 죽고 말 것이다."

"아무 일 없을 겁니다. 걱정하실 것 없다니까요! 저는 갑니다!"

스승이 애걸복걸 통사정을 하는데도, 손행자는 매정하게 그 자리를 떠나 요괴의 소굴을 빠져나간 다음, 정문 바깥에서 본래의 모습을 드러내고 동료들을 불렀다.

"팔계야!"

이제나저제나 목이 빠지게 기다리고 있던 저팔계와 사화상이 한꺼번에 달려와서 이구동성으로 묻는다.

"형님, 어떻게 되었소?"

"짐작한 대로 그놈의 요괴가 사부님한테 농간을 부려 잡아간 걸세. 사부님은 아직 다치신 곳이 한군데도 없고, 그저 요괴한테 붙잡혀 돌 궤짝 안에 갇혀 계실 뿐이네. 이제부터 자네 둘이서 빨리 싸움을 걸게. 이 손선생은 한 걸음 먼저 물 바깥으로 나가서 기다리고 있겠네. 자네들이 그놈을 잡을 수 있으면 잡고, 잡지 못하겠거든 일부러 지는 체하면서 그놈을 유인해 강물 바깥으로 끌어내게. 그럼 내가 기다리고 있다가 그놈을 냅다 들이치겠네."

손행자가 계획을 짜서 일러주자, 사화상은 자신 있게 대답했다.

"큰형님, 안심하고 먼저 나가 계시오. 이 아우 둘이서 눈치 봐가며 적당히 대응하리다."

손행자는 그 즉시 피수결을 맺고 강물 속에서 빠져나갔다. 그리고 강변 언덕 위에 서서 기다린 것은 더 말할 나위도 없다.

사형을 떠나보낸 직후, 저팔계는 기세등등하게 문 앞까지 들이닥치더니 발광한 멧돼지처럼 날뛰어가며 무시무시한 목청으로 악을 고래고래 쓰기 시작했다.

"이 못된 괴물아! 우리 사부님을 당장 돌려보내지 못하겠느냐!"

정문 안쪽에서 지키고 있던 졸개 요괴가 이게 웬 날벼락인가 싶어 허둥지둥 안으로 뛰어들어가 괴물에게 급보를 전했다.

"대왕님! 정문 바깥에 어떤 놈이 쳐들어와서 사부님을 내놓으라고 난리법석을 떨고 있습니다."

괴물이 고개를 끄덕끄덕했다.

"허허! 역시 그 땡추중 녀석이 찾아온 모양이로구나. 여봐라, 내 갑옷 투구와 병기를 꺼내오너라!"

부하 요괴들이 황급히 병장기를 가져다 주었더니, 괴물은 무장을 단단히 갖추고 손에 병기를 거머잡은 채 즉시 문밖으로 뛰쳐나갔다.

"문을 열어라!"

대문짝이 휑하니 열리고 괴물은 바깥으로 나섰다.

저팔계와 사화상이 양편으로 갈라서서 바라보니, 과연 흉악하기 짝이 없는 몰골이다.

머리에는 황금 투구, 번쩍번쩍 휘황찬란한 빛을 쏟아내고, 몸뚱어리에는 황금 갑옷, 붉은 무지개가 눈부시게 뻗쳐나온다.

허리에 두른 보대(寶帶)에 주렁주렁 매달린 구슬이 비취빛으로 파랗고, 두 발에 꿰어찬 연황화(煙黃靴) 신발은 그 모양새부터 기괴하다.

우뚝 세운 콧날의 높은 품이 마치 산마루처럼 날카롭게 돋아나고, 양미간이 넓고 훤칠하기는 용신의 위세를 닮았다.

딱 부릅뜬 고리눈에 광채가 불꽃처럼 번뜩이고 둥글둥글한 눈매가 포악한 기운을 내뿜는가 하면, 앞니 송곳니는 강철 칼끝처럼 뾰족하면서도 가지런히 박혀 있다.

짧디짧은 머리털은 텁수룩하게 뒤엉켜 불꽃을 나부끼고, 길게 돋친 수염은 황금빛 송곳같이 멋들어지게 뻗어내렸다.

입에는 푸르고 여린 마름풀 한 가지를 물었고, 손에는 아홉 조각 날이 선 구판적동추(九瓣赤銅鎚)를 잡았다.

　　한바탕 덜커덩덜커덩 하는 소리와 함께 문이 열리니, 그 소리 마치 늦은 봄 경칩에 마른 벼락 치는 듯하다.

　　이런 생김새, 이런 차림새는 인간 세상에 보기 드무니, 천지간에 영현대왕(靈顯大王)의 위풍이라 일컫는다.

　　요사스런 괴물이 문밖으로 나서자, 그 뒤를 따라 1백 수십 마리나 되는 부하 요괴들이 저마다 창칼을 함부로 휘두르면서 한꺼번에 쏟아져 나오더니 양편으로 쫙 갈라섰다.

　　괴물이 저팔계를 지목하고 묻는다.

　　"네놈은 어느 절간에서 굴러먹다 온 중 녀석이냐? 뭣 때문에 여길 찾아와서 시끄럽게 떠드느냐?"

　　저팔계도 지지 않고 호통을 쳤다.

　　"이 때려죽여도 시원치 않을 못된 괴물아! 어젯밤에 나한테 혼뜨검이 나고서도 말대꾸를 곧잘 하던 놈이 오늘은 왜 모른 체하고 묻는 거냐? 오냐, 좋다! 기왕에 물었으니 대답해주마. 이 어르신으로 말할 것 같으면 동녘 땅 대 당나라 성승의 제자로서, 서천으로 부처님을 찾아뵙고 경을 가지러 가는 사람이다. 네놈이 주제넘게 농간을 부려 무슨 빌어먹을 놈의 영감대왕이라 사칭하고 진가장 마을에서 애꿎은 동남동녀 잡아먹기를 일삼고 있던 놈이지? 내가 바로 진씨 댁 고명따님 일칭금인데, 그래도 나를 알아보지 못하고 딴소리를 한단 말이냐?"

　　"이놈의 중 녀석, 도무지 경위가 없는 놈이로구나! 네가 일칭금으로 둔갑했다니 남의 이름을 함부로 도적질해 쓴 죄로 다스려야 마땅하겠다. 나는 네놈을 잡아먹지 않았는데도 네놈이 어째서 내 손등에 상처를 입혔느냐? 그만큼 양보했으면 그만이지, 어쩌자고 내 집 문전에까지 찾아와서 난리법석을 떠는 거냐?"

"그래, 네놈이 엊그제 나한테 양보를 했다고 치자! 그럼 어째서 찬바람을 일으키고 큰눈을 퍼붓고 이 강물에 얼음까지 얼려 가지고 우리 사부님을 해쳤느냐? 이제라도 늦지 않으니, 우리 사부님을 곱게 모셔내다가 돌려보낸다면 모든 일을 없던 것으로 치고 끝내겠지만, 그놈의 주둥아리에서 반 마디라도 '싫다'는 말이 나왔다가는 내 이 쇠스랑 맛을 톡톡히 봐야 할 줄로 알아라! 이 쇠스랑에는 절대로 용서가 없다!"

그 말을 듣자 괴물은 피식 코웃음치면서 이죽이죽 말대꾸를 했다.

"이 중 녀석, 큰소리 한번 되게 치는구나! 무슨 놈의 넋두리가 그리도 기냐? 그래, 내가 어젯밤에 찬 바람을 일으키고 큰눈도 내리고 이 강물도 꽁꽁 얼어붙게 만들어서 네놈의 사부를 낚아채오기는 했다. 네 녀석이 이제 우리집 문전에 와서 함부로 설쳐대는 품이, 그 화상을 빼내가고 싶어서 그런 모양인데, 아마 이번만큼은 그제 밤 같지는 않을 것이다. 그때는 내가 제삿밥을 먹으러 가느라고 병기를 몸에 지니지 않아 네놈한테 상처를 입고 돌아왔다만, 오늘은 네놈이 도망칠 생각은 아예 말아야 할 것이다. 이제부터 나하고 세 합만 싸워보자. 그래서 네놈이 나를 대적할 수 있다면 네 사부를 돌려주마. 하지만 당해내지 못할 때에는 네놈까지 잡아서 한꺼번에 먹어치우겠다!"

"고 녀석, 정말 귀엽게 노는군! 오냐 좋다, 그 말대로 해보자꾸나. 자아, 이 쇠스랑을 자세히 보아두어라!"

"호오, 이제 봤더니 네놈은 중도에서 출가한 중 녀석이었구나."

"요 아들놈이, 별명 그대로 제법 영감을 지닌 녀석이로군! 내가 중도에 출가해서 중이 되었다는 걸 어떻게 알았느냐?"

"네가 그 쇠스랑을 쓸 줄 아는 품이, 아마도 뉘 집 머슴살이를 하면서 논밭이나 가꾸다가 그걸 그냥 집어들고 뺑소니를 쳐서 출가한 게 아니면 뭐냐?"

"요 녀석아! 이 쇠스랑은 그런 논밭 따위나 파던 농기구가 아니란 말씀이다. 이걸 자세히 보고 내 말 좀 들어보려무나."

큰 이빨 아홉 개는 용의 발톱같이 달궈서 만들었으며, 세금(細金)으로 장식하니 이무기의 형상을 본떴다.

상대할 적수를 만나면 찬 바람이 시원스럽게 일지만, 맞수와 부닥칠 때에는 불꽃이 펄펄 일어난다.

성승과 더불어 괴물을 잡아 없애고, 서방 세계 가는 도중에 요사스런 정령을 닥치는 대로 잡아 끓였다.

한번 휘두르면 연운(煙雲)이 해와 달빛을 가리고, 일단 쓰기 시작하면 채색 노을이 또렷하게 비쳐난다.

태산을 찍어 무너뜨리니 천 마리의 호랑이가 두려워 떨고, 망망대해를 뒤엎으니 만 마리의 용이 놀라 몸뚱이를 도사린다.

네놈의 위령(威靈)에 수단이 뛰어나다 하더라도, 한번 내리찍었다가는 아홉 구멍이 뻥뻥 뚫리는 맛을 보아야 할 게다!

괴물은 그 말을 믿는 둥 마는 둥, 구리쇠 몽치를 번쩍 치켜들기가 무섭게 다짜고짜 상대방의 정수리부터 후려 때린다. 저팔계도 질세라 재빨리 쇠스랑을 휘둘러 가로막았다.

"이 고약한 괴물아! 이제 봤더니 네놈 역시 중도에서 요정이 된 마귀 녀석이로구나."

"호오, 이것 봐라? 내가 중도에서 요정이 되었다는 것을 어떻게 알았느냐?"

"구리 몽치를 쓰는 품새가, 뉘 댁 금은방에서 머슴 노릇 하면서 화로에 불이나 지피다가 슬그머니 훔쳐 가지고 삼십육계 줄행랑을 놓은 것이 아니고 뭐냐?"

"이 구리쇠 몽치는 금은방에서 금붙이 은붙이나 두드리던 것이 아니다. 이걸 잘 보고 내 말 좀 들어보려무나."

꽃잎 같은 아홉 조각을 한데 모아 화골타(花骨朶) 손잡이를 만들고, 자루는 속이 텅 빈데다 구멍이 뚫려 만년을 두고 푸르다.
애당초 범속한 인간 세상의 물건에 견줄 바가 아니니, 출처를 따지자면 역시 선원(仙苑)이란 이름에서 나왔다.
녹방(綠房)의 자줏빛 연밥은 요지(瑤池)에서 늙었고, 깨끗한 바탕과 맑은 향기는 벽소(碧沼)에서 생겨났다.
내가 애서 단련하기에 공을 들인 탓으로, 굳세기는 강철과 같고 날카롭기는 영혼을 꿰뚫는다.
도창검극(刀槍劍戟)도 이 병기에 견줄 바 아니요, 부월모과(斧鉞矛戈)도 이 병기 앞에선 견뎌낼 생각을 말아야 한다.
네놈의 쇠스랑이 제아무리 예리한 병기라 하더라도, 내 이 구리쇠 몽치 맛을 보면 아홉 이빨이 모조리 부러지고 꺾여나가고 말 것이다!

사화상이 그들 둘이서 옥신각신하는 꼴을 보다 못해 앞으로 달려들며 벼락 치듯 호통을 질렀다.

"이 괴물아! 뉘 앞에서 함부로 큰소리치는 거냐? 옛사람도, '입으로 아무리 지껄여도 믿을 만한 구석이 없는 법, 행동으로 보여야만 비로소 능력을 알 수 있다(口說無憑, 做出便見)' 하지 않았더냐? 도망칠 생각 말고 내 몽둥이나 한 대 먹어봐라!"

요괴가 구리쇠 몽치로 덜꺼덕 막아내더니, 사화상의 생김새를 보고 또 한마디 이죽거렸다.

"네놈 역시 중도에 출가한 중 녀석이로구나."

"그걸 네가 어떻게 알았지?"

"네 모양새를 보아하니, 방앗간에서 연자매나 굴리던 놈 같아서 그런다."

"어째서 내가 방앗간 연자매를 굴렸다고 보았느냐?"

"연자매를 굴리지 않았다면 어떻게 밀가루 반죽하는 밀대 방망이를 쓸 줄 알겠느냐?"

"이런 죽일 놈 같으니! 네 녀석은 이 세상에 태어난 이래 이런 병기를 본 적이 없을 게다."

　

이런 병기는 인간 세상에서 보기 드문 것이니, 그래서 보장(寶杖)의 이름을 알아보기 어렵다.

출신은 월궁(月宮)의 그림자 없는 무영처(無影處)요, 재목은 월궁의 계수나무 선목(仙木)을 갈고 쪼아 만든 것이다.

겉에는 보석을 박아 노을빛 광채가 눈부시며, 속에는 황금을 다듬어 넣어 서기(瑞氣)가 뭉쳐 있다.

전날에는 옥황상제의 어가 모시고 잔치에도 배석했고, 오늘날에는 정과(正果)를 받들어 당나라 스님을 보호한다.

서방 세계 노상에는 무식하여 알아보는 녀석 없지만, 상계(上界)의 천궁에서는 명성 한번 크게 날렸다.

요사스런 무리를 항복시키는 참된 병기라 이름하여 '항요진보장(降妖眞寶杖)'이라 부르니, 한번 내리쳤다 하는 날이면 요괴의 천령개(天靈蓋)를 들부숴 박살내고 말 것이다!

괴물은 더 들을 것도 없다는 듯이 불문곡직하고 달려들었다. 이리하여 세 사람이 얼굴빛을 싹 바꾸고 한바탕 겨루기 시작했는데, 강물 밑바닥에서 벌어진 싸움판이 실로 가관이었다.

구리쇠 몽치, 항요보장과 쇠스랑, 저오능과 사오정이 요사스런 괴물을 상대로 싸움을 벌인다.
하나는 천봉원수가 이 세상에 임한 신분이요, 또 하나는 천궁의 상장군이 천애(天涯)에 강림한 사람이다.
이 두 사람이 수괴(水怪)를 협공하여 위엄과 무력을 떨치고, 다른 한편에서는 요괴 혼자 외로이 두 신승에게 저항하니 그 기세 자랑할 만하다.
연분이 있으니 대도를 이룩하고, 상생상극하여 항하사(恒河沙)[1]처럼 숱한 업보를 바로잡아 세운다.
토(土)가 수(水)를 이기면 수는 말라서 바닥을 드러내며, 수가 목(木)을 낳으면 목은 왕성해져서 꽃을 피운다.
선법(禪法)은 참수(參修)하여 일체(一體)로 돌아가고, 환단(還丹)을 단련해냄은 삼가(三家)를 누른다.
토(土)는 단모(丹母)로서 금(金)을 싹틔우고, 금은 신수(神水)[2]

---

1 항하사: 무수한 것에 비유하는 말. 항하(恒河)는 인도 갠지스 강. Gaṅgā mahā-nadī의 음역. 즉 갠지스 강에 있는 모래알처럼 많다는 뜻.
2 신수: 도교 용어로 '신수(神水)'는 내단의 한 가지, 곧 사람의 타액(唾液, 침)을 일컫는다. 『본초강목(本草綱目)』「인·구진타(人口津唾)」에 "사람의 혓바닥 밑에 사규(四竅), 곧 네 구멍이 있는데, 두 구멍은 심기(心氣)를 통하고, 두 구멍은 신액(腎液)이 통한다. 심기는 혓바닥 밑에 흘러들어 신수(神水)가 되고, 신액은 혓바닥 밑에 흘러들어 영액(靈液)이 된다" 하였다.

를 생산하여 영아(嬰兒)를 낳는다.

　　수(水)는 근본이 되니 목화(木華)를 윤택하게 만들고, 목은 화하(火霞)를 휘황찬란하게 불타게 만든다.

　　이렇듯 오행을 한데 모아 뭉쳐도 모두가 별다르니, 그러므로 얼굴빛을 바꾸고 서로 각각 다른 바를 위해 싸운다.

　　보라! 저 구리쇠 몽치의 아홉 조각 빛깔이 얼마나 대단하며, 항요보장의 천만 갈래 뻗쳐나오는 채색은 또 얼마나 아름다운가.

　　저팔계의 상보심금파(上寶沁金鈀) 쇠스랑으로 말하자면 음양에 맞추어 구요(九曜)³를 분별하나, 해법을 분명히 가리지 못하여 싸움판 뒤얽히기가 난마(亂麻)와 같아졌다.

　　몸뚱어리 내던지고 목숨을 저버리니 스님의 재난 탓이요, 죽음을 두려워하지 않고 목숨 돌보지 않음은 석가세존을 위함이다.

　　저편에서도 구리쇠 몽치를 좀처럼 떨어뜨리지 않으니, 왼편으로는 항요보장을 막아내고 오른편으로는 쇠스랑의 공격을 잘도 척척 막아낸다.

　　셋이서 물 밑바닥을 무대로 네 시간 동안이나 싸웠어도 좀처럼 승부가 나지 않았다. 저팔계는 괴물을 이기지 못한다는 것을 알아차리고, 사화상에게 찡긋 눈짓을 보냈다. 일부러 지는 체하고 도망쳐서 그놈을 강물 바깥으로 끌어내자는 신호였다. 이리하여 두 사람은 제각기 병기를 질질 끌어가며 발길을 돌려 냅다 뛰기 시작했다.

---

3 구요: 불교에서 말하는 아홉 개의 천체. 일·월·화·수·목·금·토의 칠요성(七曜星)에, 일식·월식을 일으키는 식성(蝕星)인 나후성(羅睺星)Rāhu과 혜성(彗星)인 계도성(計都星)ketu을 합친 것. 인도 역법(曆法)의 일종으로, 그날의 길흉을 점치는 데 쓰였다. 제5회 주 **2** '구요성관' 참조.

싸울 상대가 도망치자, 괴물은 부하들에게 명령을 내렸다.

"얘들아! 이곳을 단단히 지키고 있거라. 내가 저놈들을 뒤쫓아가서 깡그리 붙잡아다가 너희들에게 한턱 잘 먹여주마."

괴물은 그야말로 가을바람이 낙엽 휩쓸 듯, 소나기 빗방울이 시든 꽃잎 두들겨 떨어뜨리듯, 통천하 물 속을 눈 깜짝할 사이에 빠져나가더니 그들 두 사람을 뒤쫓아 수면 위로 뛰어올랐다.

한편에서 제천대성 손오공은 동쪽 기슭 언덕 위에 우뚝 선 채 외눈 하나 깜빡하지 않고 오로지 물결이 어떻게 바뀌는지 노려보고만 있었다. 아니나 다를까, 얼마 안 있어 갑작스레 물결이 훌떡 뒤집혀 용솟음치더니 고래고래 아우성치는 소리와 함께 저팔계가 한발 앞서 둔덕 위로 뛰어올랐다.

"왔소! 왔어!"

뒤미처 사화상도 헐레벌떡 뛰어올랐다.

"그놈이 뒤쫓아오고 있소! 왔어요!"

그 뒤를 따라 요사스런 괴물이 고함을 지르면서 나타났다.

"게 섰거라! 어딜 도망치려고!"

그러나 막 수면 바깥으로 머리통을 내밀었을 때, 손행자가 호통을 질러가며 저 무시무시한 철봉으로 한 대 내리치고 있었다.

"이놈, 철봉 맛이나 봐라!"

요괴의 몸뚱어리가 번개같이 훌쩍 피하더니, 구리쇠 몽치로 잽싸게 철봉의 공격을 가로막아냈다. 하나는 강변에서 파도를 뒤집으며 맞아치고, 또 하나는 강기슭 언덕 위에서 위력을 떨쳐가며 쉴새없이 공격을 퍼부었다. 하지만 맞겨루기 세 합도 못 되어 요괴는 더 이상 막아낼 도리가 없는 지경에 이르고 말았다.

"풍덩!"

일찌감치 싸움을 포기한 요괴가 물보라를 일으키면서 다시 통천하 깊은 물 속으로 숨어버렸다. 그뿐, 마침내 바람이 잦아들고 물결이 잔잔해졌다.

손행자는 높다란 언덕 위로 돌아갔다.

"아우님들, 수고 많았네."

사화상이 그동안 겪은 일을 맏형에게 낱낱이 알려주었다.

"큰형님, 저 요괴란 놈이 언덕 위에서는 맥을 못 추어도, 물속에서만큼은 아주 대단합디다. 나하고 둘째 형님이 좌우 양편에서 일제히 들이쳤는데도 싸움은 겨우 피장파장으로 무승부를 이루고 말았으니, 도대체 이놈을 어떻게 처치해야 사부님을 구해낼 수 있을지 모르겠소."

"우물쭈물해서는 안 되겠네. 자칫 잘못했다가는 사부님이 그놈의 손에 봉변을 당하실지도 모르겠네."

손행자마저 심각한 기색을 띠자, 저팔계가 다시 한번 의견을 냈다.

"형님, 우리가 또 한번 들어가서 그놈을 유인해내겠소. 형님은 아무 소리 말고 공중에서 기다리고 있다가, 내가 그놈을 끌고 나오거든 수면 위로 머리통을 내미는 순간에 절굿공이로 마늘 짓찧듯이 정통으로 후려갈겨버리시구려. 설령 단매에 때려죽이지는 못한다 하더라도, 아픔을 견디지 못하고 까무러치기만 하면, 이 저팔계가 쇠스랑으로 콱 내리찍어 끝장내버리고 말겠소."

"바로 그걸세! 그거야! 이야말로 '안팎 곱사등이로 들이친다(裏迎外合)' 그 격일세. 자네 말대로 해야만 일이 제대로 풀리겠어!"

이리하여 두 형제가 다시 한번 물속으로 들어간 것은 얘기하지 않기로 한다.

한편 손행자와의 대결에서 패하여 가까스로 목숨을 건져 달아난 요괴는 허겁지겁 물속을 헤쳐 들어가 수원지제 궁궐로 돌아갔다. 그는 졸개 요괴들의 영접을 받으면서 궁궐 대청에 올라 자리잡고 앉았다.

기다리고 있던 쏘가리 노파가 먼저 조심스레 여쭈었다.

"대왕님, 두 화상을 쫓아서 어디까지 갔다 오셨습니까?"

"말도 말게. 그놈들에게는 알고 보니 또 다른 패거리 한 녀석이 있더군. 두 놈이 강변 언덕으로 뛰어올라가기에 나도 뒤따라 올라가려 했지. 그랬더니 또 다른 패거리 한 녀석이 철봉 한 자루 거머쥐고 냅다 나를 후려 때리지 않겠나? 그래서 나도 엉겁결에 몸을 피하고 슬쩍 돌아서서 구리쇠 몽치로 마주쳐 나갔지. 한데 그놈의 철봉은 도대체 무게가 몇천 근이나 되는지, 내 구리쇠 몽치를 가지고도 막아낼 도리가 없지 뭔가. 나는 고작 세 합도 못 견디고 이렇게 패해서 돌아왔네."

이 말을 듣자, 쏘가리 노파는 퍼뜩 생각나는 것이 있었는지 내쳐 물었다.

"대왕님, 그 한패거리란 놈의 생김새가 어떻습디까?"

괴물은 무심결에 본 대로 일러주었다.

"털북숭이 낯짝에 뇌공 같은 주둥이를 하고, 귀가 뒤로 반짝 젖혀진데다 들창코에 불덩어리 같은 눈자위, 금빛 눈동자를 지닌 중 녀석이더군."

"아뿔싸……!"

쏘가리 노파가 몸서리를 쳤다.

"대왕님, 용케도 알아차리시고 빠져나오셨습니다그려! 아마도 세 합을 더 싸우셨더라면 온전한 몸으로 살아서 돌아오지 못하셨을 것입니다. 저는 그 화상이 누군지 잘 알고 있습니다."

"그게 누구란 말인가?"

괴물이 뜨악한 기색으로 물었다.

"예, 말씀드리지요. 제가 그 옛날 동양대해에 있었을 때, 늙은 용왕이 그의 평판을 놓고 얘기하는 것을 들은 적이 있습니다. 그는 바로 오백여 년 전에 천궁을 크게 뒤집어엎은 혼원일기 상방 태을금선 미후왕 제천대성(混元一氣上方太乙金仙美猴王齊天大聖)입니다. 지금은 불교에 귀의하여 당나라 화상을 보호하면서 서천으로 경을 가지러 가고 있는데, 법명을 고쳐 행자 손오공이라고 부릅니다. 그자의 신통력은 참으로 너르고 커서 대단할 뿐만 아니라 둔갑 술법 또한 변화무쌍합니다. 대왕님, 어쩌다가 그런 자를 건드리게 되셨습니까? 앞으로는 그자와 절대로 싸우지 마십시오."

말을 다 마치기도 전에, 문지기 졸개 요괴가 뛰어들면서 급보를 알렸다.

"대왕님, 아까 왔던 중 녀석 둘이 또다시 정문 앞에 나타나서 싸움을 걸고 있습니다."

보고를 받은 괴물이 쏘가리 노파를 돌아보고 고개를 주억거렸다.

"역시 누이가 말한 그대로였군! 내가 나가서 그놈들을 상대하지 않으면 제까짓 것들이 어쩌겠나."

그리고 부하들에게 당장 명령을 내렸다.

"얘들아, 문짝을 단단히 닫아걸어라! 속담에 '문밖에서 울고불고 아우성치든, 네 마음대로 하려무나. 문을 열어주지 않으면 그뿐(任君門外叫, 只是不開門)'이라고 했으렷다? 저놈들이 한 이틀 동안 시끄럽게 굴도록 내버려두었다가 지쳐 나자빠져서 돌아가거든, 우리 그때 마음대로 당나라 화상을 잡아먹으면 그뿐 아닌가!"

명령을 받은 졸개 요괴들이 일제히 바윗돌과 진흙 더미를 옮겨다가 대문 안쪽에 척척 쌓아올리기 시작했다. 문을 이중으로 겹겹이 봉쇄해 버린 것이다.

안에서 이러고 있는 줄은 까맣게 모른 채, 저팔계와 사화상은 아무리 목이 터져라 고함치고 악을 써도 소용이 없었다. 미련퉁이 저팔계가 조바심을 참다못해 쇠스랑으로 문짝을 마구 찍어댔으나, 문은 이미 단단히 잠기고 쥐새끼 한 마리도 빠져나갈 수 없게 봉쇄한 터라 어쩔 도리가 없었다. 연거푸 일고여덟 차례나 후려 찍은 끝에 문짝 두 개는 부숴 놓았으나, 그 안에는 또 바윗돌과 진흙 더미가 층층 첩첩으로 높이 쌓여 있어 결국은 헛수고를 하고 만 셈이 되었다.

가만히 지켜보던 사화상이 한마디 건넸다.

"둘째 형님, 이 괴물이 정말 호되게 당한 듯싶소. 그렇지 않고서야 이렇게 무서움을 타고 문짝에 장벽까지 쌓아올린 채 나오지 않을 리가 있겠소? 이래 가지고는 우리 둘이서 아무 일도 안 되겠으니, 일단 강변 언덕으로 돌아가 큰형님하고 방도를 강구해보기로 합시다."

저팔계도 어쩔 수가 없어 그 말대로 발길을 돌렸다.

두 사람이 동쪽 기슭에 올라섰을 때, 손행자는 여전히 안개구름 속에 몸을 감추고 철봉을 번쩍 치켜든 채 두 아우가 요괴를 유인해 끌고 나오기만 기다리고 있었다. 그러나 물속에서 뛰쳐나온 것은 두 형제뿐, 요괴의 모습은 보이지 않았다. 그는 즉시 구름을 낮추고 언덕 위에 내려서서 맞아들였다.

"이 사람들, 그놈은 왜 안 나오는 거야?"

사화상이 난처한 기색으로 대답했다.

"그놈의 괴물이 대문을 단단히 걸어 닫고 두 번 다시 나오지 않으니 어쩝니까? 둘째 형님이 문짝을 때려부쉈는데 그 안쪽에 바윗돌과 진흙 더미가 첩첩으로 막혀 있어 도무지 싸우고 싶어도 싸울 도리가 없습디다. 그래서 큰형님과 상의하려고 이렇게 되돌아온 거요. 큰형님, 어떻게 해서든지 사부님을 구해드려야 하는데, 무슨 방도가 없겠소?"

손행자는 쓰디쓴 입맛을 쩝쩝 다시더니, 한동안 생각에 잠겼다가 비로소 말문을 열었다.

"얘기가 그렇다면 어쩔 도리가 없겠군. 자네들, 이 강변 언덕에서 순시만 돌고 있게. 그놈이 다른 곳으로 도망치게 내버려두어서는 안 되네. 내가 한번 다녀옴세!"

"어딜 다녀오시겠다는 거요, 형님?"

저팔계가 영문을 모르고 묻는다.

"남해 보타락가산에 가서 관음보살님을 찾아뵙고 여쭈어봐야겠네. 그 요괴의 출신 내력은 어디며 이름과 성은 무엇인지 알아낼 작정일세. 그래서 그놈의 본적지로 찾아가 일가친척부터 앞뒤 좌우 이웃에 사는 녀석들까지 몽땅 잡아끌고 와서 인질로 삼아놓고, 그 괴물을 잡아 끓여 사부님을 구해드릴 생각이네."

그 말을 듣고 저팔계가 피식 웃었다.

"형님, 그렇게 하다가는 힘만 지독하게 들 뿐 아니라, 자칫 잘못해서 때를 놓쳐버리면 어쩌시겠소?"

"힘들이지 않을 테니 걱정 말게. 내 금방 다녀옴세!"

손행자는 급히 상광을 일으켜 타고 통천하 강변을 슬쩍 돌아 남양 대해를 바라고 달려갔다. 그곳을 떠난 지 한 시간도 채 못 되어 벌써 낙가산이 내다보였다. 구름을 낮추고 보타암에 내려섰더니, 웬걸! 이십사로(二十四路) 제천 신령들과 수산 대신, 목차 행자, 선재동자, 봉주 용녀들이 일제히 앞으로 나오더니 정중히 예를 갖추어 맞아들이는 것이 아닌가?

"대성께서 무슨 일로 오셨습니까?"

손행자는 어리둥절해하며 대답했다.

"요긴한 일이 생겨서 보살님을 찾아뵈러 왔소이다."

"보살님은 오늘 아침 일찍 조음동 바깥으로 나가셨습니다. 아무도 따르지 못하게 하시고, 몸소 자죽림 안에 들어가셔서 산책을 즐기고 계십니다. 무슨 일을 하시는지 몰라도, 대성께서 오늘 반드시 찾아오리라는 것을 미리 아시고 저희들더러 이곳에서 기다리고 있다가 영접하라 분부하셨습니다. 그리고 대성께서 오시더라도 당장은 만나보실 수 없노라고 말씀하셨습니다. 잠시 취암(翠岩) 앞에 앉아 기다리시면 보살님께서 곧 나오실 것입니다."

손행자는 그 말에 따랐다. 하지만 자리잡고 앉기도 전에 선재동자가 앞으로 나서서 공손히 허리 굽혀 인사를 했다.

"손대성님, 지난번에는 대단한 호의를 베풀어주셔서 고맙습니다, 천만다행히도 보살님께서 저를 버리지 않으시고 이렇게 거두어주신 덕분에, 아침저녁으로 그분 곁을 떠나지 않고 연화대 아래 시중들면서 한량없는 자비와 선도를 받고 있습니다."

스승을 구출해야겠다는 생각 하나만으로 정신이 없던 손행자는 그제야 홍해아를 알아보고 껄껄껄 웃음보를 터뜨렸다.

"자네가 그 시절에는 마귀의 업장(業障)에 홀려 마음을 바로잡지 못하더니, 오늘날에 정과를 이루고 나서야 비로소 이 손선생이 좋은 일 하는 사람이었다는 것을 알아보게 되었네그려."

손행자가 그렇게 한참 동안이나 기다렸지만 보살은 좀처럼 나타나지 않았다. 기다리다 못한 그는 조바심을 견디지 못하고 자리에서 벌떡 일어섰다.

"여러분! 보살님께 한마디만 전해주시오. 때를 놓치면 우리 사부님의 목숨이 위태롭다고 말이오!"

여러 천신들이 그 말에 펄쩍 뛰었다.

"저희는 지금 전해드릴 수 없습니다. 보살님께서 분부하셨으니, 그분 스스로 나오실 때까지 기다리는 도리밖에 없습니다."

그러나 성미 급한 손행자가 마냥 앉아서 기다릴 턱이 없다. 그래서 제천들의 만류를 뿌리치고 잽싸게 몸을 솟구쳐 단걸음에 자죽림 안으로 뛰어들어가기는 했는데, 이게 또 웬일인가! 대자대비하신 관세음보살께서 어떤 차림새로 무슨 일을 하고 계시는지, 어지간한 손행자도 입이 딱 벌어진 채 다물 줄을 몰랐다.

원숭이 임금 미후왕, 성질 급하고 경망스럽기 짝이 없어, 여러 천신들이 만류했으나 무턱대고 뛰어든다.

어슬렁어슬렁 나무숲 깊숙이 걸어들어가, 두 눈 부릅뜨고 이리 기웃 저리 기웃 사방을 두리번거린다.

멀리서 구고존(救苦尊) 보살님을 바라보자니, 마른 대나무 껍질 방석 깔고 그 위에 도사려 앉아 계시다.

오늘따라 게으름을 부리셨는지 머리 손질도 않으시고, 귀찮아서 화장도 아니하셨건만 얼굴에는 인자함과 천연스러움이 한결 돋보이셨다.

한 무더기 실꾸리 같은 머리터럭 마구 흐트러졌으며, 머리장식 영락 구슬 띠도 얹지 않으셨다.

소견(素絹)의 쪽빛 두루마기도 입지 않으시고, 소매 없이 몸에 달라붙는 저고리만 걸치셨을 뿐이다.

허리에는 비단 치마 질끈 동이시고, 맨발 한 쌍을 그대로 드러내고 계시다.

어깨걸이 옷도 수놓은 띠도 없으며, 양 팔뚝을 통째로 드러내시니 정광(精光)이 아른아른 황홀하게 비쳐 나온다.

섬섬옥수 고운 손에 강철로 만든 작은 칼 한 자루 잡고, 이제 막 대나무 껍질을 벗겨내고 계시다.

손행자는 차마 그 모습을 볼 수가 없어 큰 소리로 버럭 고함쳐서 관음보살을 일깨웠다.

"보살님! 제자 손오공이 성심껏 문안 인사 드립니다."

관음보살의 목소리가 들려온다.

"밖에서 기다리고 있거라."

손행자가 이마를 조아리고 다시 한번 여쭙는다.

"보살님, 저희 사부님께서 재난을 입으셨습니다. 통천하의 괴물이 어떤 놈인지, 그 정체를 알고 싶어서 이렇게 찾아뵈었습니다."

"밖에 나가 있거라. 내가 나갈 때까지 기다려라."

두번째 똑같은 말씀이 계시니, 손행자도 억지 떼를 쓸 수 없는 터라 조용히 대나무 숲에서 물러나와, 여러 천신들에게 물었다.

"보살님이 오늘따라 집안일을 돌보고 계시는군요. 보련대에 앉지도 않으시고 몸치장도 하지 않으시고, 기색이 썩 좋지 않으신 모양인데, 무슨 일로 숲속에 들어가셔서 대나무 껍질을 벗기고 계시는 거요?"

제천 신령들이 절레절레 도리질을 해 보인다.

"왜 그러고 계시는지는 저희들도 잘 모릅니다. 오늘 아침 일찍 조음동을 나오시자마자 몸단장도 하지 않으시고 곧바로 자죽림에 들어가셨습니다. 또 저희들더러는 여기서 대성님을 기다리고 있으라 분부하셨으니, 필연코 대성님을 위해 무슨 일인가 하고 계시리라 생각될 뿐입니다."

얘기가 이러니 손행자도 어쩔 수가 없다. 그저 기다리는 수밖에.

얼마 안 있어 관음보살이 자줏빛 대바구니를 하나 들고 숲 바깥으로 나왔다.

"오공아, 나하고 같이 당나라 스님을 구하러 가자."

뜻밖의 말씀에 손행자는 당황한 나머지 그 자리에 꿇어앉았다.

"불초 제자 감히 재촉하지는 못하오나, 아무리 급한 일이라도 보살님께선 의복을 입으시고 보련대에 오르십시오."

"옷을 걸칠 것도 없다. 이대로 가마."

관음보살은 제천들을 물리치고 상운을 일으키더니 공중으로 솟구쳐 올랐다. 손행자는 송구스러운 마음으로 그저 따라갈 뿐이었다.

두 사람은 눈 깜박할 동안에 벌써 통천하 상공에 도달했다.

멀리서 지켜보던 저팔계와 사화상이 관음보살의 모습을 보고 깜짝 놀랐다.

"원, 형님도 성질 한번 어지간히 급하시군. 남해 보타산에 가서 얼마나 야단법석을 떨고 설쳐댔는지 모르지만, 보살님을 몸치장도 못 하시게 하고 저렇게 몰고 올 수야 있나!"

말을 미처 마칠 새도 없이, 두 형제는 강변 기슭으로 달려내려가 땅바닥에 무릎 꿇고 조배를 올렸다.

"보살님, 저희가 버릇없이 뵙게 되어 죄스럽습니다! 용서하십쇼!"

관음보살은 그 말에 대꾸도 않은 채 당장 옷깃에 동여매고 있던 실끈 한 가닥을 풀더니 그것으로 대바구니 손잡이를 묶어 가지고 손으로 길게 늘어뜨렸다. 그리고는 채색 구름을 절반쯤 내딛고 통천하 강물 한복판에 던져넣었다. 잠시 후, 그는 실끈을 다시 끌어올리면서 입으로 게송(偈頌)을 읊조리기 시작했다.

"죽은 자는 물러가고, 산 자는 걸려라! 죽은 자는 물러가고, 산 자는 걸려라!"

이렇게 일곱 차례를 읊고 나서 대바구니를 건져올렸더니, 그 안에는 금빛이 번쩍번쩍하는 금붕어 한 마리가 눈을 뒤룩뒤룩 뜬 채 펄떡펄

떡 뛰고 있었다.

관음보살이 손행자를 돌아보지도 않고서 분부를 내렸다.

"오공아, 어서 빨리 물속으로 들어가 네 사부를 구해내려무나."

마음 다급한 손행자는 기가 막혀 한마디 여쭈었다.

"요괴를 아직 붙잡지도 못했는데, 어떻게 사부님을 구해내란 말씀입니까?"

관음보살이 대바구니를 쳐들어 보여준다.

"이 안에 들어 있는 것이 바로 그놈 아니더냐?"

"아니, 보살님! 그렇다면 이 금붕어가 요괴란 말씀입니까? 이따위 물고기가 어떻게 그런 수단을 지닐 수 있었습니까?"

저팔계와 사화상이 절하며 여쭈었더니, 관음보살은 이렇게 설명해 주었다.

"이놈은 본디 내가 연화지(蓮花池)에 기르던 금붕어였다. 날마다 머리 내밀고 경을 듣더니 수련을 쌓아 일신에 그런 수단까지 지니게 된 것이다. 저 잎이 아홉 조각 달린 구리쇠 몽치도 아직 꽃봉오리가 트이지 않은 연꽃 망울인데, 이 금붕어가 단련해서 애용 병기로 삼은 것이다. 어느 날인지 모르겠으나 바다에 밀물이 크게 들었을 때, 저놈은 파도에 휩쓸려 여기까지 도망쳐나온 것이 분명하다. 나도 오늘 아침 난간에 기대앉아 꽃 구경을 하고 있었는데, 이놈이 여느 때처럼 물 위로 나와서 절하는 기미가 보이질 않더구나. 그래서 손가락을 꼽아보고 손금을 짚어 점쳐보고서야 이 미물이 여기서 요사스런 괴물이 되어 너희들의 사부를 해치려 하고 있다는 사실을 알아냈다. 그래 몸치장 할 겨를도 없이 신공을 운기하여 대바구니를 하나 엮어 가지고 급히 달려와서 이놈을 잡은 것이다."

손행자가 조심스레 여쭙는다.

"보살님, 그렇다면 잠시만 기다려주십시오. 제가 곧 진가장 마을 사람들을 모두 불러와서 보살님의 참된 모습을 뵙도록 하겠습니다. 제가 이 마을 사람들을 불러모으려는 까닭은, 무엇보다 먼저 보살님께서 베풀어주신 은혜를 저들이 눈으로 보고 느껴 길이 저버리지 않게 하고, 또 이처럼 괴물을 잡게 된 경위도 알아, 모든 사람이 우리 부처님의 무량하신 공덕에 신심을 지니고 귀의하여 길이 공양을 바치도록 권유하고 싶어서 그렇습니다."

관음보살이 천천히 고개를 끄덕였다.

"그것도 좋겠구나. 어서 가서 불러오너라."

보살의 말씀이 떨어지기가 무섭게 저팔계와 사화상이 쏜살같이 진가장 마을로 달려갔다.

"여러분! 모두들 나와보시오! 살아 계신 관세음보살께서 현신하셨으니 어서들 나와 뵙도록 하시오! 살아 계신 보살님이 강림하셨소!"

목청 높여 몇 차례 고함을 질렀더니, 한 마을 남녀노소 가릴 것 없이 모두들 나와서 통천하 강변으로 달려갔다. 마른 길 진흙탕 길을 아랑곳하지 않고 한꺼번에 몰려간 마을 사람들은 너나 할 것 없이 그대로 무릎 꿇고 엎드려 관세음보살을 우러르면서 꾸벅꾸벅 머리 조아려 예배를 드렸다. 그들 가운데 그림 솜씨가 뛰어난 사람이 하나 있어 관세음보살의 존영(尊影)을 한 폭 그려 후세에 대대로 전해 내리게 되었는데, 이것이 바로 「어람관음(魚籃觀音)」의 현신상(現身像)이다.

관음보살은 남해로 돌아갔다. 저팔계와 사화상은 다시 한번 통천하 물길을 가르고 괴물의 소굴이던 수원지제로 들어가 스승을 찾았다. 그곳에 득시글거리던 수괴 어정(水怪魚精)들은 모조리 죽어 나자빠져 있었다. 이윽고 두 형제는 궁궐 뒤꼍으로 돌아가 돌 궤짝을 열어젖히고 당나라 스님을 모셔내다 등에 업었다. 그리고 물살을 헤쳐가며 강물 속으로부터 빠져나와 여러 사람들과 대면시켰다.

진씨 형제 두 사람은 기뻐 어쩔 바를 모르면서 깊숙이 머리 조아려 삼장에게 사례했다.

"장로님, 천만다행이십니다! 어쩌자고 이 늙은 것들의 말을 듣지 않으시다가, 이 지경으로 고생하셨습니까!"

기쁨과 원망이 섞인 말을, 손행자는 중간에서 딱 끊었다.

"그런 말씀은 마시오. 여러분은 이제 내년부터 두 번 다시 영감대왕이란 녀석에게 제사를 지낼 필요가 없소. 그놈은 이미 보살님에게 붙들려가고 없으니까 화근이 뿌리째 뽑힌 셈이고, 길이길이 당신들에게 해를 끼치지 않을 것이오. 진씨 노인, 그동안 여러모로 신세 많이 졌소이다만, 어서 속히 배나 한 척 마련해서 이 강을 건너가게 해주시오."

은인의 부탁인데 어찌 감히 거절하랴, 진씨 형제는 한마디로 응낙했다.

"예에, 예! 배를 마련해드리고말고요! 지금 당장 나무를 베어다가 만들어드리겠습니다."

진씨 형제는 그 자리에서 분부하여 배를 만드는 도편수를 구하러 보냈다. 이 소리를 들은 마을 사람들도 저마다 자청해서 일을 도우려고 나섰다. 돛폭과 돛대를 마련하겠다는 사람, 노를 만들어주겠다는 사람, 닻과 밧줄을 가져오겠다는 사람, 배꾼을 알선해주겠다는 사람이 줄을 이었다.

그들이 강변에서 왁자지껄 의논하고 있을 때, 갑자기 강물 속에서 누군가 고함을 지르는 소리가 들려왔다.

"손대성님! 배를 만드느라 뭇사람들의 재물을 허비할 것 없습니다. 제가 여러분을 모시고 건너드리겠습니다!"

마을 사람들은 그 소리를 듣고 깜짝 놀라 어쩔 줄을 몰랐다. 마음약한 사람들은 기절초풍을 해서 집으로 달아나고, 담보가 제법 크다는 사람도 전전긍긍 와들와들 떨고만 서 있었다.

이윽고 강물 속에서 또 다른 괴물 한 마리가 파도를 헤치면서 불쑥 솟구쳐 나왔다. 손행자는 경계심을 잔뜩 높이고 철봉 자루를 단단히 움켜잡은 채 괴물을 노려보았다.

네모난 머리통을 지닌 비범한 신물(神物)이니, 구조(九助)의 영기(靈機)를 지녀 물속의 신선이라 일컫는다.
꼬리를 길게 끌어 천년 장수 이어나갈 수 있고, 물속 깊이 잠기면 온갖 하천 심연에 고요히 몸을 숨길 수 있다.
성난 파도 일으키고 물결 뒤집어 강기슭을 들이치기도 하며, 아침 해 따라서 바람 쐬며 해변에 몸을 누인다.
영기(靈氣)를 길러 머금고 참된 도를 지녔으니, 수백 년 해묵은 터에 뽀얀 등딱지 부스럼투성이가 된 늙은 자라가 바로 이놈이다.

"대성님, 배를 마련하실 것 없습니다! 제가 스승님과 제자 여러분을 건너다 드리겠습니다."

늙은 자라가 계속 고함을 지르면서 다가온다. 손행자는 철봉을 휘둘러가며 무섭게 호통쳐 엄포를 놓았다.

"이 못된 짐승! 어딜 나서느냐? 이 강기슭에 더 이상 다가왔다가는 내 이 철봉으로 단매에 때려죽일 테다!"

"저는 대성님께 입은 은혜를 생각해 스승님과 제자 여러분을 모셔다 드리고자 하는데, 어째서 저를 때려죽인다 하십니까?"

늙은 자라는 애원하는 목소리로 말했으나, 손행자는 여전히 좀처럼 믿어주지 않았다.

"내가 너한테 무슨 은혜를 베풀었단 말이냐?"

"대성님도 이 강물 밑에 있는 수원지제(水黿之第)를 보셨겠습니다만, 그것이 제가 살던 집이라는 사실은 모르고 계십니다. 조상님들이 대대로 사시다가 저한테 물려주신 집입니다. 저는 조상님들이 거처하시던 집을 뜯어고쳐 지금의 수원지제를 다시 세우고 그곳에서 근본을 깨치고 영기를 키우면서 도를 닦아왔습니다. 그런데 구 년 전 해일이 크게 일고 파도가 거칠어졌을 때, 그 괴물이 밀물을 타고 이곳까지 쳐들어와 행패를 부리고 제 자식들을 숱하게 죽였을 뿐 아니라 닥치는 대로 권속을 빼앗았습니다. 저는 그놈과 대판 싸웠으나 힘으로는 그놈을 당해낼 수가 없어 그만 수원지제마저 빼앗기고 쫓겨났습니다.

이제 손대성님이 이곳에 오셔서 사부님을 구하시느라 관세음보살님을 모셔오시고 그분의 법력으로 요망한 괴물을 잡으셨기에, 저도 세 집을 도로 찾아 이제는 남녀노소 일족들이 진흙 바닥에 뒹굴지 않고 옛날처럼 단란하게 집에서 살아갈 수 있게 되었습니다. 이렇듯 태산보다 높고 바다보다 깊은 은혜 입었사온데, 어찌 은혜를 베풀지 않았다 하십니까. 저희가 두 번 다시 억울함을 당하지 않고 옛집에서 편안히 살게 되었을 뿐만 아니라, 이 마을 사람들도 모두 해마다 제사를 지내지 않게 되었고 또 얼마나 많은 아이들의 목숨을 구하게 되었습니까? 이런 경우를 가리켜 '일거양득'의 은혜라 할 것인데, 저희들이 어찌 보답하지 않을 수 있겠습니까?"

손행자는 이 말을 듣고 속으로 기뻐하면서 철봉을 거두어들였다.

"그것이 진정으로 하는 말이냐?"

늙은 자라가 연신 고개를 끄덕끄덕했다.

"대성님께 받은 은혜가 이리도 깊은데, 어찌 거짓말을 아뢰겠습니까?"

"흐음……! 좋다, 정녕 본심에서 우러나온 말이라면 하늘을 우러러 맹세해라!"

그러자 늙은 자라는 시뻘건 아가리를 쩍 벌리더니 하늘을 바라고 맹세를 했다.

"만약 제가 진정으로 당나라 스님을 모셔드리지 않고 이 통천하 강물을 건너가시게 해드리지 않는다면, 제 몸이 천벌을 받아 혈수(血水)가 되게 하소서!"

손행자는 그제야 마음놓고 껄껄 웃으면서 늙은 자라에게 일렀다.

"됐다, 됐어! 어서 이리 올라오너라!"

이윽고 늙은 자라가 강기슭으로 헤엄쳐 나오더니 몸뚱이를 솟구쳐 뭍에 오른 다음 엉금엉금 기어 삼장 일행 앞으로 다가갔다. 사람들이 가까이 다가가서 보니, 등딱지 둘레만도 40척이나 되는 엄청나게 큰 흰색 자라였다.

"사부님, 우리 저놈의 등에 올라타고 강을 건너갑시다."

그러나 삼장은 선뜻 마음이 내키지 않아 머뭇거렸다.

"애야, 저렇게 두꺼운 얼음 위에서도 골탕을 먹었는데, 이 자라의 등에 어떻게 올라타고 간단 말이냐? 아무래도 온전한 방법이 아닌 것 같다."

이 말에 늙은 자라가 장담을 했다.

"사부님, 안심하십쇼! 제 등딱지는 제아무리 두꺼운 얼음장보다도 더 단단하고 안전합니다. 조금이라도 기우뚱거리거나 비틀거린다면, 맹세코 제가 닦아온 공과(功果)를 이루지 못할 것입니다!"

손행자도 스승을 안심시켰다.

"사부님, 거짓말이 아닐 겁니다. 짐승 된 몸으로서 인간의 말을 할 줄 안다면 신령한 미물이라 할 수 있습니다."

그리고는 저팔계를 돌아보고 분부를 내렸다.

"여보게, 냉큼 마을로 돌아가서 짐보따리와 백마를 끌어오게나!"

행장을 꾸려 가지고 강변에 다다르니, 진가장 마을 사람들이 남녀 노소를 막론하고 모두 전송하러 나왔다. 손행자는 말고삐를 끌어다가 흰 자라 등딱지에 올려 태우고 당나라 스님을 부축하여 백마의 목덜미 왼편에 세우고, 사화상은 그 오른편에, 저팔계는 말꼬리 뒤에 각각 세워 놓았다. 그리고 자신은 말머리 앞에 서서 자라란 놈이 엉뚱한 짓을 저지르지 못하도록 호랑이 심줄로 엮은 허리띠를 풀어 가지고 그놈의 코를 꿰뚫어 코뚜레를 만든 다음 고삐 줄을 길게 늘였다. 준비가 끝나자, 그는 아예 한 발로 등딱지를 딛고 다른 한 발은 머리통에 얹어놓고 한 손에는 철봉 자루를, 또 다른 손으로는 고삐를 잡아당기면서 마지막으로 흰 자라에게 엄포를 놓았다.

"여보게 자라 친구! 천천히 가야 하네. 기우뚱거리든지 비척대는 날이면 내 이 철봉으로 뒤통수를 후려갈길 걸세!"

늙은 자라가 흠칫하고 목을 움츠렸다.

"이크……! 제가 어찌 감히 그런 마음을 먹겠습니까?"

흰 자라는 네 발을 쭉 뻗더니, 강물을 밟으며 마치 평지를 가르듯 고요히 앞으로 헤엄쳐 나아가기 시작했다.

마을 사람들은 모두 언덕 위에 올라서서 향불을 사르며 삼장 일행을 바라고 쉴새없이 절했다.

"나무아미타불……! 나무아미타불……!"

염불하는 소리가 강변에 메아리치고 멀리멀리 울려 퍼졌다. 이야말로 나한이 속세에 강림하고 살아 계신 관세음보살을 두 눈으로 똑똑히 보았으니, 염불이 나오지 않을 리가 어디 있으랴. 그들은 삼장 일행의 뒷모습과 그림자가 더 이상 보이지 않을 때까지 바라보고 절하다가 마침내 흩어져 마을로 돌아갔다.

한편 삼장 일행을 태운 자라는 꼬박 하루 만에 마침내 통천하 8백 리 물길을 건너서 무사히 서편 대안에 도달했다. 삼장과 제자들은 손발에 물 한 방울 묻히지 않고 보송보송한 두 발로 강변 언덕에 올라설 수 있었다.

뭍에 오른 삼장 법사는 그 즉시 두 손 모아 합장하고 흰 자라에게 감사의 뜻을 표했다.

"여보게, 자라. 수고 많았네. 지금은 자네에게 줄 만한 물건이 없으니, 경을 가지고 돌아오는 길에 다시 생각함세."

늙은 자라가 입을 열었다.

"사부님, 고맙단 말씀은 안 하셔도 됩니다. 사례 같은 것도 바라지 않습니다. 다만 한 가지, 제가 소문에 듣자니, 서천의 불조 여래님께서는 무멸무생(無滅無生)하시어 과거와 미래의 일을 꿰뚫어 아신다 합니다. 저는 이 통천하에서 꼭 천삼백여 년 동안 도를 닦아왔사온데, 비록 오래 살 수 있는 몸이 되고 사람의 말을 할 수 있다 하지만, 본래의 짐승 껍질을 벗어버리지는 못하였습니다. 사부님께서 서천에 가시거든 제발 부탁이니 저를 위하여 불조 여래님께 한마디만 여쭈어주십시오. 제가 어느 때에야 이 짐승의 탈을 벗고 사람의 몸이 될 수 있을는지, 그것 한마디만 여쭈어보아주십시오."

삼장은 흔쾌히 응낙했다.

"그래, 내가 여쭈어보겠네!"

늙은 자라는 그제야 물속으로 사라졌다.

이윽고 손행자가 다시 삼장을 부축하여 말에 올려 태웠다. 저팔계는 여전히 짐꾼 노릇을 맡고, 사화상은 좌우 양편으로 자리를 바꿔가며 시중들었다. 이리하여 스승과 제자 일행은 큰길을 찾아 올라서서 곧바로 서쪽을 향해 치닫기 시작했다.

　　법지를 받든 성승이 아미타 부처님을 참배하려니, 물길은 멀고 산천은 아득하며 재난이 도처에서 길을 막는다.
　　굳센 의지와 정성된 마음이 죽음을 두려워하지 않으니, 흰 자라는 그를 업고 통천하를 건네주었구나.

과연 그 뒤로 얼마나 길고긴 여정이 남아 있으며 또 어떤 길흉이 앞길에 나타날 것인지, 다음 회에서 풀어보기로 하자.

제50회 성정이 흐트러짐은 탐욕에서 비롯되며, 심신이 동요를 일으키니 마두(魔頭)와 만나다

마음밭을 자주자주 쓸어내고, 티끌 같은 정을 낱낱이 없애버려, 비로자나(毘盧舍那)[1]를 함정에 빠뜨리지 말 것이다.

본체(本體)를 언제나 청정(淸淨)하게 지녀야만, 비로소 원초(元初)를 논할 수 있으리니.

성정(性情)의 촛불 심지를 잘라내어 그을음이 없게 하고, 조계(曹溪)[2]를 호흡하는 대로 맡겨둘 것이며, 원마(猿馬)의 기질과 성미를 거칠게 만들지 말아라.

밤낮으로 면면히 숨을 고르면, 그것이 바로 공부(功夫)가 드러나는 것임을 알 수 있다.

이 한 수의 송사(頌詞)는 그 제목을 '남가자(南柯子)'라고 하는데, 당나라 스님이 통천하의 추위와 얼음의 재난에서 벗어나 흰 자라를 타고 피안(彼岸)에 오른 사실을 노래한 것이다.

스승과 제자, 네 사람이 큰길을 따라 서편만 바라보고 걸음을 재촉하다 보니, 어느덧 엄동설한의 추운 겨울철을 또다시 맞게 되었다. '숲속의 풍광은 아득한데 옅은 안개 연기 드리워 담담하고, 산등성이는 들

---

[1] 비로자나: 불교 용어. Vairocana의 음역. '광명이 온 세계에 두루 비춘다'는 뜻의 광명보조(光明普照), 편조(遍照)라고 부르며, 부처님의 진신(眞身)을 나타내는 칭호.
[2] 조계: 불교의 성지. 제8회 주 4 참조.

쭉날쭉 앙상한 등뼈를 드러내고 시냇물은 유별나게 맑다(林光漠漠煙中淡, 山骨稜稜水外淸)'는 시 구절 그대로였다.

스승과 제자 일행이 하염없이 길을 가고 있는데, 홀연 또 한군데 높고 큰 산이 나타나 앞길을 가로막았다. 산길은 갈수록 좁아지고 가파른 절벽에 거친 돌무더기가 곳곳에 널린데다 고갯마루는 험준하여 사람이나 말이나 고생이 여간 심하지 않았다.

삼장은 말고삐를 당기고 멈춰 서서 제자들을 불렀다.

"얘들아!"

손행자가 저팔계와 사화상을 데리고 그 앞으로 가까이 달려와 공손히 섰다.

"사부님, 무슨 분부하실 일이라도 있으십니까?"

"너희들도 보다시피 앞산이 저렇게 높으니, 아무래도 호랑이 같은 맹수나 요괴가 사람을 다칠 것 같구나. 모두들 조심해야겠다."

손행자는 스승을 안심시켰다.

"사부님, 걱정하지 마시고 마음놓으십쇼. 저희들 형제 셋이서 한마음 한뜻으로 정과에 귀의하여 참된 것을 구하고, 요괴를 항복시키는 술법을 쓰는데, 호랑이나 요사스런 짐승 따위야 언제 겁내본 적이 있었습니까?"

삼장은 이 말을 듣고 한결 마음이 놓여 다시 호기 있게 말을 몰아 전진해나갔다. 골짜기 어귀에 이르러 말발굽을 재촉하여 벼랑에 올라서고 보니, 엄청나게 높은 산이 눈앞을 가리었다. 그는 고개를 쳐들고 산세를 유심히 살펴보기 시작했다.

산봉우리는 우뚝우뚝 치솟아 까마득하게 높고, 깎아지른 절벽이 아스라하게 펼쳐졌다.

우뚝 치솟은 산봉우리는 하늘가 끝 닿은 데 없고, 깎아지른 절벽이 병풍처럼 둘러쳐 벽공을 가리었다.

어지러이 쌓인 기암괴석 무더기는 마치 호랑이가 도사려 앉은 듯하고, 늘푸른 소나무 가지 비스듬히 내걸려 바야흐로 승천하는 비룡인 듯하다.

영마루 고개턱에 산새가 지저귀니 간드러진 여운이 아름답고, 언덕 앞 매화꽃 풍겨나오는 기이한 향내가 짙다.

좔좔좔 흘러내리는 시냇물 기운이 차디차고, 산마루에 달려드는 암울한 구름의 기세가 흉흉하기 짝이 없다.

그리고 다시 바라보이는 것은 펄펄 나부끼는 눈발, 무시무시하게 불어닥치는 산바람 소리, 굶주린 호랑이가 산골짜기에서 으르렁대는 아우성 소리.

추위에 떠는 갈가마귀 나뭇가지 골라 다녀도 깃들일 곳 없고, 들사슴은 굴을 찾으나 발붙일 곳이 없다.

길 가는 나그네 발걸음 옮겨 떼기 어려워 한탄하니, 이맛살 찌푸리고 수심 찬 얼굴이 머리를 가린다.

스승과 제자, 네 사람이 눈보라 추위를 무릅쓰고 와들와들 떨어가며 험산준령을 넘어서자, 저 멀리 으슥한 산골짜기 한 귀퉁이에 높이 솟은 누대와 깔끔한 집채가 얌전히 들어앉은 모습이 그들의 눈길을 끌었다.

사람이 거처하는 곳을 발견한 당나라 스님은 마상에서 좋아라 기뻐했다.

"얘들아, 하루 종일 춥고 배가 고파 고생을 했는데, 다행히도 저 골짜기에 누대와 집채가 있구나. 저것은 틀림없이 장원이나 도관 아니면 암자나 사원일 게다. 우리 저곳으로 가서 밥이나 한 끼 얻어먹고 다시 길 떠나기로 하자꾸나."

손행자가 스승의 말을 듣고 이마에 손을 얹어 자세히 바라보니, 누대가 있는 저편에 어렴풋이 음산한 구름이 감돌고 사납고도 요사스러운 기운이 분분히 퍼져오르고 있었다. 그는 고개를 돌려 당나라 스님을 바라보면서 딱 부러지게 대답했다.

"사부님, 저곳은 그리 좋은 곳이 못 됩니다."

삼장은 뜨악한 기색으로 다시 물었다.

"누각이 저처럼 훌륭한데 어째서 좋은 곳이 아니라고 하는 거냐?"

스승이 또 억지 떼를 쓰고 나오니, 손행자는 기가 막혀 웃음이 절로 나왔다.

"허허, 참 사부님도…… 사부님이 뭘 아신다고 그러십니까? 서방 세계로 가는 이 길목에는 요사스런 괴물과 마귀들이 곧잘 저런 마을과 집채를 둔갑시켜 세워놓고 지나가는 길손을 유혹합니다. 누각이든 집이든, 도관이든 정자든, 아무거나 닥치는 대로 둔갑시켜 사람의 눈을 홀린단 말입니다. 사부님도 아시다시피, '용은 아홉 종류를 낳는다(龍生九種)'했습니다. 그 아홉 종류 가운데 '신(蜃)'이란 놈이 있는데, 이 신기(蜃氣)가 빛을 내쏘면 곧바로 누각이나 얕은 연못 물로 보입니다. 만약 너른 강물 위에 안개가 자욱하게 끼면 신기루(蜃氣樓)가 나타납니다. 그래서 까막까치와 같은 새들이 날아들어 날개를 접고 쉬려다가 그만 저 신기에 삼켜져서 죽곤 합니다. 이 신기란 것은 사람을 해치는 힘이 아주 무섭습니다. 지금 저 누각을 보았더니 흉악한 기운이 꽉 차 있습니다. 절대로 가까이 가셔서는 안 됩니다."

"네 말이 정 그러하니 들어가지는 않겠다만, 나는 정말 배가 고파 견딜 수가 없구나."

"그러시다면 말에서 내려 이 평지에 앉아 쉬도록 하시지요. 제가 어디 다른 데 가서 동냥을 좀 얻어다가 잡수시도록 해드리겠습니다."

삼장이 그 말대로 말에서 내렸다. 저팔계가 고삐를 비끄러매는 동안, 사화상은 짐을 부려놓고 보따리를 풀어헤치더니 바리때를 꺼내 손행자에게 넘겨주었다.

손행자는 그것을 받아들면서 사화상에게 당부했다.

"여보게, 자네 여기서 사부님을 편히 앉혀 모시고 있게. 앞으로 더 나아가면 절대로 안 되네. 내가 동냥을 해가지고 돌아오거든 우리 다 같이 길 떠나기로 하세."

"알았소, 큰형님."

사화상의 응답을 받아낸 그는 다시 스승을 돌아보고 단단히 일러두었다.

"사부님, 이번에는 길한 일이 적고 흉한 일이 많습니다. 꼼짝 말고 여기에만 계시고 어디로 자리를 뜨실 생각은 아예 하지 마십쇼. 제가 동냥을 얻는 대로 곧 돌아올 테니까요."

"여러 말 할 것 없이 빨리 갔다가 빨리 돌아오기나 해라. 내 여기서 꼼짝도 않고 기다리고 있으마."

손행자는 떠나려다 말고 또 무슨 생각이 들었는지, 발길을 다시 돌렸다.

"사부님, 사부님은 한자리에 꾹 참고 눌러앉아 계시는 성미가 아닌 줄 제가 잘 압니다. 아무래도 여기다 안신 술법(安身術法)을 걸어놓고 가야만 저도 마음이 놓이겠습니다."

그리고는 여의금고봉을 꺼내 맞바람결에 휘저어 굵다랗게 만든 다음, 평지에다 큼지막한 동그라미를 하나 그려놓더니, 삼장은 그 테두리 한복판에 모셔 앉히고 저팔계와 사화상을 좌우에 세워두는 한편, 백마와 짐보따리를 신변 가까이 옮겨놓게 하였다.

일이 끝나자, 그는 스승 앞에 합장하고 거듭 신신당부했다.

"제가 그린 이 동그라미 테두리는 구리를 부어 만든 담장이나 금성 철벽보다도 더 튼튼한 것이어서, 이 세상에 어떤 흉악한 들짐승이나 요괴 마귀라 하더라도 감히 범접하지 못합니다. 이 테두리 밖으로 한 걸음도 나오셔서는 안 됩니다. 테두리 한복판에 앉아 계시기만 하면 아무 걱정 없이 평온 무사하실 테지만, 일단 바깥으로 나가셨다가는 반드시 마수에 걸립니다. 제가 이렇게 두 손 모아 빌 테니까, 부디 제 말씀대로만 해주시고 조심해주십쇼!"

맏제자가 이렇듯 정색을 하고 당부하니, 삼장도 들어주지 않을 도리가 없다. 그는 손행자가 시키는 대로 테두리 한복판에 자리잡고 단정한 자세로 앉았다. 저팔계와 사화상도 사뭇 심각한 표정으로 짐보따리와 백마를 끌어다 가까이 부려놓고 스승을 경호하여 그 좌우에 갈라 앉았다.

만반의 대비 태세를 마친 손행자는 그 즉시 구름을 일으켜 타고 동냥할 마을을 찾아 떠나갔다. 남쪽으로 곧장 날아가다 보니, 몇백 년 해묵은 고목이 하늘을 찌를 듯 까마득하게 솟아 있는 숲 속에 마을 하나가 나타났다. 그는 당장 구름을 낮추고 자세히 살펴보기 시작했다.

눈발이 시들어 메마른 버드나무를 업신여기고, 꽁꽁 얼어붙은 얼음장이 네모 번듯한 연못을 가득 채웠다.

군데군데 자란 대나무가 푸른 빛깔로 흔들리며, 울창하게 들어선 교송(喬松)이 비취 빛깔로 새파랗게 엉겨붙었다.

초가집 몇 채는 절반이 은빛으로 꾸며지고, 한군데 자그만 다릿목에는 눈가루가 차곡차곡 쌓여 있다.

울타리 둘레에는 가녀린 수선화 꽃대가 은은하게 향기를 토해내고, 처마 끝에는 고드름이 기다랗게 줄줄이 늘어졌다.

쏴아아쏴아아, 불어닥치는 찬 바람결에 기이한 향기 실려오는데, 온 천지가 눈에 덮여 한겨울 매화꽃 핀 곳을 찾아낼 길 없구나.

손행자는 발길 내키는 대로 걸으면서 궁벽한 산촌 마을 경치를 구경했다. 이때 싸리문이 삐거덕 열리는 소리가 들리더니, 웬 늙은이가 손에 명아주대로 깎아 만든 지팡이를 짚고 한가롭게 질질 끌어가며 걸어 나오는데, 머리에는 양털 모자를 쓰고 몸에는 다 떨어진 누더기 장삼을 걸치고, 두 발에는 창포 미투리를 꿰어 신고 있었다. 늙은이는 지팡이를 떡 짚고 서더니, 고개 들고 하늘을 우러르면서 혼잣말로 중얼거렸다.

"허어, 서북풍이 부는 걸 보니, 내일은 날씨가 맑겠군!"

말을 마치기도 전에 뒤따라 달려나온 발바리 강아지 한 마리가 손행자를 보고 왈왈왈! 사납게 짖어대기 시작했다. 늙은이는 그제야 누군가 있다는 사실을 깨달았는지 고개를 돌려 손행자를 발견했다. 손행자는 동냥 주발을 손에 떠받든 채 공손히 인사부터 건넸다.

"노시주님, 안녕하십니까. 소승은 동녘 땅 대 당나라에서 칙명을 받들고 파견되어 서천으로 부처님을 찾아뵙고 경을 가지러 가는 사람입니다. 때마침 이 고장을 지나치던 도중에 우리 사부님께서 시장하시다 하기에, 이렇게 댁을 찾아들어 동냥 좀 얻을까 해서 왔습니다."

노인은 그 말을 듣더니 고개를 끄덕끄덕하면서 지팡이 끝으로 땅바닥을 툭툭 찍었다.

"여보시오, 스님. 동냥은 얻을 생각 말고 길이나 제대로 찾으시오. 길을 잘못 들어도 한참 잘못 드셨소."

"길을 잘못 들다뇨? 아니올시다!"

손행자가 펄쩍 뛰었더니, 노인은 절레절레 도리질을 했다.

서유기 제5권 337

"서천으로 뚫린 대로가 있는데, 그 길로 가려면 여기서 곧장 북쪽으로 가야만 되오. 거기까지는 천 리 길이나 떨어져 있는데, 아무래도 그 길을 찾아가셔야 할 게 아니겠소?"

이 말에 손행자는 피식 웃었다.

"노인장의 말씀대로 큰길은 거기에 있습니다. 저희 사부님께서는 지금 노인장이 말씀하신 그 큰길에서 제가 동냥해 가지고 돌아오기를 기다리고 계십니다."

"이것 보시오, 화상! 실없는 소리 작작 늘어놓으시오. 당신네 사부가 지금 그 큰길에서 동냥해오기를 기다리고 있다니 그런 거짓말이 어디 있소? 천 리나 되는 그 머나먼 길을 걸어서 여기까지 오려면 아무리 빨라도 엿새 이레는 걸릴 테고 또 돌아가자면 다시 엿새 이레가 걸릴 텐데, 그동안에 당신 사부님은 굶어서 돌아가시고도 남았을 거요."

손행자는 껄껄껄 웃음보를 터뜨리고 말았다.

"노시주님, 제가 솔직히 말씀드리지요. 저는 방금 사부님 곁을 떠나 뜨거운 차 한 잔 마실 시간도 못 걸려서 여기까지 왔습니다. 이제 동냥을 얻어 가지고 발길을 돌리면 점심때까지는 너끈히 대어 갈 수 있단 말입니다."

이 말을 듣자, 늙은이는 더럭 겁이 나서 황급히 몸을 빼쳐 집 안으로 도망치려 했다.

"으와아! 귀신이로구나, 귀신이야! 귀신이 나타났다!"

"시주 영감님, 어딜 가십니까? 동냥이나 빨리 좀 주십쇼."

손행자가 덥석 움켜잡고 통사정을 했으나, 늙은이는 막무가내로 몸부림친다.

"안 돼요, 안 돼! 딴 집에나 가보시오!"

"허허, 이 시주 영감님 진짜 벽창호로군! 여기서 천 리 길이나 된다면서 딴 집을 찾아가라니, 날더러 천 리 길을 또 돌아다니란 말이오? 그 동안에 우리 사부님이 진짜 배를 곯다가 돌아가시기라도 하면 어쩌란 말이오?"

"동냥 줄 밥이 없다니까 그러네! 솔직히 말해서 내 집 식구가 남녀노소 합쳐서 예닐곱 명이나 되오. 그런데 방금 석 되 남은 쌀을 일어서 겨우 솥에 안쳐놓고 아직 뜸이 덜 든 상태요. 그것만으로는 우리집 식구들 입에 풀칠이나 할 것이니, 다른 집에 가보시고 없으면 다시 들르시구려."

"옛사람이 뭐라고 했소. '세 집을 돌아다니기보다는 한 집에 눌어붙어 앉아서 떼를 쓰는 것이 낫다(走三家不如坐一家)'고 했소이다. 소승은 여기서 밥솥에 뜸이 들 때까지 버티고 있을 거요."

손행자가 찰거머리처럼 들러붙어 바득바득 떼를 쓰자, 늙은이는 부아가 터졌는지 쥐고 있던 명아주대 지팡이로 다짜고짜 손행자의 머리통을 그것도 일고여덟 차례나 연거푸 때렸다. 그러나 손행자에게는 아프기는커녕 가려운 데를 긁어주는 꼴밖에 아무것도 아니었다.

늙은이는 그가 외눈 하나 꿈쩍 않는 것을 보고 어처구니가 없었다.

"이놈의 땡추중 녀석! 진짜 돌대가리로구나!"

손행자는 히죽히죽 웃어가며 넉살을 부렸다.

"얼마든지 더 때리시구려. 하지만 매 한 대에 쌀밥 한 되씩 꼬박꼬박 셈쳐서 받아낼 테니까, 몇 대를 때렸는지 잘 기억해두셔야 하오."

이 말에, 늙은이는 놀라다 못해 명아주대 지팡이마저 내동댕이치고 부리나케 집 안으로 뛰어들어가더니, 앞문 뒷문을 모조리 걸어 잠가버렸다.

"귀신이 왔다, 귀신이야!"

싸리문이 닫히고 도무지 열릴 기미를 보이지 않자, 손행자는 속으로 궁리를 했다.

"저 늙다리 영감쟁이가 방금 쌀을 일어서 솥에 안치고 뜸을 들인다고 그랬겠다? 이게 정말인지 거짓말인지 알 수가 없군 그래. 속담에 '도사님은 어질고 착한 사람을 감화시키고, 스님은 어리석은 자를 감화시킨다(道化賢良釋化愚)'라는 말도 있으니, 어디 이 손선생께서 한번 들어가 확인해봐야겠다."

앙큼한 손대성, 그 즉시 인결을 맺고 '은신둔법'을 써서 부엌으로 살그머니 기어들어갔다. 부엌에 들어서고 보니, 과연 밥솥에 뜨거운 김이 무럭무럭 일면서 구수하게 뜸이 드는 냄새를 풍겼다. 그는 슬그머니 동냥 받는 바리때를 밥솥에 집어넣고 뜸이 덜 든 채로 밥 한 주발을 듬뿍 퍼담아냈다. 그리고 즉시 구름을 일으켜 타고 뺑소니쳐서 돌아간 것은 더 말할 나위도 없다.

한편, 당나라 스님은 동그라미 테두리 안에 들어앉은 채 한참 동안이나 기다렸어도 손행자는 좀처럼 돌아올 기미를 보이지 않았다. 그는 좀이 쑤시고 궁둥이가 들썩거려 도무지 참을 수가 없어 자기도 모르게 입에서 맏제자를 원망하는 말이 흘러나오기 시작했다.

"이런 빌어먹을 놈의 원숭이 녀석, 도대체 어디로 동냥을 얻으러 간 거야!"

곁에 모시고 있던 저팔계가 히죽히죽 웃으면서 스승의 비위를 긁어댄다.

"동냥은 무슨 동냥! 어디로 놀러 갔는지 누가 알 게 뭡니까! 우리를 여기다 이렇게 앉혀놓고 징역살이를 시키는 거죠."

"징역살이라니, 그게 무슨 말이냐?"

고지식한 스승이 어수룩하게 묻는다.

"사부님은 애당초 모르고 계셨습니까? 옛날 사람들은 땅바닥에 금을 그어놓고 감옥으로 썼습니다. 형님도 철봉으로 이렇게 동그라미를 그어놓고 무슨 구리 담장입네, 금성철벽보다 더 튼튼합네 하고 떠들어 댔지만, 그게 다 얼토당토않은 헛소리입니다. 만약 지금 당장이라도 호랑이나 요사스런 짐승이 나타나서 덤벼든다면, 이까짓 땅바닥에 금을 그어놓은 걸 가지고 무슨 수로 막아낸단 말입니까. 그저 이렇게 주저앉은 채로 고스란히 잡아먹혀버리기 십상이죠."

"오능아, 그럼 네 생각에는 어떻게 하면 좋겠느냐?"

"여기는 세찬 바람도 막을 수 없고 추위도 피할 데가 없습니다. 이 팔계의 생각 같아서는 그냥 길 따라서 계속 서쪽으로 나가는 것이 상책일 듯싶습니다. 형님이 동냥을 했다면 필경 구름을 타고 돌아올 겁니다. 구름을 타는 이상 빠르기가 이를 데 없으니까 그대로 뒤쫓아오도록 내버려두어도 괜찮을 겁니다. 그래서 정말 동냥을 얻어오거든 그때 가서 한 끼니 배를 채우고 다시 길 떠나면 되지 않습니까. 이렇게 오랫동안 쭈그려 앉아 있었더니, 저는 발이 시려 죽을 지경입니다!"

삼장이 그 말을 듣지 않았더라면 별일 없었겠으나, 그만 이 바보 녀석의 말에 귀가 솔깃해지는 바람에 고생문이 훤히 열리고 말았다.[3] 그들 세 사람은 마침내 미련퉁이 저팔계의 말대로 동그라미 테두리 바깥으로 나오고 말았다. 저팔계는 견마잡이가 되어 말 재갈을 잡아끌고, 사화상은 짐보따리를 대신 떠메고, 삼장 법사는 걸어서 큰길 따라 앞으로 나가기 시작했다.

---

3 고생문이 훤히 열리다: 원문에는 '진궁(進宮)'으로 쓰였는데, 이는 점성술사들이 구궁(九宮, 구요) 가운데 나후성이나 계도성 같은 흉악한 별자리가 당직을 서는 날이면, 반드시 그 사람에게 흉한 일이나 험악한 일이 생긴다는 뜻이므로, '고생문에 들어섰다'고 의역했다.

얼마 안 되어, 그들은 누각이 있는 곳에 이르렀다. 그 건물은 북쪽에 자리잡은 남향집이었다. 정문 밖에는 '여덟 팔(八)'자 모양으로 뻗어나간 담장이 둘러쳐 있는데, 하얗게 회칠한 담장이 눈길을 끌었다. 담장에 이어 수련(睡蓮) 무늬로 장식한 문루가 나 있는데, 모두 오색찬란한 빛깔로 칠해 있고, 주인이 열다 말았는지 문짝은 절반쯤 닫혀 있었다.

저팔계가 말고삐를 계단 아래 석고(石鼓)에 비끄러맸다. 사화상은 짐보따리를 부려놓고, 삼장은 바람을 피해 문설주에 기대앉았다.

"사부님, 이 집은 아무래도 공후 백작 같은 재상의 저택 같습니다. 앞문 밖에 사람이 없는 걸 보니, 모두들 안에 들어가서 불을 쬐고 있는 모양입니다. 제가 한번 들어가보고 나올 테니, 거기 앉아 계십쇼."

당나라 스님이 허락을 내리면서도 주의를 주었다.

"조심해 들어가거라. 함부로 설쳐내어 주인댁 성미를 건드리면 안 된다."

"예, 저도 잘 압니다. 선문(禪門)에 귀의한 뒤부터 이날 이때껏 예의범절이란 것을 배워왔으니까, 벽창호 시골뜨기와는 사뭇 다르지요."

미련퉁이 저팔계 녀석은 이렇게 대답한 다음, 쇠스랑을 옆구리에 꾹 질러넣고 소매 짧은 승복 자락을 단정하게 매만지더니, 아주 점잖은 태도로 정문 안에 발길을 들이밀었다. 문 안에는 세 칸짜리 대청이 하나 있는데 주렴만 높직하게 드리워져 있고, 사람은 그림자도 찾을 길 없이 썰렁할뿐더러, 세간 살림은커녕 하다못해 그 흔해빠진 탁자 걸상조차 없었다.

병문(屛門) 뒤로 돌아서 안채에 들어서고 보니, 거기에는 또 뒤채로 나갈 수 있는 방이 있고, 그 방 뒤편에 2층짜리 누각이 한 채 세워져 있었다. 누각 창문들은 절반씩 열렸는데, 하나같이 황색 비단 휘장을 드리운 것이 어렴풋이 바라보였다.

미련퉁이 저팔계 녀석은 혼잣말로 중얼거렸다.

"사람이 살고 있기는 한 모양이로군. 날씨가 추우니까 아직껏 잠을 자고 있는 게지."

저팔계는 성큼성큼 누각 2층으로 걸어올라갔다. 그리고 휘장을 들쳐보다가 그만 '악!' 소리를 지르며 그 자리에 엉덩방아를 찧고 주저앉았다. 휘장 속 상아로 다듬어 만든 침대 위에는 새하얀 해골 한 무더기가 누워 있었던 것이다. 해골바가지의 크기만도 열 되들이 말〔斗〕만큼씩이나 하고 쭉 뻗은 넓적다리 길이가 어림잡아 4, 5척을 넘어 보였다.

가까스로 정신을 차린 미련퉁이는 두 뺨에 눈물을 뚝뚝 흘리면서 해골 무더기를 향해 고개를 끄덕여가며 넋두리를 늘어놓기 시작했다.

"그대가 누구인지 모르겠구나……."

어느 왕대 조정을 호령하던 원수의 몸인가, 어느 나라 임금을 보필하던 대장군이었는가.

살아생전에는 강한 힘 자랑하고 승리를 다투던 호걸이, 오늘날에는 처량하게도 뼈마디와 근육을 드러내고 누워 있다니.

찾아와 시중을 들어주는 처자식도 보이지 않고, 부하 졸병 가운데 분향해주는 녀석도 하나 없단 말이냐?

누워 있는 꼬락서니 잠깐 기웃거려보아도 탄식이 절로 나오니, 애석하도다! 제왕의 패업을 일으키던 이 사람이여!

저팔계 녀석이 홀로 감상에 젖어 한탄하고 있으려니, 휘장 뒤편에서 불빛 한줄기가 번쩍였다.

"옳거니! 향화를 받들어 모시는 사람이 저 뒤에 있는 모양이로구나."

미련퉁이는 제멋대로 중얼거리면서 급히 휘장 뒤로 돌아갔다. 그러나 불빛은 등잔불이 아니라 누각에 새어들어온 햇볕이 창살 틈으로 비쳐든 것이었다. 적잖이 실망한 바보 멍텅구리가 발길을 되돌리려는데, 맞은편 한복판에 채색을 입힌 탁자 하나가 보였다. 탁자 위에는 비단옷 몇 벌이 아무렇게나 흐트러져 있었다. 미련퉁이는 그 옷가지를 집어들고 이리저리 살펴보았다. 그것은 비단으로 누벼 지은 겹조끼 세 벌이었다. 미련한 저팔계는 무엇이 좋고 나쁜지 가려볼 틈도 없이 덮어놓고 그것을 뭉뚱그려 가지고 누각 아래로 내려와 다시 방을 지나서 대문 바깥으로 빠져나왔다.

"사부님, 이 집에는 사람 살던 흔적이라곤 아무것도 없습니다. 어느 망령(亡靈)을 모셔놓은 유택(幽宅)인 모양입니다. 제가 안으로 들어가서 곧장 누각 이층으로 올라가보았더니, 누런 휘장을 둘러친 상아 침대 위에 해골이 무더기로 쌓여 있을 뿐이었습니다. 그 곁 탁자 위를 살펴보니 비단을 누벼서 만든 조끼 세 벌이 놓여 있기에, 제가 들고 나왔습니다. 사부님, 이 얼마나 다행입니까. 날씨가 이토록 추운데 속에 껴입으면 아주 안성맞춤이지요. 사부님, 지금 입고 계신 편삼을 벗으시고 이 조끼를 껴입으십쇼. 그 곁에 편삼을 걸치시면 추위를 막을 수 있어서 아주 좋겠는데요."

이 말을 듣고 삼장은 호통쳐 꾸짖었다.

"안 된다, 안 돼! 형률에 뭐라고 쓰였더냐. '공공연히 남의 물건을 빼앗거나, 남모르게 훔치거나 똑같은 도적(公取竊取皆爲賊)'이라고 했다. 만약에 누구한테 발각되어 쫓아오기라도 하는 날이면, 우리는 관가에 붙들려가 절도죄로 꼼짝없이 형벌을 받게 될 것이다. 이 미련한 놈아! 어서 빨리 들어가서 제자리에 갖다 놓지 못하겠느냐! 우리는 여기서 바람이나 피하고 앉아 있다가 오공이 돌아오는 대로 곧 떠날 것이다.

출가한 사람은 아무리 사소한 것이라도 탐욕을 부려서는 안 된다!"

저팔계가 투덜투덜 변명을 한다.

"사면팔방을 둘러보아도 사람은커녕 닭 한 마리 강아지 한 마리도 없습니다. 우리만 알고 있을 뿐인데 누가 고소를 한단 말씀입니까? 또 우리가 훔치는 걸 본 증인도, 증거도 없지 않습니까? 그저 길바닥에서 주운 것이나 마찬가지인데, 무슨 빌어먹을 놈의 '공취 절취(公取竊取)'를 따진단 말입니까?"

"이놈아, 그러지 말라는데도 고집을 부릴 작정이냐! 비록 아는 사람이 없다고 하더라도 하느님이야 모르실 리가 있겠느냐?「원제 수훈(元帝垂訓)」에 이르기를 '아무리 캄캄한 방 안에서라도 양심에 어긋나는 짓을 하면, 신령의 눈길이 번갯불처럼 쏠린다(暗室虧心, 神目如電)'했다. 어서 빨리 돌려보내라! 예의에 어긋나는 물건을 탐내서는 못쓴다!"

그래도 미련퉁이 녀석은 도무지 스승의 말씀을 들으려 하지 않았다. 오히려 저팔계는 당나라 스님을 보고 실실 웃어가며 뻔뻔스레 넉살을 떨었다.

"글쎄 사부님, 저도 사람 노릇을 한 뒤부터 조끼 몇 벌쯤은 입어봤습니다만, 이렇게 겹으로 누벼 만든 조끼는 입어본 적이 없단 말입니다. 사부님께서 입지 않으시겠다면 그만두십쇼. 이 저팔계나 새 조끼를 한 번 입어볼 테니까요. 잔등이나 좀 따뜻하게 데우고 있다가, 형님이 돌아오거든 도로 벗어서 제자리에 갖다 놓고 길 떠나면 그만 아닙니까."

잠깐 입어보고 다시 갖다 놓겠다는데야 당나라 스님도 그것마저 말릴 도리가 없다. 스승이 입 다물고 잠자코 있으니, 사화상마저 덩달아 한 벌 입겠다고 나섰다.

"그럴 바에야 나도 한 벌 입어봅시다."

이래서 두 형제는 걸쳐입고 있던 승복을 훌훌 벗어놓고 그 속에 조끼를 받쳐입기 시작했다. 그러고 나서 허리띠를 잔뜩 동여맸더니, 이게 웬일인가! 두 사람은 똑바로 서 있지 못하고 이리 비틀 저리 비틀, 마치 술주정뱅이라도 된 듯 휘청거리다가 그 자리에 털썩털썩 고꾸라지는 것이 아닌가!

그들은 조끼의 내막을 모르고 있었다. 이 조끼는 몸에 걸치기만 해도 그 즉시 바짝바짝 조여들어 관가 형리의 결박보다도 더 지독하게 잡아 묶는 힘을 가진 희귀한 보배였던 것이다. 조끼는 삽시간에 두 사람의 손과 발을 뒷짐지워 꼼짝달싹도 못 하게 묶어놓고 말았다.

느닷없는 변괴에 당황한 삼장 법사, 두 발을 동동 굴러가며 이 미련한 두 제자를 원망하고 자신도 달려들어 그것을 풀어헤치려 무진 애를 썼으나 공연한 헛수고일 뿐, 풀릴 턱이 어디 있으랴……!

스승과 제자, 세 사람이 떠들썩하게 악을 쓰고 야단법석을 벌이는 소리가 결국 동굴 속에 있던 마귀 두목을 경동(驚動)시키고 말았다.

손행자가 짐작한 대로 이 누각과 집채 건물은 역시 요사스런 정령이 교묘한 술법으로 둔갑시켜 세워놓은 함정이었다. 이것을 밑천으로 삼아 하루 온종일 이 근처를 지나가는 길손을 유인해서 잡아들였던 것이다. 동굴 안에 느긋이 앉아 있던 마귀 두목은 바깥에서 누군가 악을 쓰는 소리, 원망하는 소리, 비명을 지르는 소리, 꾸짖는 소리가 떠들썩하게 들려오자, 부리나케 동굴 문 바깥으로 달려나갔다. 과연 그곳에는 몇 사람이 손발을 꽁꽁 묶인 채 한 덩어리로 뒤엉켜 정신없이 몸부림을 치고 있었다.

마귀 두목은 즉시 부하 요괴들을 불러내어 함께 현장으로 와서 우선 누각과 집채 같은 건물의 형체부터 거두어들인 다음, 당나라 스님을 잡아 꿇리고 부하들을 시켜 백마를 끌고 짐보따리를 챙기게 하는 한편, 저팔계와 사화상을 한 묶음으로 끌어다가 동굴 속으로 잡아들여갔다.

이윽고 늙은 마귀 두목이 좌대 위에 높직이 올라앉았다. 뒤이어 졸개 요괴들이 당나라 스님의 등을 떠밀어 좌대 아래 무릎 꿇려 앉혔다.

마귀 두목이 묻는다.

"너는 어디서 온 중놈이냐? 담보가 얼마나 크기에 백주 대낮에 감히 남의 옷을 훔쳐냈단 말이냐?"

삼장은 눈물을 뚝뚝 흘려가며 이실직고했다.

"소승은 동녘 땅 대 당나라에서 칙명을 받들고 파견되어 서천으로 경을 가지러 가는 사람입니다. 배가 몹시 고파 큰 제자를 시켜 동냥을 해오라 떠나보냈는데 아직껏 돌아오지 않았사오며, 그 제자가 신신당부한 말을 어기고 추위와 찬 바람을 피해 온다는 것이 자칫 잘못하여 대왕의 선정(仙庭)에 발을 들여놓고 말았습니다. 그런데 뜻밖에도 저의 이 두 제자가 아무것이나 탐을 내어 대왕님의 옷가지를 집어들고 나온 것입니다. 소승은 절대로 나쁜 마음을 먹을 수가 없어, 제자들더러 당장 제자리에 갖다 놓으라고 했습니다만, 이 녀석들이 제 말을 듣지 않고 등이나마 따뜻하게 데우겠다고 입어본 것이, 그만 대왕님의 계략에 떨어져 이렇게 붙잡혀오는 신세가 되고 만 것입니다. 부디 바라옵건대, 인자하신 마음으로 저희를 불쌍히 여기사 보잘것없이 남은 목숨을 살려만 주신다면, 대왕님의 은혜와 인정을 길이 잊지 않고 동녘 땅으로 돌아가는 날 천고에 전하여 찬양하오리다!"

요사스런 마귀 두목이 끌끌끌 비웃는다.

"내가 줄곧 여기 살면서 소문을 듣자니, 당나라 화상의 고기 한 덩어리를 먹는 자는 백발이 도로 검어지고 빠진 이빨도 다시 돋아난다 하더구나. 그런데 내가 초청하지도 않았는데 네놈이 제 발로 기어들어와 주다니, 이게 얼마나 큰 행운이냐? 이런 행운을 잡은 날더러 네 목숨을 살려달라고? 어림없는 소리 작작 하려무나! 한데 네놈의 큰 제자는 이름을 뭐라고 하며 어디로 동냥을 하러 갔느냐?"

미련퉁이 저팔계가 이 말을 듣고는, 옳다 됐구나 싶어 으름장을 놓는다.

"우리 형님이 누군지 알기나 하느냐? 바로 오백여 년 전에 천궁을 한바탕 뒤집어엎었던 제천대성 손오공 어른이시다!"

아니나 다를까, 마귀 두목도 제천대성 손오공이란 말에 슬그머니 겁을 집어먹었는지 흠칫 몸을 도사렸다. 겉으로는 내색을 하지 않았어도 남몰래 이런 생각을 하고 있었다.

'오래전부터 그자의 신통력이 굉장하다는 소문을 들어왔다만, 오늘 여기서 만나보게 될 줄이야 꿈에도 몰랐구나……!'

그는 당나라 스님을 그 자리에서 요절내려던 생각을 바꾸고 부하 요괴들에게 분부를 내렸다.

"얘들아! 이 당나라 화상을 단단히 묶어라. 그리고 저 두 놈도 보배를 벗기고 결박지어 세 놈 다 뒤곁에 떠메다가 우선 묶어두거라. 그놈의 큰 제자마저 붙잡아 들이거든 그때 한꺼번에 잘 씻어서 찜을 한번 푹 쪄 먹기로 하겠다!"

"예에!"

졸개 요괴들이 응답 한마디에 우르르 달려들더니, 세 사람을 한꺼번에 꽁꽁 묶어 가지고 뒤곁으로 떠메갔다. 그리고 백마는 마구간 구유 곁에 비끄러매놓고 짐보따리는 방 한구석에 던져놓은 다음, 모두들 병장기를 숫돌에 갈아 날을 세워 가지고 손행자를 붙잡으러 출동할 준비 태세를 갖춘 것은 더 말할 나위도 없다.

한편 손행자는 1천 리 길 떨어진 남쪽 마을에서 잿밥 한 주발을 몰래 훔쳐내 가지고 구름을 일으켜 타고 왔던 길을 되돌아 삽시간에 산비

탈 아래 이르렀다. 구름을 낮추고 지상에 내려서고 보니, 삼장과 두 아우는 벌써 그새를 못 참고 어디로 갔는지 보이지 않았다. 몽둥이로 그은 동그라미 테두리는 여전히 남아 있는데, 사람과 마필만이 보이지 않는 것이다.

고개를 돌려 누각과 집채가 서 있던 곳을 바라보았더니, 눈길에 드는 것이라곤 산자락 밑에 울퉁불퉁 솟아나온 기암괴석뿐, 번듯하던 건물 역시 한 채도 남아 있지 않았다.

손행자는 가슴이 덜컥 내려앉았다.

"아뿔싸! 큰일났다…… 더 말할 것도 없이 모두들 요괴의 마수에 걸려든 모양이로구나!"

그는 말발굽이 찍힌 자국을 따라서 허둥지둥 서쪽으로 뒤쫓기 시작했다.

참담한 심사로 5, 6리 길쯤 달려갔을 때였다. 북쪽 산비탈 바깥에서 누군가 두런두런하는 사람의 목소리가 들려왔다. 고개를 번쩍 쳐들고 바라보았더니, 웬 노인장 한 분이 털로 짠 옷으로 몸을 덮고 머리에는 솜을 넣은 방한모를, 두 발에는 절반쯤 낡아빠진 유화(油靴) 한 켤레를 신고, 손으로 용두괴장(龍頭拐杖)을 짚고 어슬렁어슬렁 걸어나오는데, 그 뒤에 나이 어린 머슴 한 녀석이 섣달에 핀 매화 가지를 꺾어들고 흥얼흥얼 노랫가락을 읊조리면서 따라붙고 있었다.

손행자는 동냥 주발을 내려놓고 단걸음에 정면으로 달려가 인사부터 건넸다.

"어르신, 안녕하십니까? 소승이 좀 여쭤볼 말이 있습니다."

느닷없는 수작에 노인이 뜨악한 기색으로 답례를 하면서 묻는다.

"장로는 어디서 오시는 분이오?"

마음 다급한 손행자는 단숨에 사연을 털어놓았다.

"저희는 동녘 땅에서 왔습니다. 서천으로 부처님을 찾아뵙고 경을 구하러 가는 길입니다. 일행이 스승과 제자, 네 사람입니다. 사부님께서 시장하다 하시기에 동냥을 얻으러 잠시 떠나면서 남은 일행 세 사람더러 저쪽 언덕 아래 평지에 앉아서 기다리라고 했는데, 돌아와보니 어디로들 갔는지 한 사람도 보이지 않는 겁니다. 그래서 노인장께 여쭈어봅니다만, 혹시 그런 사람들을 보지 못하셨는지요?"

노인은 그 말을 듣더니 껄껄대고 냉소를 터뜨렸다.

"그 세 사람 가운데 한 분은 주둥이가 기다랗게 비죽 나오고 귀가 커다란 사람 아니오?"

"예, 있습니다! 그런 사람이 있지요!"

"또 한 사람은 얼굴이 까무잡잡한 얼굴에 백마를 끌고, 다른 한 분, 얼굴이 허여멀쑥하고 오동통하게 살찐 스님을 모시고 다니지 않았소?"

"예, 맞습니다! 맞아요!"

손행자가 옳다 찾았구나 싶어 냉큼 대답했다.

"당신네들은 길을 잘못 드셨소. 찾을 생각도 마시오. 그저 제각기 목숨이나 돌보면서 갈 길이 있거든 가보시는 게 좋을 거요."

"얼굴이 허여멀쑥하게 생기신 분은 바로 저희 사부님이시고, 해괴망측하게 생겨먹은 녀석들은 제 아우들입니다. 저는 그들과 함께 일심전력, 경건한 마음을 품고 서천으로 가서 경을 가져오기로 맹세한 몸인데, 어찌 중도에서 일행을 저버리고 찾아보지 않을 수 있단 말입니까?"

"내 방금 이곳을 지나가다 보니, 그 사람들이 길을 잘못 찾아들어 요사스런 마귀의 아가리에 뛰어들더군."

노인이 천연덕스레 말을 하자, 손행자는 등이 달아 통사정을 하면서 매달렸다.

"어르신, 수고스럽지만 제발 좀 가르쳐주십쇼. 요사스런 마귀라니,

그게 무슨 요괴입니까? 어디 살고 있습니까? 제가 그곳으로 찾아가서 사람을 도로 빼앗아 가지고 서천으로 떠날 수 있게 도와주십쇼!"

여느 때의 손행자답지 않게 애걸했더니, 노인은 지팡이 끄트머리로 산자락을 가리키면서 얘기해주었다.

"이 산은 금두산(金兜山)이라고 부르는데, 산자락 앞에 금두동(金兜洞)이 있소. 그리고 그 동굴에는 독각시대왕(獨角兕大王)이란 자가 살고 있소. 그 대왕이란 자는 신통력이 굉장할 뿐만 아니라 위력과 무예 솜씨도 아주 뛰어나게 강한 괴물이오. 그런 무서운 요괴의 손아귀에 들어갔으니 그 세 사람은 분명 목숨을 건지지 못할 거요. 내가 장담하오만, 당신이 만약 그들을 찾아갔다가는 당신마저 살아남지 못할 테니, 일찌감치 단념하고 나서지 않는 편이 차라리 낫겠소. 이 늙은이야 당신을 막거나 붙잡을 처지도 아니니까, 당신이 알아서 처신하구려."

손행자는 다시 한번 고맙다고 깍듯이 절을 했다.

"여러모로 가르쳐주셔서 고맙습니다. 하지만 제가 어찌 일행을 찾아가지 않고 견딜 수 있겠습니까."

그는 밥이 담긴 주발을 집어들고 이렇게 부탁했다.

"여기 동냥해온 잿밥이 좀 있습니다. 밥은 노인장께서 잡수시고 빈 주발은 돌려주시지요."

노인은 지팡이를 내려놓고 밥주발을 넘겨받아서 어린 동자 녀석에게 건네주더니, 갑자기 본래의 모습을 드러내고 손행자 앞에 나란히 꿇어 엎드려 이마를 조아렸다.

"대성님! 소신(小神)들이 어찌 감히 대성님의 눈을 속이겠습니까. 저희 둘은 바로 이 산의 산신령과 토지신으로, 대성님을 영접하러 여기 나와서 기다리고 있었습니다. 이 밥과 주발은 대성님께서 홀가분한 몸으로 법력을 베푸실 수 있도록 소신들이 거두어서 보관해드리겠습니다.

당나라 스님을 재난에서 구출하신 뒤에 이 진지를 올린다면, 대성님의 이 지극하신 공경심과 효성을 보여드릴 수 있지 않겠습니까?"

마음이 조급한 마당에 골탕까지 먹었다고 생각하니, 손행자는 부아가 들끓어올라 무섭게 호통을 쳐서 꾸짖었다.

"이 잡귀신 녀석들이 매를 맞고 싶은 모양이로구나! 내가 여기 온 줄 뻔히 알면서도 진작 마중하러 나타나지 않고, 낯짝을 감춘 채 꼬리만 살랑살랑 드러내 보이다니, 이게 무슨 도리냐!"

토지신이 얼른 자라목을 움츠리면서 황급히 변명했다.

"대성님의 성미가 얼마나 급하신지 저희들이 번연히 아는데, 섣불리 본래의 모습을 드러냈다가는 역정이라도 내셔서 분풀이를 하실까 봐 겁이 나니 어쩌겠습니까. 그래서 일부러 늙은 것으로 둔갑하고 나타나 넌지시 일러드린 것입니다."

손행자는 그제야 노여움이 다소 풀렸다.

"그렇다면 좋다! 우선 매를 한 대씩 벌어놓았다는 것만 잊지 말고, 그 동냥 주발이나 잘 맡아서 간수하고 있거라. 내 요괴란 놈을 잡아 없애고 돌아올 테니, 그때까지 기다리고 있으란 말이다!"

"예에, 예! 대성님의 분부이신데 여부가 있겠습니까."

토지신과 산신령은 꼼짝 못하고 그 명령에 복종했다.

마음이 한결 거든해진 손행자, 호랑이 심줄로 꼬아 만든 허리띠를 잔뜩 졸라매고 호피 치맛자락을 걷어붙이더니, 여의금고봉 자루를 단단히 움켜쥐고 마귀 두목의 동굴을 찾아서 기세등등하게 달려나갔다.

비탈진 산모퉁이를 돌아나갔더니, 울퉁불퉁한 바위 더미가 어지럽게 널려 있고 짙푸른 낭떠러지 아래 돌 문짝 두 개가 내다보였다. 그리고 문밖에는 무수한 졸개 요괴들이 창칼을 휘둘러가며 전투 훈련을 하느라 난리법석을 떨고 있었다.

연기처럼 옅은 구름장에 상서로운 기운 엉기고, 이끼 긴 바윗돌이 파란빛으로 무더기를 이루었다.

울퉁불퉁 모난 기암괴석이 창공을 바라고 줄지어 늘어섰는데, 이리 감돌고 저리 맴도는 기구한 오솔길이 얼기설기 뻗어 있다.

원숭이 울고 산새 지저귀니 그 풍경 아름다우며, 난새 훨훨 날고 봉황이 너울너울 춤을 추니 봉래도 영주 선경이 따로 없다.

햇볕을 따라서 매화 몇 그루 갓 피어나고, 날씨가 따뜻하니 천 줄기 대나무가 절로 푸르다.

가파른 낭떠러지 아래 깊은 골짜기 한가운데,

가파른 낭떠러지 밑에는 하루 종일 내린 눈발이 분가루처럼 쌓이고, 깊숙한 골짜기 냇물은 꽁꽁 얼어붙어 거울처럼 빛난다.

양편 숲속의 송백은 천년을 두고 변함없이 짙푸른데, 몇 그루 산다화는 언제 보아도 노상 붉다.

아무리 둘러보아도 물리지 않는 경치를 손행자는 실컷 구경하다가 마침내 어슬렁어슬렁 걸음을 옮겨 떼어 동굴 문 앞에 이르렀다. 그리고 무서운 목소리로 호통을 쳤다.

"이 졸개 요물들아! 냉큼 들어가서 너희 동굴 주인에게 전해라. 나로 말할 것 같으면 바로 당나라 조정의 성승이신 삼장 법사의 맏제자 제천대성 손오공이다. 우리 사부님을 찾으러 왔으니 어서 빨리 내보내드려라. 그래야만 네놈들의 목숨이 살아남을 수 있을 것이라고 전해라!"

졸개 요괴들이 부리나케 동굴 안으로 들어가 마귀 두목에게 보고를 드렸다.

"대왕님, 동굴 앞에 털북숭이 얼굴을 하고 주둥이가 구부러진 중 녀석이 나타나서, 제천대성 손오공이라며 자기 사부를 내놓으라고 호통 치고 있습니다."

마왕이 그 말을 듣더니 크게 기뻐하면서 중얼거렸다.

"마침 잘 왔구나! 내가 본궁을 떠나 속세로 내려온 이래 한 번도 무예를 시험해본 적이 없었더니, 오늘에야 진짜 상대할 만한 호적수를 만나게 되었구나!"

그는 즉시 부하 요괴들에게 분부하여 병기를 가져오도록 했다. 대왕의 호적수가 나타났다는 소리에, 동굴 속 크고작은 부하 요괴들은 정신을 바짝 차리고 부리나케 곳간으로 달려가 길이 1장 2척 남짓한 점강창(點鋼槍)을 한 자루 떠메어 내다가 마왕에게 바쳤다.

늙은 마귀는 또 한번 엄명을 내렸다.

"너희들 모두 제자리를 똑바로 지키고 있거라! 앞으로 나아가는 자에게는 반드시 상을 줄 것이며, 뒤로 물러나는 놈은 그 자리에서 용서 없이 죽일 것이다!"

부하 요괴들이 명령을 받들고 마왕의 뒤를 따라서 동굴 문 바깥으로 나섰다.

"어떤 놈이 손오공이냐!"

문 곁에서 기다리고 있던 손행자가 득달같이 내닫더니, 마왕의 생김새를 위아래로 차근차근 뜯어보기 시작했다. 그놈은 과연 마귀 두목답게 흉측스럽고 추악한 몰골이 가관이었다.

외뿔 한 개 불쑥 돋아나고, 두 눈알이 뒤룩뒤룩 번쩍거린다.
이마에는 거친 살갗이 불거져 나오고, 귀뿌리에는 시커먼 고깃덩어리가 덜렁덜렁 매달렸다.
혓바닥은 길어서 콧구멍까지 넘실대기 일쑤요, 쩍 벌어진 아가리에 널찍한 앞니가 누렇게 드러났다.

    털북숭이 가죽은 푸르기가 쪽빛 물감을 들인 듯하고, 불끈 튀어나온 심줄은 뻣뻣하기 강철과 다를 바 없다.

    코뿔소보다 수면에 제 그림자 비쳐보기 더 어려워하고, 황소와 닮았으나 논밭 갈기를 싫어한다.

    달을 보고 헐떡헐떡 거친 숨을 내쉴 줄 모르고 구름을 휘젓지는 않아도, 하늘을 업신여기고 땅을 진동시킬 만큼 굳센 힘을 지니고 있다.

    거무튀튀하게 심줄 돋은 쪽빛 두 손아귀에 점강창 한 자루 거머쥐고, 영웅답게 무서운 위엄을 홀로 떨치고 섰다.

    이런 흉악한 꼬락서니를 자세히 보고 있으려니, 과연 외뿔 달린 독각시대왕이란 별명에 손색이 없을 만하다.

    손행자가 그 앞으로 썩 나서더니 엄한 목소리로 꾸짖는다.

    "그렇다, 외손자 녀석아! 네 외할애비가 여기 계시다. 어서 빨리 우리 사부님을 돌려보내라! 그래야만 쌍방이 무사할 것이다. 만약 그 입에서 '싫다'는 말이 반 마디라도 나왔다가는 네놈은 죽어서 묻힐 곳도 없게 만들 것이다!"

    마귀 두목도 질세라 버럭 호통을 친다.

    "이런 돼먹지 못한 원숭이 요정 녀석이 담보 하나는 크구나! 네놈이 무슨 재간을 지녔기에 이토록 큰소리를 탕탕 치는 게냐?"

    "이 고약한 괴물아, 네놈은 일찍이 내 수단을 구경한 적이 없었을 것이다!"

    "네 사부란 녀석은 내 옷가지를 훔쳤다. 그래서 내가 잡아들인 것도 사실이고, 이제 쯤 한번 푸짐하게 쪄서 잡아먹을 판이다. 도대체 네놈이 얼마나 잘난 놈이기에 감히 내 문전에 나타나서 빼앗아가려 한단 말이냐?"

"우리 사부님은 태생이 충량하고 정직하신 분이다. 그런 분이 네까짓 녀석의 옷가지 따위를 훔치다니, 그게 말이나 되는 소리냐?"

"내가 산길 가에 신선들의 별장 한 채를 둔갑시켜놓았다. 네놈의 사부란 자는 그 집 안에 숨어들어 욕심을 금치 못하고 비단 조끼를 세 벌씩이나 훔쳐내다가 입었단 말이다. 도적질하는 것을 내 눈으로 똑똑히 보았고 확실히 증거물도 있으니까, 내가 붙잡았다는 게 아니냐! 그래, 어디 네놈한테 솜씨가 있거든 나하고 한번 겨뤄보자꾸나. 만약 세 합을 싸워 날 이기면 네 사부를 곱게 돌려보내주겠다만, 이기지 못하는 날에는 아예 네놈까지 저승으로 보내주고 말 테다!"

"하하하! 이런 몹쓸 녀석, 주둥이가 달렸다고 못 하는 소리가 없구나. 오냐, 좋다! 힘으로 겨뤄보자 이 말인 모양인데, 그 또한 이 손선생의 배짱에 맞는 소리다. 자아, 어서 덤벼봐라, 내 철봉 맛을 단단히 보여줄 테니까!"

그 괴물도 대단한 솜씨를 지닌 터라, 무슨 내기고 싸움이고 겁낼 위인이 아니다. 상대방의 말끝이 떨어지기가 무섭게 그는 점강창을 겨냥하여 손행자의 면상을 정통으로 찔러들었다.

이리하여 마귀의 동굴 앞마당에서는 실로 보기 드문 일대 격전이 벌어지기 시작했다.

　　금고봉을 번쩍 쳐들면, 자루 긴 점강창이 마주 찔러든다.
　　금고봉이 번쩍 들리니, 눈부신 광채가 확확 드날리는 품이 흡사 벼락불이 금빛 뱀을 내리치는 듯하다.
　　자루 긴 점강창이 마주 찔러드니, 번쩍번쩍 빛나는 창날 끝이 마치 흑해를 떠나 승천하는 용과 같다.

저편 금두동 문전에는 졸개 요괴들이 북을 마구 두드리며, 진용을 활짝 펼쳐 대왕의 위풍을 돕는다.

이편의 손대성은 무공을 한껏 떨치고, 종횡무진으로 철봉 휘둘러 있는 재간 없는 재간 모두 뽐낸다.

저놈 편의 한 자루 점강창은 정신을 바짝 차려 원기 백배하니, 내 편의 한 자루 여의금고 철봉은 높고 굳센 무예를 자랑한다.

이야말로 영웅호걸 피차간에 호적수를 만나 악전고투 벌이니, 과연 맞수와 맞수끼리 부닥칠 운명 아니고 무엇이랴!

저편의 마왕이 입으로 자춧빛 기운을 뿜어내니 안개 연기와 번갯불이 신변에 도사리고,

이편의 제천대성이 눈부신 광채를 쏟아내니 수놓은 구름이 주변에 서리서리 맺힌다.

이 모두 대 당나라 스님의 재난 탓이니, 쌍방이 의리를 따져 입 아프게 다툴 필요가 어디 있으랴.

손행자와 마귀 두목, 둘이서는 꼬박 30여 합을 겨뤘으나 승부가 나지 않았다. 저쪽 진영의 마왕은 손오공의 철봉 쓰는 솜씨가 워낙 야무져서 아무리 일진일퇴를 거듭하면서 공격해보아도 도무지 허점이 드러나지 않는 것을 보자, 저도 모르게 탄성을 터뜨리고 말았다.

"굉장한 원숭이다! 참말 굉장한 원숭이로구나! 이야말로 천궁을 뒤엎고도 남을 만한 솜씨 아닌가!"

이쪽 진영의 손대성도 마왕의 창 쓰는 법이 전혀 흐트러지지 않는 데다, 왼편으로 공세를 차단하고 오른편으로 역습하는 솜씨가 자못 법도에 어긋남이 없는 것을 보고 왠지 모르게 아까운 생각이 들었다. 마왕

은 그만큼 어지간한 무예를 갖추고 있었던 것이다.

"대단한 요괴로구나! 정말 대단한 요괴일세! 과연 두솔궁에서 단약을 훔쳐먹은 마귀 두목답게 힘도 세구나!"

탄성이 저절로 터져나오는 동안에도, 둘이서는 또 1, 20합을 더 싸우고 있었다. 시간이 지날수록 대결 상태가 좀처럼 풀릴 기미를 보이지 않자, 마귀 두목은 창 끝으로 땅바닥을 내리찍으면서 부하 요괴들에게 호통쳐 한꺼번에 모조리 덤벼들도록 명령을 내렸다. 대왕의 명령 한마디에, 졸개 요괴들은 저마다 칼과 몽둥이를 들고 수레바퀴 돌아가듯 창검을 휘둘러가며 일제히 달려들어 손행자 한 사람을 포위망 한복판에 몰아넣기 시작했다.

그러나 손행자는 조금도 위축되는 기색 없이 태연자약, 고래고래 소리를 치면서 오히려 적병들을 불러들였다.

"어서들 오너라! 오냐, 오냐! 한꺼번에 모두 덤벼들거라! 아무렴, 많을수록 좋고말고! 이야말로 내 배짱에 딱 맞는 짓거리들이다!"

한 자루 여의금고봉을 써서 앞으로 받아치고 뒤편으로 막아내고, 동쪽을 때리는가 하면 어느새 서편을 무찌르며 종횡무진 숨 돌릴 겨를도 없이 싸움판을 누볐다. 한데 졸개 요괴들은 마왕의 엄격한 전투 훈련을 받은 패거리들이라, 아무리 들이치고 물리쳐도 전혀 물러서는 기미를 보이지 않고 쉴새없이 덤벼들었다. 사세가 이렇게 되니, 어지간한 손행자도 조바심이 나기 시작했다. 그는 이래선 안 되겠다 싶어 철봉을 하늘 높이 내던지면서 외마디 호통을 쳤다.

"변해라!"

그랬더니 한 자루 여의금고봉은 순식간에 수천 수백 자루의 철봉으로 변하여, 마치 독오른 뱀이 날뛰고 이무기 구렁이가 치닫듯 허공을 가득 메운 채 졸개 요괴들만 보면 곧바로 곤두박질쳐 마구잡이로 후려 때리기 시작했다. 졸개 요괴들은 너나 할 것 없이 혼비백산하여 자라목을 움츠리고 머리통을 부여안으면서 다리야 날 살려라 하고 모조리 동굴 속으로 도망쳐버렸다.

이 광경을 본 마왕은 껄껄대고 냉소를 터뜨리면서 버럭 악을 썼다.

"이 원숭이 놈아! 어디서 그따위 수작이 통할 듯싶으냐? 옜다, 내 솜씨를 보려무나!"

마왕이 급히 소맷자락에 손을 집어넣더니 번쩍번쩍 빛나는 하얀 테두리를 하나 꺼내 가지고 허공에다 휙 뿌리치듯이 던져올렸다.

"붙어랏!"

이어서 '쏴아악!' 하고 쇠붙이를 빨아들이는 소리, 수천 수백 자루나 되던 철봉은 눈 깜짝할 사이에 모조리 하얀 테두리에 달라붙더니 처음과 같이 한 자루의 여의금고봉으로 돌아가 마왕의 손아귀에 넘어가고 말았다.

졸지에 적수공권(赤手空拳)이 되어버린 손행자, 맨주먹 한 쌍만을 가지고 무슨 수로 그 숱한 요괴들을 당해내랴! 이래서 목숨이 위태롭게 된 손행자는 허겁지겁 곤두박질 한 번에 근두운을 일으켜 타고 싸움터를 빠져나와 도망치는 신세가 되고 말았다.

한판 싸움에서 완승을 거둔 마거 두목은 의기양양하게 동굴 속으로 돌아가고, 허공으로 뛰쳐 달아난 손행자는 어쩔 바를 모른 채 멍청하니 하늘만 바라보고 있을 따름이었다. 애지중지하던 병기를 허망하게 빼앗기다니, 생각만 해도 기가 막힐 노릇이었다.

이런 어처구니없는 경우를 두고 읊은 시가 한 구절 있다.

도(道)가 한 자 높아지면, 마(魔)는 열 자나 높아지는 법.
성정(性情)에 혼란을 일으키면 제 집도 잘못 찾아든다네.

한스럽구나, 법신(法身)의 몸 둘 자리 없어지다니,
애당초 생각 한번 잘못하고 행동한 탓이라네.

필경 그 결과가 어떻게 나올 것인지, 다음 회에서 풀어보기로 하자.

■ 서유기─총 목차

제1권 제1회~제10회

옮긴이 머리말

제1회 신령한 돌 뿌리를 잉태하니 수렴동 근원이 드러나고, 돌 원숭이는 심령을 닦아 큰 도를 깨치다 · 31

제2회 스승의 참된 묘리를 철저히 깨치고 근본에 돌아가, 마도(魔道)를 끊고 마침내 원신(元神)을 이룩하다 · 63

제3회 사해 바다 용왕들과 산천이 두 손 모아 굴복하고, 저승의 생사부에서 원숭이 족속의 이름을 모조리 지우다 · 94

제4회 필마온의 벼슬이 어찌 그 욕심에 흡족하랴, 이름은 제천대성에 올랐어도 마음은 편치 못하다 · 125

제5회 제천대성이 반도대회를 어지럽히고 금단을 훔쳐 먹으니, 제신(諸神)들이 천궁을 뒤엎어놓은 요괴를 사로잡다 · 155

제6회 반도연에 오신 관음보살 난장판이 벌어진 연유를 묻고, 소성(小聖) 이랑진군, 위세 떨쳐 손대성을 굴복시키다 · 185

제7회 제천대성은 팔괘로 속에서 도망쳐 나오고, 여래는 오행산 밑에 심원(心猿)을 가두다 · 215

제8회 부처님은 경전을 지어 극락 세계에 전하고, 관음보살 법지를 받들어 장안성 가는 길에 오르다 · 243

제9회 진광예(陳光蕊)는 부임 도중에 횡액을 당하고, 그 아들 강류승(江流僧)은 아비의 원수를 갚고 근본을 되찾다 · 276

제10회 어리석은 경하 용왕 치졸한 계략으로 천조(天曹)를 어기고, 승상 위징은 서찰을 보내어 저승의 관리에게 청탁을 하다 · 308

제2권 제11회~제20회

제11회 저승 세계를 두루 유람하던 태종의 혼백이 돌아오고, 염라대왕에게 호박을 바치러 죽어간 유전(劉全)은 새로운 배필을 얻다 · 17

제12회 태종이 정성으로 수륙대회 베풀어 불도를 선양하니, 관세음보살이 현성(顯聖)하여 금선 장로를 깨우치다 · 53

제13회 호랑이 굴에 빠진 삼장 법사, 태백금성이 액운을 풀어주고, 쌍차령에서 유백흠이 삼장 법사 가는 길을 만류하다 · 98

제14회 심성을 가라앉힌 원숭이 정도(正道)에 귀의하니, 마음을 가리던 육적(六賊)도 흔적 없이 스러지다 · 127

제15회 신령들은 사반산에서 남모르게 삼장을 보호하고, 응수간의 용마는 소원 이뤄 재갈을 물리다 · 164

제16회 관음선원의 승려들 보배를 탐내어 음모를 꾸미고, 흑풍산의 요괴가 그 틈에 금란가사를 도둑질하다 · 196

제17회 손행자는 흑풍산에서 일대 소동을 일으키고, 관음보살은 흑곰의 요괴 굴복시켜 거두다 · 231

제18회 당나라 스님은 관음선원의 재난에서 벗어나고, 손대성은 고로장(高老莊)에서 요마를 없애러 나서다 · 270

제19회 운잔동에서 오공은 팔계를 굴복시켜 받아들이고, 삼장 법사는 부도산에서 『심경(心經)』을 받다 · 295

제20회 황풍령(黃風嶺)에서 당나라 스님은 재난에 봉착하고, 저팔계는 산허리에서 사형과 첫 공로를 앞다투다 · 327

제3권 제21회~제30회

제21회 호법 가람은 술법으로 집 지어 손대성을 묶게 하고, 수미산의 영길보살(靈吉菩薩)은 황풍괴를 제압하다 · 17

제22회 저팔계는 유사하(流沙河)에서 일대 격전을 벌이고, 목차 행자는 법지를 받들어 사오정을 거두어들이다 · 47

제23회 삼장은 부귀영화, 여색의 시련에 본분을 잊지 않고, 네 분의 성신(聖神)은 일행의 선심(禪心)을 시험해보다 · 77

제24회 만수산의 진원 대선은 옛 친구 삼장을 머물게 하고, 손행자는 오장
관에서 인삼과(人蔘果)를 훔쳐먹다 · 111

제25회 진원 대선은 경을 가지러 가는 스님을 뒤쫓아 잡고, 손행자는 오장
관을 뒤엎어 난장판으로 만들다 · 142

제26회 손오공은 인삼과 처방을 구하러 삼도(三島)를 헤매고, 관세음보살
은 감로(甘露)의 샘물로 나무를 살려내다 · 175

제27회 시마(屍魔)는 당나라 삼장을 세 차례나 농락하고, 성승(聖僧)은 미
후왕의 처사를 미워하여 쫓아내다 · 207

제28회 화과산의 요괴들이 다시 모여 세력을 규합하고, 삼장 일행은 흑송
림(黑松林)에서 마귀와 부닥치다 · 239

제29회 강류승은 재난에서 벗어나 보상국으로 달아나고, 저팔계는 사오정
을 희생시켜 숲속으로 뺑소니치다 · 269

제30회 사악한 마도(魔道)는 정법(正法)을 침범하고, 심성을 지닌 백마는
원숭이 임금을 그리워하다 · 297

제4권 제31회~제40회

제31회 저팔계는 의리를 내세워 미후왕을 격분시키고, 손행자는 지혜로써
요괴의 항복을 받아내다 · 17

제32회 평정산에서 일치 공조(日値功曹)는 소식을 전해주고, 미련한 저팔
계는 연화동(蓮花洞)에서 봉변을 당하다 · 56

제33회 외도(外道)는 진성(眞性)을 미혹하고, 원신(元神)은 본심(本心)을
도와주다 · 92

제34회 마왕은 교묘한 계략으로 원숭이 임금을 곤경에 빠뜨리고, 제천대성
은 사기 쳐서 상대편의 보배를 가로채 달아나다 · 128

제35회 외도(外道)는 위세 부려 올바른 심성을 업신여기고, 심원(心猿)은
보배 얻어 사악한 마귀를 굴복시키다 · 162

제36회 영악한 원숭이는 고집스런 승려들을 굴복시키고, 좌도 방문을 깨뜨
려 견성명월(見性明月)에 잠기다 · 193

제37회 임금은 귀신이 되어 한밤중에 당 삼장을 만나뵙고, 손오공은 입제
화로 변신하여 젊은 태자를 유인하다 · 226

제38회 젊은 태자는 모친에게 물어 정(正)과 사(邪)를 알아내고, 두 제자는 우물 용왕을 만나보고 진위(眞僞)를 가려내다 · 263

제39회 천상에서 한 알의 단사(丹砂)를 얻어 내려오고, 죽은 지 3년 만에 임금은 이승에 다시 살아나다 · 296

제40회 어린것에게 농락당하여 선심(禪心)이 흐트러지니, 세 형제는 각오를 새롭게 다지고 분발 노력하다 · 331

제5권 제41회~제50회

제41회 손행자는 삼매진화(三昧眞火)에 참패를 당하고, 저팔계는 구원을 청하려다 마왕에게 사로잡히다 · 17

제42회 제천대성은 정성을 다하여 남해 관음을 찾아뵙고, 관세음보살은 자비를 베풀어 홍해아를 잡아 묶다 · 52

제43회 흑수하(黑水河)의 요얼(妖孽)이 당나라 스님을 잡아가고, 서해 용왕의 마앙 태자는 타룡(鼉龍)을 사로잡아 돌아가다 · 88

제44회 삼장 일행이 강제 노역을 하는 승려들과 마주치고, 심성 바른 손행자, 요망한 도사의 정체를 간파하다 · 124

제45회 손대성은 삼청관 도사들에게 이름을 남겨두고, 원숭이 임금은 차지국 왕 앞에서 법력을 과시하다 · 159

제46회 외도(外道)가 강한 술법으로 농간 부려 정법(正法)을 업신여기니, 심원(心猿)은 성스러운 법력으로 사악한 도사들을 파멸시키다 · 193

제47회 성승(聖僧)의 밤길이 통천하(通天河) 강물에 가로막히고, 손행자와 저팔계는 자비심을 베풀어 동남동녀를 구하다 · 229

제48회 마귀가 찬 바람으로 농간 부리니 폭설이 나부끼는데, 스님은 서방 부처 뵈올 마음에 층층 얼음길 내딛다 · 263

제49회 삼장 법사 재난을 만나 통천하 수택(水宅)에 잠기고, 구고구난(救苦救難) 관음보살 어람(魚籃)을 드러내다 · 296

제50회 성정(性情)이 흐트러짐은 탐욕(貪慾)에서 비롯되며, 심신(心神)이 동요를 일으키니 마두(魔頭)와 만나다 · 331

제6권 제51회~제60회

제51회 심원(心猿)이 온갖 계책을 다 썼으나 모두가 헛수고요, 수공(水攻) 화공(火攻)으로도 마귀를 제압하지 못하다 · 17

제52회 손오공은 금두동에 들어가 한바탕 뒤집어엎고, 석가여래는 마왕의 주인을 넌지시 일러주다 · 52

제53회 삼장은 자모하(子母河) 강물을 잘못 마셔 잉태하고, 사화상은 낙태천의 샘물 떠다가 태기(胎氣)를 풀다 · 85

제54회 서쪽으로 들어선 삼장 법사는 여인국에 봉착하고, 심원(心猿)은 계략을 세워 여난(女難)에서 벗어나다 · 121

제55회 색마는 음탕한 수단으로 당나라 삼장 법사를 농락하고, 삼장은 성정(性情)을 지켜 원양(元陽)을 깨뜨리지 않다 · 153

제56회 손행자는 미쳐 날뛰어 산적떼를 때려죽이고, 삼장 법사는 미혹에 빠져 심원(心猿)을 추방하다 · 188

제57회 진짜 손행자는 낙가산의 관음보살에게 하소연하고, 가짜 원숭이 임금은 수렴동에서 또 가짜를 찍어내다 · 223

제58회 마음이 둘로 갈리니 건곤(乾坤)을 크게 어지럽히고, 한 몸으로는 참된 적멸(寂滅)을 수행하기 어렵다 · 252

제59회 당나라 삼장은 화염산(火燄山)에 이르러 길이 막히고, 손행자는 속임수를 써서 파초선을 처음 빼앗다 · 282

제60회 우마왕(牛魔王)은 싸우다 말고 잔치판에 달려가고, 손행자는 두번째로 사기 쳐서 파초선을 손에 넣다 · 316

제7권 제61회~제70회

제61회 저팔계가 힘을 도와 우마왕을 패배시키고, 손행자는 세번째로 파초선을 손에 넣다 · 17

제62회 육신의 때를 벗기고 마음 씻어 보탑을 깨끗이 쓸어내고, 요마를 결박지어 주인에게 돌리니 이것이 수신(修身)이다 · 54

제63회 손행자와 저팔계가 두 괴물을 앞세워 용궁을 뒤엎으니, 이랑현성 일행이 도와 요괴들을 없애고 보배를 되찾다 · 85

제64회 형극령(荊棘嶺) 8백 리 길에 저오능이 애를 쓰고, 목선암(木仙庵)
에서 삼장 법사는 시(詩)를 논하다 · 118

제65회 사악한 요마는 가짜 소뇌음사(小雷音寺)를 세워놓고, 스승과 제자
네 사람은 모두 큰 횡액(橫厄)에 걸려들다 · 157

제66회 제신(諸神)들은 잇따라 독수(毒手)에 떨어지고, 미륵보살(彌勒菩
薩)은 요마(妖魔)를 결박하다 · 191

제67회 타라장(駝羅莊)을 구원하니 선성(禪性)이 평온해지고, 더러운 장
애물에서 벗어나니 도심(道心)이 맑아지다 · 224

제68회 당나라 스님은 주자국(朱紫國)에서 전생(前生)을 논하고, 손행자
는 삼절굉(三折肱)의 진맥 수법으로 의술을 베풀다 · 257

제69회 심보 고약한 원숭이는 한밤중에 약을 몰래 만들고, 국왕은 연회석
상에서 사악한 요마 얘기를 털어놓다 · 290

제70회 요마의 보배는 연기, 모래, 불을 뿜어내고, 손오공은 계략을 써서
자금령(紫金鈴)을 훔쳐내다 · 323

제8권 제71회~제80회

제71회 손행자는 거짓 이름으로 늑대 괴물을 굴복시키고, 관세음보살이 현
성하여 마왕을 제압하다 · 17

제72회 반사동(盤絲洞) 일곱 요정이 근본을 미혹시키니, 탁구천(濯垢泉)
샘터에서 저팔계가 체통을 잃다 · 55

제73회 원한에 사무친 요괴들은 극독으로 해를 끼치고, 손행자는 요행으로
마귀의 금빛 광채를 깨뜨리다 · 93

제74회 태백장경(太白長庚)은 마귀 두목의 사나움을 귀띔해주고, 손행자
는 변화술법을 베풀어 사타동(獅駝洞)에 잠입하다 · 132

제75회 심원(心猿)은 음양 이기병(陰陽二氣瓶)에 구멍을 뚫고, 마왕은 뉘
우쳐서 대도(大道)의 진(眞)으로 돌아가다 · 167

제76회 손행자는 뱃속에서 늙은 마귀의 심성을 돌이켜놓고, 저팔계와 더불
어 요괴를 항복시켜 정체를 드러내게 하다 · 206

제77회 마귀 떼는 삼장 일행의 본성(本性)을 업신여기고, 손행자는 홀몸으
로 석가여래의 진신(眞身)을 뵙다 · 243

제78회 손행자는 비구국 아이들을 불쌍히 여겨 신령을 보내주고, 삼장은 금란전에서 요마를 알아보고 함께 도덕을 따지다 · 281

제79회 청화동(淸華洞)을 찾아서 요괴를 잡으려다 남극수성(南極壽星)을 만나고, 조정에 들어가 군주를 올바로 각성시키고 어린것들의 목숨을 살려내다 · 314

제80회 아리따운 색녀는 원양(元陽)을 기르고자 배필을 구하려 하고, 손행자는 스승을 보호하려 사악한 요물의 정체를 간파하다 · 345

제9권 제81회~제90회

제81회 진해 선림사에서 손행자는 요괴의 정체를 알아보고, 세 형제는 흑송림(黑松林)에서 스승을 찾아 헤매다 · 17

제82회 아리따운 요녀는 삼장에게서 양기를 얻으려 하고, 당나라 스님의 원신(元神)은 끝내 도(道)를 지키다 · 55

제83회 손행자는 여괴(女怪)의 근본 내력을 알아내고, 아리따운 색녀(姹女)는 드디어 본성으로 돌아가다 · 92

제84회 가지(伽持)는 멸하기 어려우니 큰 깨우침을 원만히 이루고, 삭발당한 멸법국왕, 승려의 몸이 되어 본연으로 돌아가다 · 126

제85회 앙큼한 손행자는 저팔계를 시샘하여 골탕먹이고, 마왕은 계략 써서 당나라 스님을 손아귀에 넣다 · 159

제86회 저팔계는 위력으로 도와 괴물을 굴복시키고, 제천대성은 법력을 베풀어 요괴를 섬멸하다 · 194

제87회 하늘을 모독한 죄로 봉선군(鳳仙郡)에 가뭄이 들고, 손대성은 착한 행실 권유하여 단비를 내리게 하다 · 230

제88회 선승(禪僧)은 옥화현(玉華縣)에 이르러 법회를 베풀고, 손행자와 저팔계, 사화상은 첫 문하 제자를 받아들이다 · 261

제89회 황사(黃獅) 요괴는 훔쳐 온 병기 놓고 축하연을 베풀고, 손행자와 저팔계, 사화상은 계략으로 표두산을 뒤엎다 · 292

제90회 스승은 죽절산의 사자 소굴로, 사자 요괴들은 옥화성으로 각각 붙잡혀 가고, 도(道)를 훔치려다 선(禪)에 얽매인 구령원성은 끝내 주인에게 굴복하다 · 319

제10권 제91회~제100회

제91회 금평부(金平府)에서 정월 대보름 연등 행사를 구경하고, 당나라 스님은 현영동(玄英洞)에서 신분을 털어놓다 · 17

제92회 세 형제 스님이 청룡산에서 한바탕 크게 싸우고, 네 별자리는 코뿔소 요괴들을 포위하여 사로잡다 · 48

제93회 급고원(給孤園) 옛터에서 인과(因果)를 담론하고, 천축국 임금을 뵙는 자리에서 배필감을 만나다 · 79

제94회 네 스님은 어화원(御花園)에서 잔치를 즐기는데, 한 마리 요괴는 헛된 정욕을 품고 홀로 기뻐하다 · 108

제95회 거짓 몸으로 참된 형체와 합치려다 옥토끼는 사로잡히고, 진음(眞陰)은 바른길로 돌아가 영원(靈元)과 다시 만나다 · 139

제96회 구원외(寇員外)는 고승을 받아들여 환대하나, 당나라 스님은 부귀영화를 탐내지 아니하다 · 169

제97회 손행자는 은혜 갚으려 악독한 도적들과 마주치고, 신령으로 꿈에 나타나 저승의 원혼을 구원해주다 · 197

제98회 속된 심성이 길들여지니 비로소 껍질에서 벗어나고, 공을 이루고 수행을 채우니 진여(眞如)를 뵙게 되다 · 235

제99회 구구(九九)의 수효를 다 채우니 마겁(魔劫)이 멸하고, 삼삼(三三)의 수행을 마치니 도는 근본으로 돌아가다 · 269

제100회 삼장 법사는 곧바로 동녘 땅에 돌아오고, 다섯 성자는 마침내 진여(眞如)를 이루다 · 294

작품 해설 · 329

부록 · 483

■ 기획의 말

'대산세계문학총서'를 펴내며

　근대 문학 100년을 넘어 새로운 세기가 펼쳐지고 있지만, 이 땅의 '세계 문학'은 아직 너무도 초라하다. 몇몇 의미있던 시도에도 불구하고, 전체적으로는 나태하고 편협한 지적 풍토와 빈곤한 번역 소개 여건 및 출판 역량으로 인해, 늘 읽어온 '간판' 작품들이 쓸데없이 중간되거나 천박한 '상업주의적' 작품들만이 신간되는 등, 세계 문학의 수용이 답보 상태에 머물러 있었음을 부인하기 힘들다. 분명한 자각과 사명감이 절실한 단계에 이른 것이다.
　세계 문학의 수용 문제는, 그 올바른 이해와 향유 없이, 다시 말해 세계 문학과의 참다운 교류 없이 한국 문학의 세계 시민화가 불가능하다는 의미에서, 보다 근본적으로, 우리의 문화적 시야 및 터전의 확대와 그 질적 성숙에 관련되어 있다. 요컨대 이것은, 후미에 갇힌 우리의 좁은 인식론적 전망의 틀을 깨고 세계 전체를 통찰하는 눈으로 진정한 '문화적 이종 교배'의 토양을 가꾸는 작업이며, 그럼으로써 인간 그 자체를 더 깊게 탐색하기 위해 '미로의 실타래'를 풀며 존재의 심연으로 침잠하는 작업이라 할 수 있다.
　우리의 현실을 둘러볼 때, 그 실천을 위한 인문학적 토대는 어느 정도 갖추어진 듯이 보인다. 다양한 언어권의 다양한 영역에서 문학 전공자들이 고루 등장하여 굳은 전통이나 헛된 유행에 기대지 않고 나름의 가치있는 작가와 작품을 파고들고 있으며, 독자들 또한 진부한 도식을 벗어나 풍요로운 문학적 체험을 원하고 있다. 새롭게 변화한 한국어의 질감 속에서 그 체험이 이루어지기를 바라는 요청 역시 크다. 그러므로 필요한 것은 어쩌면 물적 토대뿐일지도 모른다는 판단이 우리를 안타깝게 해왔다.

    이러한 시점에서, 대산문화재단의 과감한 지원 사업과 문학과지성사의 신뢰성 높은 출판을 통해 그 현실화의 첫발을 내딛게 된 것은 우리 문화계의 큰 즐거움이 아닐 수 없다. 오늘의 문학적 지성에 주어진 이 과제가 충실한 결실을 맺을 수 있도록, 우리는 모든 성실을 기울일 것이다.

'대산세계문학총서' 기획위원회